KB155140

Scarlet
스칼렛

www.b-books.co.kr

사랑,
미안합니다

사랑, 미안합니다

술겹 장편소설

SCARLET
ROMANCE
STORY

CONTENTS

프롤로그

여자 나이 스물아홉에 결혼과 출산, 그리고 이혼까지 줄줄이 치러 냈다. 그러므로 자신 있게 말할 수 있다. 이 세상에 공짜는 없다.

❋✽❋

언젠가 그가 말했다.

'여름이 노망을 부리네요.'

해를 삼킨 먹장구름이 바짝 내려앉았다. 별장 어귀로 들어서자 사나운 바람을 타고 온 빗방울이 후드득 금비의 얼굴을 때렸다. 펼쳐 든 우산도 곧 뒤집혔다. 바람과 드잡이를 하는 사이에 종아리부터 웃옷까지 축축하게 젖었다. 공연히 치마를 입고 나왔다. 오늘은 멋진 아들의 어머니로서 그를 만나는 자리인지라 금비는 거울 앞에서 안 하던 패션쇼를 치렀다. 결국 제풀에 지쳐 주저앉았다가 마뜩잖게 내린 결론이 가장 여성스러운 옷을 걸치는 것이었다.

아름드리 느티나무 아래 세워진 정자를 지나쳐 미루나무가 길게 뻗어 있는 개울을 건너자 늦여름 숲에 숨어 있던 윤서의 별장이 보였다. 금비가 근무하는 어린이집 선생님들은 윤서의 별장을 가리켜 '드라큘라 백작의 성'이라고 불렀다. 검은 양복을 즐겨 입고 대낮에는 좀처럼 사람들 눈에 보이지 않는 집주인의 신비로운 일상이 어느 선생님의 상상력을 자극했고, 나머지 선생님들이 맞장구를 치다 보니 굳어진 명칭이었다.

약속 시간에 늦어 걸음을 재촉하는데 갑자기 비바람이 등을 후려쳤다. 또다시 우산이 뒤집히며 나뭇가지에 매달려 있던 빗물이 머리로 쏟아졌다. 흠뻑 젖은 금비는 윤서의 표현을 빌려 불퉁거렸다.

"노망난 여름 같으니. 숫제 똥칠을 하네!"

그때 드라큘라 성 쪽에서 검은색 승용차 한 대가 전조등을 켜고 다가와 금비 앞에 멈추었다.

차창이 내려졌고, 갸름한 얼굴 중앙으로 콧날이 시원하게 솟은 남자가 촉촉한 눈동자로 금비를 바라보았다. 까만 눈동자를 도드라지게 만드는 뽀얀 피부와 날렵한 턱선 탓에 그는 서른세 살의 나이보다 한참 어려 보였다. 하지만 내면의 웅숭깊음으로 보자면 또래들을 압도했다. 그가 바로 여름이 노망을 부린다고 말했던 김윤서였다.

"타세요."

"젖었는데……."

"어서요!"

금비가 조수석에 앉자 윤서는 정자까지 내려가 차를 돌렸다.

"택시를 타고 오라고 말씀드렸잖아요?"

윤서가 특유의 높낮이가 없는 굵은 목소리로 말했다. 어느덧 2년째 겪는 말투다. 말에 감정을 싣지 않아도 그가 힐책하고 있다는 것 정도는 알 수 있었다.

"비가 올 줄 몰랐어요."

숲길을 좋아해 어지간해서는 차를 타기보단 걸어 다니는 금비의 취향을 그가 모르지 않을 텐데 굳이 책망까지 할 필요가 있을까? 언제부터인가 유일하게 의지하고 있는 사람. 그러면서도 처음부터 끝까지 집요하게 추궁하는 성격 때문에 불편한 사람이다.

윤서가 한 손으로 운전대를 잡은 채 갑자기 금비 쪽으로 몸을 기울였다. 가까이 다가오는 그를 보며 금비는 저도 모르게 긴장되어 몸이 바짝 굳었다. 그는 콘솔 박스를 열어 수건을 꺼내 건넸다. 그 작은 접촉에 가슴이 쿵쾅거렸던 일이 객쩍어 금비는 배시시 웃으며 수건을 받았다.

머리카락의 물기를 털다 말고 젖은 시트를 닦아 냈다. 그가 힐긋 보았다. 눈길이 닿은 시간은 지극히 짧았지만 분명 금비의 젖은 머리카락을 콕 찍고 갔다. 푹 젖은 머리카락이 처량해 보일 것 같아 새삼 부끄러워진 금비는 변명했다.

"나무한테 물벼락을 맞았어요."

"저런, 나무가 재채기를 했군요."

"재채기…… 그, 그러네요."

하긴. 늦은 여름이 노망을 부린다는데, 나무가 재채기를 못 하랴.

흰색 울타리를 거느린 정문으로 차가 다가가자 육중한 대문이 저절로 열렸다. 가사도우미로 올 땐 늘 작은 문을 이용했기에 처음 보는 광경이었다.

차에서 내려 정원을 지나자 앞치마를 두른 두 명의 중년 여성이 현관문 앞에서 금비를 맞이했다.

"어서 오세요."

오늘은 따로 가사도우미를 부른다고 듣긴 했지만 두 명인 줄은 몰랐다. 아니, 두 명이 아니었다. 거실로 들어서자 또 다른 두 명의 남자 조리사들이 보였다.

"어, 엄마!"

안방 문이 열리고 영우가 쪼르르 달려와 다리에 매달렸다. 윤서의 딸인 서진이도 다가와 배꼽 인사를 했다.

"선생님, 안녕하세요."

평소와는 다른 모습에 서진이는 물론이고 영우도 금비의 차림새를 신기한 양 살폈다.

"치, 치마 입어, 입었어요, 엄마?"

금비는 공연히 얼굴이 달아올라 윤서를 힐끔거렸다. 마을에서 드라큘라 백작으로 불리는 윤서는 자신의 성 안에서 가장 소중한 공주인 서진이에게 눈길을 주고 있었다. 어린이집에서 일하던 시절부터 봐 왔던 익숙한 '서진이 아버님'의 모습으로 돌아간 그를 보자 막연한 안도감이 찾아들었다.

"비 좀 닦으세요."

가사도우미가 두툼한 수건을 공손히 내밀었다. 금비가 삶고 빨기도 했던 수건이었다. 금비는 헝클어진 차림새를 대충 수습한 뒤 거실의 그랜드 피아노를 물끄러미 바라보았다. 언젠가 윤서가 건네준 음표의 의미를 헤아릴 수 있다면 이 순간 초대의 의미도 알 것 같으련만.

식탁에는 이미 음식이 잔뜩 차려져 있었다. 서진이의 여섯 살 생일상을 차려 주었던 출장 조리사 할아버지가 젊은 조리사와 함께 또 다른 음식을 만드는 중이었다.

집안일을 책임지는 최 여사도 오늘 하루만큼은 손님의 모습으로 자리했다. 서진이와 영우는 마치 친남매처럼 어깨를 맞붙인 채 조리사의 화려한 손놀림에 푹 빠져 즐거워했고, 윤서는 포도주를 따고 있었다. 그러고 보니 오늘의 주인공도 모르고 이 자리에 참석했다.

"오늘이 무슨 날인가 보죠?"

"네?"

금비의 당연한 물음에 정작 초대한 윤서는 황당한 질문을 받았다는 투였다.

"일단 드시죠. 그러고 나서 천천히 이야기합시다."

언제부터인가 그의 말은 법정의 판사만큼이나 권위가 있었다. 금비는 습관적으로 그의 말을 따르며, 역시 습관적으로 영우에게 먼저 음식을 먹이려고 했다.

"놔두시죠."

그가 말렸다.

"영우도 이제 다섯 살인데 이번 기회에 배워 두는 것도 좋습니다."

그의 말에 금비는 조리사 할아버지에게 바닷가재 먹는 법을 배우고 있는 서진이와 영우를 바라보며 식사를 시작했다. 살을 바르

는 일이 번거로워 껍질이 다 발라진 버터구이를 겨냥해 포크질을
했다. 봄에 있었던 서진이의 생일날 이후로 생애 두 번째 먹는 바
닷가재 요리였다. 특히 오늘은 짭조름한 풍미가 뛰어나서 더욱 맛
있었다.

조리사 할아버지가 연신 새로운 음식을 만들었고, 두 명의 가사
도우미는 접시와 포크를 교체하는 등 정중하게 시중을 들었다. 한
두 숟가락이 겨우 담긴 트뤼플(송로버섯) 크림소스 접시를 비우자 또
새로운 음식이 나왔다.

"훌륭한 숙성 기술을 가진 자는 훌륭한 요리사라고 말해 주는
음식이랍니다. 드라이에이징 스테이크라 한결 부드러울 겁니다."

얄밉지 않을 만큼만 뽐을 내는 조리사 할아버지였다. 무언가 더
하고 싶은 말이 있는 듯했지만 윤서의 차가운 시선을 의식한 탓인
지 수다를 풀어내지 못한 할아버지가 캐비어를 젤라틴으로 마감한
디저트를 내놓으면서 기어이 한마디를 더 풀어놓았다.

"흔한 푸딩과는 태생부터 다릅죠. 캐비어는 푸아그라, 트뤼플과
함께 세계 3대 진미로 쳐준답니다."

조리사는 표정에 인색한 금비의 식사 모습에 조바심이 났을지도
모른다. 귀한 음식이니 기왕이면 알고 먹으라는 오지랖일 수도 있
었다. 하지만 허기졌던 금비는 돌연 식욕을 잃어버렸다. 왜 이리
불편할까?

한때 영우가 아파서 기운이 없으면 망설이다가 한두 개 사서 죽
을 끓였던, 전복으로 만든 다양한 요리가 외곽에 밀려나 있는 식탁
이었다. 더욱이 금비 단 한 사람을 초대하면서 네 명의 일꾼을 따
로 불렀다. 언젠가 금비는 이런 식탁을 앞에 두고 계급사회니, 세

습된 부 따위를 생각하느라 맛을 즐기지 못했다. 지금도 어쩔 수 없이 이 식탁의 비용과 셋집 시절의 월세를 비교하고 있었다. 그런 생각을 굴리는 자신을 발견하자 쓴웃음이 나오고 입맛도 써 버렸던 것이다.

　조리사와 도우미가 돌아가고, 아이들은 2층에서 뛰어놀았다. 누나, 누나 하고 부르는 영우의 여린 목청이 이따금 계단을 타고 내려왔다. 여섯 살을 코앞에 두고도 낯을 가리고 말을 더듬거리는 아이가 서진이 곁에서는 수다스럽다. 서진이도 영우와 함께 있으면 진종일 지치지 않고 종알거린다.

　어느덧 널찍한 창으로는 어둠의 커튼이 드리워졌고, 할로겐 조명을 품은 유리로는 물안개가 꽃처럼 번지고 있었다.

　윙윙.

　발코니에 다녀왔기에 비바람이 진즉에 그쳤다는 것을 알고 있었다. 하지만 연신 바람 소리가 들렸다. 방음이 뛰어난 집을 뚫고 자신의 귀를, 심장을 뒤흔들고 있는 바람의 정체를 금비는 알 것 같았다. 바로 한 남자가 몰고 온 바람이었다. 과연 윤서와 눈이 마주칠 때마다 이명이 도드라졌다.

　"드십시오."

　윤서가 붉은 포도주를 채운 잔을 건네주었다. 그렇잖아도 빨리 집으로 돌아가 소주를 한 병 따고 싶었던 금비는 주저 없이 잔을 비웠다. 그가 다시금 빈 잔에 술을 따라 주었다. 하지 않던 행동이었다. 저녁에 단둘이 마주 앉은 일 자체만 해도 그에게는 파격인데 대작까지 하고 있었다. 그렇다고 특유의 무심한 표정이 어디 간 것은 아니었다. 그 점이 묘하게 어떤 안도감을 준다.

"술이 들어가니 좀 편해 보이군요."

"제가 불편하게 보였나 봐요?"

"떨고 계셔서 걱정했습니다. 감기에 걸렸나 해서요."

"아뇨. 익숙한 상황들이 잠깐 낯설어 보여서 그랬어요. 지금은 괜찮아요."

"익숙한 상황이요?"

그와 다른 세계에 살고 있음을 재차 확인하고 나니 한결 편해졌다는 말을 금비는 굳이 꺼내지 않았다.

'그에게 있어서 나라는 존재는 무엇일까?'

생각에 골몰한 끝에 금비가 얻은 답은 늘 같았다. 가사도우미 이상은 아니다. 그 이상을 생각하기에는 자신의 노예근성이 견고했다.

그가 찬찬히 금비의 얼굴을 바라보더니 속내를 읽기라도 했다는 양 입을 열었다.

"인간이란, 막상 익숙한 상황을 얻고 나면 안주하고 싶지요. 더 좋은 길이 있어도 익숙한 것에 대한 기득권 때문에 스스로를 묶어 버린답니다."

마치 그녀의 노예근성은 귀찮음에서 비롯되었다고 힐난하는 듯 싶었다. 그 노예근성이 밑바닥 삶의 인내심에는 유용했다는 반박을 포기한 채 금비는 말머리를 돌렸다.

"이쯤에서 오늘이 무슨 날인지 말씀해 주시죠."

"아! 그래야죠."

윤서가 술잔을 비웠다. 입가로 붉은 술이 피처럼 흘러내렸다. 금비는 자신도 모르게 큭, 웃어 버렸다. 그는 눈을 동그랗게 한 번 뜰 뿐 별다른 말이 없었다. 물어보지 않아서 다행이다. 거짓말엔 원체 소질이 없었다. 그렇다고 피를 마신 드라큘라가 생각났다고 말해 줄 수는 없잖은가.

"그보다…… 법원 일 그 후로 뒤끝은 없나요?"

"네. 또 신세를 졌어요. 감사드려요."

"협의가 모양새는 좋아 보여도 소송에 비해 나중에 번거로운 일이 많다고 합니다. 이젠 괜찮을 겁니다."

그는 '협의'나 '소송' 뒤에 '이혼'이라는 낱말을 도려냈다. 변호사 친구를 소개시켜 줄 때부터 줄곧 단어 하나를 사용함에 있어서도 배려하는 마음이 엿보였다.

금비는 협의 이혼을 하고 난 뒤에도 여전히 도박에 빠져 사는 전남편에게 시달렸다. 무엇보다 영우가 협상의 대상이 되는 일을 참을 수 없었다. 윤서의 도움으로 마침내 법원의 판사로부터 '다른 말 안 하기'라는 최종 판결을 받아 낼 터였다. 그런데 영우의 성을 금비의 성으로 바꿔 주는 데는 실패할 것 같다. 엄마의 성을 따름으로써 아이가 얻게 될 행복과 이익을 법원에 납득시키기엔 아직 그녀의 상황이 여러모로 부족했다. 무엇보다 전남편의 시부모가 손자에 대한 집착을 버리지 못하는 중이었다.

"오늘 저녁 주인공은 황금비 씨입니다."

"서, 서진이 아버님!"

"제가 황금비 씨한테 청할 일이 있습니다. 성인 남자가 성인 여자에게 할 수 있는 청입니다."

금비는 입 안에 굴리고 있던 술을 하마터면 내뿜을 뻔했다. 성인 남자가 여자에게 하는 청이란다. 가슴이 쿵쾅거렸다. 가망성은 희박하지만 몸을 줘야 한다면 기꺼이 줄 생각까지도 했다. 정숙한 여자의 삶을 칭송하는 이야기 따위는 생존의 공포 속에선 개나 줘 버리고 싶을 때가 종종 있었다. 하지만 영우 앞에서 당당하고 싶었고, 헤어진 남편이나 시댁에도 떳떳하고 싶었다.

그렇지만 이 남자는 다르다. 그에게 갚을 빚이 있었다. 부담은 쌓이고 또 쌓였다. 어떤 형태로든 갚지 않으면 금비 스스로 질식할 것 같아 견딜 수 없었다. 방법이 늘 문제였다. 그것이 변변찮은 몸뚱이로 가능하다면 청산하는 것도 나쁘지 않으리라.

한참을 뜸을 들이던 그가 입을 열었다.

"영우를 저의 호적에 올리십시오."

"네?"

금비는 벌떡 일어났다가 이내 풀썩 주저앉았다. 놀라움보다 기가 막혔다.

"저, 서진이 아버님. 그건 제가 어떤 뜻으로 받아들여야 하는 말이죠?"

"영우의 성을 황 씨로 바꿔 주는 것은 번거롭잖습니까. 그러니 제 호적에 올리세요. 제가 김 씨니까 김영우, 괜찮지 않습니까?"

그의 무심한 말투는 종종 기계적인 언어로 처방 용어를 말하는 의사를 떠올리게 했다.

"저 머리가 나빠요. 쉽게 좀 설명해 주세요."

금비는 심호흡을 한 뒤 간신히 말을 토해 냈다. 그는 멀거니 바라보기만 했다.

"설마…… 지금 저하고 결혼을 이야기하는 건 아니겠죠?"

"부담 갖지 마십시오. 결혼하자는 말이 아닙니다. 영우에게 아빠의 성과 추억이 필요하다는 말씀을 드리는 겁니다."

갈수록 어렵다. 급기야 말문이 막혀 버렸다. 머리도 더 이상의 용량은 감당 못 한다고 아우성이다. 대체 이게 무슨 소리인가. 윤서는 재혼 이야기만 들으면 누구에게든 차가운 눈빛을 띠었다. 그리고 그의 아내는 영전 사진과 유품으로 여전히 이 집의 방 하나를 차지하고 그와 함께 숨 쉬고 있는 중이었다. 정말이지 그가 청혼 비슷한 이야기를 꺼낼 것이라고는 어림하지 못했다.

객관적으로 보아 금비는 자신이 여자로서는 매력이 별로라고 인정해 왔다. 아담한 키며 수수하다는 말도 칭찬이 될 수 있는 외모의 여자였으니 말이다. 그리고 무엇보다 지금껏 그는 금비에게 이성적으로 흔들리는 모습을 보여 준 적이 없었다.

돌연히 굳게 닫혀 버린 그의 입을 망연히 바라보면서 금비는 찬찬히 기억의 창고를 열었다.

1. 공짜는 없다

　스물일곱 살의 금비는 서울의 아파트 단지 안 어린이집에서 일하고 있었다.

　어느 날, 그가 딸을 데리고 왔다. 검은 양복을 입은 그의 뒤로 숨어 있던 서진이는 다섯 살이었다. 금비는 다섯 살 이하인 '달님반' 담당이었다. 당시에는 정식 교사도 아닐뿐더러 주로 두세 살배기 아이들의 울음을 멈추게 하거나 기저귀를 갈아 주는 게 주된 일이었기에 상담실로 들어가는 그와 잠시 눈이 마주쳤을 뿐이었다. 그런데 처음부터 그가 낯익어 보였다. 큰 키에 약간 마른 체구인 그는 균형 잡힌 골격 때문인지 강인한 분위기를 풍겼다.

　상담실 안을 훔쳐보고 나온 선생님들이 멋지다는 둥 차갑다는 둥 말을 나누고 있을 때 원장 선생님이 여자아이의 손을 잡고 남자와 함께 나왔다.

　"안녕하세요. 김서진입니다."

여자아이가 배꼽 인사를 한 뒤 또박또박 자기소개를 하는 순간 금비는 블록을 가지고 놀고 있는 자신의 세 살 아들을 바라보았다. 영우도 다섯 살이 되면 이렇게 낯가림 안 하고 인사를 할 수 있을까?

검은 양복의 남자가 가벼이 고개를 숙였다. 얼결에 금비도 허리를 굽혔다. 정식 교사가 아닌 보조 교사인 그녀에게까지 그가 인사를 챙길 줄은 몰랐다.

검은 양복이 나가자 선생님들이 호기심을 드러냈다.

"왜 아빠가 데려왔을까?"

"맞벌이 시대에 새삼스러운 일도 아닌데 그래요. 가만! 최 선생님, 관심 있나 봐요. 아까부터 노골적으로 쳐다보시더라. 참으세요. 부모님이세요."

"아니, 뭐. 옷이 특이하잖아요. 검은 넥타이에 검은 양복."

"하긴 그러네요. 어디 조문 가시나?"

그날 이후로도 그는 검은 양복을 입고 나타났다. 날마다 조문을 가지는 않을 것이기에 그의 검은 양복에 대한 집착은 어린이집에 호기심을 주었다. 평소 원생들의 환경을 친절히 설명해 주시던 원장 선생님은 무슨 이유인지 검은 양복에 관해서는 입을 다물었다.

집에 갈 때는 50대 중반의 깡마르고 날카로워 보이는 여자가 서진이를 데려갔고, 아침에는 항상 검은 양복이 직접 데리고 왔다. 서울의 변두리라고 해도 토박이가 드문 아파트 단지였기에 주민들은 이웃끼리 적당히 무심한 채로 살고 있었다. 때문에 검은 양복에 대한 정보는 좀처럼 날아들지 않았다. 집안일을 봐준다는 50대의 여자도 입이 무거웠다.

그의 가족사는 일주일이 지나서 밝혀졌다. 원장 선생님이 아닌 서진이의 입을 통해서였다.

"우리 엄마는 하늘나라에 있는데요."

"그, 그랬구나. 물어봐서 미안해, 서진아."

영우와 가깝게 지내는 서진이에게 금비는 금방 정이 들었다. 또래들과 원만히 지내면서 틈이 나면 영우와 블록을 같이 만들고 색칠 공부를 도와주는 행동거지가 오달져 보였다. 그러나 조숙한 아이라는 느낌이 어느 순간 각도를 달리했다. 한창 엄마를 찾을 나이인 서진이 영우를 통해 도리어 엄마 역할을 하려 든다는 의혹이 들었기 때문이었다.

서진이는 집안일을 봐주는 중년 여자를 고모라고 불렀다. 서른 살 정도로 보였던 검은 양복의 누나라고 하기에는 터울이 커서 이역시 선생님들의 호기심을 불러일으켰다. 무엇보다 여선생님들의 호기심을 자극하는 일등 공신은 철저히 비사교적이어서 깨지지 않는 그의 신비로움이었다. 덕분에 종종 입방아에 올랐다.

"서진이가 혹시 딸이 아니라 조카나 뭐 그런 친척 아이가 아닐까?"

"그러게. 한 부모 가정이라면 건너편 구립 어린이집에 우선순위로 들어갈 텐데, 여기로 온 것도 좀 이상하긴 하네요."

"직업이 뭘까?"

"가정기록표엔 프리랜서라고만 적혀 있더라고요."

"모델이 아닐까? 몸매도 그렇고, 그치?"

"어머! 그러고 보니 진짜로 잡지에선가 한번 본 것 같아요!"

선생님들은 검은 양복의 신상마저 자신들이 원하는 쪽으로 조합

해 갔다. 그럴 만도 했다. 금비를 제외하고는 모두 미혼이었으니.

대도시의 남루한 땟국이 덕지덕지 묻어 있는 마을은 도시 개발
지구로 선정되어 친근하기보단 산만했다. 어린이집을 끼고 있는 오
래된 아파트 단지를 지나 퇴근을 하면서 금비는 늘 그래 왔듯 부러
운 눈길을 던지는 것을 잊지 않았다. 혹자는 과거와 달리 요즘은
서민 아파트촌이 되었다고 하지만 그녀에겐 가장 작은 평수도 탐나
는 궁전이었다. 남편이 조금만 현명했으면 지금쯤 이곳 아파트에
정착했으리라.

모처럼 평일 한낮의 햇살을 누리며 단지를 벗어나 집으로 향했
다. 단독주택이 밀집한 소방 도로 곳곳에 재개발이니 조합장 선출
이니 하는 현수막 따위가 걸려 있었다. 조만간 이사를 해야 한다는
현실이 가슴을 옥죄어 왔다. 그렇지만 남편을 채근할 수는 없었다.
겨우 마음을 다잡고 취업 준비에 여념이 없는 남편이었다.

사이버 학점으로 보육 교사 교육원을 수료한 금비는 곧 보육 교
사 3급 자격증을 취득할 터였다. 실습을 마치고 자격증 취득에 필
요한 서류를 발급받기 위해 외출했다. 정식 교사가 되면 수입이 좋
아질 것이고, 남편도 조만간 취직을 할 테니 어두운 터널은 거의
벗어난 성싶었다.

주민 센터로 가려다가 신분증을 안 가져온 게 떠올라 집으로 향
했다. 기와가 없는 2층집을 쳐다보자니 어쩔 수 없이 한숨이 나왔
다. 연립주택 전세를 빼서 남편의 카드빚을 갚은 뒤 월세로 얻은
열 평 남짓한 공간이 세 식구의 유일한 둥지였다.

계단을 밟고 올라가 문을 열었다. 잠겨 있지 않았다. 남편은 착실

히 집을 지키면서 공부를 하나 보다. 직업 훈련소를 다니던 남편이 집에서 공부를 한다고 했을 때는 미심쩍어했다. 사이버 강좌를 들으며 정리한 노트를 보여 준 뒤에야 믿었다. 그 후로도 금비는 남편 몰래 컴퓨터 사용 기록을 검색해 보곤 했다. 확실히 남편은 취업 목표와 연관된 '건전한' 사이트만을 이용하고 있었다. 그리고 무엇보다 영우에게 조금씩 관심을 기울였다. 어떤 사건 이후 다시는 남편 혼자 있을 때 영우를 집에 두지 않고자 했던 맹세도 곧 거둘 성싶다.

집 안에 들어선 금비는 이맛살을 모았다. 집 안에 담배 연기가 자욱했다. 담배는 집 밖에서 피우라고 했건만.

"어! 이 시간에 어쩐 일이야?"

컴퓨터 앞의 남편이 화들짝 놀랐다. 부랴부랴 키보드를 두드리며 당황하는 남편의 행동거지에 불길한 예감이 훅 밀려왔다. 이런 일이 반년 전에도 있었다. 가슴이 뛰었다. 모니터가 점멸하기 전에 금비는 분명히 그래프를 보았다. 결코 잊을 수 없는 화면이었다.

"당신 지금 뭐 하고 있었죠?"

그녀는 한달음에 컴퓨터로 다가가 전원을 다시 켰다.

"이게 왜 이래. 비켜!"

남편의 완력을 버텨 내며 금비는 그가 한 손으로 수습하는 경마 정보지를 뚫어지게 바라보았다. 그러고는 인터넷을 켜 방문 기록을 확인했다.

"경마까지 해요?"

"재미야, 재미!"

"어쨌거나 아까 당신 주식 하고 있었잖아요!"

금비는 부르르 경련을 일으키는 심장 부위를 손아귀로 움켜쥐며 간신히 내뱉었다.

"뭘 확인해! 공부하다가 시세나 구경하면서 잠깐 머리 좀 식혔다. 재미, 그냥 재미로⋯⋯."

"증권사 가서 확인해요. 당장 같이 가!"

창졸간에 알 수 없는 드센 기운에 휩싸여 그녀는 목청껏 소리쳤다. 여자의 이런 악다구니는 지옥의 가정에서나 나오는 거라 생각했다. 평생 이렇게 목청을 높일 일은 없을 줄 알았다.

"아니면, 당장 증권사 로그인해서 기록을 보여 줘요!"

"사람 말을 왜 못 믿고 지랄이야, 씨발!"

이미 눈으로 확인했지만 그래도 남편 말을 믿고 싶었는데, 쌍소리를 듣는 순간 그녀는 한 가닥 남은 희망을 놓아 버렸다. 처음 저 쌍욕을 남편이라는 이름의 남자에게 들었을 때 얼마나 서럽고 충격적이었던가. 이제는 서러움보다 악이 앞선다.

"돈 없잖아. 어디서 났어! 잘난 시어머니가 주시진 않았을 테고⋯⋯."

머릿속으로 번개처럼 스치는 생각이 있어서 농을 뒤졌다. 없다. 금비의 명의로 만든 통장이 사라졌다.

"찾아 쓴 거예요?"

"⋯⋯아니."

"왜 자신 있게 말 못 해요. 좋아요. 은행에 갔다가 증권사도 같이 가요!"

"채워 놓을게."

"뭐라고요? 찾아 쓴 거예요? 이, 이, 나쁜⋯⋯."

급기야 그녀는, 늘 믿고 있었던 '인간의 품격' 에 관한 선을 넘어

버렸다.

"나쁜 새끼! 너도 남자냐? 너도 사람이냐! 그 돈이 뭔 돈인 줄 알아! 군대 간 내 동생 돈을 네가 왜 손대! 가난한 누나 이사 가라고 빌려준 돈인 줄 너도 알잖아! 이사는 어떻게 할래. 여기 보증금으로 방 얻을 수 있어? 말해 봐. 이 미친 새끼야!"

"이년이 이제 보니 깡패네. 웃겨. 그동안 요조숙녀 연기하느라 얼마나 힘들었냐?"

무릎을 꿇고 빌어도 용서하지 않을 참인데 도리어 비아냥거리는 모습에 눈물이 왈칵 쏟아졌다.

"그 돈은 절대 손댈 수 없어서 최저 시급 받아 가지고 그걸로 월세 내고 굶으면서 살았다. 나는 굶으면서도 너는 남편이라고 꼬박꼬박 삼찬 오찬 챙겨 줬다!"

"갚을게."

"틀렸어."

"갚는다잖냐."

"당신은 틀렸다고!"

영우가 이 자리에 없어서 다행이라고 여기면서 그녀는 마음껏 소리를 질렀다. 그러면서도 마음 한편으로는 영우가 있어서 죽지도 못하는 현실을 저주했다.

금비는 이내 어금니를 악물었다. 주저앉을 때가 아니었다. 거리로 내몰리지 않으려면 그나마 남은 돈이라도 건져야 했다.

"다 돌려줘요. 지금 은행에 같이 가요."

"내가 찾아서 채워 놓는다니까!"

"가요!"

"자꾸 이러면 한 푼도 안 돌려준다."

"당장 가요!"

완강한 금비의 태도 앞에서 궁지에 몰려 있던 그가 문득 비웃음을 흘렸다.

"사실 처남 돈도 아니잖아?"

"뭐라고요?"

"당신이 처남 대학 등록금 대 줬잖아."

"미쳤군요. 지금 혼수 안 해 온 것 따질 처지야?"

"등록금 아니었음 어차피 당신 결혼 자금이었잖아."

"치사한 자식. 너도 남자냐! 이 짐승아, 돈 내놓고 우리 끝내!"

"이거 놓고 말해, 깡패 년아!"

그녀는 그악스럽게 남편에게 매달렸다. 떼어 내는 남편을 다시 붙잡으려던 금비의 매운 손이 얼결에 그의 얼굴을 훑었다.

"아이, 씨발! 이년이!"

뺨에 난 손톱자국을 어루만지던 남편이 불쑥 주먹을 날렸다. 반년 전, 처음 맞았을 적에는 넋을 잃고 앉아만 있었다. 그러나 이제는 금비도 같이 주먹을 내밀었다. 예쁘지 않고 똑똑하지도 못한 여자가 주먹이 맵다는 일이 어디 흉이나 되겠는가.

집기가 날아가고 부서지는 상황에서 우습게도 그녀는 컴퓨터와 텔레비전을 보호해야 한다는 부담에 시달렸다. 사이버 학습과 영우의 어린이 방송 채널은 여전히 필요하다.

퍽!

어디를 맞았는지 갑자기 숨이 턱 막혀서 고꾸라졌다.

"너도 참! 본색이 나오니 정말 지랄맞은 년이구나. 왜 어른들이 근본을 따지는지 알겠다."

　나뒹굴 그녀의 육신 위로 남편은 한참 동안 독설을 배설한 뒤에 집을 나갔다. 이대로 누워서 영영 잠이 들고 싶었다. 근본, 본색. 과연 그럴까? 결혼 전만 해도 드라마에 나오는 부부 싸움 장면처럼, 남자가 아무리 화를 내도 여자가 다소곳이 받아 주면 남자 스스로 풀어지고 도리어 사랑이 새록새록 자란다고 믿었다. 그리고 직장에서도 상대가 화를 내도 같이 얼굴을 붉히지 않으며 살아왔다. 일찍 돌아가신 부모님도 금실은 좋았던 걸로 기억한다. 진화일까, 본색일까?

　얼굴이 부어오르고 갈비뼈가 시렸다. 영우의 얼굴이 떠올랐다. 이를 악물고 몸을 일으켜 거울 앞에 섰다. 처참했다. 패잔병의 모습 그대로였다. 삶의 전쟁에서도, 애정 전선에서도 패배자가 되었다. 그것들을 감추기에는 얼굴의 피딱지들이 너무 또렷하다. 집 안에는 그 흔한 선글라스도 하나 없었다. 대충 치운 뒤 세수를 하고 옷을 갈아입었다.

　사람들이 쳐다보든 말든 용감하게 거리를 걸었다. 마감 시간 전에 은행에 들어갔다. 예전과는 달리 한결 까다로워진 절차를 거쳐 새로운 통장을 발급받았다. 정말로 돈이 죄다 인출되어 있었다. 다리가 풀렸다.

　"손님! 손님!"

　그대로 의식을 잃어버렸다.

2. 생존을 위해서 인간은 진화한다

결혼의 존엄성이 처참하게 추락한 건 이번이 두 번째였다. 첫 번째 절망을 겪었던 작년은 영우의 생일이기도 했다.

그날, 동네 슈퍼에서 일찍 근무를 마친 금비는 매장 안의 제과점에서 주저주저하다가 꼬마 케이크가 아닌 가장 크고 화려한 것을 골랐다. 케이크가 남으면 다음 날 가족의 간식으로 먹으면 되니 무리한 지출은 아닐 듯싶었다.

평소 한밤중에 퇴근하는 그녀를 점주가 특별히 대낮에 보내 주었다. 영우의 생일을 직장에 광고한 덕분에 모처럼 세 식구가 함께 저녁을 먹을 수 있었다.

어린이집에 있는 영우는 남편이 집으로 데려갔을 터였다. 사업 전선에 뛰어들었다가 패잔병이 된 남편은 오전에는 일자리를 알아보고, 오후에는 집에서 영우를 보살피고 있었다. 어린이집에 마지막까지 남아 있는 영우가 마음에 걸렸는데 더는 야간 보육 신세를 지지 않아도 되었다. 그동안 아들에게 무심했다면서 이 기회에 함께하는 시간을 넉넉히 갖겠다는 남편이 고마웠다. 시간이 걸리더라도 진득하게 붙어 있을 수 있는 확실한 직장을 구한다는 게 남편의 구상이었다.

폭염으로 이글거리는 거리를 지나 땀방울을 훔치면서 연립주택 계단을 밟았다. 더위 탓인지 남편은 문을 열어 놓았다. 순간 금비는 남편을 깜짝 놀라게 하자는 짓궂은 생각이 들었다. 조용히 갈대발을 밀어 올리려다가 우뚝 멈추어 섰다. 전혀 남편의 것 같지 않은 차가운 말소리가 터져 나왔다.

'가만 좀 있어, 새끼야!'

애정 없는 살벌한 목소리. 설마 영우한테 하는 말일까?

'한창 중요할 때 지랄이네. 씨발! 못 샀잖아!'

남편은 작은방을 힐긋 노려보고는 다시금 낯선, 아니, 무서운 언어를 토했다. 그녀는 떨리는 몸을 가누고 조용히 들어섰다. 컴퓨터와 친하지 않던 남편은 거실의 모니터에 열중하고 있었다. 이 또한 낯선 모습이어서 그녀는 집을 잘못 들어온 게 아닌가 생각했다. 무엇이 사람이 와도 몰라볼 만큼 열중하게 만드는지 호기심이 동해 모니터를 주시했다. 화면 속엔 그래프와 숫자들이 가득했다.

'뭐 해요?'

금비의 목소리에 그가 흠칫 놀라며 키보드를 더듬었다.

'어! 왜 일찍 왔어?'

'오늘 영우 생일이잖아요. 영우는요?'

순간 남편이 난감한 표정을 지었다. 와중에 작은방을 의식하는 그의 눈길을 금비는 놓치지 않았다.

'왜 잠겼죠?'

작은방의 문손잡이를 잡은 채 그녀가 소리쳤다. 남편은 대답 대신에 명멸하는 모니터를 바라보면서 더듬거렸다.

'응. 녀석이 왜…… 글쎄, 중요한 서류 좀 보느라고 방에 있으라고 했는데 문은 왜 잠갔지?'

불길한 예감이 활활 타올랐다. 열쇠를 찔러 넣고 방문을 열자 지린내가 왈칵 새 나왔다. 영우는 죄지은 아이처럼 옴츠린 채 눈치를 보고 있었다.

'어떻게, 어떻게 자식한테 이럴 수 있죠?'

그녀는 숨이 턱턱 막혀서 한참 뒤에야 겨우 남편에게 따졌다.

'자식을 가둬 넣고 오줌도 못 싸게 했다는 일을 도무지, 도무지 믿을 수 없어요!'

그렇잖아도 사람들 앞에서 노상 눈치를 보고 통 말을 익히지 못해서 안타까운 아들이었다. 금비는 변명하는 남편을 연방 몰아붙였고, 결혼 후 처음으로 남편에게 상소리를 들었다.

남편은 며칠 동안 집에 들어오지 않았다. 금비는 컴퓨터를 붙들고 남편의 행적을 추론해 보았다. 아들을 방에 감금시킬 만큼 중요한 일이 무엇인지 꼭 알고 싶었다. 과연 오래전부터 사이버 주식 거래를 했던 듯싶었다.

그녀는 남편에게 전화를 걸어서 주식을 하냐고 물었고, 남편은 나중에 말해 주겠다고만 했다. 그리고 일자리 때문에 지방을 다녀온다고 무단가출을 정당화했다.

처음 며칠 동안은 어린이집 차량이 영우를 슈퍼로 데려다 주었다. 얌전히 있어 주어도 눈치가 보이고 힘겨운데 영우는 쉬이 울고 보챘다. 딱히 생계를 꾸릴 대책이 없음에도 슈퍼마켓을 그만둘 수밖에 없었다. 그녀는 영우가 어린이집에 있는 시간 동안만 일할 수 있는 직장을 찾아다녔다. 찾다가 지쳤을 때, 어린이집 원장 선생님이 보육 도우미를 해 보지 않겠느냐고 물었다.

'호의는 감사합니다만, 사실 저는 고등학교밖에 안 나왔는데요.'

'보육 도우미 일이면 상관없어요. 잡다한 일을 하면서 보수가 적어도 괜찮다면…….'

그렇게 어린이집 보육 도우미(구 보조 교사)로 취직하고는 영우를 종일 돌볼 수 있었다. 더불어 원장 선생님의 권유로 3급 보육 교사 자격증을 위해 틈나는 대로 공부에 매달렸다.

남편이 집으로 돌아왔지만 서로 대화를 하지 않았다.

어린이집에 취직한 지 한 달쯤 되었을 때 카드사로부터 전화가 왔다. 또 며칠 뒤에는 낯선 남자들이 찾아와 남편이 빚을 졌다고 말해 주었다. 모두 결혼 초부터 누적되어 온 빚이었다. 영우가 생겨서 서둘러 한 결혼. 그래서 겨우 3년 차다. 아니다. 3년이나 되었다. 그동안 그녀는 남편이 어디서 무엇을 하고 다녔는지 까맣게 모르고 있었다. 돈을 사업에 말아먹었다는 말도 말짱 거짓이었다. 모두 도박이나 주식으로 탕진했다. 거리로 내몰릴 위기에 처하자 그녀는 시댁에 알릴 수밖에 없었다. 그녀에게는 친정이 없었다.

'살아온 세월이 몇 년이니! 그저 살만 대면 부부니? 에미야, 난 너도 답답해 죽겠다. 신랑이 어딜 기웃거리는 줄도 전혀 모르고 있었던 거니!'

시어머니는 위로한다고 불러 놓고 힐책했다.

'우리도 요즘 어렵다. 너도 알다시피 영우 아범 장가보낼 때 기둥 다 뽑아 줬잖니. 몇 년만 어찌해 봐라. 일단은 네가 어떻게 해결하는 수밖에 달리 방도가 없어.'

동생에게 등록금을 미리 건네준 탓에 결혼 당시 금비의 통장은 비어 있었다. 남편은 몸뚱이만 와도 모든 식구가 환영이라고 말했다. 겪어 본 현실은 물론 아니었다. 과연 시어머니는 이번에도 그녀의 예민한 부분을 건드리고 만다.

'네가 고생한 건 모르는 바 아니다. 어쩌겠니. 그렇다고 널 도와줄 친정이 있는 것도 아니고.'

결국 연립주택 전세금을 빼서 남편의 빚을 갚았다. 남편은 참회의 눈물을 흘렸다. 진정성이 담기고 안 담기고를 따지고 싶지 않았다. 다만 다시금 이런 고통을 주면, 그때는 단칼에 인연을 끊겠다고 남편에게 또박또박 선언했다.

그리고 반년 후에 재현된 고통은 상상을 초월했고, 그녀는 은행 안에서 무기력하게 쓰러질 뿐이었다.

금비는 코끝에 닿는 에테르 냄새에 번쩍 눈을 떴다.

"어, 엄마!"

반색하는 영우의 얼굴이 보였고, 서진이도 보였다. 그리고 여전히 검은 양복을 입고 있는 그도 병실 안에 함께였다. 2인실이었고, 옆 침대는 비어 있었다. 팔뚝에는 링거 주삿바늘이 꽂혀 있었다.

환자복은 누가 입혔을까? 그를 보려고 머리를 들자 어지러움이 느껴져 도로 누웠다. 영우가 맑고 커다란 눈을 습벅거리며 지켜보았다. 이상하게도 아이는 불안에 떨지 않고 차분하기만 했다.

"이쁜 아들, 왔어?"

말을 하자 안면 근육이 쓰라렸다. 검은 양복과 눈길이 마주치자 엉망인 얼굴이 부끄러워 고개를 돌리려다 이내 체념하고 그를 보았다.

"아버님이 어쩐 일이세요?"

"얼굴이 따가울 겁니다. 애써 말하진 마십시오."

환자에게 명령하는 의사 같은, 아니 타박하는 말투였다. 그런데도 왠지 그의 말이 따뜻하게 와닿았다.

"아빠한텐 제가 전화했어요."

서진이가 말했다. 어깨를 으쓱하더니 영우를 가리키며 덧붙였다.

"원장 선생님이 저한테 선생님이 병원에 계신다고 말씀해 주셨어요. 그래서 제가 영우를 계속 데리고 있었어요."

"기특도 해라."

"엄마가 아프면 아들이 병문안 와야 하는 게 맞죠?"

서진이의 맹랑한 말에 금비는 피식 웃음이 나왔다. 웃는데도 피부가 따가웠다. 얼굴이 엉망인 탓인지 엄마가 곁에 있으면 얼굴을 만지고 뺨을 비비기를 좋아하던 영우가 조심스럽게 목살만 건드렸다.

"흉하죠?"

줄곧 이쪽을 보고 있는 검은 양복에게 말했다. 그가 흉한 얼굴을 그만 바라봤으면 하는 바람을 담은 말이었다.

"약을 발랐습니다."

과연 얼굴에 손을 대니 끈적거렸다. 왜 얼굴이 망신창이가 되었는지 그는 별 관심이 없는 듯싶었다.

"연락할 가족이 있습니까?"

그가 물었다. 금비는 자신의 품에 안긴 영우와 그의 품에 안긴 서진이를 찬찬히 바라본 뒤에 대답했다.

"남동생이 있어요."

그가 고개를 갸웃하더니 휴대폰을 꺼내 들었다.

"지금은 군대에 있어요."

실없는 그녀의 말에 그는 휴대폰만 멀거니 바라보았다. 그녀는 남편에 대해 이야기하지 않았다. 그는 더 묻지 않고 누군가에게 전화를 걸더니 지금 올라오세요, 하고 말했다.

곧 병실 문이 열리고 서진이의 고모가 들어왔다.

"영우는 서진이랑 같이 재우겠습니다."

"아뇨, 고모님. 제가……."

"애들이 잘 시간입니다."

어느덧 밤이 깊어 있었다. 서진이가 영우의 손을 잡았다.

"영우야, 오늘만 누나랑 같이 잘래?"

영우는 한참을 망설이다가 고개를 끄덕거렸다. 낯을 지독히 가리는 녀석이 언제부터 서진이를 저리 따랐을까? 그러고 보니 이런 상황에서도 차분하게 굴었던 것은 서진이 때문인 듯했다.

검은 양복은 고모님과 아이들을 택시에 태워 보낸 뒤 병실로 돌아왔다. 그때 금비는 울고 있었다. 그 모습을 본 그가 티슈를 뽑아 건네주었지만 그녀는 고개를 돌려 버렸다.

"약 바른 게 지워집니다."

무뚝뚝한 말인데도 뜨거워서 또 눈물이 나왔다. 이 나이에 믿고 기대어 맘 놓고 펑펑 울 수 있는 사람 하나 주변에 없다는 사실이 창피하고 서러웠다. 엄마는 왜 병마와의 싸움에서 맥없이 무너졌을까? 아빠는 또 왜 의연하게 버텨 내질 못하고 술병으로 요절했을까. 자식을 사랑한다면 버텨 줘야 하는 게 아닐까.

"영우 아빠는 출장 갔어요."

눈물을 훔친 뒤 그녀가 말했다. 건너편 침대에 가만히 앉아 있던 그가 힐긋 보더니 말없이 창 너머로 시선을 날렸다. 그의 시선을 따라가다가 창틀에 놓인 지갑을 발견했다. 그 안에는 오천 원짜리 한 장, 그리고 천 원짜리 서너 장과 동전 몇 개가 담겨 있었다. 병원비가 걱정이다.

"아버님은 어서 가셔야죠?"

걸을 수 있으니 그를 보낸 뒤에 원무과에 들러 볼 터였다.

"기절했던 환자인데,

혼자 두기엔 좀 그렇군요."

"단순히 영양 부족에 과로라잖아요. 혼자 있어도 괜찮아요."

"때 되면 알아서 가겠습니다. 주무세요."

건너편 침대의 벽으로 등을 기댄 검은 양복이 눈을 감았다.

"저기요, 제가…… 불편해서 그래요."

그가 다시 눈을 뜨고 그녀를 빤히 바라보았다.

"제가 남자라서 그럽니까, 영우 어머님?"

'선생님'이라고 말하지 않고 '영우 어머님'이라고 했다. '아줌마'인 금비를 바라보는 그의 얼굴이 화나 보였다. 할 말이 떠오르지 않아 뚱하니 그를 마주 보고만 있자 그가 예고도 없이 전등을 꺼 버렸다.

"서진이가…… 영우와 황금비 선생님 덕분에 밝아졌습니다."

그 말을 남기고 그가 밖으로 나갔다. 금비는 망연히 문을 바라보다가 까무룩 잠이 들었다. 잠시 후 문 열리는 소리에 눈을 떠 보니 불이 켜지고 낯선 중년 여자가 고개를 숙였다.

"안녕하세요. 간병인이에요."

"안 불렀는데……."

"친척이라는 신사분께서 부탁하셨네요. 돈은 미리 받았어요."

더는 싫었다. 이건 아니다 싶어서 억지로 몸을 일으킨 뒤 병실 밖으로 나가려 하자 간병인이 링거병을 들고 뒤따랐다.

"제발, 잠깐만 혼자 좀 다녀올게요."

간병인을 제지하고 병실을 나온 뒤 허청허청 복도를 걸어 엘리베이터를 탔다. 영우를 데리고 와 본 적이 있는 5층짜리 병원이었다. 야간 원무과는 1층에 있었다. 당장 퇴원을 하고 싶어도 병원비가 문제였다. 남편의 카드빚을 청산한 뒤론 카드는 일절 만들지 않았다.

원무과의 당직 직원은 의외의 말을 건넸다.

"이백만 원이 선입금돼 있습니다. 진단서 발급도 그렇고, 퇴원 정산은 치료 도중이라서 지금은 안 됩니다."

그가 통이 큰 건지, 금비 자신이 워낙 서민적인 건지 모르겠지만 어쨌거나 과한 선심으로 와닿았다. 혼란스러운 생각을 털어 내며 출입문 쪽으로 걸어가던 금비는 그 앞에서 우뚝 멈추어 섰다. 바깥에는 실처럼 가는 비가 내리고 있었고, 오렌지빛 물기를 동그랗게 담고 있는 가로등 아래로 검은 양복을 입은 남자가 서 있었다.

그녀는 보슬비를 맞으며 그에게 다가갔다.

"퇴원하고 싶어요."

"어떠세요? 어차피 맞아야 한다면 여러 날 동안 빈곤한 비를 맞느니 단박에 소낙비를 맞는 게 더 낫지 않을까요?"

그녀의 얼굴을 살피던 그가 불쑥 등을 떠밀었다.

"약 다시 발라야겠네요. 들어가시죠."

순순히 그의 말을 따랐다.

"집에 가서 자고 싶어요."

엘리베이터 안에서 그녀가 다시 한번 말했다.

"병원이 불편해요."

"알고 있습니다, 선생님. 하지만 오늘은 혼자 계시는 게 좋지 않습니다."

사실 그녀 스스로도 무서웠다. 혼자 집에 들어가면, 낮 동안 전쟁을 치른 끔직한 흔적들 속에서 무슨 일을 저지를지 몰랐다. 더욱이 인간으로서 지녀야 할 품격과 존엄성을 뿌리째 상실한 마당이었다. 그런데 이 남자는 무엇을, 얼마나 알고 있을까?

"솔직히 전 얼떨떨하고 부담스러워요."

"우리 서진이한테 선생님은 소중합니다. 얼굴 상처…… 빨리 나아서 근무하시길 바랍니다."

그것뿐인가요? 물으려다가 바보 같아서 포기했다. 자존심이란 녀석은 참 묘해서 지키려고 애써 포장할수록 더욱 초라하게 추락한다.

간병인은 잘만 자는데 정작 환자는 새벽에도 뜬눈으로 일관했다. 금비 자신의 돈이 나간 것도 아닌데 일당이 아까웠다. 그런 궁색함이 한심해서 또 잠이 달아났다.

남편은 며칠 뒤면 돌아오겠지. 이번에는 또 무슨 연극으로 이쪽 마음을 돌려놓을까. 어째서 전혀 몰랐을까. 연애까지 4년 세월을 속았다. 아니다. 속았다는 표현은 싫다. 남편의 가장 큰 매력은 상냥한 행동거지와 순박함이었다. 어떻게 정반대로 뒤집힐 수 있을까. 최근에 변했던 것일까?

근본 운운하던 남편이 떠올랐다. 그녀 역시 막말을 퍼부었다. 금비 자신이 처음에 쌍소리를 듣고 충격을 받았던 것처럼 남편도 충격을 받았으리라. 이번에는 막말뿐이 아니었다. 정말이지 맞고 사는 아내가 될 줄은 꿈에도 생각 못 했다. 시어머니와 남편의 말마따나 정말로 자신이 남편을 그렇게 만들었을까. 어쩌면 남편이 돌아오는 데에 꽤 많은 시간이 필요할지도 모른다. 한 해 몇 번씩은 꼭 치렀던 부부 싸움은 이번에 비하면 새 발의 피였다.

원무과 직원이 진단서를 들먹였던 게 생각났다. 검은 양복이 신청했으리라. 왜냐고 그에게 묻지 않았듯이 스스로에게도 시치미를 떼기로 했다. 낭만적인 삶은 어느덧 사치가 되었다. 어쩌면 10대부터 섬겼던 그 낭만이 파국을 방치하는 주범이었을지도 모른다. 남편과는 앞으로 어떤 일이 펼쳐질지 알 수 없었다. 치사한 행위지만 어찌겠는가. 삶이 긴장될수록 비장의 무기 몇 정도는 감추고 있어야 한다는 바를 체득해 버렸으니.

기척을 죽이고는 링거 바늘을 뽑았다. 간병인 몰래 병실 밖으로 나왔다. 가로등 아래서 검은 양복이 어둑새벽까지 비를 맞고 있을 것 같다는 엉뚱한 상상을 털어 내지 못하고 결국 엘리베이터를 탔다. 건물 밖으로 나오자 불어오는 차가운 바람에 얼굴이 따끔거렸다. 비는 그쳤지만 하늘은 여전히 암울하여 언제 또 비가 내릴지 모르겠다. 누군가의 말마따나 소낙비가 낫겠다. 어차피 맞아야 한다면.

검은 양복은 보이지 않았다. 아이들이 있는 집으로 돌아갔으리라. 그녀는 쓴웃음을 지었다. 무엇을 기대했던 것일까.

건물 안으로 들어오다가 수상한 예감에 홱 뒤돌아보았다. 병원 입구 근처의 승용차 한 대가 이제 막 라이트를 켜고는 움직였다. 흐릿한 윤곽만 보았는데도 검은 양복의 차라고 생각했다.

아침에 일어났더니 온몸이 결렸다. 얼굴도 더 부어오른 느낌이었다. 간병인이 다가와 체온계를 귀에 꽂아 체온을 잰 뒤 종아리를 주물렀다.

영우가 걱정이 되어 휴대폰을 손에 쥐자 때맞춰 벨이 울렸다.

— 어, 엄마. 사, 사랑……

"그래, 그래. 사랑해요, 우리 아들."

다행히 아들의 목소리는 밝았다. 그리고 이내 서진이의 쾌활한 목소리로 바뀌었다.

— 선생님, 우리끼리 잘 자고 치카치카도 했어요. 영우랑 어린이집 갈게요. 잘 나으세요.

우연일까, 누군가의 치밀한 각본일까? 시기적절하게 그녀를 일으키고 안심시키는 일들이 신기하기만 했다.

간병인의 도움을 받아 머리를 감은 뒤 아침을 먹었다. 엑스레이를 찍고 오니 부재중 전화가 찍혀 있었다. 시어머니였다. 그녀는 한참을 망설이다가 내키지 않는 통화를 시작했다.

— 에미구나.

첫마디부터 심상치 않는 기운을 품고 있었다.

— 너한테 면목이 없어서 어지간해서는 싫은 소린 안 하려고 했다. 그런데 오늘은 진짜 화가 나는구나. 영우 아범이 말려서 밤새 참았다만 내 속이 숯덩이라서 더는 못 담고 있겠다.

남편은 시댁에서 잔 모양이었다.

— 아무리 속이 상해도 그렇지. 서방 얼굴에 손톱질 하는 경우가 어디 있다니! 무슨 일이 있었던 거니, 응!

처남의 통장을 건드린 당신 아들의 만행은 전혀 모르고 있는 듯싶었다.

— 영우 아범도 그렇고, 너마저 왜 꿀 먹은 벙어리냐! 늙은이 속 터져 죽는 꼴 보고 싶니!

전화를 받기 전까지만 해도 시어머니한테 당신 아들이 남긴 이 편 얼굴의 상처를 보여 주고 싶다는 생각도 했지만 그럴 마음이 싹 가셨다. 지쳤다.

— 내 자식이라 두둔한다고 서운해하진 마라. 서방 기를 살려 주지 못하면 그 쪽박이 여자한테 돌아온다는 말만은 꼭 해 주고 싶구나.

"죄송해요, 어……."

어머니. 결혼을 계기로 그 이름을 다시 불렀을 때는 자신도 모르게 뜨거운 눈물을 흘렸다. 어머니라고 부를 수 있는 사람을 다시 만들어 준 남편이 고맙기만 했다. 하지만 이미 존엄성을 상실하고 인간의 품격도 망가진 지금, 입 밖으로 내뱉으려 했던 '어머니' 라는 말을 삼켜 버렸다. 다시는 부르기 싫다는 고집이 불쑥 파고들었던 것이다. 전화기 저편에서는 그녀가 병원에 있다는 사실을 모르는 것 같았다. 물어보지 않으니 그녀도 굳이 알리고 싶지 않았다. 공연히 영우를 데려간다는 등의 곤란한 말만 들으리라.

— 영우는 잘 있겠지?

"네."

— 집안 꼴이 험할 땐 차라리 이리 보내라. 영우 할아버지도 보고 싶다신다.

늘 축 처진 어깨를 하면서도 조용히 정을 건네는 시아버지를 생각하면 보내 주고 싶은 마음도 들었지만 그녀는 분명하게 거절했다.

통화를 마치고 나자 억울했다. 남편과 시어머니보다 스스로가 더 미웠다. 열심히 산 죄밖에 없는데 조아리기는! 남편이 농으로 던진 말이 있었다. 여자가 예쁘지도 않고 몸매도 안 된다면 구제받는 길은 딱 하나란다. 착한 것. 그게 으뜸의 미덕이란다. 이제는 예쁘지도 않고 몸매도 안 되고 착하지도 않았다. 구제받기는 글렀다. 그러니 스스로 구제하는 수밖에 없었다.

어린이집 선생님들이 줄줄이 전화를 걸어 왔다.

— 그나마 많이 안 다쳐서 다행이에요.

어린이집에서는 그녀가 계단에서 구른 줄로 알고 있었다. 정보의 경로는 몰라도 썩 괜찮은 오해라는 생각이 들어 내버려 두었다.

"퇴원할 거예요. 지금요."

퇴원을 이유로 병문안은 사절했다. 전화를 끊은 뒤 그녀는 허겁지겁 옷을 갈아입었다. 주치의를 만나 보라는 간호사의 만류도 뿌리쳤다. 응급실에서 끝내도 되는 치료였다. 병실까지 옮겨 올 필요도 없는 환자에게 주치의라니. 검은 양복이 기획한 친절이리라. 감염이 무섭다. 그렇다. 사치에 감염되기 전에 서둘러야 했다.

"소독도 다시 해야 해요. 상처가 덧나잖아요."

"통원 치료를 해도 상관없는 거 아녜요?"

"오늘 하루만이라도 치료를 더 받으세요."

병원이 장사가 안 되나? 간호사는 난감한 표정을 드러내며 집요하게 그녀를 막아섰다. 아무래도 검은 양복의 당부를 받은 것 같았다.

"아들 땜에 그래요. 여긴 보육원도 없잖아요. 빨리 해 줘요. 내 아들이 잘못되면 그쪽한테 따질 거예요."

원무과에서 정산을 마친 금비의 손에는 백 몇십만 원의 현금이 쥐여졌다. 누군가에겐 푼돈일지 몰라도 금비에겐 한 달 수입이 넘는 거액이다. 당장 돌려주고 싶었다. 아침에 서진이가 전화를 걸면서 아빠 휴대폰으로 전화하는 중이라고 말했다. 그때 수신된 번호를 바라보며 망설이다가 결국 포기하고 돈을 가방에 넣었다.

택시 정류장에서 얼쩡거리다가 버스 정류장을 향해 걸었다. 걸음을 옮길 때마다 갈비뼈가 시리고 다리가 후들거렸다. 그녀는 입술을 깨물었다. 세상의 엄마들은 강해야 했다.

예민한 탓인지 누군가 지켜본다는 예감이 들었다. 정류장에 서 있다가 휙 고개를 돌렸다. 상가 저쪽에서 누군가 숨는 것이 보였다는 생각은 착각일까. 남편과 마주치면 어떻게 대해야 할지 생각하면서 그녀는 힘겹게 버스에 올라탔다.

집에 누워서 부기가 가라앉기를 기다리며 '나쁜 여자'에 관해 생각했다. 남편에게 처음 험한 욕을 들었을 때는 세상으로부터 뒤

통수를 얻어맞고 절벽 아래로 떨어지는 기분이었다. 이번에는 남편의 폭언보단 자신의 입에서도 막말이 나왔다는 사실이 더 아팠다.

그녀는 처음으로 남편이 없는 미래를 가늠해 보았다. 자격증을 발부받고 3급 보육 교사가 되면 월급은 오르겠지만 퇴근 시간이 늦어진다. 영우를 종일 끼고 일하기에는 걸림돌이 한두 가지가 아니었다. 친정이 있는 사람들이 부럽다. 너무너무 부럽다. 동생인 은민이는 군 복무를 마치면 고시원 생활을 이어 갈 터였다. 각자 결혼을 하면 두 부부가 한집에 모여 사는 게 한때의 소원이었다. 부부가 서로 아이를 돌봐 주고, 아이들끼리 어울리는 그런 생활이 이루어지기는 할는지.

달님 반 선생님에게 전화를 걸었다. 차량 운행 때 영우를 보내 달라는 부탁을 한 뒤 부식 가게로 향했다. 마스크를 썼지만 까맣게 부어오른 눈두덩은 감출 수 없었다. 가게 아주머니가 오징어 내장을 솎아 내면서 금비의 얼굴을 힐긋거렸다.

"새댁, 다쳤구만."

"계단에서 굴렀어요."

"이쁘장한 얼굴, 조심해야지."

"많이 흉해요?"

"아냐. 그래도 빨리 나아야겠어. 모르는 사람들이 보면 싸운 줄 오해하잖아."

"그래 보여요?"

"하하! 웃자고 하는 말이야. 빨리 나으려면 착한 신랑한테 달걀 좀 굴려 달라고 해."

"아, 네."

영우가 좋아하는 물오징어와 감자를 받아 들고는 집으로 돌아왔다. 신랑과 달걀을 입에 올리는 아주머니 덕분에 그녀는 뒤늦게 웃음을 터트렸다. 그런 착한 신랑에게 막말을 내뱉은 자신은 구제 불능인가 보다. 부식 가게에서도, 분식집에서도, 심지어 어린이집에서도 신랑은 착한 사람이었다. 술친구들에게도 인기가 좋았다. 자기 자식을 방에 가두고 오줌을 지리게 한 작자가 바로 그 사람이고, 마누라가 번 돈을 빼먹는 것도 부족해 처남 돈까지 훔친 사람이 바로 그 사람이라고 실토해도 다들 믿지 않을 것 같았다. 덕분에 남편에게 맞았다는 의심도 사지 않았다.

쌀을 씻어 안치고 오징어와 감자를 넣은 맑은국을 끓였다. 식탁을 정리하다가 남편의 자동차 보험 만기를 알리는 안내장이 보이자 거칠게 찢어 버렸다. 내 줄 돈도 이제 없었다. 차는 사업에 필요하고 직장에 필요하다는 말도 더는 못 믿겠다. 유지비와 의료보험료만 축낼 뿐이었다. 문득 언젠가 차에 여자를 태우고 있었던 남편의 모습이 떠올랐다. 1년 전인지, 2년 전인지는 모르겠다. 우연히 목격했고, 곧 잊어버렸던 일이었는데 새삼스럽게 의혹을 안고 찾아든다.

'낮에 당신 봤어요. 여자랑 밥 먹었죠?'

'응? 아! 맞아. 친구 회사 직원이야. 관공서 들어갈 일로 도움을 좀 달라고 해서 조언을 해 주느라고.'

'밥값은 당신이 낸 건 아니죠?'

'그럼. 도와주는 입장인걸.'

너무도 자연스럽게 대답하는 남편이었기에 그녀는 이내 의혹을 지워 냈었다. 당시의 그녀는 남편의 존엄한 영혼을 믿었고, 사랑하는 사이에 불신으로 인한 감정 낭비를 갖지 않고자 애쓰며 살았다. 하지만 지금은 아니었다. 세상 전체를 믿을 수 없었다. 아군으로 위장한 적군이 난무하는 전쟁터에 선 심정이었다.

시계를 본 뒤 2층 시멘트 난간에 서서 골목을 내려다보았다. 기다리던 어린이집 차량 대신 검은색의 고급 승용차가 집 앞에 멈추었다. 운전석 문이 열리고 검은 양복이 먼저 내린 뒤 영우를 차에서 내리게 했다. 서진이의 모습도 보였다.

저 남자도, 영우를 여기까지 태워 준 저 남자의 호의도 순수하게 받아들일 순 없었다.

주말 아침이었다. 전화벨이 울리자 금비는 영우의 옷매무새를 다시 확인한 뒤 집 앞으로 데리고 나갔다. 기다리고 있던 서진이가 영우의 손을 잡고 검은 양복의 차에 태웠다.

"엄마는 병원 갔다 올게. 잘 놀다 와."

영우의 얼굴에서 애써 울음을 참는 의연함이 보여 가슴이 따끔거렸다.

"서진이 누나랑 멋진 놀이공원 가는 거니까 웃어야지?"

뒷좌석의 문을 열고 머리를 밀어 넣었던 금비는 운전석에 앉아 있던 검은 양복과 눈이 마주쳤다.

"영우는 서진이랑 함께 있으면 잘 놉니다. 병원은 꼭 다녀오십시오."

"네. 여러 가지로 감사합니다."

그녀는 검은 양복의 말을 따르지 않았다. 병원으로 가지 않고 집으로 들어와 시체처럼 누웠다. 어제부터 몸은 낮과 밤이 없었고, 정신도 몽롱함과 날카로움 사이를 제멋대로 들락거렸다.

항생제를 삼키고 잠이 들려던 찰나 전화벨이 울렸다. 받지 않겠다고 다짐하면서도 은연중에 기다렸던 남편의 전화였다.

— 통장에 오십만 원 넣었어.

왜 그것뿐이냐고, 나머지는 어쨌냐고 묻지 않았다.

— 잘했다는 건 아냐. 과장은 말자. 주식 말야, 그거 도박 아니다. 세상의 모든 경제야. 꼬맹이들 선생질한다고 나섰으니 무식한 티는 내지 말자. 고졸 티는 안 내야지?

그녀는 경마장도 경제냐고 묻지 않고 숨소리로만 응대했다. 작년의 그날 이후 주식에 관해 엄청난 자료를 검색했다는 말도, 그래서 그래프로 가득한 모니터를 두 번째로 본 이번에는 단박에 알아보았다는 말도 하지 않았다.

— 당분간 떨어져 있는 게 좋겠다. 영우는 엄마한테 보내라.

이 말이 남편의 목적인 것 같았다. 아마도 시어머니가 시켰으리라. 그녀는 조용히 휴대폰을 끈 뒤 냉장고를 열어 남편이 넣어 둔 소주병을 꺼냈다. 간밤엔 잠자는 영우의 얼굴을 바라보고는 차마 마시지 못했다. 오랫동안 술이 고팠는데 핑계가 생겼다며 또 다른 그녀가 쾌재를 불렀다. 영우에게 먹이고 남겨 둔 계란찜을 안주 삼아 꼴깍꼴깍 술을 삼켰다.

다시금 퍼질러 잠이 들었다가 문을 두드리는 소리에 깼다. 잠들기 전에 술을 마셨다는 사실을 미처 헤아리지 못한 채 휘뚝거리며 문을 열었더니, 영우가 아닌 시어머니의 얼굴이 불쑥 다가왔다. 시어머니는 이내 코를 막고 찡그렸다.

"세상에, 술 냄새 아니냐! 너, 뭐 하고 있었던 거니? 영우는, 영우는 어디 있냐!"

금비는 무언가 수습을 해야 한다고 허둥거리기는 했지만 머리가 너무 아프고 어지럽다는 현실밖에 이끌어 내지 못했다.

3. 배고플 때 받는 밥이 가장 고맙다

　금비가 3급 보육 교사 자격증을 손에 쥐자 원장 선생님은 기다렸다는 듯이 마침 자리가 빈 달님 반 담임을 맡겼다. 2급 자격증과 경력을 갖춘 다른 선생님들 틈에서 금비는 일종의 특혜를 입었다.

　"황금비 선생은 이론은 부족할지 몰라도 가슴으로 아이들을 품는 덴 부족함이 없으니 기죽지 말아요."

　원장의 격려에도 불구하고 금비는 과한 직책이라고 여겼다. 물론 2급 자격증을 갖춘 선생님들에 비해 월급은 많이 적었지만 교육 도우미보단 한결 대우가 나아졌다. 다행히 달님 반 부모들도 그동안 지켜본 금비가 든든했다면서 반겨 주었다.

　그렇게 얼결에 담임을 맡은 지 얼마 안 되어 마침 보호자 상담 기간이 닥쳤고, 금비는 서진이의 보호자와 독대할 시간을 얻을 수 있었다.

　늦은 시간, 잠이 묻은 눈으로 칭얼거리는 영우를 어르는 한편 검은 양복을 기다렸다. 금비가 질문을 선택할 수 있는 월권을 한껏 누려 볼 터였다. 다른 선생님들도 마침내 금비를 통해 검은 양복의 정체를 어림할 수 있다는 기대감으로 부풀어 있었다.

그는 의외로 검은 양복 대신에 베이지색 잠바와 암청색 티셔츠를 입고 나타났다. 함께 온 서진이가 영우를 다른 방으로 데려갔다. 이례적으로 원장 선생님 면담은 따로 없다고 했다.

그녀는 그와 묵례를 나눈 뒤 마주 앉았다.

"차는 무엇으로 하실까요?"

"됐습니다."

금비는 우선 서진이를 지켜본 입장을 사무적으로 설명했다.

"……그래서 달님 반에서는 인기 있는 언니고 누나지만, 내년 햇님 반에서는 또래와의 관계에 신경을 좀……."

"질문할 거 있으면 어서 하십시오."

"바쁘세요?"

"영우가 졸려 보였습니다."

"괜찮아요. 마지막 상담이에요."

그가 영우를 걱정하는 말을 하자 금비는 수상한 감동에 젖어 들었다. 과연 가족에 관한 위로에 굶주렸나 보다. 더럭 붉어진 눈시울을 황망히 수습한 뒤 질문을 이어 갔다.

"서진이 고모님, 연세가 지긋해 보이시던데요. 친고모세요?"

"아뇨. 안 그래도 선생님께 미리 말씀드리려고 했습니다. 그분은 가사도우미십니다. 서진이가 부르기 좋게 호칭을 그리 정했습니다."

역시 짐작대로였다.

"고모님께는 선생님 이야기를 미리 해 놓았으니 편하게 오시면 됩니다."

"아! 그거요. 그러고 보니 벌써 다음 주네요."

병원에서 받은 돈을 돌려주려고 하니 그가 받지 않았다. 대신 부탁을 했다. 멀지 않은 날에 일주일 정도 집을 비워야 하는데, 그때 영우와 함께 집에 와서 서진이가 잠들 때까지만 있어 달라고 했다. 그냥 부탁하기는 싫으니 병원에서 남긴 돈을 받아 달라고 했다. 그녀가 거절하면 돈을 더 써서라도 다른 사람을 알아본다는 말에 허락하고 말았다.

돈 때문에 수용한 건지 다른 이유인지는 모르겠다. 고모님이 거기서 자니까 그녀는 부담 없이 집으로 돌아올 수 있을 것 같았다. 신기하게도 시기적절하고 수위도 기가 막혔다. 그곳에서 잠까지 자야 한다면 거절했으리라. 비록 잠시 떨어져 있지만 남편이 있는 몸이었다. 더욱이 어린이집 선생이니까 동네 소문을 무서워해야 하는 입장 아닌가.

"프리랜서로만 알고 있는데, 아버님이 하시는 일을 구체적으로 말씀해 주시겠어요?"

그녀는 사무적인 입장으로 돌아와 물었다.

"피아노 대리점을 합니다. 곧 정리하고 앞으론 집에서 번역 일을 할 겁니다."

"그렇군요. 서진이 때문에 직업을 바꾸시려는 건가요?"

"글쎄요."

"아빠하고만 종일 같이 있다고 좋은 것만은 아니에요. 대신 사회성이 떨어지죠."

그녀는 심호흡을 했다. 민감한 문제가 남아 있었다. 어떤 선생님이라도 이 질문은 건네야 할 터였다.

"이런 질문 죄송합니다만, 사별로 알고 있는데, 서진이 어머님은…… 언제……."

"2년 4개월 됐습니다."

그가 주저하지 않고 대답했다. 과연 서진이의 친부였다. 모두가 감탄하는 서진이의 고운 눈동자에서 이미 그의 유전자를 분명히 느낄 수 있었다. 외모로만 보자면 부럽기 짝이 없는 우월한 유전자이기도 했다. 그런데도 어린이집의 선생님들은 친딸이 아닐지 모른다는 의혹을 버리지 못하고 있었다. 그가 동안인 탓도 있지만, 한사코 그의 가족사를 비밀에 붙이는 원장 선생님의 수상한 행동거지도 한몫했다. 여하튼 처녀 선생님들의 환상에는 한 가닥 흠이 생겼다.

시종 감정이 실리지 않는 굵직한 그의 말투가 안타까웠다. 계속 질문을 이어도 될지 확신이 안 섰다.

"대장암……이었습니다."

그가 스스로 말했다. 그러고는 입술에 힘을 준다. 더 말하고 싶지 않다는 의지가 드러나 보였기에 그녀는 초조하게 그를 바라보았다.

"서진이가 엄마를 찾지는 않나요?"

궁금하기도 했지만, 정서 지도에 필요한 일이어서 조심스럽게 물었다.

"항상 같이…… 아닙니다."

그는 얼버무리고는 시선을 돌렸다. 굳이 물어볼 필요는 없는 일이었던 듯싶다. 여태껏 그녀가 지켜본 바 서진이는 엄마의 빈자리 때문에 위축된 적이 없었다. 다만 이따금 엄마가 살아 있는 것처럼 말하는 서진이의 행동거지가 생각나서 기어이 질문을 던졌던 것이다.

"죄송해요. 서진이가 참 밝아요. 아버님의 노고를 알 것 같아요."

그는 여전히 입을 다문 채 벽시계를 힐긋 보았다.

"아버님, 저희한테 특별히 부탁하고 싶은 점이 있으심 말씀하세요."

"잘하고 계십니다. 영우가 있어서 고맙고요."

"아, 네. 제가 도리어 감사하고……."

"그럼."

그가 불쑥 자리에서 일어나자 덩달아 그녀도 일어났다.

검은 양복을 따라 어린이집을 나서던 서진이가 뒤돌아서서 쪼르르 달려오더니 CD를 하나 내밀었다.

"선생님, 영우한테 들려주세요. 나쁜 꿈 안 꾸는 음악이거든요."

잠이 든 영우를 업고 밤길을 걸어가면서 그녀는 생각했다. 1년 동안 열두 과목 영유아 보육 수업을 받았다고 해서 갑자기 아동 전문가가 되는 것은 아니었다. 잠시 착각에 빠졌다. 그가 사별했던 2년 4개월 전이라면 서진이는 지금의 영우보다 어렸다. 그는 남자 혼자서도 아이를 잘 키워 왔다. 조언을 주는 입장이 바뀌었다는 자괴감은 어쩔 수 없었다.

남편과 전쟁을 치르면서 찌그러졌던 미니 오디오는 다행히 작동되었다. 소박하지만 상징성만큼은 금빛이었던 혼수였으며, 이제는 찌그러진 모양이 현실을 대변해 주는 그런 오디오였다. 곡명은 몰라도 낯설지는 않는 선율이 남루한 방 안을 따뜻하게 채워 주었다. 금비는 잠자는 영우의 뺨에 입술을 붙이고 속삭였다. 구제 불능의 여자는 어쩔 수 없다고 해도 최고의 엄마만은 절대로 포기하지 않겠다고.

약속대로 '학습 도우미' 자격으로 그의 집을 찾아간 금비는 다시금 자괴감에 빠지고 말았다. 거실의 책장에는 이유식부터 유아식, 간식 등 아이들을 위한 요리책과 영유아 관련 지침서가 가득했는데 생존을 위해 그녀가 읽었던 책들보다 실용적이고 현대적인 내용들이었다. 더욱이 수십 권의 보육 관련 책들은 모두 손때가 가득했다.

이론만 너무 파고들다 보면 역효과를 불러일으킨다는 교수님의 충고를 떠올리다가 그녀는 곧 고개를 흔들었다. 그는 서진이를 머리로만 보육하지 않았다. 영우와 뛰어다니고 있는 서진이의 건강한 몸짓은 이론만으로는 만들어 낼 수 없었다.

31평. 이 단지에서는 가장 평수가 크다. 105동 101호. 방이 세 칸이고 거실이 널찍하게 잘빠졌다는 아파트였다. 거실엔 가구가 거의 없었기에 영우는 플라스틱 전기 자동차도 한껏 즐길 수 있었다.

피아노가 놓인 커다란 안방은 의외로 서진이 몫으로 꾸며져 있었고, 원서가 가득 꽂힌 책장과 컴퓨터가 놓인 작은방을 검은 양복이 사용했다.

마지막 방을 구경하려는데 문이 잠겨 있었다.

"선생님, 거기는 서진이와 사장님만 들어가는 특별한 방이랍니다."

무심한 척 식탁에서 뜨개질을 하던 고모님이 금비를 지켜보고 있었던 양 참견했다. 어쩐지 그 방을 감시하고 있었던 듯싶었다.

　"애들 공부시키려면 안방에서 하지 그래요."

　"애들한테 공부가 뭐 있겠어요. 종이접기나 시킬까요?"

　그녀는 '특별한 방'에서 물러나 가방에서 색종이를 꺼냈다.

　"피곤해 보이는데 좀 쉬어요."

　고모님이 은테 안경을 추켜올리며 금비를 뚫어지게 바라보았다. 말투도 그렇지만 전에 없이 눈매가 날카로워 보여 금비는 움찔했다. 정녕 가사도우미가 맞을까. 집도 사람도 수상하기 짝이 없었다.

　고모님이 시계를 힐긋 보고는 일어났다.

　"선생님, 나랑 빨래 같이 할까요?"

　고모님은 살림살이를 인수인계하는 것처럼 굴었다.

　"세탁기 건조 기능은 쓰지 말고 햇볕에 말리고요, 반드시 이렇게 사장님 것하고 서진이 것을 분류해서 따로 널어야 해요."

　다음 날은 반찬을 같이 만들자고 했다.

　"사장님은 인스턴트 음식을 거의 안 드세요. 서진이가 애기 때 아토피로 고생해서 더 그러세요."

　금비는 브로콜리와 콜리플라워를 데쳤고, 고모님은 토마토를 데쳐 껍질을 벗긴 뒤 칼로 다져 올리브유를 두른 프라이팬에 볶았다.

　"사장님은 케첩을 만들어 쓰신답니다."

　"서진이 아버님이 요리도 하세요?"

　"이거 모두 사장님께 배운 거랍니다."

　서진이를 올곧게 키워 낸 이력으로 봐서는 어색하지 않을 듯싶은데도 검은 양복이 요리하는 모습은 쉽게 상상이 되지 않았다.

"사장님은 오색 찬을 즐기세요."

시금치와 더덕, 애호박 반찬을 만들고 두 가지 색의 파프리카 샐러드까지 하고 보니 과연 오색 음식이었다.

"서진이가 이런 걸 잘 먹나요?"

"그래서 소스가 필요해요. 차차 배워 둬요."

왜요? 하고 반문할 뻔했다. 한시적인 도우미고 더욱이 학습 도우미라는 입장이니 말이다.

"브로콜리는 굴소스로 볶으면 우리 영우도 잘 먹는데요."

"굴소스는 MSG가 많이 들어갔어요. 진한 화학조미료나 진배없어요. 신맛을 좋아하면 발사믹식초로 버무리고, 매운 맛을 좋아하면 타바스코 소스를 뿌려 줘요."

"피자에 뿌려 먹는 핫소스 말인가요?"

"그건 화학 정제품이고, 타바스코는 오크통으로 숙성된 거예요. 그래서 값이 대여섯 배 차이 나죠."

"고모님, 혹시 전직이 영양사 아니세요?"

웃자고 건넨 말이었다.

"아니. 간호사였어요."

"네?"

의외의 대답에 당황했다. 아무리 나이를 먹었다고 해도 간호사가 왜 가사도우미를 할까?

"자, 서진이가 좋아하는 키위 드레싱 만드는 것 잘 봐요. 간단해요. 아까 파인애플을 올리브유에 넣고 갈았죠? 양파는 다져서 소금으로 숨을 죽이고요, 키위는 이렇게 강판으로 갈아요. 이 네 가지를 섞으면 끝이에요. 식초 대신 키위, 후추 대신 소금과 양파, 설탕 대신에 파인애플, 마요네즈 단백질 대신에 올리브유. 균형이 딱 맞죠?"

"아, 네. 차근차근 잘 배울게요."

왜 배워야 하는 줄 모르면서도 금비는 그녀의 손짓에 집중했다.

서진이와 달리 영우는 오색 찬에 흥미가 없었다. 고모님이 따로 끓인 꽃게죽이 있어서 다행이었다. 전에 여기서 영우를 재울 적에도 꽃게죽을 잘 먹었다고 했다. 된장국에 밥을 말아 주는 일이 허다한 엄마는 또 자괴감을 가져야 했다.

아이들이 좋아하는 소시지 이야기를 꺼냈더니 또 그녀의 '강의'가 시작되었다.

"소시지에 들어간 아질산나트륨은 산소를 차단해요. 보존력은 월등히 좋아지지만 몸에 들어가면 오랫동안 썩지를 않아요. 장에 스물두 시간 이상 머무는 음식은 피하는 게 상책이죠. 정 먹이려면 삶아서 줘요."

이쯤 되니 피곤했다. 물론 그녀도 소시지를 데쳐서 먹이며, 매스컴을 통해 유해성은 익히 알고 있었다. 하지만 몇천 원을 들고 마트에 가서 아이들이 좋아하는 단백질을 찾자면 만만하게 손이 가는 것이 소시지이고 햄이잖은가.

그때 서진이 엄마의 병명이 대장암이라고 했던 검은 양복의 말이 생각났다. 금비는 이내 찌푸렸던 이맛살을 폈다. 어쩌면 검은 양복은 아내의 투병 때부터 손수 요리를 했으리라.

그다음 날도 함께 음식을 만들었다. 시종 날카로운 눈매로 금비를 지켜보는 전직 간호사이며 현직 가사도우미인 고모님이 점점 불편해졌다. 딱딱한 목소리는 그렇다고 쳐도 눈빛이 조금만 부드러웠으면 좋겠다는 작은 소망을 품을 정도였다. 그렇게 금비는 이유 없는 순종을 이어 갔다.

서진이는 생활 습관이 놀랍도록 잘 잡혀 있었다. 그림을 그리고 나면 스스로 정리했고, 밥을 먹은 뒤에는 시키지 않아도 양치질을 했다. 양치질 뒤에는 음식을 탐하지 않았다. 먹고 싶은 게 있어서 못 참으면 먹은 뒤 다시 양치질을 했다.

영우의 빈약한 치아를 닦아 주는 일을 서진이가 맡기도 했다. 텔레비전은 아빠와 약속했다는 시간만 보았다. 비록 생일이 빠르긴 해도 아직은 다섯 살이었다. 벌써부터 동생을 챙겨 준다고, 영우가 유일하게 관심을 갖는 '파워레인저' 프로그램을 위해 자신이 좋아하는 프로그램을 참을 줄 아는 조숙함으로 금비를 놀라게 했다.

인지능력, 언어구사력, 이해력, 그리고 사회성까지 모든 점에서 나무랄 데 없었다. 달님 반의 완벽한 학습 모델을 제시해 주는 듯싶었다.

서진이의 뒤만 졸래졸래 따라다니는 영우를 바라보며 금비는 종종 한숨을 내쉬었다. 또래 아이들과는 달리 영우는 아직도 말문을 순탄히 열지 못하고 있었다. 언어의 적기 교육은 0세부터 36개월을 가장 포괄적인 기간으로 둔다. 아동 교육을 담당하는 그녀는 정녕 자식을 유급시키고 말았다.

집으로 돌아와서는 잠든 영우의 곁에 누워 검은 양복의 '보육일기'를 가늠해 보았다. 남편은 영우가 보고 싶지도 않을까. 아내에게 정이 떨어졌다고 할지라도 아들은 보고 싶을 게 아닌가. 영우를 방에 가두고 오줌을 지리게 했던 날이 떠올라 금비는 입술을 깨물었다. 소주 한 병을 따고 싶다는 유혹이 스멀스멀 차올랐다. 그녀는 고개를 흔들었다. 다시는 시댁에 허물을 잡히고 싶지 않았다. 그날 술병 사건 때문에 영우를 데려가려는 시어머니에게 얼마나 시달렸던가.

'어디 한번 해 보자.'

시어머니에게 마지막으로 들었던 말이다. 무슨 뜻일까. 불안하다. 서진이가 선물했던 CD를 틀어 놓고 영우를 꼭 안았다. 그러고는 속삭였다.

걱정 마, 아들아. 엄마는 엄청 강하거든.

금비는 다양한 색깔의 블록을 쌓아 놓고 여러 모양의 용기에 한두 개씩 집어넣었다.

"빨간색 하나가 네모에 들어가요."

"초록색 두 개가 동그라미에 들어가요."

블록을 넣을 때마다 아이들이 큰 소리로 말했다. 숫자와 형상, 색채를 동시에 교육시킬 수 있는 놀이인데 근본적인 목적은 언어 학습에 있었다.

금비는 24개월 원생보다 말을 못하는 영우를 애써 외면했다. 자식이라고 눈을 더 맞춰서는 안 되는 그런 공적인 자리의 어려움을 실감하는 시간이었다. 오늘따라 아이들이 잘 따라 했다. 아무리 말이 길어져도 틀리지 않았다. 금비는 곧 알아차렸다. 서진이가 선창을 하는 것처럼 아이들을 이끌어 갔다. 그런데 서진이는 금비의 다음 동작을 이미 알고 있었다. 초보 교사인 그녀는 교재의 순서대로 아이들을 가르쳤다.

"서진이는 다른 데서 배웠던 거니?"

"아빠한테 많이많이 배웠어요."

머리를 쿵, 하고 맞는 기분이었다.

"몇 살 때였니?"

"잠깐만요."

서진이는 손가락을 꼽아 보면서 생각을 굴리다가 대답했다.

"음, 몇 살인지는 모르겠는데요, 오래됐어요."

한 번 더 머리를 얻어맞은 기분이었다. 나는 정말로 집에서는 영우에게 가르칠 시간이 없었을까?

검은 양복이 돌아올 날이 하루 앞으로 다가오자 금비는 해방감보다는 어처구니없게도 둥지에서 밀려난다는 불안감에 젖어 들었다. 집에서는 눈만 붙였고, 종일 영우와 더불어 어린이집과 검은 양복의 집에만 있었기에 손자를 데려가려던 시어머니와 마주하지 않아도 되었다. 술에 취해 시어머니를 맞이했던 일은 치명적인 실수였다.

'어째서 영우가 입에 자물통을 달고 자라목을 하고 다니는지 내 이참에 확인하고 말았지 않니!'

시어머니가 역정을 내지를 당시 금비는 여전히 술에 취해 있었다. 하지만 채 가시지 않았던 얼굴의 상처를 시어머니가 언급하지는 않았다는 것은 또렷이 기억할 수 있었다.

검은 양복의 집에서 금비는 모처럼 서진이와 편하게 이야기를 나눌 시간을 가졌다. 고모님이 외출을 했던 것이다.

금비는 거실 액자의 가족사진 속 서진이의 어머니를 똑바로 바라보았다. 냉장고에 붙은 사진들도 찬찬히 살펴보았다. 사진 속의 그녀는 이국적인 아름다움을 드러내고 있었다. 여자가 봐도 한눈에 끌리는 예쁜 얼굴이었다.

서진이의 모습은 가장 성숙한 때가 채 20개월을 넘어 보이지 않았다. 저렇게 예쁜 아내와 살았던 남자였으니 설령 바람둥이라도 어지간한 여자는 눈에 안 찰 것이라는 엉뚱한 생각에 잠겨 있는 자신을 발견하고 금비는 쓴웃음을 지었다.

고가의 가구와 가전제품을 새삼 주의 깊게 훑어보며 금비는 고개를 실긋거렸다. 부유하고 조숙한 아이들이 몰려 있는 근처의 유치원으로 보내도 될 터인데, 굳이 단지 내 어린이집을 선택한 이유를 모르겠다. 영재 교육보다 사회성을 더 중요시하는 검은 양복의 안배일까? 그녀가 일하는 어린이집 시설은 속된 말로 동네에서 가장 후졌다. 그런데도 부모들에게 인기 있는 이유는 원장 선생님이 이끄는 따뜻한 분위기에서 찾을 수 있었다.

영우에게 동화책을 읽어 주려고 하다가 그녀는 서진이를 그냥 지나치지 못했다. 진지한 표정도 그렇지만 등허리로 종이를 감추는 모습에 호기심을 참을 수 없었다.

"서진이 뭐 하니?"

"편지 써요."

"벌써 편지도 쓸 줄 알아? 누구한테?"

"음, 엄마한테요. 비밀이니까 보면 안 돼요."

의아한 마음에 더 물으려다가 고집스럽게 등을 보이고 있는 서진이의 모습에서 검은 양복의 완고한 모습이 보이는 것 같아 포기했다. 영우를 데리고 안방으로 들어가 동화책을 읽어 주었다.

한참 뒤에 서진이가 비죽 고개를 내밀고는 영우를 불렀다.

"우린 비밀의 방으로 여행 가요. 선생님은 따라오심 절대로 안 돼요."

"알겠사옵니다, 공주님."

영우의 손을 잡은 서진이는 직접 안방 문을 닫고 나갔다.

금비는 창가에 서서 발코니의 화초를 바라보았다. 피아노 소리가 들렸다. 금비는 안방의 피아노를 쳐다보았다. 다른 집에서 들리는 소리가 아니었다. 안방 말고 또 피아노가 있는 곳이라면 서진이가 말한 '비밀의 방' 뿐이리라.

그녀는 서진이와의 약속을 깨고 살며시 거실로 나갔다. 역시 한 번도 들어가 본 적이 없는 방 안에서 피아노 소리가 새 나왔다. '비밀의 방'의 손잡이에 꽂힌 열쇠는 원숭이 인형을 매달고 있었다. 그녀는 피아노 음을 주의 깊게 들었다.

B. J Thomas가 불렀던 Raindrops Keep Falling On My Head.

'행복이 나를 찾아오는 데는 오래 걸리지 않는다'는 가사를 흥얼거리면서 중학교 때부터 즐겨 들었던 곡이다. 확실히 현장의 피아노 소리였다. 이 곡을 서진이가 연주하는 모습을 본 적이 없었다. 서진이가 피아노를 저리 잘 쳤던가? 문득 등줄기로 오싹한 한기가 지나갔다. 서진이나 영우가 아닌 또 다른 누군가가 비밀의 방 안에서 피아노를 치고 있다는 상상을 털어 낼 수 없었다.

'그 방은 서진이와 사장님만 출입해요. 나도 안 들어가는 방이에요.'

고모님의 경고가 뇌리를 스치는데도 금비의 손은 문손잡이를 잡고 있었다. 피아노 소리가 뚝 끊겼다. 금비의 몸짓도 굳었다. 서진이의 웅얼거리는 소리가 새 나왔다. 집중해도 알아들을 수 없는 희미한 소리였다. 손잡이를 쥔 손에 힘을 주었다. 순간 그녀는 소스라치게 놀라 뒷걸음질했다. 제3의 목소리가 들렸던 것이다.

"엄마도 서진이를 사랑해."

미약해도 분명히 알아들을 수 있는 목소리였다. 절대로 서진이가 흉내 낼 수 있는 소리가 아니었다. 후들거리는 다리를 하고서도 그녀는 비밀의 방 문 앞을 떠나지 못했다.

삐리리!

도어록 소리가 들려 흠칫하여 고개를 돌렸다. 고모님이 들어와 안경을 치켜세우고는 날카로운 시선을 던졌을 때, 금비는 안방 문에 등을 기대고 가쁜 숨을 감추고 있었다. 고모님의 날카로운 눈빛이 가시처럼 콕콕 찌르는 것 같아 꽥, 소리를 지르고 싶었다. 그래야 식은땀이 멈추고 막힌 숨이 뚫릴 듯싶었다.

팽팽한 긴장감을 고모님은 말 한마디로 해체해 버렸다.

"녹차 귀한 거 구했는데, 한잔할까요?"

금비는 비밀의 방을 지나 거실 식탁에 고모님과 마주 앉았다. 방문에 꽂힌 열쇠를 주시하던 고모님이 의외의 질문을 했다.

"선생님, 혹시 외출했다가 들어왔나요?"

"아, 아니에요."

"선생님이 계신 줄 알면서도 서진이가 저 방을 들어갔네요. 신기하네. 남이 있으면 절대로 저 문을 안 여는 아인데."

"저한테 다가오지 말라고 부탁했어요. 저 방에 뭐가……."

"말씀드렸잖아요. 저도 못 들어간다고. 여러 사람이 들락거리는 집이다 보니 자기들만의 공간이나 비밀을 갖고 싶지 않을까요? 그렇게 생각해요, 나는. 그래서 존중해 주고 싶고요. 뭐, 곧 알게 될지도 모르지만요."

의미심장한 말이었다. 하지만 자신도 저 방은 들어가지 않았다는 고모님의 말은 믿지 않았다. 전기 주전자가 보글보글 신음 소리를 냈다. 주전자를 닮은 속을 들킬 것 같아 금비는 입을 굳게 다물었다.

"참! 선생님, 내일은 어린이집 당직 아니죠?"

토요일에는 선생님들이 교대로 출근해서 사정이 딱한 아이들을 맡아 주고 있었다. 서진이를 봐 주는 마지막 날이었기에 내일은 쉬기로 정해 두었다.

"네. 쉽니다. 내일도 제가 필요한가요?"

"아시다시피 난 주말에는 쉬잖아요. 그래서 선생님이 대신 있어 줬으면 해요. 저녁에 사장님이 오실 거예요."

말을 꺼내는 시기가 묘했다. 비밀의 방에 관한 호기심을 참지 못하겠으면 내일 수색해 보라는 말처럼 들리기도 했다. 금비는 비밀의 방을 흘금거렸다. 다시 생각해 봐도 분명히 성인 여자의 목소리를 들었다. 끔찍한 상상은 우선 하지 않기로 했다. 요즘 정신적으로 과로해서 환청을 겪었을 수도 있다.

서진이에게 직접 물어보면 되는 간단한 일이라는 생각이 뒤늦게 찾아들었다. 그때 고모님이 내던진 말에 금비는 움찔했다.

"서진이는 아빠가 당부하면 철저히 지켜요. 꼬맹이지만 비밀은 잘도 챙기더라고요."

금비의 속을 빤히 들여다본 것 같은 말이었다.

"고모님은 줄곧 서진이 곁에 계셨던 거예요?"

금비는 화제를 바꾸고 싶어서 묵은 호기심을 꺼냈다.

"선생님은 알고 있을 텐데요. 난 친고모가 아니잖아요. 이웃 어떤 양반은 나보고 서진이 할머니라고도 하던데, 그냥 돈 받고 일을 봐준 가사도우미일 뿐이에요. 그리고 난 계약 기간이 다 돼서 얼마 안 있음 그만둬요."

"고모님이 그만두신다고요?"

"쉿!"

그녀가 특별한 방을 힐긋 보고는 목소리를 낮추었다.

"사장님이 다 대책을 세울 테니까 너무 걱정 말아요."

"왜, 더 계시지 않고요."

"영유아 전담 놀이방을 계약했어요. 큰딸이 갓난아이를 맡기고 있는 집이에요. 내 외손녀도 봐 줄 겸 계획을 좀 앞당겼어요. 나중에 작은딸도 결혼해서 애 낳으면 같이 봐 주고 싶기도 해서."

간호사 자격증과 경력을 갖추면 보육학과를 나오지 않아도 시설장이 될 수 있다는 법규가 생각났다. 젊어 보였는데 벌써 손녀를 둔 할머니라니 깐깐한 성격만큼이나 인생의 설계도 옹골지게 이어간다는 면에서 그녀가 존경스러웠다.

방문이 열리고 아이들이 나왔다. 서진이도, 영우도 밝은 얼굴이어서 안도했다. 금비는 고모님의 눈을 피해 서진이 손에 들린 열쇠의 행방을 재빨리 훔쳐보았다.

찻물을 보충하던 고모님이 말했다.

"사장님은 이 집 일이 조금이라도 새 나가는 것을 아주 싫어하세요."

"어째서 저한테 그런 말씀을 하시죠?"

실수한 적이 없는데도 입이 가벼운 여자로 오해받는 것 같아 억울했다.

"글쎄요. 선생님은 앞으로 이 집과 인연을 이어 가야 하지 않을까요?"

"아뇨. 내일까지만 나올 겁니다."

"선생님은 그렇다 쳐도……."

고모님이 영우와 서진이를 바라보았다. 두 아이는 머리를 맞댄 채 각자 빨대를 물고 주스 한 컵을 공유하고 있었다.

그날 밤, 금비는 4년 동안이나 남편에 대해 모르고 살았다는 사실에 잠을 이루지 못했다. 더불어 영우와 남매처럼 어울리는 서진이와, 서진이의 배경을 알고 싶다는 욕망에 시달렸다. 정말이지 다시는 인간에 관한 치명적인 무지를 경험하고 싶지 않았다.

다음 날, 금비는 기어이 서진이의 열쇠를 훔쳐 내고 말았다. 내 자식이 들락거리는 방이고, 내가 담임인 아이의 정서에 관계된 일이라고 뇌까리면서 죄의식을 죽였다.

4. 우연과 조작

우연은 묘약을 품고 있고, 조작은 독약을 품고 있다.

❋✹❋

남편의 카드빚을 갚고 다달이 월세를 받는 좁은 2층집으로 이사하는 날은 종일 부슬비가 내렸다. 그래서 더욱 비참했다. 시종 풀이 죽은 남편이 짐 정리를 하다가 맛있는 것을 시켜 먹자고 했지만 당장 돈을 아껴야 한다고, 그래서 어서 주방부터 정리하고 밥을 해 먹자고 금비가 시큰둥하게 대답하는 바람에 이사 첫날부터 서로 얼굴을 붉혔다.

밤에는 영우가 목이 쉬도록 울어 댔다.

'어떻게 좀 해 봐!'

남편의 짜증이야 익숙했지만, 나란히 붙어 있는 이웃의 눈총에 금비는 영우를 업고 비 내리는 밤거리를 걸었다. 우산을 쓰고 아이를 업자니 힘에 부쳤다. 도로의 자동차 소리가 영우의 울음소리를 삼켜 주었다. 어린이집 근처에 이르러서야 영우는 잠이 들었다.

발길을 돌리려는데 종일 지쳐 있는 발목에 갑자기 힘이 빠졌다. 툭 튀어나온 보도블록에 살짝 걸렸을 뿐인데도 중심을 잃어버렸다. 기우뚱거리다가 우산을 먼저 놓쳤고, 등에 있는 영우를 의식하며 엎드린 자세로 땅에 닿았다. 코앞에서 자동차가 빠르게 지나갔다. 다행히 영우는 무사했다.

금비는 흙탕물에 젖은 얼굴과 옷을 내버려 둔 채 허겁지겁 우산을 찾았다. 급한 대로 한 손은 뒤로 하여 영우의 머리가 젖지 않도록 가려 주었다. 그때 검은 양복을 입은 남자가 불쑥 나타나서 그녀에게 우산을 쥐여 주었다. 채 얼굴을 확인하기도 전에 남자는 몸을 돌렸다. 등에 대고 고맙다는 말을 하려다가 그녀는 한 손으로 코를 막았다. 흙탕물이 묻어 있는 입술로 짭짤한 코피가 흘러내렸다.

금비는 우산을 건네주었던 그 남자를 곧 망각했다. 그런데 지난밤에 기억의 방으로 그 존재가 나타났다. 금비는 어린이집에서 검은 양복을 처음 보았을 적에 가졌던 낯익음을 해독하고자 골몰했고, 마침내 연결점을 찾아냈던 것이다. 우산을 건네준 그날의 남자도 검은 양복을 입었다는 사실 때문이었다. 그리고 은행에서 졸도했을 때도 시기적절하게 나타났던 남자. 만약에 그때 우산을 건네주었던 남자가 김윤서였다면, 그녀는 지나친 우연을 경계해야 할 입장이었다. 그런데 그 의혹들이 자꾸만 예의 비밀의 방과 연계되면서 금비를 괴롭혔다. 그것은 일종의 유혹이었다. 어쩐지 비밀의 방을 열면 의혹을 해소할 수 있을 것 같았다.

그렇게 금비는 고모님이 없는 윤서의 아파트에서 수상한 방을 훔쳐볼 명분을 찾아내고 있었다.

영우와 서진이는 안방에서 만화영화를 보고 있었고, 살며시 비밀의 방 앞에 선 금비의 손에는 서진이의 열쇠가 들려 있었다. 문 앞에서 두 가지 생각이 다퉜다. 나를 믿어 주는 집인데 이건 옳지 않아. 아냐. 괴상망측한 정서가 존재하는 집이라면 일찌거니 영우의 발길을 끊게 해야 해.

그때 상담실에서 검은 양복과 나누었던 대화가 머릿속에 울렸다.

'서진이가 엄마를 찾지는 않나요?'

'항상 같이…… 아닙니다.'

이내 금비는 과감히 비밀의 방으로 뛰어들었다. 닫힌 문에 기대고 섰더니 가장 먼저 서진이 엄마의 커다란 사진이 눈에 들어왔다. 사진 앞에는 고풍스러운 탁자가 놓여 있었고, 그 위에는 물이 담긴 접시와 화병, 그리고 엄청난 수의 종이학이 채워진 큼직한 두 개의 유리병이 자리했다.

탁자 옆으로 세워진 빨갛게 칠한 나무 우편함에는 서진이의 편지가 담겼는지 색종이 편지 하나가 투입구에서 꼬리를 보이고 있었다. 나머지 공간엔 서진이가 만든 것으로 보이는 카네이션과 칼라점토 등이 널려 있었다.

금비는 두근대는 가슴을 어르며 찬찬히 고개를 돌렸다. 삼면의 벽이 유품으로 촘촘히 채워져 있었으며, 수상한 목소리의 진원지는 어딘가에 감춰져 있는 듯싶었다. 한쪽은 피아노와 화장대가 놓였

고, 다른 쪽에는 묵직한 5단 서랍장이 놓여 있었다. 시선을 올리다
가 움찔했다. 높다란 서랍장 위에는 큼직한 금고가 올려져 있었는
데 고인의 유품과는 너무도 이질적인 모양새였다. 금비는 까치발을
했다. 은빛 철제 금고 곁에는 고인의 또 다른 사진과 필기구가 놓
여 있었다.

나머지 벽면을 채운 붙박이 옷장으로 시선을 돌렸다. 도둑질한다
는 자책과 긴장감으로 뒤늦게 심장이 폭주했다. 떨리는 손으로 옷
장 문을 열었다. 옷장 안은 고인의 옷으로 빽빽했다. 사망한 지 2년
반이 지났지만 마치 지금도 사용하는 옷장 같았다.

금비는 이번엔 금고를 찬찬히 살폈다. 살아 있는 어떤 생명체가
저 거대한 금고 안에 있는 것일까? 즉흥적으로 떠오른 해괴한 상상
이 오싹한 한기로 발전했다. 하지만 금고는 사람이 들어가기에는
턱없이 부족한 크기였다. 수상한 목소리의 진원지는 찾아내지 못했
지만 박제된 서진이 엄마의 시신이나 감금된 누군가가 존재한다는
망상은 지워 내도 될 것 같았다.

'미쳤어. 내가 잠시 미쳤어.'

금비는 자책하며 방에서 나왔다. 딱히 소득은 없었다. 어쩌면 전
날 들었던 목소리는 환청이었으리라. 죄의식과 더불어 방 안에 놓
여 있던 물건들에 관한 새로운 호기심만 얻었다.

서진이의 보물 상자에 열쇠를 다시 넣어 두어야 했다. 다시는 열
쇠에 손대지 않을 터였다. 사람들이 들락거리는 집에 자신들만의
공간을 갖고 싶었을 것이라는 고모님의 말을 허투루 듣지 말았어야
했다.

여하튼 죄를 지었다. 행여 누군가에게 들키지는 않았을까, 하는

과한 불안감에 젖어 거실이며 발코니 구석구석을 훑어보았다.

설마!

금비는 외마디 신음을 흘렸다. 왜 이제껏 보지 못했을까? 마른 장미 다발을 거꾸로 걸어 놓은 거실 벽 위쪽으로 둥글고 납작한 플라스틱이 그녀를 비웃듯이 박혀 있었다. 아무래도 그것은 CCTV 같았다.

검은 양복은 예상보다 이른 시간에 돌아왔다. 불과 일주일 사이에 눈에 띄게 수척해진 모습이었다. 허여멀쑥하게 핏기 없는 그를 보고 놀랐으면서도 금비는 걱정의 말 한마디 남기지 않은 채 부랴부랴 뛰쳐나왔다.

"누우나…… 누나."

서진이와 헤어지기 싫다고 품 안에서 버둥거리는 영우를 달래는 것도 잊은 채 종종걸음을 치며 자책했다.

'미쳤어. 내가 미쳤어!'

어쨌거나 자신을 믿어 준 검은 양복을 기만했던 것이다.

다음 날, 금비는 평소와 달리 서진이를 맞이하러 나가지 않았다.

예전에 금비가 했던 보육 도우미 일을 새롭게 맡게 된 안 선생님이 서진이의 손을 잡고 들어왔다.

"서진이가 오늘은 혼자 왔네요."

"저 혼자도 잘 찾아올 수 있어요."

안 선생님의 말에 서진이가 어깨를 으쓱했다.

"선생님, 영우는 어딨어요?"

"영우는 이제 세 살 반에서 따로 수업을 듣게 됐어요. 그러니 놀이 시간에 같이 놀자꾸나."

"네, 선생님. 이따가 꼭 같이 놀게 해 주세요."

"서진이는 영우의 어디가 그리 좋니?"

"귀엽잖아요. 그리고요, 영우는 너무너무 잘생겼어요."

여느 때처럼 그녀를 대하는 서진이의 태도에 작은 안도감이 들었다. 하긴 어린 딸에게 무슨 말을 늘어놓으랴. 켕기는 마음 한편으로 검은 양복의 핼쑥한 얼굴이 파고들었다.

"아빠는 어디 아프시니?"

"그게요, 일을 너무 많이 하셔서 힘이 없다고 누워 계세요. 금방 일어나실 거예요. 아빠 워낙 튼튼하시거든요."

"으응. 그렇구나."

병원에 누워 있을 때 보호자가 되어 주었던 그의 모습이 떠올랐다. 또 다른 미안한 마음을 애써 다스리면서 금비는 아이들에게 시선을 돌렸다. 하늘 반 선생님이 결근을 해서 오늘은 평소보다 할 일이 많았다.

음률 수업을 할 때였다. 평소처럼 CD 반주를 틀어 놓고 함께 동요를 부르는 도중 한 아이가 신나는 피아노를 쳐 달라고 떼를 썼다. 미숙하지만 용기를 내서 치려다가 아이가 원하는 것이 손가락의 기교임을 깨닫자 이내 포기하고 아이를 달랬다.

"황 선생님, 피아노 잘 못 쳐요?"

쉬는 시간에 안 선생님이 조심스럽게 물었다. 어린이집 내에 피아노 선생님은 따로 없었다. 필요할 때면 원장 선생님이나 하늘 반 선생님이 와서 잠깐 쳐 주고 있었다.

"배우긴 했지만……."

겨우 시간을 쪼개 학원을 몇 달 다닌 게 전부였다. 집에 피아노가 없어서 그나마도 영우의 장난감 피아노로 연습을 하다가 포기했었다. 얼마 전에 새 식구가 된 40대 중반의 안 선생님은 한때 원장 선생님을 도와 조리실에서 일했다고 들었다. 그녀 역시 피아노를 못 쳤다. 햇님 반 선생님도 겨우 동요 반주만 했다.

'집에 피아노만 있었어도…….'

피아노를 두 대씩이나 갖춘 검은 양복의 집을 떠올리는데, 안 선생님 입에서 그 집 이야기가 나왔다.

"모양새가 좀 그래도 서진이보고 한번 쳐 달라고 그러지. 그 집 내력이 내력인 만큼 곧잘 치거든요."

"어머, 안 선생님!"

"엉! 왜?"

"서진이네 집을 아세요?"

"놀라긴. 내가 거기서 밥을 해 줬잖아요."

"네?"

"황 선생님은 모르고 있었나? 하긴, 선생들이 다 새로 왔으니."

"그럼 안 선생님이 서진이네 집 가사도우미 그런 걸……?"

"후후, 무슨 소리예요? 원장 선생님이 놀이방을 하실 적에 거기서 일한 거지."

이곳 어린이집을 차리기 전에 아파트에서 놀이방을 했다는 이야기는 들은 적이 있었다.

"옛날 놀이방이 바로…….'

"서진이 사는 집이 105동 101호 맞지?"

"네, 맞아요."

"거기가 놀이방이었어. 서진이가 갓난아기 때 원장 선생님이 잠시 봐 주셨지. 암튼 그때는 엄마가 피아노 연주자였고, 아빠는 피아노 대리점인갈 했지. 그런 내력이 있으니 서진이가 좀 잘 치겠어?"

서진이네 집이, 지금은 가정 어린이집이라고 부르는 놀이방이었다고 한다. 어쩌면 이곳에서 자신이 가장 정보에 어두울 성싶다. 회식이나 야유회를 한 번도 참석하지 못했고, 선생님들에게 집안일을 꺼내기 싫어서 대화도 기피하며 지내 왔다. 아니다. 이번 일만은 젊은 선생님들도 모르는 사실이었다. 과연 안 선생님은 곧 당혹감을 드러냈다.

"이런! 원장 선생님이 아무런 말씀 안 해 준 모양인데, 내가 괜한 말을 했나 보네. 안 그래도 서진이 아버님 이야기라면 원장 선생님도 입을 다무시던데."

"아, 아녜요. 어차피 알게 될 텐데요."

"하긴. 황 선생님은 거기 일을 봐준다고 했지?"

"서진이가 피아노를 잘 치긴 하죠."

금비가 얼굴을 붉히며 대답했다. 그날 비밀의 방에서 피아노를 친 사람은 정말 서진이가 맞나 보다. 내친김에 서진이의 실력을 확인하고 싶은 욕심도 있고 해서 금비는 떼를 쓰던 아이에게 인심을 썼다.

"선생님 대신 피아노 잘 치는 언니한테 쳐 달라고 할까?"

갑자기 불려 와 피아노 앞에 앉은 서진이는 아이들이 집중할 만한 기교를 선보이며 박수를 받았다. 연주를 마친 뒤 서진이가 금비를 구석으로 잡아끌었다.

"선생님, 우리 집에 와서 저랑 같이 피아노 쳐요. 네?"

"응, 선생님이 피아노를 못 치니까 실망했어?"

"그게 아녜요."

"그럼 왜?"

"선생님이 우리 집에서 피아노를 치면, 나는 영우랑 놀 수 있잖아요."

"어디…… 아빠가 그러라고 시킨 거 아닐까?"

"으음……."

서진이는 거짓말을 잘 못했다. 아마도 검은 양복이 부추겼나 보다.

"선생님이 당분간 무지 바쁘니까 천천히 생각해 볼게."

말은 그렇게 했지만 그 집에 다시는 들어가지 않겠다는 생각이 흔들린 것은 아니었다. 어쨌거나 검은 양복을 기만한 죄인의 처지였다. 지금 생각해 보니 어처구니가 없었다. 비밀의 방을 두고 왜 그런 해괴한 상상을 했는지 모르겠다.

오후에는 늘 그랬듯이 고모님이 서진이를 데리러 왔다. 마주친 고모님의 얼굴에 묘한 웃음이 걸렸다. CCTV 기록을 확인했다고 해도 검은 양복은 함구했을 것 같았다. 그렇게 믿고 싶었다. 고모님은 CCTV의 존재를 익히 알고 있었으리라. 그래서 그녀는 정말로 비밀의 방에 들어간 적이 없을 수도 있었다. 두 번의 경고보다는 CCTV의 존재를 알려 주었으면 더 좋았을걸.

서진이가 옷을 입고 나오자 고모님이 금비의 눈치를 살폈다.

"영우도 데려가면 안 될까요?"

"그래요. 같이 가요. 영우랑 잘 놀게요!"

서진이가 반색했다.

"선생님, 제발요!"

난감하게 아이 앞에서!

매사에 진중한 고모님의 행동거지와는 거리가 멀었다.

"곤란한데요."

"선생님이 좀 불편하시더라도 영우를 위해서 양보해요. 어차피 늦게 퇴근하잖아."

"오늘 영우 기분이 좀……."

"나 간호사여도 복지 시설 짬밥 20년이잖아요. 잘 보살필게."

결국 변명거리를 못 찾아 영우를 보내고 말았다. 검은 양복이 집에 머물고 있는지는 미처 묻지 못했다.

금비는 종일반 수업을 마친 뒤 귀가 차량에 동승했다. 차 안의 아이들을 부모들에게 안겨 주고 있는데 안 선생님에게서 전화가 왔다.

— 곰곰 생각해 보니 황 선생님이 알아야 할 것 같아서…….

시어머니가 어린이집으로 찾아왔다는 이야기였다.

— 선생님이 막 출발하자마자 오셔서…….

"지금 거기 계세요?"

— 서진이네 집으로 갔어.

"뭐라고요! 거길 왜 가르쳐 줘요!"

금비는 자신도 모르게 손윗사람인 안 선생님에게 버럭 소리를 질렀다.

— 손주 당장 보여 달라면서 막무가내시니 어쩔 수 없었지. 헌데 시어머님하고 문제가 있어?

귀가시켜야 할 원생이 아직 세 명 남아 있었다. 서진이네 집으로 전화를 걸었다. 고모님의 목소리가 들렸다.

"혹시 거기로 영우 할머니가 오셨어요?"

― 선생님…….

다짜고짜 묻는 금비에게 고모님은 잠시 침묵하며 속을 태웠다.

"어떤 일이 있어도 영우를 데려가게 해서는 안 됩니다. 제가 금방 갈게요. 영우는 꼭 거기 있어야 해요. 부탁이에요!"

― 걱정 말고 천천히 와요, 선생님.

너무도 느긋한 대답이었다.

"정말로 무슨 일이 있었던 건 아니죠?"

― 아무 일도.

"영우 할머니 지금도 계시죠?"

― 영우는 내가 잘 데리고 있을 테니 걱정 말고 천천히 와요. 알았지요?

아이를 달래는 듯한 차분한 말투에 금비는 이내 폭주했던 감정을 가라앉혔다.

어린이집에 도착하자마자 차에서 뛰어내린 금비는 우뚝 멈추어 섰다. 손수건으로 눈물을 훔치며 서 있는 시어머니가 보였다.

"오, 오셨어요?"

마음은 검은 양복의 집에 있을 영우에게 가 있었지만, 차마 그냥 지나치지 못했다.

"네가 오지 말라는데 어쩌겠냐? 너 없을 때 영우 얼굴이라도 잠깐 보려 했더니 것두 왜 이리 번거롭니?"

무슨 소리인가. 내가 언제 오지 말라는 말을 했던가.

"독한 것! 내 그리는 안 봤다만. 신랑이 사업해서 까먹을 수도 있지. 남자 무능하다고 해서 천륜마저 가로막니!"

자초지종을 따지려 했지만 시종 눈물을 흘리는 시어머니의 모습

앞에서 금비는 무기력하게 서 있을 수밖에 없었다.

"네가 기어이 갈라서겠다면 말리지는 않을게. 허나 영우는 두고 가라. 그게 너한테도 영우한테도 좋은 일이다."

"말씀을 도무지 납득하지 못하겠습니다. 외람스럽지만 저 몹시 당황스럽고 불쾌합니다."

"지금 너, 불쾌하다고 했니? 가증스럽기까지 하네. 내 아들이 허튼소리 할 사람은 아니지만 그래도 난 에미 널 믿었다. 근데 오늘 내 눈으로 직접 확인까지 해 버렸지 뭐니!"

"확인이라고 하셨어요? 정말 너무하시네요. 대체 영우 아빠가 무슨 말을 했던 거죠?"

"이것이 점점! 늙은이 욕지기 나오게 만드네. 영우가 외간 남자 품에 안겨 있는 걸 내 두 눈으로 보고 왔다! 그리고 너, 네가 언제부터 나한테 눈을 부라렸니. 니가 그 순진한 색시였던 황금비가 맞니? 세상에나! 그동안 감쪽같이 우릴 속이고 살았구나. 신랑 쫓아냈다는 말도 난 안 믿었는데, 지금 보니 내 아들 말이 다 맞구나, 맞아!"

시어머니가 기어이 통곡을 했다.

"아이고! 이것이 바람을 피우려면 혼자 즐길 것이지, 왜 우리 손자까지 안겨 주고 난린지!"

시어머니의 말도 안 되는 억지에 혹시라도 누군가 이 상황을 지켜보고 있지는 않을까 걱정되었다. 당황스러운 마음으로 주변을 살펴보니 원장 선생님이 지켜보고 있었다. 시어머니의 통곡이 커져 갔다. 이러다간 어린이집에 남은 식구가 다 나올 것 같았다. 하지만 금비는 시어머니에게 죄송하다는 말을 하지 않았다. 어머니라는 말도 기어이 꺼내지 않았다.

"제가 나중에 찾아뵐게요. 가서 다 말씀드릴게요."

금비는 홱 몸을 돌렸다.

"왜! 그놈하고 같이 와서 겁주려고? 이년아 내 손주나 냉큼 보내라고!"

등으로 날아드는 그악스러운 말에 금비는 이를 악물었다.

눈물과 땀이 뒤범벅된 얼굴을 닦아 낸 뒤 101호 벨을 눌렀다. 고모님이 문을 열어 주고는 금비를 위아래로 훑어보았다. 걱정을 담고 있는 얼굴이었다. 금비는 쪼르르 달려오는 영우를 안고 애써 웃음을 지었다.

거실 저편으로 앉아 있는 남자의 다리가 살짝 보였다. 아마도 검은 양복이리라.

"별일은 없었죠?"

여전히 요동치는 가슴을 감추며 고모님에게 물었다.

"영우를 안아만 보고 가셨어요. 많이 우시더라고."

무심하고 차분한 고모님의 말투에는 시어머니에 대한 연민이 묻어 있었다. 순간 외간 남자 운운하던 시어머니의 행짜가 생각났다.

"영우 할머니가 서진이 아버님을 봤나요?"

"따로 말씀은 안 나누셨어요."

그녀는 검은 양복의 다리를 복잡한 표정으로 쳐다보았다.

"갈게요."

"차라도 한잔하고 가요. 마침 사장님이 차를 끓이신다고……."

"싫습니다!"

"왜?"

금비의 뾰족한 말에 고모님이 당황했다.

"서진이 아버님이 계셨더라면 영우를 보내지 않았을 거예요! 오해받을 일을 만들고 싶진 않았다고요!"

"서, 선생님!"

그녀는 더 말하지 못하고 울어 버렸다.

쨍그랑!

찻잔이 산산이 부서지는 소리가 그녀의 울음소리를 삼켰다. 고개를 들었더니 검은 양복이 금비를 바라보고 있었다. 부들부들 떨고 있는 그의 낯선 모습에 금비는 눈길을 떼지 못했다. 얄미울 만치 흔들림이 없었던 그의 완고한 표정이 깨어진 찻잔처럼 부서지고 있었다. 그것은 분노라기보다는 슬픔이라는 이름에 가까웠다. 금비는 아차, 하고 고통스레 침을 삼켰다. 엉뚱한 데에 화풀이했다는 뒤늦은 자책과 함께 뿌리를 알 수 없는 연민에 휘감겨 입술을 들썩이다가 이내 돌아섰다.

"가지 마십시오!"

항상 굵고 나지막한 목소리였다. 이렇게 큰 목소리는 처음이었다. 그렇다고 천둥소리처럼 머릿속을 꽝 때릴 정도는 아니련만 금비는 정말로 천둥소리를 들은 것처럼 우뚝 멈추어 섰다. 그의 목소리가 처절하게 떨렸던 것처럼, 문손잡이를 더듬고 있는 그녀의 손도 떨고 있었다.

"부탁합니다, 영우 어머님."

또 선생님이라는 호칭 대신에 영우 어머님이라고 한다. 그가 기어이 금비와 눈을 맞추고는 덧붙였다.

"이대로 가시면 안 됩니다."

새까만 눈동자가 슬픔의 기운으로 인해 도리어 맑아 보였다. 고모님은 두 사람 사이에 끼어들지 않고 서진이를 안은 채 뒤로 물러섰다.

"공연히 화를 내서 죄송해요. 시어머니가 오해를 하셔서 그랬어요."

파리한 그의 얼굴에 희미한 웃음이 걸렸다. 눈빛은 여전히 슬프고도 맑았다. 이런 시선을 받고 있다는 사실 자체가 자신에게는 과분하다고 금비는 생각했다. 그는 영우를 힐끗 본 뒤 나직이 말했다.

"영우가 저녁을 안 먹었습니다."

"집에 가서 먹일게요. 여러 가지로 죄송해요."

"오늘은 다 함께 먹읍시다."

"죄송……."

"부탁합니다, 영우 어머님."

모두 함께 차를 타고 야외 식당으로 향했다. 그는 조수석에 앉았고, 운전대는 고모님이 잡았다. 승용차는 최고가의 신형이었다. 서진이의 안전을 그만큼 따지는지도 몰랐다. 하지만 정작 금비가 실감하는 것은 아파트 한 채가 굴러간다는 사실이었다. 이렇듯 그녀와 다른 세계를 살고 있는 남자 때문에 시어머니에게 오해를 샀다니 기가 막혔다. 도대체 남편은 시어머니에게 무슨 말을 했을까.

결혼하면 책임감을 갖출 것이라는 낙관은 착각이었다. 착한 사람이라고 생각했는데 그게 아니었고, 진실한 사람인 줄 알았는데 그마저도 아니었다. 가장 믿었던 사람에게 기만당했다. 그런데 모르는 남자를 어찌 믿는단 말인가. 금비는 신뢰를 깨고 비밀의 방에 들어갔던 실책을 교묘하게 합리화시키고 있었다. 그렇게라도 해야 지금의 동반에서 고개를 들고 버틸 것 같았다.

아이들을 위해 놀이방이 갖춰진 다양한 해산물을 파는 식당으로 외식 장소를 정했다. 킹크랩은 블루나 브라운을 쓰지 않고 레드만 팔며, 전복도 3년산만 취급한다는 문구가 걸린 매장이었다. 영우는 껍질째 구운 전복을 제법 잘 먹었다. 고모님의 채근에 금비도 먹어 보니 의외로 썩 부드러웠다. 그래, 건강이 재산이고 체력이다. 엄마로 살아가려면 입맛이 없어도 우적우적 씹어야 했다.

죽까지 비운 영우가 서진이를 따라 놀이방으로 들어가고, 고모님은 슬그머니 자리를 피했다.

"힘들어 보이시던데, 많이 드세요."

둘만 남은 게 머쓱하여 금비는 그에게 음식을 권했다.

"선생님처럼 마음이 허기진 것보다야 낫습니다."

"제 마음이 허기져 보여요?"

"자꾸 힘들면 말하지 않아도 드러나고 말지요."

"……아까는 죄송했어요."

"선생님이 사과하실 일은 아무것도 없습니다. 적어도 저와 서진이에게는."

'아무것도' 없다고 한다. 그가 아직 CCTV를 확인하기 전이라는 생각이 들었다.

"아까 아버님이 계신 줄 알았다면 영우를 보내지 않았을 거라는 말…… 진심이 아니었어요. 여러 가지로 고마우신 분이고요."

"지금은 제가 불편하지 않습니까?"

그와 눈이 마주쳤다. 그녀는 시선을 내리깔면서 가벼이 고개를 끄덕거렸다. 이런 남자가 오빠거나 친척이라면 정말로 불편하지 않을 텐데. 이런 친오빠가 있으면 참 좋으련만.

"불편하지 않다면 영우를 계속 저희 집에 보내 주세요. 피아노 대리점을 내놓은 상태라 저녁에 가게를 지켜야 해서 당분간은 선생님이 오실 시간쯤에는 제가 집에 없을 겁니다."

그가 드물게 자신의 입장을 자세히 설명했다. 스스로 염치가 없어 다시는 그 집에 안 들어갈 것이라는 결심을 차마 밝히지 못했다. 그가 말을 이었다.

"훗날 어린이집을 차리려면 승급 교육도 필요하지만 피아노도 도움이 된다고 들었습니다."

"어린이집이라뇨. 저한텐 너무 먼 이야기네요."

"선생님, 인생이란 게 목적지가 없다면 길이 더 멀고 힘이 듭니다. 영우를 위해서라도 튼실한 목적지를 품으셔야죠."

거듭된 풍파로 감정의 날이 선 삶들이 그러하듯, 그녀 역시 충고를 좋아하지 않는데도 그의 말은 거부감이 들지 않았다. 그녀라고 아파트 단지 안의 가정 어린이집을 보며 왜 꿈꿔 보지 않았겠는가.

"영우가 피아노 소리를 좋아하더군요."

"그래서 저한테 피아노라도 한 대 주시게요? 사실 제가 사는 집은……."

"주면 받을래요?"

"네?"

"피아노 말입니다. 제가 대리점을 하니까."

"아뇨. 과해요. 절대로 받을 수 없습니다."

"그렇군요."

그가 피식 웃었다. 웃는 모습이 왜 이리 슬퍼 보일까?

"선생님은 제가 남자로 보입니까?"

언젠가 한 번 들었던 말을 또 들었다.

"아, 아녜요. 전 남편이 있는 주부잖아요. 그런 말씀, 제겐 짓궂습니다."

"그럼 제가 사별한 몸이라서 부담스럽겠군요."

"것도 아닙니다."

제가 어찌 감히, 하고 비어져 나오려는 말은 삼켰다. 굳이 스스로 자존심을 대패질할 필요는 없었다.

"그럼 우리 집에서 피아노도 치면서 도와주세요. 대신에 언젠가 선생님을 도울 수 있는 일이 있다면 꼭 돕겠습니다. 그러니 부업이 아닌 보험이라고 여기세요."

그가 예의 호소력 있는 눈빛으로 말을 덧붙였다.

"부탁합니다, 선생님."

피아노조차 들여놓을 수 없는 초라한 집 앞까지 데려다준 그가 차에서 내리기 전 또 하나의 부탁을 했다.

"오늘 선생님이 제가 불편한 것처럼 말씀하셨죠?"

"그때야 시어머님 때문에……."

"부탁합니다. 다시는 제게 그런 말씀을 하지 말아 주십시오."

금비는 선선히 고개를 끄덕거렸다. 찻잔과 함께 산산이 부서지던 그의 평정심과 수상한 슬픔이 떠올라 그를 거역하지 못했다.

보육 교사에게 피아노는 필수가 아니었다. 하지만 어린이집은 포화 상태고 경쟁은 가열되어 조만간 법규에는 없는 필수로 자리매김할 터였다. 결국 금비는 계속하여 그의 집을 들락거렸다. 서진이와 그림을 그리고, 교본을 보면서 피아노를 치고, 고모님과 함께 저녁을 준비했다. 고모님은 집요하게 음식이며 집안일을 가르치려 들었다. 짚이는 데가 없는 것은 아니었다. 다만 고모님이 없는 집 안을 금비 혼자 들락거리는 그런 불편함은 분명히 사양할 것이기에 건성으로 흘려듣게 되었다.

CCTV가 싫어서 금비는 비밀의 방 앞을 재빨리 지나다녔고, 피아노가 있는 안방에만 주로 머물렀다. 영우는 피아노 소리를 좋아했다. 의미 없는 건반을 누르고 까르르 웃는 귀여운 방해자를 보며 그녀도 종종 웃을 수 있었다.

서진이는 금비의 수준에 맞는 악보를 찾아 주면서 스승 노릇을 오달지게 해냈다. 이따금 연주를 들려주기도 했는데 다섯 살짜리의 연주가 때로는 어른을 울렸다. 그때마다 사진 속의 고인을 떠올리고는 서진이는 꼭 안아 주었다. 그러다 문득 궁금해서 물었다.

"서진이는 피아노 학원을 안 다니잖니!"

"이사 오기 전에 쬐금만 다녔어요."

"그게 다야? 그럼 혼자 연습한 거니?"

"아빠가 가르쳐 주세요."

"아빠가?"

대리점을 한다고 해서 피아노를 썩 잘 치는 것은 아닐 듯싶었는데 의외였다.

"아빠가 서진이보다 잘 치시니?"

"그럼요. 세상 최고로 잘 쳐요."

"멋있다! 서진이 아빠는."

검은 양복이 더욱 신비롭게 느껴졌다. 피아니스트였다는 엄마에 관해서는 차마 묻지 못했다.

　비밀의 방 사연은 너무 쉽게 풀렸다. 궁금증의 흔적마저 지우려고 일부러 시선조차 주지 않았던 그 방으로 금비는 초대를 받았다. 마침 고모님은 장을 보러 나갔다.

　"저한테 뽀뽀해 주셨으니, 특별히 선생님도 초대하는 거예요."

　뽀뽀에 대한 포상치고는 과분하다고 해야 할까? 여하튼 금비는 영우와 함께 서진이를 따라 비밀의 방 앞에 섰다. 금비는 CCTV를 의식했지만 올려다보지는 않았다. 기왕 기록에 남았으니 차라리 서진이를 따라 들어가는 장면까지 남는 것이 더 나을 거라고 생각했다.

　열쇠를 찔러 넣은 서진이가 잠시 망설였다.

　"저기요, 선생님. 아빠한테는 비밀이에요."

　"아빠가 비밀을 지키라고 했으면 난 안 들어갈래."

　호기심과 도덕심 사이에서 금비도 망설였다.

　"아빠는 가족만 들어가는 방이랬어요."

　"거봐. 난 가족이 아니잖니?"

　"어어, 선생님은 우리 가족이…… 아닌가요?"

　서진이의 얼굴이 복잡하게 일그러졌다. 아이의 그런 반응에 왜 이리 울컥할까.

　"제 초대를 안 받으실 건가요?"

　"고민되는걸."

　"전 가족……인 줄 알았는데……."

　서진이의 커다란 눈동자에 눈물이 번지려 했다. 금비는 앉아서 눈높이를 맞추고 작은 얼굴을 빤히 쳐다보았다. 기어이 눈물을 흘리고 마는 서진이를 살갑게 안아 주었다.

"그래, 서진아. 초대해 줘서 고마워."

금방 밝아진 서진이가 문을 열었다.

"엄마, 안녕!"

서진이가 사진을 향해 인사를 건넸다. 살아 있는 사람을 대하는 투였다.

— 응, 서진이 왔니?

금비는 깜짝 놀라 주변을 두리번거렸다. 대체 어디서 나는 소리일까? 서진이는 그런 반응이 익숙한 듯 금비에게 설명했다.

"마법의 세계에 편지를 집어넣으면 하늘나라에 있는 엄마를 만날 수 있어요. 자, 보세요."

서진이가 색종이 편지를 나무 우편함에 밀어 넣었다. 순간 다시금 아까의 여자 목소리가 들렸다.

— 서진아, 편지 고마워.

전혀 기계음 같지 않았다. 집중해서 살폈더니, 소리는 액자와 우편함 근처에서 동시에 나는 것 같았다.

"사랑해요, 엄마."

— 엄마도 서진이를 사랑해요.

금비는 우편함 어귀와 안쪽에서 작게 반짝이는 빛을 발견했다. 이내 정교한 인공지능 기기가 장착되었음을 헤아릴 수 있었다. 성능이 워낙 탁월해 실제 목소리처럼 생생했던 것이다. 그리고 액자 뒤편에는 스피커가 하나 더 숨겨져 있는 것 같았다.

"신기하죠?"

서진이가 어깨를 으쓱해 보였다. 금비는 굳이 아이의 상상력에 상처를 내고 싶지 않아서 감탄하는 몸짓을 건넸다.

"그리고요. 피아노를 쳐 주면 엄마가 또 이야기를 해 줘요. 제가 피아노 쳐 볼게요. 엄마가 좋아하는 노래를 연주하면 편지를 다 읽으시곤 또 말을 해 주거든요."

"아니다, 서진아. 오늘은 그만 나가자. 나가서 이야기할까?"

금비는 고모님이 곧 돌아올지도 모른다는 초조감에 사로잡혀 있었다. 그녀는 금고를 힐끔 보고는 방을 나왔다.

"우편함은 아빠가 만들어 주셨니?"

안방으로 돌아온 금비는 조금은 편해진 마음으로 호기심을 풀어 놓았다.

"우편함이 아니라 마법의 세계예요."

"응. 그래. 선생님이 실수했구나."

"아빠가 마법사 할아버지한테 선물받았다고 했어요."

"종이학이 너무 예쁘더라. 그것도 서진이가 선물한 거니?"

"아니에요. 그건…… 아빠가……."

도무지 소화가 안 되는 말이었다. 검은 양복이 종이학을 접다니! 알아 갈수록 더욱 안개 속으로 숨는 남자다.

그때 고모님이 집 안으로 들어오는 소리가 들렸다. 서진이와 금비는 약속이라도 한 듯 입을 다물고 비밀을 공유했다는 뿌듯함으로 은밀한 웃음을 나누었다. 영우가 고개를 갸웃하고는 두 사람을 번갈아 쳐다보았다.

날씨가 더워지면서 동네 사람들이 삼삼오오 모여 재개발에 관한 이야기를 나누는 모습이 종종 목격되었다. 한동안 잠들어 있던 초조감이 깨어났다. 남편은 두 달 동안 소식을 주지 않고 있었다. 돈도, 사람도 포기해야 할지도 모른다는 생각이 들었다.

조마조마하게 살아가는 도중 월세를 내는 날은 억울한 마음보를 다스리기 버거웠다. 나가지 않아도 될 돈을 치르고 있다는 분함도 달랠 겸 금비는 전세를 얻을 수 있는 가망성을 두루 살폈다. 영세민 전세 자금 지원을 알아보러 국가에서 지정한 은행에 갔더니, 동사무소에 가서 서류를 먼저 떼어 오라고 했다. 동사무소에 가서 사정을 이야기했다.

"서류상으로는 엄연히 남편이 계시잖아요."

때문에 지원 자격이 안 된다고 했다. 그녀의 소득과 교사라는 신분 탓에 차상위 지원 신청도 어림없다고 했다. 마이너스 대출을 알아보았더니, 부부가 서로 보증을 서야 한다고 했다. 전세를 빼서 빚 청산을 해 주었지만, 남편의 불량한 신용은 여전히 진행 중이었고 조금 남은 빚을 갚아 주겠다던 시댁의 약속은 전혀 지켜지지 않고 있었다.

여하튼 부부는 한 몸이라고, 남편 덕분에 덩달아 그녀도 불량한 시민이 되어 있었다. 그나마 최저 생계비 정도의 수입이었기에 월급이 차압당하는 일이 없다는 사실에 감사해야 했다. 도무지 도움이 안 되는 가장이다. 차라리 남편이 없으면 한 부모 가정 혜택이라도 받을 수 있잖은가!

이혼.

남편과 험한 말이 오가는 도중에도 입에 올리지 않았던 용어를 뇌까렸다.

이혼은 그야말로 황당하게 이루어졌다.

고모님이 이틀 뒤면 일을 그만둔다면서 저녁을 사겠다고 했다.

"이런 데도 한 번씩 와 봐야죠, 선생님?"

금비는 고모님과 아이들과 함께 시내의 파스타 전문점으로 들어 갔다. 파스타는 동생인 은민이와 몇 번 먹어 본 적이 있었고, 연애 시절에 남편과도 이따금 먹었다. 그러고는 거의 2년 동안 먹지 못했다.

계산대에서 30대 중반의 귀티 나는 여자가 딸아이로 보이는 초 등학생과 이야기를 나누다가 그녀의 일행을 맞이했다. 사람에게는 저마다 직감이라는 게 있나 보다. 처음 보는 모녀가 금비의 삶과 무관하지 않을 것 같다는 막연한 예감에 젖어 들며 안쪽의 룸 테이 블로 들어가 앉았다. 검은 양복은 대리점 일을 마치고 이곳으로 올 터였다.

고모님이 먼저 음식을 주문했다. 영우에게 단호박 스프를 떠먹이 다가 블라우스가 더럽혀진 그녀는 룸 테이블을 나와 입구의 세면실 로 향했다. 그때 그녀는 보았다.

'저 사람이 왜!'

한창 돈을 벌고 있어야 할 남편이 이곳 계산대의 여자와 다정하 게 이야기를 나누고 있었다. 남편은 예전의 모습이 아니었다. 머리 카락을 무스로 넘기고 핸섬한 차림새로 변해 있었다. 무엇보다 낯 선 모습은 계산대에 앉아 있는 여자아이의 어깨를 자상하게 두르고 있다는 점이었다. 그때까지만 해도 금비는 상황 파악을 못 했다

"당신, 여기서 뭐 하고 있어요?"

"어? 어떻게 여기를 다 왔어…… 알고 온 거야?"

당황하던 남편은 이내 놀랍도록 태연자약한 모양새로 돌아섰다.

"누구……?"

계산대의 여자가 일어나 남편 곁에 나란히 섰다.

"아! 옛날 아내야."

옛날 아내라니! 금비는 기가 막혔다. 그가 태연하게 계산대 여자를 가리켰다.

"인사해. 이쪽은 내 친구야. 동창이지. 여기 주인이고."

"방금 날 보고 옛날 아내라고 했어요?"

"아닌가?"

오해가 아니라 의도적인 거짓말이었다. 남편의 뻔뻔함이 이 정도였던가.

"아, 참! 나머지 서류는 내가 곧 보내 줄게. 이럴 게 아니라 저쪽으로 가서 좀 앉지. 기왕 만났으니 차분히 정리를 하자고."

갈수록 태산이었다. 고개를 갸웃하는 주인 여자를 떼어 놓고자 하는 남편의 의향을 금비는 싹 무시했다. 이상하게 그다지 놀랍지도 않았고 머리는 이성적인 차가움을 발휘했다.

"구제 불능은 내가 아니라 당신이었군요."

"저리로 가자니까……."

"왜? 돈 많은 과부를 물었는데, 내가 방해돼요?"

"어허! 요즘 병원 치료를 안 받았어? 새로 만난 남자가 신경을 안 써 주나 봐?"

주인 여자를 의식하면서 그는 연방 소설을 써 댔다. 시어머니가 남자 운운했던 것도 다 남편이 조작한 것이리라.

"헛소리 집어치우시고 똑바로 들어요, 옛날 남편님! 당신은 지금 나한테 영우에 관해서는 물어보지도 않았어요! 그러니 나중에라도 친권이니 양육권이니 하는 말 따위는 꺼내지도 말아요! 당신 말마따나 서류는 하루라도 빨리 보내요!"

또박또박 소리치고 금비는 홱 돌아섰다. 영우에게 이제 아빠는 없다. 없는 아빠를 새삼 보여 줄 필요도 없었다. 몇 걸음을 내딛다가 금비는 다시 돌아섰다. 남편이 돌아오면 받아 줄 수밖에 없다고 여겼던 전향적인 나날들이 너무 억울했다. 성큼성큼 남편에게 다가선 뒤 억울함을 손끝에 모았다.

쫘악!

얼결에 뺨을 맞은 남편이 믿기지 않다는 양 경악하여 뒤로 물러났다. 주인 여자가 앞으로 나섰다.

"무슨 짓이에요! 손님이 보고 계신데!"

손님이라는 말에 금비는 건성으로 고개를 돌렸다. 언제 들어왔는지 검은 양복이 금비를 바라보고 있었다.

이것도 역시 시기적절이라고 해야 할까?

5. 가랑비와 소낙비

가랑비는 종일 일을 번거롭게 하고, 소낙비는 잠시 일을 멈추게 한다.

❈✻❈

'옛날 아내'가 되어 버린 금비는 늦은 밤인데도 검은 양복의 집에 앉아 있었다. 영우는 서진이와 함께 안방에서 잠이 들었고, 검은색 웃옷을 벗어 낸 그는 식탁에 앉아 말없이 금비를 바라보았다.

발코니에서 아카시아 냄새가 날아들어 그와 그녀의 침묵 사이를 온전히 채웠다. 그가 고개를 들어 큰 숨으로 꽃향기를 삼켰다. 그녀도 눈을 감고 단내가 물씬한 꽃향기를 빨아들였다. 깊은 물에 빠져 허우적거리다가 간신히 고개를 내밀고 신선한 공기를 들이켜는 기분이었다.

파스타 가게를 나올 때까지 유지하던 차가운 이성은 그의 차에 올라타면서 무너졌다. 눈물은 짧았다. 우는 것도 사치라고, 와중에 이성이 경고를 던졌던 것이다.

"술을 드릴까요?"

감은 눈을 떴더니 그가 냉장고 앞에서 와인병을 들고 있었다.

"아뇨…… 저…… 소주는 없나요?"

"이거라도 괜찮다면."

그가 장식장의 매실주를 들고 왔다. 고모님이 작년에 담갔다는 술이다.

어디까지 알고 있을까. 파스타 가게에서 그는 아무것도 묻지 않은 채 고모님을 남겨 두고 집으로 차를 몰고 왔다. 그가 잠이 든 영우를 안고 아파트로 들어갔고, 그녀는 지극히 당연한 것처럼 서진이의 손을 잡고 뒤따랐다.

금비는 술을 한 잔 비운 뒤 여전히 수상한 불편함을 주는 남자에게 속내를 꺼냈다.

"저, 괜찮아요. 사랑이 짧으면 눈물도 짧나 봐요."

"종일 비를 맞느니 소낙비를 잠깐 맞는 게 더 낫지요."

병원에서도 했던 말이다. 그의 은유에 묘한 반발심이 생겨서 더 말을 하지 않았다. 저녁 바람이 몇 번 더 가벼이 날아들었지만 아카시아 향은 느낄 수 없었다. 그나마 며칠이 지나면 아예 누리지 못할 터였다. 금비는 자신도 모르게 한탄했다.

"좋은 향은 왜 모두가 짧기만 할까요?"

말실수를 한 것일까? 그의 표정이 복잡하게 일그러져 있었다. 이

내 아름다운 검은 눈동자에 슬픈 기운을 그득히 담더니 발코니를 보며 쓸쓸하게 입을 열었다.

"그래요. 짧죠. 아카시아 향처럼."

견고해 보이던 그가 문득 오들오들 떨고 있는 작은 새 같다는 느낌이 들었다. 그가 친오빠로서 금비 자신을 포근하게 안아 주며 위로해 주었으면 좋을 텐데, 라는 소망을 품었을 때와는 달리 이번에는 금비 자신이 누이가 되어 그를 포근하게 안아 주고 싶었다. 하지만 그의 약한 모습은 잠깐이었다. 이내 특유의 단단하고 조용한 모습으로 돌아와 금비를 똑바로 바라보며 사무적으로 입을 열었다.

"영우 어머님이 괜찮으시다면…… 앞으로 서진이 저녁을 챙겨 주십시오, 사례는 충분히 하겠습니다."

잠시 아카시아 향기에 취해 품었던 감상은 곧 흩어졌고, 금비는 현실로 돌아와 머리를 바삐 굴렸다. 고모님이 떠난 뒤의 대책이 바로 이것이었나?

"피아노 겸 영어를 가르치는 선생님이 함께 있을 테니 부담은 좀 덜할 겁니다."

다섯 살 아이에게 벌써 영어 과외라니! 그러나 그녀는 한탄할 겨를이 없었다. 그가 제의한 그녀의 몫에 생각을 모아야 했다.

"영우 어머님이 집에 계실 동안 제가 집에 오는 일은 없을 겁니다."

그는 '옛날 아내'로 전락해 버린 그녀의 충격에는 더 이상 관심이 없는 듯했다. 당연한 일이었다. 그에겐 당장 이틀 뒤에 이 집을 떠나는 고모님의 부재를 해결하는 일이 급하리라.

"아까 들어서 알고 계시죠? 저 이혼해요."

금비가 애써 쓴웃음을 지으며 말했다. 그가 고개만 갸웃하며 대답을 안 하자, 금비가 덧붙였다.

"개인 신상에 무심한 서울이긴 해도 아이들 보육 문제에 관해선 좁은 동네죠. 전 이 동네를 떠날 거예요."

"그건 나중 일이 아닐까요?"

"그렇겠죠. 아버님에겐 코앞에 애로점이 있지만요."

"서류를 접수하고 숙려 기간을 치르려면 어느 정도 시간이 필요할 겁니다. 그때까지는 여기서 부업을 하세요."

그는 '부업'이라는 말에 힘을 주었다.

"조정 기간이며 숙려 기간도 아시고, 아는 게 참 많으시네요."

검은 양복의 앞에 서면 늘 주눅이 든 양 다소곳했는데 그녀는 자신도 모르게 말꼬리를 살짝 비틀었다.

"영어 선생님이 온다면 굳이 제가 있을 필요가 있을까요? 반찬을 해 줄 사람이 필요한 거라면 서진이한테 제가 챙겨 줄 수 있어요."

"왜 내가 영우 어머님을 필요로 하는지…… 정말 몰라서 묻는 겁니까?"

화를 내는 얼굴은 아니었다. 그가 복잡한 표정을 지으며 안방을 바라보았다. 그의 시선을 따라가다가 그녀는 냉장고 문에 붙어 있는 사진을 바라보았다. 부모에게 안겨 있는 서진이의 두어 살 때 모습 아래로는 최근에 고모님이 찍은 영우와 서진이의 사진들이 붙어 있었다.

그가 조용히 설명했다.

"선생님, 아이들의 정서 변화를 파악하는 덴 시기별로 찍은 사진의 표정이 썩 유용한 게 맞죠?"

과연 최근에 찍힌 서진이의 사진은 모두 튀밥 같은 웃음을 터뜨리고 있었다. 영우 또한 마찬가지였다. 무엇이 저렇듯 웃음을 펑펑 터트리게 했을까? 그녀는 탁한 숨을 내쉬었다.

"영우와 서진이는 차라리 지금 좀 떨어져 있게 하는 것이 좋겠어요. 애들은 환경이 바뀌면 금방 적응해요. 두 아이는 너무 붙어 있었어요. 덕분에 다른 아이들을 사귈 기회를 잃었답니다."

"아이는 둘보다 하나가 도리어 키우기 힘들지 않습니까?"

"동감합니다, 아버님. 그래서 형제가 귀한 요즘은 더욱 어린이집이 필요하다고 알고 있습니다."

그녀는 서진이의 동생들이나 친구가 넉넉한 '어린이집'을 강조했다.

"딱히 영우가 아니라도…… 나와 서진이는 선생님이 필요합니다."

"무슨 뜻이죠?"

"말 그대로입니다."

"죄송한데요. 전 아버님의 말이 어렵습니다. 여러 가지로."

그녀는 고개를 숙인 채 또박또박 말했다. 아무런 소리가 없어서 고개를 드니, 그는 눈동자에 수상한 슬픔을 담고 그녀를 빤히 바라보고 있었다.

"무슨 설명이 더 필요할까요?"

"제가 워낙 둔해서요. 오죽하면 남편 속도 모르고 살았겠어요?"

"말이란 녀석은 진실보다는 변명에 더 요긴하지요. 선생님은 느낌보다는 부군의 입을 더 믿었었겠죠?"

"후후. 그럼에도 불구하고 저는 느낌보다는 설명을 필요로 해요. 제가 둔하니까요."

"하지만 선생님. 설명이 완벽하다고 진실이 보장되는 건 아니지요. 더 무서운 함정이……."

그녀는 머리를 양손으로 감싸 쥐며 그의 말을 잘랐다.

"저는 단순한 진실을 듣고 싶을 뿐이에요."

"저는 선생님을 오래전부터……."

그의 목소리에 문득 가벼운 떨림이 실렸다.

"……존경합니다."

칭찬 한마디를 참으로 어렵게 마쳤다. 그 칭찬이 과하여 그녀는 얼굴을 붉혔다.

"그러니 제 말대로 하십시오. 부탁입니다, 선생님."

'부탁'이라는 말에 또 고개를 숙여 버릴 것 같았다. 하지만 그녀는 스스로도 안타까울 만큼 끈질겼다. 묘하게도 험한 꼴을 당할 때마다 그가 지켜보았다. 그리고 남편이 있는 파스타 가게를 약속 장소로 정한 고모님과 그의 속내가 의심스러웠다. 과연 우연이었을까?

그녀가 대답이 없자 그가 덧붙였다.

"더 묻고 싶은 게 있더라도 조금만, 조금만 더 참아 주시라는 부탁도 드립니다."

"저, 아버님. 솔직히 저는 그리 믿을 만한 여자가 못 됩니다. 이미 알고 계실지도 모르겠지만요."

그는 고개를 모로 비틀 뿐 말이 없었다. 결국 그녀는 CCTV를 가리켰다.

"저거 아직 확인 안 하셨나요? 죄송해요. 사실은 저 방에 들어갔어요. 더구나 서진이 열쇠를 훔쳐서요."

여전히 그는 모로 고개를 기운 채 가타부타 말이 없었다. 한숨을 토하고 그녀는 말을 이었다.

"실망시켜 드려 죄송해요. 제 그릇이 그것밖에 안 된답니다. 그리고 비록 훔쳐본 처지지만, 저는 아버님의 보육 방식을 솔직히 이해 못 하겠습니다."

"잠깐만요, 선생님. 저 방을 들어갔었다고요?"

"아, 네. 죄송해요."

그가 이마에 손을 대고는 탄식하는 몸짓을 했다.

"조금만 참지 그랬어요. 조금만."

"아직 확인을 안 하셨나 보군요."

"네, 몰랐습니다, 선생님."

그가 벌떡 일어나 CCTV를 가리켰다.

"저것 때문에 불편하셨겠군요."

그러곤 성큼성큼 걸어가서는 의자를 딛고 올라가 CCTV의 둥글 납작한 케이스를 신경질적으로 잡아당겼다. 쉽게 뜯어지지 않자 의자에서 내려오더니 드라이버를 들고 다시 올라가 기어이 뜯어냈다.

"보세요, 선생님. 아무런 연결 줄도 없습니다."

그가 화가 난 몸짓으로 껍데기를 들이댔다.

"전에 놀이방을 운영했을 때부터 걸려 있던 건데, 들락거리는 사람들에게 시위하려고 방치해 둔 겁니다."

잘못을 인정하고 화난 그를 위로해 줘야 했건만 그녀의 입은 엇박자를 내고 말았다.

"하긴. 저같이 한심한 사람들 때문에 CCTV가 필요하긴 하겠어요."

자조 섞인 그녀의 말에 그의 얼굴 위로 짜증이 번졌다.

"선생님에겐 숙녀가 많이 안 보이긴 해도 한심하진 않아요."

금비는 '숙녀가 많이 안 보이긴 해도'란 말을 머릿속에 굴렸다. 결코 좋은 말이 아닌데도 묘하게 사람을 편하게 만들었다.

"선생님은 어린아이를 혼자 집에 놔둔 적 있습니까?"

"영우가 너무 어리니까 그런 적은 없었어요."

"아이 혼자 있는데 집에 전화를 거니, 가스 점검을 왔다고 하거나 선교니 뭔가를 하러 왔다고, 생판 모르는 사람이 전화를 받았던 적도 없죠? 그럼 그때의 덜컥 내려앉는 심장 소리는 체험하지 못하셨겠죠?"

말을 하는 도중 그가 노여움을 드러냈다.

"죄, 죄송해요."

그는 곧 차분한 목소리로 말을 이었다.

"난 선생님이 고장 난 CCTV라는 걸 이미 아는 줄 알았습니다. 그래서 말씀을 안 드렸을 뿐입니다. 고모님도 알고 계셨으니까요."

"죄송해요, 정말로."

또 '죄송'이라는 말을 입에 달게 된 그녀는 결국 부탁을 받아들였다. 그의 지독히 슬픈 눈동자 때문이었다.

영우를 안으려고 조용히 안방으로 가는데, 그의 나지막한 탄식이 귀에 걸렸다.

"조금만 참으시지, 조금만."

고모님이 마지막 날이라면서 금비에게 문단속 시 주의할 점과 좋은 식재료를 고르는 방법 등을 알려 주었다. 고모님의 강의가 끝나고 차를 한 잔 마시는 시간을 통해 금비는 기어이 궁금증을 꺼내고 말았다.

"그날, 가게 말예요. 고모님이 예약하신 거예요?"

"맞아요. 조용한 룸이 있어서 그리 정했어요."

"그 집…… 서진이 아버님이 자주 다니시는 곳인가요?"

고모님은 안경을 추켜올리고 매섭게 쏘아보다가 탁한 한숨을 내쉬었다.

"선생님, 그때 무슨 일을 겪으셨는지 대충 알긴 합니다만…… 매사에 너무 방어적이진 마세요."

"무슨 말씀이신지……."

"그날 한턱낸다고 나가자고 한 사람은 나예요. 사장님은 일부러 시간을 내서 참석하셨고요. 호의는 호의로 받아들이자고."

"안 그래도 항상 감사하고 있어요."

"일전에 선생님 시어머님 다녀가신 날 말예요. 사장님한테 소리를 쳤잖아. 보기 안 좋았어요. 아니, 사장님이 무슨 잘못이 있어요? 시어머님이 나가시자마자 쓰러지시더라고요. 그날 몸이 많이 편찮으셔서 집에 누워 계셨던 건데, 시어머니가 와서 휘젓고, 겨우 일어나 계시던 참에 선생님까지 그러니 내가 다 혈압이 오르더라고!"

시어머니가 와서 영우만 말없이 껴안고 갔다는 말은 거짓이었나 보다.

"남자 앞에서 험난한 꼴만 자꾸 보이게 되는 그 심정을 내 모르는 게 아녜요. 차라리 있는 그대로를 내보이는 게 어쩌면 더 속편하지 않아? 적어도 숨기느라 애태우는 일은 없을 테니까. 혹시나 뭔가 착각할 거 같아서 내 충고 하나 할게요. 우리 사장님…… 황금비 씨 같은 여자가 취향도 아닐 테지만, 좋아하는 사람을 취하려고 무슨 일을 꾸밀 분은 절대로 아니랍니다. 아니, 원체 투명하셔서 일 같은 것을 꾸미지를 못하세요."

금비는 아무런 대꾸도 못 했다. 그날 아파서 누워 있었다는 그의 모습이 머릿속에 가득했던 탓이다.

남편은 정말로 서류를 보내 왔다. 스물여덟 살 생일을 보름 앞두고, 금비는 '옛날 아내'임을 선언하는 도장을 찍었다. 기왕 결정한 일이니 절대로 후회하지 않을 터였다. 그리고 남편과 시어머니에게 보란 듯이 잘 살고 싶다는 오기도 생겼다. 영우와 행복하게 잘 사는 것이 가장 유익한 복수라고 여겨졌다.

그녀는 잠을 줄이며 공부를 했다. 피아노 연습도 게을리 하지 않았다.

오세영. 서진이의 과외 선생 이름이었다. 소탈한 차림새인데도 귀티 나는 매력이 물씬 풍기는 미녀였다. 탄력 있는 세영의 젊은 피부를 통해 20대 끝자락의 '옛날 아내'는 자신의 눈가에 고랑을 이루는 주름살을 보다 분명히 찾아낼 수 있었다.

세영은 영어와 피아노를 함께 지도했다. 덕분에 금비도 온전한 피아노 개인 교사를 얻었다. 피아노를 지도할 때는 진지하던 세영이 영어 수업에서는 딴사람이 되었다. 어린이집에서 금비가 가장 애를 먹는 율동을 세영은 너무도 능청스럽게 소화해 냈다. 덕분에 영우와 금비는 알게 모르게 영어 동요 등의 수업을 받았다. 아니, 수업이라기보다는 세영의 원맨쇼라고 해야겠다.

저녁밥을 먹을 때마다 세영은 금비의 음식을 칭찬했다. 첫날부터 금비를 언니라고 부르며 살갑게 대했다. 정체가 모호한 경계심을 내 홀리던 고모님과 있을 적보다는 당연히 편했다.

"웰빙인 데다 맛까지, 어쩜 딱 내 취향이지 뭐예요! 언니, 나도 요리 좀 배울래요."

고모님에게 배운 덕분이었다.

"서진이 아버님은 나보다 더 잘하실 거야. 다 그분이 만든 레시 피거든."

"어머! 아버님은 정말 팔방미인, 아니, 미남이세요. 그쵸, 언니?"

대학 졸업반이라는 스물세 살의 영어 선생님은 이미 검은 양복 의 매력에 흠뻑 빠져 있나 보다.

"두어 번밖에 못 뵈었다면서 어찌 그리 호감이셔?"

"면접 볼 때부터 필이 팍 오더라고요. 피아노 대리점으로 면접을 갔더니, 검은 양복을 입은 멋진 남자가 피아노를 치고 있더라고요. 아무튼 말로는 표현 못 하겠네요. 언니가 직접 봤어야 하는데. 아 마 누구라도 그 모습을 봤다면 반했을 거예요."

피아노 선생님이 반하는 피아노 치는 남자의 모습이란 어떤 것 일까? 금비도 궁금하긴 했다. 세영이 보았던 모습을 자신은 못 보 았다는 사실에 공연히 심통도 났다. 깨닫고는 피식 웃었다.

"어떡하지, 오 선생님?"

금비가 공연히 산통을 깨려고 들었다.

"서진이 아버님은 절대로 연애 안 하신대."

"네? 그런 말씀을 다 하셨어요? 왜 선생님한테 그런 말씀을 하 셨을까요?"

"어머, 그런 눈으로 보지 마. 전에 계시던 고모님이 그러시더라고."

"뭐, 그럴 수도 있겠네요."

서진이 어머니의 사진을 올려다보면서 세영이 울울하게 말하더니 금방 밝은 얼굴로 돌아왔다.

"뭐, 어차피 나하곤 상관없어요. 아버님의 팬이 될 수는 있지만 연애할 생각일랑 전혀 없걸랑요. 연애하고 싶은 남자는 따로 있어요. 자식이 꽤나 비싸게 굴어서 진도가 영 꽝이지만요."

"이런! 오 선생님 같은 미녀에게 비싸게 굴다니! 어떤 남자인지 궁금하기도 해라."

식사를 마친 뒤 금비는 문득 생각나서 비밀의 방을 가리켰다.

"이 방은 서진이와 아버님만 들어갈 수 있는 방이에요."

의외로 세영은 호기심을 전혀 드러내지 않았다.

"이해해요. 다른 사람들이 매일 다녀가는 집이니, 가족만의 프라이버시가 절실하겠죠."

단순하게 보았는데 속이 깊고 똑똑한 여자였다.

"오 선생님은 꿈이 뭐야?"

영어도, 피아노도 능한 세영에 대한 호기심이 담긴 질문이었다.

"피아니스트가 꿈이었는데 제가 무대 체질은 아니더라고요. 집도 점점 부자에서 멀어지다가 폭삭했고요. 전 그냥 동네 피아노 학원을 차려서 시집을 가더라도 제 밥값은 하고 싶어요. 꼬맹이들과 어울리면 늙지도 않겠죠?"

"영어도 곧잘 하잖아?"

"그거야 어릴 때 집안 사정으로 외국에서 좀 산 덕분이죠. 피아노 유학을 갈 생각으로 대학 동아리에서 영어 공부를 좀 하긴 했어도 아무튼 전공한 건 아니에요. 그러니 제 영어가 나이롱 아니겠어요?"

아이들과 눈높이를 맞추는 것에서 더 나아가 숫제 함께 아이가 되어 버리곤 하는 눈앞의 세영이, 어쩌면 금비 자신보다 더 이 집에 맞는 사람이라는 생각이 스쳤다. 검은 양복의 안목에 감탄하면서 묘한 소외감에 젖어 들었다. 바보 같으니. 나는 그저 밥이나 잘해 주면 되는 것을.

"언니는 꿈이 뭐예요?"

세영의 질문에 금비는 망설이지 않고 대답했다.

"가정 어린이집을 열고 싶어. 나도 꼬맹이들이 좋거든."

저녁 식사 뒷거둠을 하는 한편 금비는 정성을 다해 음식 한 가지씩을 추가로 만들었다. 검은 양복의 레시피에는 누락되었으며, 가급적 식당에서 쉽게 먹을 수 없는 음식을 고르다 보니 정성을 요하는 것들뿐이었다. 다른 뜻은 없었다. 그녀의 기준으로 본 일당의 값어치를 미흡하나마 채우고 싶은 욕심 탓이었다. 즉 마음이 편하고 싶어서였다.

금비가 음식을 담아 놓은 그릇은 늘 비워졌다. 야식으로 먹었는지, 다음 날 아침으로 먹었는지, 혹은 버렸는지는 알 수 없었다. 이상하게도 검은 양복과 서진이는 그녀의 음식에 관해 언급하지 않았고, 그녀 또한 만들지 말라는 말을 들을까 봐 시치미를 뗐다.

검은 양복이 말한 대로 금비가 서진이의 집에 와 있는 시간 동안 그와 마주치는 일은 없었다. 아홉 시가 되면 어김없이 검은 양복에게서 퇴근하라는 전화가 걸려 왔고, 세영과 금비는 101호를 나왔다. 서진이는 안타까울 만큼 의젓하게 두 사람을 배웅했다.

'아잉, 슬퍼라! 서진이는 선생님이 가는 게 섭섭하지도 않나 봐.'

한 번은 세영이 앙탈을 부리자, 서진이는 당황해하면서 손을 내저었다.

'아, 아니에요, 선생님. 선생님들이 가시면 아빠가 금방 오시니까 그래요.'

어쩐지 검은 양복은 일부러 그녀들과 한집에 머물지 않으려고 퇴근 시간을 맞추는 것 같았다.

생일을 하루 앞두고 은민이가 전화를 했다.

— 누난 축복받은 여자야!

옛날 남편 이야기며 은민에게 번져 갈 그늘이 걱정인데, 대뜸 축복 타령이었다.

— 휴가하고 누나 생일이 딱 맞잖아! 기적이 아니고 뭐겠어!

그녀는 검은 양복에게 전화를 걸어서 다음 날은 동생 때문에 쉬겠다고 말했다.

— 동생이 휴가를 나왔다면 다 같이 외식을 합시다.

그렇게 또 그와 저녁을 같이 하게 되었다. 이번에는 험한 꼴을 보이는 일은 없겠지. 그러나 금비는 다시금 혼돈에 빠져서 우연과 조작 사이의 의혹에 시달려야만 했다.

"오세영! 네가 여기 어쩐 일이냐?"

세영을 발견한 동생의 첫마디였다.

6. 착한 여자, 나쁜 여자

착한 여자도 나쁜 여자도 없다. 환경이 착할 때와 나쁠 때를 만들 뿐이다.

❈✱❈

"세상 참 좁네."

은민이 영우의 장난감 선물을 풀어내며 말했다. 은민에게 눈길을 붙이고 있던 세영이 뾰로통하게 입술을 내밀었다.

"오빤 뭘 모르시는군. 세상은 넓고 인연은 소중한 법이지. 그쵸, 언니?"

금비는 고개를 끄덕였으나 '인연' 이라는 용어에 순수하지 못했다. 우연한 일이 반복되니 조작에 대한 의심도 늘어났다. 그다지 나쁘지만은 않은 우연에 불순한 의혹을 품고 있다는 것이 일견 죄스럽기도 했다. 결혼 초까지만 해도 세상을 너무 믿기만 해서 손해도 많이 보았던 자신이 언제 이리 변했을까?

은민은 옷을 갈아입을 곳도 마땅치 않았는지 군복을 입은 채 왔다. 입대를 앞두고 고시원 방을 뺀 은민은 짐을 줄이고 또 줄인 끝에 가방 두 개만 덜렁 가져왔다. 누나가 워낙 좁은 집으로 이사를 했기에 따에는 신경을 꽤 썼던 듯싶어 안쓰러웠는데, 이사에 보태라면서 지방 행정 공모전에서 탄 상금을 넣어 둔 통장까지 건네주었다.

입대를 앞둔 두어 달의 공백 동안 은민이 머물 곳은 없었다. 자신이 좁은 집에 살고 있다는 사실이 그때처럼 안타까운 적은 없었다.

동기들이 한창 행정 고시에 여념이 없는 그때 은민은 막노동을 하면서 그곳에서 먹고 잤다. 불공평한 승부라면서 막연히 세상을 비난하던 금비와는 달리, 은민은 어차피 제대 후 공부에만 집중할 거라면서 애써 웃으며 또 하나의 통장을 건넸다. 구릿빛으로 그을린 은민의 그때 얼굴을 아직도 잊을 수 없었다. 그렇게 맡긴 은민의 통장이 지금은 사라져 있었다.

믿었던 사람에게 뒤통수를 맞으니 의심만 많아지나 보다. 금비는 스스로에게 변명한 뒤 세영을 찬찬히 살폈다.

"오 선생님은 여기 알바 어떻게 연결됐던 거야?"

"조교 샘이 추천해 주셨어요. 참, 어제 조교 샘한테 들었는데, 서진이 부모님이 저희 학교 선배님이시지 뭐예요."

"그래? 서진이 아버님도 음대를 나오셨나?"

"아, 네. 아버님은 졸업은 안 하셨대요. 원래 다른 대학에서 수리 과학을 전공하셨다가 나중에 다시 시험을 봐서 음대에 들어오셨다고 하더라고요. 참 신비로운 분이죠?"

"혹시 사모님 때문에?"

"안 그래도 로맨스가 남자의 진로를 바꾸게 했다는 그런 전설이 과에 떠돌기는 했어요. 그 주인공들이 서진이네 부모님인지는 확실히 모르겠지만요."

검은 양복이 잠시나마 수학을 전공했다는 사실은 뜻밖이었다. 수학이라는 용어가 검은 양복과 연결점을 갖추니 알 수 없는 불안감이 한 가닥 스쳤다. 피아노와 수학이 각각 던져 주는 빛나는 감성과 치밀한 논리라는 선입견 때문인지도 모른다. 내친김에 더 많은 것을 알고 싶었지만, 세영은 다른 사람의 이력을 너무 많이 입에 올렸다고 자책하면서 슬그머니 금비의 눈길을 피해 버렸다.

은민과 세영도 같은 학교를 다녔다. 그들은 '영어권 문학 원서 읽기' 동아리에서 인연을 맺었다고 했다. 은민은 여자 친구에 관해 이야기를 꺼낸 적이 없었다. 공부와 아르바이트로 한눈팔 겨를이 없었거니와 실용적인 곳이 아니면 시간을 투자하지 않았던 은민의 건조하고 치열한 삶에 연애를 들먹이는 일이 미안해서 금비도 언급을 피했다.

"오빠, 그게 아니야. 비켜 봐. 영우야, 잘 봐. 예쁘고 똑똑한 샘이 조정해 볼게."

세영이 영우의 손에서 포클레인 조정 장치를 가로채 직접 시범을 보였다. 좌회전, 우회전, 그리고 삽으로 푸고 붓기를 해내는 포클레인에 영우는 흠뻑 빠져 있었다.

금비는 얼결에 궁색한 정서를 드러내고 말았다.

"비싸 보인다. 군인이 뭔 돈이 있다고 이런 걸 다 샀어?"

"누나는! 요즘 군바리 월급 무시하지 마."

군인 월급이야 병장이 되어도 간식비 정도밖에 안 된다는 사실을 알고 있었다. 그래서 생활비를 쪼개 은민에게 용돈을 보냈다. 아마 그 돈을 가지고 있다가 조카 선물로 쓴 모양이었다. 참으로 옛날 남편과 비교가 되는 행동거지였다.

초저녁에 검은 양복에게서 전화가 왔다. 일전에 간 적 있던 식당에서 만나기로 했다. 서진이가 비밀 이야기가 있다면서 세영과 은민을 안방으로 데리고 갔다. 벌써부터 은민이를 자신의 영역으로 끌어들이는 서진이의 모습에 금비는 쓸쓸한 웃음을 내 흘렸다. 저 깜직한 숙녀님을 곧 떠나야 한다니. 그리고 보니 서진이에게 정이 너무 들어 버렸다.

'죄송해요.'

금비는 사진 속의 서진이 어머니에게 막연한 미안함을 건넸다. 같은 학교에서 나란히 피아노를 치는 검은 양복 부부의 모습이 그려졌다. 그때 스치는 진실이 하나 있었다. 우연이든 조작이든 같은 대학을 다녔던 사람이 이 집에 네 명 존재했다. 그중에서 고인은 산 사람의 종이학을 날마다 선물받으면서 여전히 이 집에 머물고 있었다.

그렇다면 또 한 사람.

이 집에서, 나는 누구인가?

세영의 차를 타고 이동하기로 했다. 차 앞에서 세영은 은민과 실랑이를 벌였다.

"오빠가 운전해요. 군대에서 운전한다면서?"

"별걸 다 알고 있네."

"어쩜 편지도 안 하냐. 그러니까 면회 오는 여자 하나 없이 불쌍한 인생을 살지."

"오세영! 너……."

둘의 진도는 어디까지였을까? 잔소리라면 질색하고 언제나 흔들림이 없던 은민이 시종 당황했다.

"알았다. 내 소중한 누나와 조카를 태우는 일이니 할 수 없지."

결국 은민이 키를 받아 운전대를 잡았다.

"엥, 소중한 누나와 조카 때문? 그, 그럼 난 찬밥? 또, 우리 서진이는!"

"오세영! 너 자꾸 그러면……."

"그러면? 어쩌시려구?"

"관두자."

"싱겁다."

갑자기 차가워진 은민의 목소리에 세영은 풀이 죽어 버렸다. 한참을 조용히 창밖만 바라보다가 세영이 문득 생각났다는 양 호들갑을 떨었다.

"오빠, 오빠! 나 축하해 줘!"

"응?"

"우리 집 폭삭했어."

"그래? 안됐네. 헌데 그게 왜 축하할 일이니?"

"어라! 오빠 기억 안 나? 내가 애인 하자고 했을 때."

"또 무슨 소릴 하려고?"

"내가 부자여서 안 된다고 오빠가 퇴짜 놓았잖아!"

룸미러로 보이는 은민의 표정이 굳어졌다. 세영이 흘겨보다가 창
밖으로 시선을 돌리며 불퉁거렸다.

"재미없어. 그러니까 면회 올 여자도 없지."

금비는 아무 생각도 하지 않기 위해 그들에게서 시선을 돌렸다.
둘의 관계를 어림해 가면서 습관적으로 계급이니 배경 따위를 저울
질하려는 그녀 자신을 지우고 싶어서였다.

검은 양복은 검은색 반팔 티셔츠를 입고 나왔다. 그는 은민과 오
랫동안 악수를 나누며 깊은 눈길을 던졌다. 은민 역시 진지하게 그
의 시선을 맞받아쳤다. 두 사람은 눈으로 무언가를 한참 동안 나누
고서야 팽팽한 긴장감을 풀어냈다. 유명 모델 같은 검은 양복과 마
주해도 전혀 부족해 보이지 않는 늠름한 동생을 바라보면서 금비는
오롯한 포만감에 젖어 들었다.

"매형은 늦으시려나?"

늦게 올 거라고 얼버무렸던 옛날 남편을 은민이 또 찾았다. 검은
양복뿐 아니라 세영의 얼굴도 굳어졌다. 좋은 시간을 망치고 싶지
않았다.

"어쩌지? 오늘 못 오셔. 우리끼리 먹자."

주문한 음식을 먹은 뒤에 세영이 식탁을 정리하고 케이크 상자
를 올려놓았다. 서진이가 나서서 케이크 위로 색종이 글발이 걸린
초를 꽂았다.

"어라, 서진아. 근데 왜 초가 다섯 개야?"

"선생님, 읽어 보세요."

금비는 초에 걸린 색종이의 작은 글씨로 눈을 붙였다. 모두 서진

이의 필체였다.

서진이가 여덟 살을 축하해요
서진이 아빠가 다섯 살을 축하해요
영우가 다섯 살을 축하해요
은민 삼촌이 다섯 살을 축하해요
세영 샘이 다섯 살을 축하해요

다섯 색종이의 글씨를 합쳐 보니 과연 스물여덟 살이 맞았다. 처음 만난 은민까지 끌어들인 비밀 회합이 바로 이것이었나 보다. 저런 사랑스러운 아이 곁을 곧 떠나야 한다니!

생일 축하 합창을 받고 촛불을 끄면서 눈물을 참아 내느라 애를 먹었다. 인연이면 어떻고 조작이면 어떠랴. 이렇듯 따뜻한 사람들과 모였으면 된 거지.

금비는 아까부터 검은 양복의 시선을 느꼈지만 낯선 두근거림으로 차마 고개를 돌리지 못했다. 검은 양복의 시선이 부담스러울 즈음, 서진이를 시작으로 선물을 하나씩 내밀었다. 언제 준비했는지 은민이도 만년필을 꺼냈다.

"아빠도 주셔야죠?"

서진이의 채근에 검은 양복은 문득 생각난 듯 주머니에서 봉투 하나를 내밀었다.

"뭘 사야 할지 몰라서……."

상품권이었다.

"받기만 합니다, 아버님."

"당연한 보답이죠."

무뚝뚝한 말투와 함께 늘 그랬던 것처럼 사무적으로 엮어 버렸다. 통 술을 마시지 않았던 그가 은민과 대작했다.

집으로 함께 돌아가야 할 현실을 깨닫자 금비는 은민에게 털어놓아야 할 옛날 아내의 사연을 걱정하기 시작했다.

덩치가 큰 은민은 밤새 어미 잃은 새끼 짐승처럼 울어 댔다. 서로가 잠든 척했을 뿐 금비 역시 잠을 못 이루고 있었다. 끊어졌다가도 이내 다시 이어지던 은민의 울음은 아무리 소리를 죽여도 그녀의 귀로, 가슴속으로 먹먹하게 파고들 수밖에 없을 만큼 그녀의 집은, 방은 좁았다. 서로가 결혼을 해서 왁자한 가족 속에서 살자던 남매의 오래된 소망이 아득한 종소리처럼 멀어져 가는 것 같아서 그녀는 속울음을 겨우겨우 삼켰다.

'돈이 없어서 그랬지, 우리에게 과거형이 되어 버린 매형이 그리 나쁜 사람은 아니었을지도 몰라.'

술병을 비우고 자리에 눕기 전에 은민이 마지막으로 흘린 말이었다. 검은 양복도 비슷한 말을 했었다.

'도박하는 친구를 만나지만 않아도 최악까진 안 갔을지도 모르죠.'

그녀의 결혼이 최악의 선택은 아니었다는 위로로 받아들였던 그 말이 묘한 여운을 불러일으켰다.

다음 날, 금비는 은민과 영우와 함께 백화점에 갔다. 은민은 간밤의 눈물을 감쪽같이 지우고 경쾌하게 소리쳤다.

"새 옷. 좋지! 기왕이면 마음도 새로 입어, 누나!"

상품권이 워낙 고액이어서 영우의 옷뿐 아니라 은민의 옷도 여러 벌 골랐다.

"누나 것 하나 고르면 나도 하나 고른다니까."

은민의 고집에 그녀도 몇 벌 골랐다.

"또 하나의 인생을 얻었으니, 치장 좀 해. 영우를 봐서라도 광 좀 내야지."

은민은 기어이 화장품까지 안겨 주었다.

검은 양복은 당연한 보답이라고 말했다. 하여 유용하게 사용하는 것이 보답이리라. 그녀는 새로 만든 은민의 통장을 위해 상품권을 거슬러 받았다. 통장 이야기까지는 차마 은민이에게 하지 못했다.

— 군인이 무슨 도서관이래요?

세영이 전화를 걸어 와 툴툴거렸다.

— 오빠 없어도 괜찮아요. 영우가 보고 싶어서 그래요. 언니네 집 놀러 가면 안 될까?

"안 돼! 지금 대청소하려고 집을 죄다 뒤집었어!"

금비는 단박에 거절을 하고 전화를 끊었다. 집에 들이더라도 어엿한 형태를 갖춘 집에서이고 싶었다.

영우를 데리고 밖으로 나왔다. 동네 놀이터는 재개발 논쟁을 안고 어른들이 차지했다. 영우의 손을 잡고 아파트 놀이터로 향했다. 주말이면 서진이를 끼고 있을 검은 양복이 생각났다. 함께 극장을 가기도 하고, 이따금 깊은 산속 통나무집에 가서 자고 온다고 서진이가 말해 주었다. 물론 끼니마다 맛있는 음식을 직접 만들어 준다고도 했다.

단 한 번도 딸의 아침을 거르게 한 적이 없다는 그에게 감탄했다. 이른 저녁에 그의 집에 들어가면 냉장고나 밥통을 통해 그의 정성 어린 아침의 흔적을 가늠할 수 있었다. 다만 그가 정갈하게 주방을 정리할수록 그녀는 불편했다.

놀이터 그네에 영우를 태우고 무심히 먼 곳으로 시선을 던졌다. 저만치서 검은 양복이 보였다. 예순 살 정도로 보이는 작은 키의 여자가 서진이의 손을 잡고 나란히 걷고 있었다. 그녀는 반사적으로 숨듯이 고개를 돌렸다. 서진이가 부르는 소리가 안 들리는 것으로 보아 일행은 그녀를 못 본 채 지나간 것 같았다.

누굴까?

서진이에게 듣기로는 친가에도 외가에도 할머니가 안 계신다고 했다. 떠날 준비를 하는 와중에도 검은 양복에 관한 호기심은 깊어만 갔다.

원장 선생님은 좀처럼 속내를 꺼내지 않고 늘 거리감을 유지했다. 그런데도 이따금 어머니처럼 의지하고 싶은 마음이 들었다.

"모처럼 동생을 만났으니 오늘은 일찍 들어가서 좋은 시간 가져요."

원장 선생님의 배려로 금비는 은민과 함께 일찌거니 101호로 들어섰다. 은민은 말없이 서진이와 영우가 요란하게 뛰어다니는 모습을 지켜보고 있었다. 그런 은민을 바라보다가 그녀는 흠칫 놀랐다. 은민이의 눈이 살짝 젖어 있었다. 은민은 돌아서지 않은 채 입을 열었다.

"어렸을 적에…… 누나하고 나도 저렇게 뛰어놀았겠지?"

아이 둘이 어울리는 모습을 보면서 그녀라고 왜 그런 생각을 안 했겠는가.

"너도 남자라고 머리통 커서는 반항이 심했지."

"사춘기가 빨랐어. 왜 난 누나 뒤만 졸졸 따라다녔던 기억이 가장 또렷할까?"

은민을 낳은 뒤 엄마는 병치레를 시작했다. 때문에 어린 그녀가 엄마 노릇을 했다.

"엄마한테 우리는 감사해야 해. 하나가 아니라 둘을 낳아 준 게 참 다행이지?"

"응. 누나는, 누나는 정말 행복하게 잘 살아야 했는데……."

기어이 은민이 울음소리를 냈다. 금비는 은민을 끌어안았다. 성인이 되어서는 처음 안아 보는 것 같다. 품 안의 동생이 잘생기고 똑똑하고 의연하게 잘 커 줘서 고마웠다. 이만하면 자신도 행복한 여자에 속한다는 위안이 찾아들었다.

"엄마."

손가락으로 등을 찌르는 영우를 바라보았더니, 수건을 들고 천진하게 웃고 있었다.

"오! 삼촌 눈물 닦으라고?"

영우는 사람을 배려하는 마음을 가진 아이로 자라고 있었다. 말하는 게 늦고 사교성이 부족해도 더 소중한 것을 깨우친 아들이 사랑스러워 껴안았다.

홀로 선 채 세 사람의 포옹을 지켜보던 서진이가 시무룩하게 말했다.

"수건은 말이죠, 서진이가 영우한테 갖다 주라고 했는걸요. 삼촌이 슬퍼하는 거 닦으시라고요."

은민이 나간 직후 바깥이 소란스러워 현관문을 열었다.

"오빠! 치사하게 나도 안 보고 가고 그래!"

세영이 은민의 손을 붙들고 실랑이를 벌이고 있었다.

"약속이 있다 했잖아."

은민은 세영의 양손에 붙들린 자신의 손을 어색하게 바라보다가 금비를 발견하자 재빨리 세영의 손아귀에서 벗어났다. 세영도 화들짝 놀라며 양손을 뒤로 감추었다. 짧은 순간이었지만 은민의 낯빛이 붉어졌음을 금비는 놓치지 않았다.

은민은 결국 혼자 외출을 강행했다. 아이들과 어울리면서도 세영은 시종 풀이 죽어 있었다.

"은민이는 서진이 아버님을 만나러 갔어. 둘이 한잔하기로 했대."

"진짜요? 여자를 만나러 가는 건 정말 아니겠죠?"

"그럼."

"솔직히 말해 줘요. 언니는 내가 좋아요?"

"그럼."

"어디가요?"

의뭉스러운 속내 같은 것 없이 사람이 썩 투명해 보여 편하고 좋다는 소감은 어쩐지 피해의식 같아서 드러내기 싫었다. 순간 세영의 진짜 매력이 생각났다.

"오 선생은 빛의 요정이야. 왜냐하면 주위를 밝게 해 주거든."

"치이! 나, 여자로서 매력은 괜찮아요?"

"아주, 썩!"

"예의상 멘트는 아니죠?"

"그럼."

"다행이네요, ㅎㅎㅎ."

세영은 새삼스럽게 머리를 조아렸다. 애교야 여전했어도 아까부터 금비를 조심스럽게 대했다.

"오 선생님, 혹시 은민이한테 관심 있는 거 아냐?"

"관심은 뭘요!"

"아니면 말고."

금비가 고개를 돌리자 세영이 다급하게 입을 열었다.

"그냥…… 동아리에선 친오빠처럼 날 챙겨 주었어요. 그러다 졸업반 되면서부터 갑자기 날 어렵게 대하더라고요. 이상하죠. 오빠가 나한테 무관심해 버리니 자꾸 내가 쫓아다니게 되더라고요."

"설마! 내가 아는 은민이는 고도의 작업 능력은 없는걸."

"그러게요. 그러니까 더 복잡하고 내가 한심하더라고요."

"정리해 보자면, 오 선생은 그저 친오빠 같은 사람을 멀리 두고 싶지 않다는 게로군."

"딱히…… 그렇다고만 이야기할 순 없지만요."

"애매하고 모호하네."

"으휴, 머리야. 나도 모르겠어요. 아무튼 말예요, 오빠가 나를 멀리하니 속상해요."

어쩌면 은민은 행시에 합격할 때까지는 누구에게도 마음을 열지 않을 성싶다. 부담 없는 만남을 이어 가기에는 은민의 머리가 너무 커져 있었고, 현재로서는 변변찮은 누나 말고는 아무런 배경도 없지 않은가.

"오 선생, 사실은 은민이가 그 학교를 선택한 데는 저렴한 학비도 한몫했거든."

금비는 더 늦기 전에 이상과 현실에 대해 확실히 확인시켜 주고 싶었다.

"듣기로는 좁아터진 그 학교에서 음대는 다른 세계라던데?"

"오빠가 그런 말을 했어요?"

"아니. 은민이 학교를 내가 자주 갔거든. 은민이 친구들도 만나고."

"전혀 아니에요. 대기업 외동인 퀸카 언니도 우리 학교 세무학과 졸업생하고 결혼했어요. 그쪽에서 도리어 우리 과를 무시하는 것 같아요. 그저 착하고 순종적인 여자만 찾는 보수 골통들이 얼마나 많다고요."

"오 선생은 식구가 많아?"

"바글바글하죠. 하도 많아서 복층연립 두 채가 마주 보고 살아요."

"몇이나 되는데?"

"6남매에다가 큰형부도 같이 사니 오죽하겠어요."

위로는 출가한 언니가 둘, 직장 다니는 언니가 둘이며, 아래로는 남동생이 하나라니 많기도 하다.

"저야 남동생 얻으려다가 덤으로 낳은 자식이라서 그런지 항상 찬밥 신세예요."

왁자한 세영의 집을 상상하자 밀려드는 부러움은 어쩔 수 없었다. 세영의 부모님이 편하니까 맏사위가 한집에 살지 않을까, 하는 과한 상상도 해 보았다.

"오 선생, 나는 말이지……."

시선을 먼 곳에 둔 채 금비는 혼잣말처럼 내 흘렸다.

"우리 은민이도 그런 왁자한 집 식구와 결혼했음 좋겠어."

세탁기를 돌리려다가 금비는 서진이의 팬티를 코에 대고 냄새를
맡았다. '똥꼬'를 잘 닦으라고 타일렀었다. 그런데 항문이 아닌 생
식기에서 묻은 것이었다. 검은 양복에게 전화를 걸었다.

── 어린애가 냉증이라뇨!

"노란 분비물이 그런 증상을 닮았다는 것이지 심각한 일은 아닐
거예요."

그를 안심시키고 금비는 통화를 마쳤다.

다음 날, 금비는 서진이를 데리고 산부인과를 찾았다. 가랑이를
벌리고 침대에 누운 어린 서진이를 지켜보면서 그녀는 숨조차 쉬기
힘겨웠다. 도대체 저 어린 천사의 자궁에 무슨 일이 생겼단 말인
가. 평소 찾지 않던 신에게 기도를 올리기 시작했다.

처음의 간호사가 아닌 나이가 지긋한 여의사가 그녀를 불렀다.

"보호자분 되세요?"

"네, 맞습니다."

금비는 주저하지 않고 대답했다.

"아이가 부모님과 함께 거주하지 않나요?"

"친아버지가 잘 돌보고 있습니다만……."

"아빠하고요?"

부드럽고 여유로운 의사의 표정과는 달리 금비는 애가 탔다. 의

사는 아랫입술을 밀어 올려 합죽이 입을 만들고는 생각에 잠겼다. 금비는 기다리지 못하고 질문을 던졌다.

"어린이도 질염이 생기나요?"

"어린이도 대하증 예후가 없는 건 아니지만 흔하지는 않아요. 어른의 경우엔 성관계나 대변이 질에 들어간 경우, 혹은 세균 감염이 주된 원인이에요. 어린이라면 다른 가능성을 놓고 진찰하느라 시간이 좀 걸리긴 해요. 어쨌거나 아이의 백대하 성분을 분석해 봐야 정확한 원인을 알 수 있겠어요. 자궁 입구에 상처가 좀 있어서 그래요. 그렇다고 너무 걱정하진 마세요. 아주 미세한 상처였어요."

걱정하지 말라는 말은 귀에 들어오지 않았다. 쿵쾅거리는 가슴을 어르면서 금비가 말했다.

"상처라뇨! 설마! 아이에게 험한 일이 생겼을 그런 가망성은 없겠죠?"

"너무 앞서가진 마세요. 현재로서는 질에 난 상처가 추행이라는 근거가 없어요. 그래서 STD와 같은 성감염 검사도 전혀 계획하지 않았고요."

다음 날 검사 결과를 보러 오기로 한 뒤 금비는 서진이의 손을 잡고 병원을 나왔다. 택시를 잡으려는데 두 사람 앞으로 낯익은 승용차가 날카로운 마찰음을 내면서 멈추었다.

"서진아!"

검은 양복은 땀으로 흠뻑 젖은 얼굴을 하고서는 차에서 내려 서진이를 안았다. 그러곤 걱정이 가득한 눈빛으로 금비를 바라보았다.

"괜찮겠죠?"

"아버님! 왜, 왜 그리 놀라세요?"

불현듯 그의 얼굴을 마주하기가 껄끄러워졌기에 오히려 놀란 쪽은 금비였다. 서진이의 자궁에 생긴 상처가 인위적이라면 가해자로 지목할 사람 중에 그도 포함시켜야 하는지 잠시 혼돈스러웠던 탓이다. 물론 말도 안 되는 일이라고 여기면서도 자신도 모르는 사이에 작은 벽 하나를 만들고 있었다.

"별거 아니래요. 내일 다시 오기로 했어요."

"별거 아닌 일인데 어째서 내일 또 와야 합니까?"

그는 금방이라도 산부인과로 쳐들어갈 기세였다. 금비는 한순간 그의 얼굴을 똑바로 쳐다보지 못했다. 그러자 그가 자신을 보라고 했다.

"저 좀 보세요, 선생님! 정말 별거 아닌 일인가요?"

"의사 선생님이 안심하라고 그러셨어요. 기왕 진찰을 받았으니 검사는 일단 해 보겠대요."

"그런데 선생님 표정이 왜 그리 심각하죠?"

"심각하긴요!"

금비는 엉뚱한 의혹을 들킨 것 같아 정색하며 말머리를 돌렸다.

"늦었어요. 빨리 가 봐야 해요."

그녀는 재빨리 서진이의 손을 잡고 그의 차에 올라탔다.

"선생님!"

그의 목소리에 화가 잔뜩 걸렸지만, 그녀는 쳐다보지 않고 서진이의 머리카락을 쓸어 넘기며 나지막이 책망했다.

"조용히 말씀하세요. 서진이가 놀라잖아요."

운전을 하면서 그는 룸미러를 통해 연방 서진이와 금비를 힐끔거렸다.

"아까 소리 질러서 미안합니다. 선생님이 내 눈을 똑바로 쳐다보고 말씀하셨으면 제 마음이 편했을 겁니다."

상대의 속내까지 어림하면서 자신 있게 질책하는 그의 행동거지에 금비는 당황하면서도 거부감이 생겼다.

"걱정하시는 건 이해하는데요, 애한테 너무 과민하세요."

"아닙니다, 선생님. 지금도 부족합니다. 너무 부족해서 가끔은 미칠 지경입니다."

"그렇지만 집착은 아이에게 마이너스 요소가 될 수도 있어요."

"집착이라고 하셨습니까?"

"네. 과하면 집착이라 부르죠."

"어떤 점이 그렇게 보이나요?"

억울하다는 표정보다는 낙담하는 얼굴이 룸미러로 보였다.

"제 말은, 아이가 병원 한 번 갔다고 너무 민감하다 그거죠."

"선생님."

그의 목소리가 차분하게 가라앉았다.

"가족 중에 누군가를 병원에서 잃어 본 적이 있습니까?"

금비 역시 어려서 어머니를 병원에서 보내 드렸다는 말을 그에게 한 적이 있었다. 그는 기억 못 하나 보다.

"발병 초기에 아내를 진료했던 동네 의사의 첫마디가 뭐였는지 아십니까?"

그는 감정이 복받치는지 뜸을 들이다가 말을 이었다.

"별일 아니라고 하더군요."

금비는 할 말을 잃어버렸다. 더 말을 걸면 그가 울어 버릴 것 같다는 생각과 함께 그의 과한 반응에 굳이 트집을 잡았던 자신이 자못 부끄러웠다.

그녀는 어린이집 앞에서 서진이의 손을 잡고 그의 차가 사라진 방향을 향해 한참을 망연히 서 있었다.

늦봄 더위로 영우가 땀을 많이 흘렸다. 그럼에도 금비는 검은 양복의 집 욕실을 거의 사용하지 않았다. 화장실 용무야 어쩔 수 없었지만, 샤워 등으로 흔적을 남기는 일이 영 껄끄러웠던 탓이었다.

서진이의 말로는 강남에 집이 또 있다고 했다. 그곳에는 화장실이 세 개인데 여기는 두 개라며 툴툴거렸다. 금비는 그 말을 흘려들었다. 그런 집을 놔두고 굳이 좁은 집을 선택할 이유가 없었다. 남들과 목욕하기를 싫어하는 서진이의 귀여운 변명일지도 모른다.

"서진아, 오늘은 선생님이 목욕시켜 줄까?"

"선생님이 해 주는 거예요?"

"응."

고모님이 욕실로 부르면 딴청을 피우던 서진이가 단박에 옷을 벗어 던지고 달려왔다.

"영어 선생님도 같이해요."

서진이가 손으로 몸을 가리며 세영을 불렀다. 세영은 얼굴이 빨개져서 손사래를 쳤다.

"아냐, 아냐! 선생님은 깨끗해!"

그렇게 영우와 서진이를 욕실로 들인 뒤 처음으로 욕조를 사용했다.

금비는 서진이의 몸을 유심히 살피며 비누 거품을 발랐다.

"서진이는 누가 목욕을 시켜 주니?"

"고모님이 해 주시고요, 아빠가 해 주셨어요."

"아빠도 같이 목욕을 하셨어?"

"네."

다섯 살 딸아이에게 아빠의 알몸을 보이는 게 온당한 일일까.

"그런데요, 이젠 목욕을 같이 안 해 줘요. 나만 해 주고 아빠는 혼자만 하려고 해요."

"아, 그렇구나. 공주님이 숙녀가 되어 가니 그러실 거야. 신사와 숙녀는 목욕을 따로 하거든."

서진이가 고개를 갸웃하더니 영우를 바라보았다.

"응. 영우는 아직 신사가 아니고 아이거든."

성급한 가르침이었다. 그나마 순수한 성교육이면 좋으련만 어디까지나 의혹의 실마리를 찾기 위함이었다. 금비는 서진이의 몸을 가리키며 '유도심문'을 이어 갔다.

"숙녀가 되면 몸을 아무에게나 보이면 안 돼. 특히 다른 어른이나 남자가 만지면 큰일 나지."

서진이가 흠칫 놀라는 몸짓을 했다. 그때 수증기 자욱한 욕실로 세영이 비죽 얼굴을 내밀었다.

"언니 몸매 좀 감상할까 했는데, 욕실에서 웬 외출복이람?"

"깜짝이야! 애들만 씻기는 거야. 근데 좀 춥네."

금비는 도둑질을 들킨 양 당황하며 화급히 욕실 문을 닫았다. 밖에서 세영이 뭐라고 말하는 것 같은데 물소리 때문에 알아듣지 못했다.

서진이의 목 뒤로 거무튀튀한 때가 보였다. 고모님이 그만둔 뒤로는 꼼꼼하게 씻겨 주는 이가 없었나 보다. 그의 허술한 손길을 발견하자 금비는 잠시 긴장감을 풀어내고 배시시 웃었다.

서진이의 등을 밀어 주는데, 영우가 욕조 밖으로 나오려고 했다. 영우를 들어 올리다가 녀석이 안겨 드는 바람에 블라우스가 젖었다. 다시 서진이에게 눈길을 돌린 금비는 깜짝 놀라 소리쳤다.

"지금 뭐 하는 거니!"

금비는 서진이를 돌려세웠다. 피부가 발갛게 물들었다. 서진이는 깔깔한 나일론 때수건으로 생식기를 문지르고 있었던 것이다.

"왜 그랬니? 여긴 소중한 보물을 대하듯이 살살 닦아 줘야 해. 어휴, 이거 봐. 피 나오겠다!"

"아빠가 여기는 나보고 닦으라고 했는데요?"

"응? 아니, 그렇다고 이런 험한 타월로 닦아?"

"아빠가 그걸로 등을 닦아 주고 나한테 줘요. 여기는 내가 닦아야 한다고."

"세상에! 서진이 아빠 정말 무식하구나!"

"네? 아빠가 무식하기도 해요?"

"아, 아냐. 아빠가 숙녀에 대해 몰라서 그래. 여기는 말이지……"

금비는 연한 살가죽에 난 붉어진 자국을 가리키며 찬찬히 설명을 하려고 했다.

"으앙!"

꽈당, 소리와 함께 영우가 비명을 질렀다. 샤워기와 함께 바닥에 뒹구는 영우를 황급히 안아 들었다. 입에서 피가 나왔다. 질척한

핏물 때문에 다친 곳이 입술인지 치아인지 혀인지 가늠이 되지 않았다. 유독 피를 많이 흘려 더럭 겁이 났다. 아무래도 이가 나가고 혀를 다친 것 같았다. 나뒹구는 샤워기 꼭지에 온몸이 젖는 것도 의식하지 못한 채 금비는 욕실 문을 벌컥 열었다.

"오 선생! 이리 와서 서진이 좀 봐 줘!"

"어머머! 영우 다쳤나 봐요!"

"병원에 다녀올 테니 서진이 좀 마저 씻겨 줘."

금비는 몸을 돌려 신발을 찾았다.

"언니, 잠깐만요!"

세영이 서재를 곁눈질했다.

"아버님한테 태워 달라고……."

"무슨 소리야. 일하시는 분을! 택시 타는 게 빨라."

허둥지둥 신발을 신다가 서재 문이 열리는 소리에 돌아보았다. 검은 양복이 서재에서 나와 입을 벌린 채 그녀와 영우를 바라보고 있었다. 세영이 설명했다.

"일찍 오신다는 전화가 왔다고 아까 언니한테 말했는데……."

그의 차를 타고 병원으로 가는 동안 금비는 영우를 어르는 데에 신경을 곤두세우느라 이따금 이쪽을 힐끔거리는 그의 얼굴을 마주하지 못했다.

개인 병원으로 가기에는 애매한 시간이었다. 그는 일전에 그녀를 보살폈던 중형 병원의 야간 진료실로 영우를 데려갔다.

"치아가 입술을 찍었네요. 혀는 요행히도 살짝만 상했군요."

의사의 말에 참았던 숨을 토해 냈다. 검은 양복의 시선을 느끼고 비로소 그녀는 고개를 숙였다.

"또 신세를 졌네요."

그의 시선이 금비의 얼굴에서 가슴으로 향했다. 영우가 흘린 핏물은 상관없었지만 욕실에서 젖었던 블라우스가 속살에 찰싹 달라붙어 있는 모습은 영 아니었다. 더욱이 단추 하나가 언제 떨어져 나갔는지 브래지어까지 드러나 있었다. 금비는 가슴에 팔을 두르며 얼굴을 붉혔다.

고개를 숙인 채 영우의 처치 과정을 주시하는데 그가 다가왔다. 갑자기 금비의 어깨에 그의 암청색 골프복이 걸쳐졌다. 의외로 날개처럼 가벼운 옷이었다. 핏물과 물기에 젖으면 안 되었기에 그녀는 차마 옷을 앞으로 당기지 못했다.

"팔을 벌리세요."

뒤에 서 있는 검은 양복이 말했다. 거역하지 못하겠다. 양 소매에 두 팔을 집어넣자, 그가 금비 앞으로 섰다. 그의 손이 불쑥 그녀의 아랫배로 향했다.

"제가, 제가……."

말릴 틈도 없이 그는 단숨에 지퍼를 올려 버렸다. 짧은 순간 맞닿은 그의 몸에서 아카시아 향기가 나는 것 같았다. 그녀는 붉어진 뺨에 손바닥을 갖다 붙였다.

병원 진료를 마친 뒤 약국까지 들렀다가 나왔다. 영우는 설염 연고 하나만 바르면 되는 가벼운 상처라고 했다. 그 가벼운 상처로 호들갑을 떨었던 그녀의 행동거지를 그는 조금도 탓하지 않았다. 그녀처럼 과민하다고 비아냥거리지도 않았다.

그가 선물한 상품권으로 산 블라우스와 바지, 그리고 그가 입혀 준 골프복을 걸친 채 그녀는 그의 차를 타고 있었다. 이 남자는 나에게 어떤 존재일까? 그가 입혀 준 옷에서도 아카시아 꽃향기가 나는 것 같았다.

아파트로 돌아왔더니 은민이 와 있었다.

"영우 다쳤다며?"

"괜찮아. 피가 많이 나서 놀랐던 거야. 어떻게 알았어?"

은민은 세영을 눈짓으로 가리켰다. 서진이가 다가와 영우의 볼을 쓰다듬었다.

"우리 예쁜 영우 이제 안 아프니?"

금비는 기분이 묘했다. 이곳이 자신의 집이고, 가족 속에 있다는 착각이 들었다.

"괜찮으시다면 얘기 좀 나누고 가시죠."

물끄러미 금비를 바라보고 있던 검은 양복이 말했다.

"우리 놀러 갈까?"

두 사람의 분위기를 살피던 세영이 은민과 아이들을 데리고 밖으로 나갔다. 이 밤에 어딜 놀러 간다는 것일까? 하는 마음이 들었지만 금비는 잠자코 앉아만 있었다.

"갈아입을 옷은 있습니다. 샤워를 하겠습니까?"

"돼, 됐어요. 다 말랐어요."

"여기 욕실이 좁아서 불편하시죠?"

"아, 아닙니다."

"조만간 선생님의 욕실을 따로 마련해 드리겠습니다. 옷장도요."

"아버님, 그건 아니잖아요?"

"조만간 이사를 할 겁니다. 그때 마련해 드리죠."

"저는 사실 곧 여기를……."

"그렇군요."

그가 맥없이 말했다. 허공으로 향했던 그의 시선이 이내 그녀에게 돌아왔다.

"옷은 안 벗어도 됩니다."

"네?"

"아, 그 잠바 말입니다. 입고 가세요."

그는 골프복을 벗어야 할지 망설이고 있던 금비의 마음을 눈치챈 듯했다. 이야기를 청한 사람은 그였다는 점을 망각한 채 금비는 화제를 돌렸다.

"서진이 말이죠, 씻을 때 때수건을 쓰면 안 돼요."

그가 빤히 쳐다보았다. 마주하는 눈길에 그녀는 얼굴을 붉혔다.

"여자들 거기는 아주 부드럽게 닦아 주어야 해요."

"네?"

"저, 요즘은 서진이가 직접 닦는다면서요."

"그렇습니다. 다섯 살이면 스스로 잔변을 닦아 내야죠."

"아니, 응가가 문제가 아니라……."

"가만! 그러니까 선생님. 서진이가 항문에도 문제가 있습니까?"

그의 자로 잰 듯한 순차적이고 계획성 있는 언어가 서진이의 일에는 제 기능을 발휘하지 못했다.

"아녜요, 아녜요."

손사래를 치다가 금비는 얼결에 민망한 모양새를 만들었다.

"여기요, 여……."

놀란 그를 부랴부랴 진정시키려다 보니 금비는 손가락으로 자신의 그곳을 콕콕 찌르듯이 가리켰다. 멍하니 그녀의 손가락 끝을 보던 그는 이내 얼굴을 붉히며 고개를 돌렸다. 어떨 땐 참으로 숫기가 없는 남자다. 여하튼 때수건을 산부인과에 갔던 일과 연결하기에는 아직은 일렀다. 미리 안심을 시키면, 만약에, 정말로 만약에 좋지 않은 결과를 대했을 때는 충격이 더 클 터였다. 부디 누군가에게 추행당한 것도 아니고, 내부에 종양이 발견되거나 하는 그런 끔찍한 일은 아니길 기도하면서 금비는 말을 이었다.

"아까 목욕을 시켜 주는데, 서진이가 나일론 때수건으로 거기를 닦더라고요. 아, 네. 생식기를 말예요. 속까지 세게 문지르는 것 같았어요."

"그렇군요. 애가 그렇게 세게 닦을 줄은 몰랐습니다. 그렇다면 혹시 오늘 병원도……?"

"속단할 순 없지만 그게 원인 같아요."

"그렇군요. 그건 그렇고 낮에 선생님은 왜 심각한 표정이셨죠?"

그것 때문에 일찍 오신 건가요? 그녀는 눈빛으로 물었다. 그가 허공으로 시선을 던지고는 입을 열었다.

"누이동생이 있었어요. 지금은 이 세상 사람이 아닙니다만……."

금비는 탄식했다. 세상은 상실에 관해 공평하지 않았다.

"나중에야 알았는데 어릴 때부터 성추행을 당했습니다. 가장 믿는 사람에게요. 나는 서진이를 키우면서 개인적인 악몽으로부터 자유롭지 못했나 봅니다. 여자의 성기는 소중하다고, 아무에게도 보이지 말라고, 가족에게도 보이지 말고 스스로 깨끗하게 유지해야 한다고 어린아이한테 최면을 걸었던 거죠. 그래야 어디에 가서 희롱을 당하더라도 사전에 거부를 하고 방어를 할 것이라고 믿었습니다."

그는 등을 보인 채 서 있었다. 침묵이 길어지자 금비는 그의 등으로 다가가, 그가 그녀에게 옷을 걸쳐 주었던 것처럼 무언가 따뜻한 것을 얹어 주고 싶었다.

그를 향해 뻗었던 손을 이내 거두고 금비는 힘없이 의자에 앉았다. 그가 이미 이쪽 속내를 들여다보고 있었음을 깨달았던 것이다. 서진이가 추행을 당했다면 그도 용의선상에 올렸을 금비의 속내를.

그가 돌아섰다.

"선생님은 표정 관리에 서투십니다. 그래서 제가 좋아하죠."

금비는 망연히 고개를 끄덕거렸다. 와중에 이렇듯 속내를 투시하는 능력을 가진 남자와 사는 여자는 퍽이나 피곤할 것이라는 엉뚱한 생각을 했다.

"이제 용건을 말씀드리죠. 선생님은 서울을 떠날 계획이시죠?"

어떻게 알았을까. 미리 대비를 하라며 원장 선생님에게만 꺼낸 말이었다. 아니, 원장 선생님이 말씀을 안 해 주었어도 그는 알고 있을 것 같다는 생각이 체념처럼 찾아들었다.

"굳이 멀리 떠날 필요가 있을까요?"

"사실은 숨고 싶어요. 과거로부터. 모든 인연으로부터요."

그가 아픈 과거까지 꺼내며 그녀와의 거리감을 좁히려고 노력했듯이, 그녀도 진심을 말하고자 노력해야 했다.

"영우 아빠가 부담스럽다면 면접교섭권을 지워 드리겠습니다. 변호사 친구에게 물으니 저쪽이 허물이 적지 않으면 길이 있다고 합니다. 확정일자까지 아직 한 달하고도 나흘이 남았으니, 나흘 안에 신청하면 안 늦습니다."

"아닙니다. 멀리 가서 살면 부딪칠 일도 없을 텐데요. 영우 때문에 찾아올 양반도 아니고요."

"선생님의 고집을 접을 수 없다면 함께 갑시다."

"네?"

"서진이 나이에 굳이 서울에서 살 필요가 없으니 함께 이사를 합시다."

금비는 잠깐 말문이 막혔다. 그가 함께 이사를 하자고 한다. 그런데 이 황당한 말에 왜 가슴이 따끔거리는 것일까. 금비는 이내 멍한 정신을 수습하고는 단호하게 대답했다.

"안 됩니다."

"선생님, 어렵게 생각해서 꺼낸 말입니다. 단칼에 자르지 말고 생각을 해 보십시오. 오늘 서진이 일도 그렇습니다. 선생님이 아니라면 어떻게 알았겠습니까."

"아버님은 서울에 사업 기반이 있으시잖아요. 저는 어차피 아무도 없어서 홀가분하게 가는 거예요."

"전에 말씀드렸잖아요. 대리점은 곧 정리하고 번역 일을 할 거라고요."

"그래도 전……."

금비는 이 기회에 분명히 해 두고 싶어서 다시 한번 단호히 거절하려고 했다. 그때 그가 예의 우수에 가득한 눈빛을 던지면서 덧붙였다.

"부탁합니다, 영우 어머님."

항상 그 말에 끌려다녔다. 이번에는 의사를 분명히 밝혀야 한다고 생각하며 금비는 입술을 깨물었다.

"어째서 저한테 과한 친절을 베푸시는지 솔직히 전 이해하지 못

합니다."

"서진이……."

"보호자를 구하고자 하신다면 좋은 분들이 얼마나 많다고요!"

그에게 무례하게 행동하기는 싫었다. 하지만 이건 아니다. 얼마나 안다고, 얼마나 알고 지냈다고 함께 이사를 간다는 말을 꺼낸단 말인가!

"아이 곁에 머무는 사람이라면 먼 훗날까지 염두에 둬야 해요! 즉흥적으로 결정할 문제가 절대로 아닙니다, 아버님."

금비는 안타까움에 목소리를 높이고 말았다. 이맛살을 찡그리며 그도 안타까운 표정을 지었다.

"딱히 서진이 때문만은 아닌 게 사실입니다. 하지만 선생님, 조금만, 조금만 더 기다리시면 다 말씀드리겠습니다."

"저번에도 그런 말씀 하셨어요. 무엇을 기다려야 하는 거죠?"

"선생님, 말 그대로 그냥 기다려 줄 순 없나요?"

"죄송해요. 전 진득하지 못하고 사람을 잘 믿지도 못해요. 과한 기대를 받는 일도 견디지 못하고요."

"부탁합니다, 선생님."

그는 막힘없이 말을 하고 있는데도 여느 때와 달리 표정이 복잡했다. 마치 무언가 갈등하는 중인 것처럼.

"어려워요. 아버님에 관한 모든 일이."

"제가 어렵다고요?"

"네. 죄송해요."

"인정합니다. 어렵다는 말은 많이 들어 익숙합니다. 하지만 못 믿을 사람이라는 소리는 듣지 않고 살았습니다."

"아버님을 불신하는 건 아녜요. 전 모르는 길을 함부로 들어서고 싶지 않을 뿐이에요."

"신중한 겁니까, 학습 효과입니까?"

"학습 효과요?"

"피해망상 같은 거요."

"제 한심했던 결혼 생활을 빗대는 말씀 같군요. 그게 맞다면 퍽이나 무례하신 분이네요."

"진실을 말할 때는 잔가지가 없는 솔직함이 호소력 있다고 믿습니다. 틀렸습니까?"

그의 언어가 공격적으로 변했지만 묘하게도 눈빛은 점점 우울한 빛에 젖어 들었다. 어떤 연유인지 가슴이 저려 왔다. 그녀는 언어의 유희 같은 이 시간을 속히 벗어나야 한다고 생각했다. 그의 기묘한 고독에 관해 과한 연민의 정이 일렁이는 자신을 화급히 추스르고 싶어서였다.

"토론이라면 사양할게요. 제 머리 용량으로는 너무 과합니다."

"더 축약해서 말씀드리죠. 모든 인간의 관계는 필요에 의해 연장됩니다. 저와 선생님은 서로 필요한 것을 얻을 수 있는 관계입니다."

"서진이를 떠나서 아버님이 저한테 얻을 수 있는 게 뭐죠?"

"그 문제는 조금만 기다려 주시라고 말씀드렸습니다."

"바로 그거예요. 이유는 나중에 알고 우선 실행하는 그런 일에 자신이 없어요."

"차차 납득시켜 드리겠습니다."

"납득이라고요?"

"그래요. 차차 납득시켜 드릴 테니 무조건 안 된다고 결정을 내리지 말아 주십시오. 부탁합니다, 선생님."

그녀는 더 이상 반론을 펼치지 못했다. 부탁한다는 말과 함께 까만 눈동자에 지독한 슬픔이 담기면 이렇듯 노상 항복해 버렸다.

영우를 안은 은민과 집으로 걸어가면서 금비는 검은 양복을 생각했고, 조금만 더 기다리라는 그의 말뜻을 해독하고자 골몰했다. 비밀의 방 열쇠를 훔쳤다고 실토했던 날도 그가 비슷한 말을 했었다.

'조금만, 조금만 더 기다리시지.'

아카시아 향기는 요절했고, 라일락 향기도 땅에 묻혀 버린 초여름의 동네 동산을 지나가면서 금비는 언젠가 윤서의 집에서 맡았던 아카시아 꽃향기를 기억했다. 때문인지 암청색 골프복에서 다시금 아카시아 향이 나는 성싶다.

의혹이 꼬리를 물지만 결론적으로 그는 그녀를 이롭게 했다. 그런데도 그녀는 거리감을 좁히지 않은 채 본능적인 위기감까지 안고 있었다. 나를 여자로 바라보는 것은 아닐까, 하는 생각은 금방 털어 냈다. 이혼 서류에 잉크도 마르지 않았다는 그런 어쭙잖은 도덕심 때문만은 아니었다.

"은민아, 너는 누나가 매력 있다고 생각하니? 그러니까 지금 나이에도."

뜬금없는 질문 앞에 은민은 얄밉게도 한참을 망설이다가 딴소리를 했다.

"누나, 주사위를 던져 6이 나왔다고, 그다음 확률이 6분의 1에서 변하진 않아. 세 번을 연달아 6이 나와도 다음 확률은 여전히 6분의 1이야. 스물에 1이 나왔건 마흔에 6이 나왔건 사랑은 그 상황에서 늘 새롭고 공평해. 누나는 주사위를 딱 한 번 던졌을 뿐이야. 숫자는 가장 빈약한 1이었지. 누나, 배팅할 수 있으면 마음껏 해. 인생은 짧아."

"너답지 않게 에둘러서 말하니?"

"실은 어제 서진이 아버님이 해 준 얘기야."

"참, 어제 술 같이 마셨었지? 불편하지 않았어?"

"말수가 적어서 그렇지 불편하진 않았어. 그런데 음대 선배치고는 꽤 논리적이셨어. 수리 과학을 전공했다는 말을 들은 내 선입견 때문인지도 모르지만."

"논리적이라면 너도 한 가닥 하잖니?"

"그 선배님은 많이 특별하시더라. 이야기를 하다 보면 어느새 선배님이 원하는 방향으로 가 있곤 했거든. 상대의 다음 말을 예측해서 대비하고 마침내 자신이 원하는 결론으로 끌어들인다고나 할까? 아마도 그런 승부사를 적으로 만든 사람은 피곤해질 거야."

"어째 좀 오싹하다."

농담처럼 뱉었지만 진심이었다.

"너무 똑똑하신 거지. 그런 천재가 감성적으로는 의외로 미숙할 수도 있을 거야. 인간의 감정은 논리로 설명 못 하니까. 소중할수록 더욱."

"그래. 소중한 인간의 감정은 세습되는 것도 아니지. 환경이 만들기도 하고, 자신도 모르게 스스로 창조하기도 하지."

"응? 누나, 멋진 말이네."

"나도 개똥철학 좀 한다. 환경이 때론 개똥도 만들고 철학도 만들더라."

그녀와 은민은 다시 말없이 걸었다. 은민이 망설이다가 입을 열었다.

"민수 형이 면회 왔었어."

까맣게 잊고 있었지만, 기억의 거실 한쪽에 커다랗게 자리하고 있는 이름을 듣는 순간 금비는 우뚝 멈추어 섰다. 은민도 걸음을 멈추고 여전히 허공에 시선을 둔 채 말했다.

"아직 결혼 안 하고 혼자 사나 봐."

"어, 어서 가자. 영우 잠들었다."

그녀도 은민도 더 말을 하지 않았다. 왜 이 자리에 민수의 이름이 나왔는지 그녀는 알고 있었다. 은민은 검은 양복의 호의를 남녀 관계로 결부시켜 생각해 보았으리라. 그리고 결론은 누나의 관심이 향해야 할 사람은 민수여야 한다는 것. 그녀는 다시금 검은 양복을 생각했다. 왜 훗날 해 줄 말을 예고하면서 그리 슬픈 얼굴이어야 했을까? 그에게 나쁜 일이 기다리고 있는 게 아닐까?

'신이시여, 그를 지켜 주소서.'

얼결에 그를 위해 신을 찾다가 이내 쓴웃음을 지었다. 문득 윤서의 아름다운 아내가 떠올랐던 것이다. 전에는 그렇지 않았는데 요즘에는 그를 떠올리자면 종종 고인의 모습이 어른거렸다. 고인은 어쩐지 웃으면서 응원해 주는 것 같기도 했지만 금비는 쓴웃음만 지을 뿐 더불어 웃지는 못했다.

다음 날, 금비는 산부인과에 들러서 바라던 답변을 들었다.

"이태리타월로 문질렀다면 그게 이유가 될 수도 있겠어요. 검사 결과로는 딱히 다른 원인을 찾아내지 못했답니다. 헌데 아빠가 뭘 몰라도 너무 하셨어요. 이태리타월, 어디 그게 수건인가요? 수세미지."

"아이가 혼자 하느라고요. 아빤 더없이 세밀하고 훌륭한 분이세요."

금비는 여의사의 입술도마에 오른 검은 양복을 날름 구해 냈다.

병원을 나온 금비는 검은 양복의 무지를 떠올리면서도 환하게 웃고 있었다. 서진이가 추행당한 적이 없으니, 용의자를 두고 고민해야 할 숙제도 소멸되었다. 그런 금비의 모습을 지켜보던 서진이가 말했다.

"선생님, 기분이 무지 좋아 보여요."

"그럼! 우리 서진이가 아프지 않다고 하니까 당연히 기분 좋지."

금비는 여전히 조마조마한 가슴을 달래고 있을 그에게 전화를 걸었다.

— 고맙습니다. 애쓰셨습니다.

그의 목소리가 자못 밝자 그녀는 함박웃음을 지었다. 어린이집에서도 그녀의 웃음은 이어졌다.

"황 선생님, 요새 얼굴이 밝아요. 좋은 일 있어?"

안 선생님이 말했다.

"서진이 병원 데려간 결과가 좋으니까 그러죠."

"아닌데? 요새 계속 황 선생님 얼굴이 좋아요. 짜증도 안 내고요. 율동은 또 어떻고요."

어린이집을 다닐 초기에는 금비의 얼굴에 그늘이 많다고 했다. 그래서 정식 교사가 되었을 때 일부 부모님들이 걱정과 불신을 안고 원장 선생님에게 넌지시 금비에 관해 말했다는 사실도 뒤늦게 알았다. 하지만 그녀는 언제 어두웠고 언제부터 밝아졌는지 모르겠다. 그녀가 알고 있는 것은 환경이 착한 여자도 만들고 나쁜 여자도 만든다는 사실 정도였다.

여하튼 이제는 금비가 원해도 이곳에 더 머물 수는 없었다. 매 맞고 사는 주부가 이웃에 있으면 열심히 응원하고 이혼에 박수를 쳐 주는 어머니들이지만 막상 그 이혼녀가 자신들의 아이 선생님이라면 고개를 돌리고 마는 게 세상인심이었다. 영우도 입방아의 그늘에서 벗어나지 못하리라. 이사를 가서 그녀는 영우에게 말해 줄 터였다. 아빠는 죽었다고.

세탁기를 돌리는 날은 늘 서둘러야 했다. 자칫하면 윤서가 돌아올 시간까지 건조대에 빨래를 널지 못하는 일이 생길 수도 있었다. 그래서 가능하면 손빨래를 했다. 세탁기의 탈수 기능만 이용한 후 빨래를 탁탁 털어 널어놓는데, 그 모습을 서진이가 흥미롭게 지켜봤다.

"토요일에 빨래하면 더 좋은데요."

"그건 왜?"

"선생님이 마를 때까지 기다렸다가 예쁘게 접어 주시잖아요."

"아빠가 접으심 안 예뻐?"

"그게 아니고요."

서진이는 망설이다가 비밀을 폭로하는 아이처럼 속달거렸다.

"아빠요, 선생님이 예쁘게 접은 옷이나 양말을 들고 오래오래 바라봐요. 근데 진짜 신기한 건 아빠가 빨래를 보고 웃고 계시지 뭐예요!"

그저 평범하게 개켜진 옷이 그에게 웃음을 주었다니 무슨 말인지 모르겠다.

"아, 그리고 저번에 서랍에 있던 옷 죄다 삶아서 정리해 주셨잖아요. 그걸 보고도 아빠가 웃으셨어요."

"후후, 어떤 웃음이었는데?"

"소리는 안 났어요. 아주 조용하고 멋진 웃음이었어요. 내 머리를 따 줄 때 거울에서 보았던 웃음하고 비슷했어요."

사랑하는 딸을 바라보던 눈길과 비슷했다고 하니 공연히 으쓱해졌다.

"아빠가 웃으시는 모습이 선생님은 왜 상상이 안 될까?"

"아뇨. 아빤 잘 웃으세요. 아침밥 드실 때마다 선생님이 만드신……."

서진이가 갑자기 제 입을 막았다.

"어머, 서진아. 설마 선생님이 만든 음식을 보고 아빠가 웃는다는 건 아니겠지?"

금비는 짓궂은 심사를 참지 못했다.

"괜찮아. 선생님 입은 무겁잖니."

서진이는 머리를 긁적이다가 이내 초롱초롱한 눈동자를 정면으로 보여 주며 또박또박 말했다.

"그게요. 예, 맞아요. 선생님이 만들어 놓은 음식을 보곤 슬며시 웃으세요. 제 머리를 따 줄 때처럼요. 근데요, 선생님. 제가 말했다고 하지 마세요."

"물론. 약속."

그녀는 새끼손가락에 이어 엄지 도장까지 찍어 주었다. 서진이가 환하게 큰숨을 내쉰다.

"자꾸 말하고 싶었는데 참았어요."

"왜, 맛있다고 말해 주면 만드는 사람이 용기가 나는 법인데."

"아빠 선생님이 부끄러워하신대요. 남기지 말고 싹싹 먹는 게 가장 좋은 예의라고만 하셨어요."

그런데도 서진이는 금비의 노고를 진즉부터 말해 주고 싶어 입이 근질거렸나 보다. 여하튼 윤서가 딸에게 입단속을 시킨 의중은 모르겠지만 기분은 좋았다. 하지만 곰곰 새김질해 보자니 이상하게도 마음이 아렸다. 개켜진 빨래를 보고, 또 준비해 놓은 반찬을 바라보며 감흥에 젖은 남자라니!

은민이 부대로 돌아가자 세영은 풀이 죽었다.

"면회 오라는 부탁도 안 하고 가네요. 부탁해도 들어줄까 말까 했는데."

함께 면회를 가자는 말은 꺼내지 못했다. 은민의 말이 생각났기 때문이었다.

'무서워서 피하는 거야. 차라리 영악했으면 무섭진 않을 것 같아. 지금 저리 천진하고 순수한 애가 세상 물정을 알면 어떻게 변할지 모르잖아. 정말이야, 누나. 난 세영이가 무서워서 피하는 거야.'

언젠가 세영에게서 얼결에 한 번 볼에 뽀뽀를 받는 바람에 혼자 홍역을 치렀다는 말끝에 밝힌 사실이었다. 차라리 취직을 할 때까지 은민을 내버려 두는 것이 나을 듯싶었다.

"오빠가 행시 말고 다른 데로 눈을 돌리는 건 알죠?"

"확실한 건 아니야. 늦기 전에 다른 길을 살펴만 보고 싶대. 그래서 하고 싶은 것을 하겠대. 그게 행복이니까 나도 동의했어."

"오빠가 하고 싶은 건 뭘까?"

골똘히 생각에 잠긴 세영을 뒤로하고 저녁을 준비했다. 그때 낯선 부부 한 쌍이 찾아왔다. 검은 양복은 친척은 물론이고 찾아올 사람은 절대로 없으니 낯선 사람을 들이지 말라고 당부했다. 하지만 자신을 서진이의 큰엄마라고 소개하는 사람을 문전 박대 할 수는 없어서 안으로 들였다.

"서진이 많이 컸네. 이리 오렴. 큰아빠한테 인사해야지?"

통통한 40대 중반의 여자가 서진이를 불렀다. 부부는 애써 자상한 얼굴을 꾸몄지만 서진이는 금비의 바짓가랑이를 잡고 뒤로 숨었다. 친척은 아무도 없다는 검은 양복의 경고가 다시금 떠올랐다. 아무래도 불청객을 들인 것 같았다.

7. 사랑, 미안합니다

서진이의 큰아빠라는 사람은 체구는 좋았지만 성급하게 검버섯이 핀 피부 때문에 나약한 인상을 주었다. 살짝 마른 몸에 피부가 하얀 윤서와 대비되었다. 여하튼 전체적으로 후덕한 인상의 남자는 윤서와 닮은 점이 없었다.

남자는 목소리며 인상이 자상해 보이는 반면, 함께 온 여자는 칼날 같은 눈매로 금비의 경계심을 자극했다. 금비는 사과를 접시에 내오면서 사뭇 차오르는 경계심을 누르지 못해 말을 더듬었다.

"서, 서진이 아버님께 전화 넣겠습니다."

"바쁜 양반을 왜 불러? 놔둬요. 서진이 얼굴만 보고 금방 갈 테니까."

여자가 만류하니 금비의 경계심은 더욱 짙어져만 갔다. 친척이 존재하지 않는다는 윤서의 경고가 자꾸만 그녀의 발목을 잡는 탓이었다.

"거, 참! 멀쩡한 큰 집을 비워 두고 어째서 낡아 빠진 집에 와 사는지 모르겠네."

사과를 입에 문 남자가 거실 여기저기를 기웃거리더니 걱정 어린 얼굴을 했다.

"그 많은 재산을 벌써 까먹지는 않았을 테고…… 새살림을 차릴 주변머리도 없는 녀석인데 참 이상하네. 그새 나쁜 일이라도 당했나?"

남자가 불현듯 고개를 홱 돌려 금비를 보았다. 여자의 시선도 따라붙었다.

"서진이 유치원 선생님이라고 했나?"

여자가 고개를 비죽 디밀고는 물었다.

"네, 그렇습니다만……."

"선생님이 어째서 서진이 저녁밥까지 차려 주나요?"

"부업을 합니다. 돈을 받고요."

"돈이요? 아하! 그러니까 가정부 노릇도 한다는 게군."

"네. 저기 계시는 분은 영어하고 피아노를 가르치는 선생님이시고요."

"아! 언짢아하진 말아요. 선생님이나 되는 분이 가정부 노릇을 한다는 게 신기해서 그랬다오."

남자가 사는 집에 여자가 머물고 있다면 여타 의혹을 받을 수도 있다고 인정한다. 그런데 왜 금비에게만 의혹이 집약되는 것일까. 탱탱한 젊음과 고운 얼굴을 가진 세영에게 관심을 분산시키려고 들어도 이들 부부는 한사코 금비만 쳐다봤다.

"우리 도련님이 새로 사업을 하거나 뭐 그런 건 없었나요?"

"저는 그분에 대해…… 솔직히 아는 바가 없습니다."

"흠, 도련님이 따로 만나는 여자가 있는 건 아니고?"

"아는 바가 없다고 말씀드렸잖아요."

금비의 목소리에서 정중함이 점차 사라졌다. 서진이는 여전히 이들 부부를 피하며 세영의 품에 안겨 있었다. 그녀는 서진이의 음울한 눈빛을 바라보았다.

남자가 서진이에게 한 걸음 다가섰다.

"서진아, 큰아빠 얼굴도 잊어버렸니?"

남자의 얼굴에 안타까움과 자애로움이 가득했다. 그런데도 서진이는 숨기만 했다.

"불쌍한 것 같으니. 오랫동안 떨어져 있었더니 애가 지 친척도 어려워하네."

급기야 남자의 눈시울이 붉어졌다. 그런 남자를 지켜보던 여자가 힐난했다.

"당신은 나서지 말고 입 다물고 있어!"

단박에 기가 죽은 남자가 조용히 입을 다물었다.

"애가 기가 팍팍 죽으면서 컸어. 자고로 애들은 북적거리는 집에서 끼리끼리 어울려 커야 한다니까! 홀아비가 키우니 오죽하려고, 쯔쯧!"

여자의 말에 금비는 얼굴을 붉혔다.

"제가 알기로는 서진이 아버님은 그 어떤 부모님보다 훌륭하게 아이를 키우셨습니다. 그래서 서진이는 어린이집에서 기가 죽은 적도 없고 가장 밝고 똑똑합니다!"

단호한 금비의 목소리에 부부가 움찔했다.

"밥해 주는 선생치곤 오지랖이 지나친 거 아냐?"

여자가 비아냥거리자 남자가 거들었다.

"우리 윤서 눈이 보통 높은 게 아냐. 행여 쓸데없는 과욕은 품지 말아야 할 거야."

윤서, 검은 양복의 이름을 타인에게 듣기는 처음이지 싶다.

"다행히 제가 주제 파악은 할 줄 압니다."

금비는 예의가 아닌 줄 알면서도 여전히 숨고 있는 서진이를 힐 긋 본 뒤 뾰족하게 쏘아붙였다. 분위기는 더욱 서늘하게 가라앉았 다. 그때 세영이 나섰다.

"제가 어서 수업을 해야 하거든요. 아버님 오시기 전에 수업을 마치지 않으면……."

"쯔쯧! 어린애한테 무얼 이것저것 가르친다는 건지."

부부는 혀를 차면서 일어났다.

"갑자기 찾아와서 뭐 객쩍긴 한데 말이오, 사실 도련님한테 썩 어울리는 색싯감이 있어서 근황이나 알아보자고 온 거라오. 3년을 홀아비로 채웠으니 이제 새 출발 할 때도 됐지 않았겠소. 저쪽은 처녀라서 당연히 딸린 애도 없고 대학교 강사라니 놓치기엔 여간 아까워야지 말이오."

금비는 그들을 정중하게 배웅하지 않았다. 영우를 힐긋거리며 금 비에게 경고를 하는 양 내뱉는 그녀의 말투가 거슬렸던 탓은 아니 었다. 서진이의 행동거지를 따랐던 것이다. 자신을 어떤 눈으로 쳐 다보아도 감내할 수 있었다. 하지만 아이가 반기지 않는 어른을 그 녀는 불신했다. 대상이 핏줄이라면 더욱. 그것이 금비가 세운 기준 이었다.

금비의 전화를 받은 윤서는 버럭 화를 냈다.

— 분명히 제가 말씀드렸잖습니까! 친척일랑 없으니 아무도 들이지 말라고!

"그래도 큰아빠라고 하시니 차마 어쩌지 못했어요."

— 큰아빠도 나름이겠죠. 나는 그딴 형을 핏줄로 둔 적이 없습니다. 더럽게 얽혔다는 정도죠.

서늘하게 가라앉은 전화기 저편의 목소리는 고함을 지르는 것보다 더 화난 것처럼 느껴졌다. 금비는 억울한 자책을 해야만 했다.

— 또다시 그럴 일도 없겠지만, 행여 그 인간들이 오면 다시는 문을 열어 주지 마십시오!

금비는 핏줄이니 천륜 따위를 들먹이지 않아도 되는 피고용인의 입장으로 선선히 순종했다. 형이라는 분이 진심으로 걱정한 것 같다는 말은 굳이 꺼내지 않았다. 가정부 주제에 친척 어른들에게 불경스럽게 대했다는 때늦은 죄의식은 혼자 조용히 소화시켜야 했다.

다시는 그들 부부가 집 근처에 얼씬도 하지 않을 것이라는 검은 양복의 장담을 믿으면서도 금비는 어떤 경로로든 다시 얽힐 것 같다는 불길한 예감을 털어 내지 못했다.

그런 직감을 품어서일까? 누군가 이따금 발코니를 기웃거리는 것 같았다. 1층의 특성상 실내가 빈번히 노출될 수밖에 없었다. 과연 기분이 이상해서 홱 고개를 돌리면 재빨리 누군가가 숨는다는 것을 피부로 느낄 수 있었다. 결국 문을 닫고 커튼을 내린 뒤 좋아하지 않는 에어컨 바람을 쐬어야 했다.

101호를 나와 집으로 가는 길에도 누군가 숨어서 금비 자신을 보고 있다는 느낌이 뒤따랐다. 그런 느낌이 며칠째 이어지던 날,

그녀는 과감하게 돌아서서 왔던 길로 뛰기 시작했다. 가랑비보다 소낙비가 낫다는 검은 양복의 말이 떠올라 용기를 냈던 것이다.

어느덧 양팔 가득 묵직한 무거움이 느껴질 만큼 자란 영우를 안은 채 턱까지 찬 숨을 가라앉혔다. 보안등 아래로 덩치가 큰 남자가 금비의 기습적인 행동에 숨지 않고 자신을 드러냈다. 4년 남짓 보지 못했던 얼굴이지만 금비는 단박에 그를 알아보았다.

"차⋯⋯민수!"

차민수와의 관계에 대해 금비는 그리 고민한 적이 없었다. 한때 그저 친구로 붙어 지냈던 동갑내기인 그가 덩치에 어울리지 않는 수줍은 웃음을 지으며 그녀 앞에 서 있었다.

"여긴 어쩐 일이야? 인천에 산다고 들었는데."

"응. 은민이한테 네 소식 듣고 궁금해서⋯⋯."

"궁금해서 이 밤에 찾아온 거야? 인천에서 여기까지?"

"미, 미안하다."

"미안하긴, 너두 참."

그녀는 긴장감을 풀어내며 그를 향해 웃었다. 남자 나이 서른이 다 되도록 순박하다 못해 아이 같은 모습을 이어 온 그가 자못 신기하기도 했다.

여하튼 민수는 며칠째 주변을 맴돌던 그림자의 유력한 용의자였다. 그렇지만 그가 민수였기에 그녀는 아무것도 추궁하지 않고 '외간 남자'와 스스럼없이 밤길을 나란히 걸었다.

"아들이 잘생겼다."

"응. 다들 인물은 인정하더라."

"금비를 닮았으니 당연하지."

"민수 넌 하나도 안 변한 것 같다. 나는 변했는데. 억세게, 드세게, 사납게."

"금비야……"

그가 그녀의 얼굴을 물끄러미 바라보았다. 민수의 눈길을 정면으로 받아 내며 그녀가 귀를 쫑긋 세우자 그는 갑자기 더듬거렸다.

"그, 그러니까…… 아들은 내가 안을게. 무겁겠다."

"됐어. 자, 영우아. 이제 좀 걸어갈까?"

영우는 순순히 손을 잡고 걸었다. 민수에게 집을 가르쳐 주기도 뭐하고, 그냥 보내기도 싫어서 금비는 근처 제과점으로 들어갔다.

"제과점 오니까 떡볶이집 생각난다. 아직도 가게 해?"

"응. 확장했어."

고등학교를 다니던 시절 금비는 커다란 제과점과 마주한 떡볶이집에서 아르바이트를 했다. 가게 주인은 괄괄한 성격을 가졌지만 인정이 많은 사람이었다. 이따금 떡볶이집에는 덩치가 좋은 남학생 한 명이 찾아와 서빙을 도와주었다. 모자를 삐뚜름히 쓰고 건들거리는 몸짓을 하는 외향과는 달리 수줍음이 많은 학생이었다. 학생의 이름은 차민수였고, 그 집 아들이었다.

한 번은 가게 주인이 호통을 쳤다.

'인석아, 네가 언제부터 엄마를 도왔다고 설치냐. 아서라, 속보인다, 속 보여! 어서 기어 들어가 공부나 해!'

민수는 그 말은 듣는 둥 마는 둥 계속 가게를 들락거리며 은근히 금비의 일을 돕곤 했다. 또 가끔씩 퇴근할 때, 주인이 남은 음식을 싸 주면서 동생과 먹으라고 하면 민수가 참견을 했다.

'새로 만들어 줘야지. 먹고 배탈 나면 어쩔 테야?'

통 말이 없는 민수가 하는 참견이었기에 주인 여자는 경악하여 벌린 입을 다물지 못했다.

'얼빠진 새끼. 하라는 공부는 안 하고. 인석아, 금비는 일하면서 공부해도 일류 대학 갈 실력이고, 동생은 학원 한 번 안 보내도 항상 전교 1등이래!'

주인 여자는 민수만 보면 공부를 들먹거렸다. 나중에 안 사실인데, 그는 고등학교도 겨우 들어갔다고 했다.

'냉장고 같은 기계 고치는 걸 보면 머리가 돌 석 자는 아닌 것 같은데 도대체가 공부에 흥미가 없어, 이놈이. 금비, 넌 좋은 대학 가겠지? 공부를 원체 잘하니 네 부모가 있었음 참 좋아했을 건데…… 아이구, 내가 쓸데없는 얘길 했네. 그보다 금비야, 내 부탁 하나 들어줄래?'

나란히 고3이 된 민수와 그녀는 늦은 저녁의 한가한 가게에서 함께 공부를 했다. 그녀가 공부를 거기서 하니 민수가 따라 한 셈이다. 그런데도 주인 여자는 과외비라며 또 다른 돈을 챙겨 주었다.

가게에서 함께 공부를 한다고 동네 친구들에게 소문이 나면서 불미스러운 일이 하나 터졌다. 짓궂은 노래가 생긴 게 원인이었다.

떡볶이집 개구리 왕자는
가난뱅이 아가씨를 꼬셨대요

유행가의 가사를 바꿔 노래를 부르고 다닌 이들은 거의 날마다 근처 공터에서 놀던 남학생들이었다. 금비를 바래다주던 민수와 함께 공터를 지날 때 그 무리에는 떡볶이집 단골인 여학생들도 끼어 있었다. 두 사람을 놀리듯 노래를 부르는 그들을 보며 민수는 씩씩 거렸지만 금비는 민수의 옷소매를 붙잡고 재빨리 담배 냄새 자욱한 그 자리를 벗어났다.

다음 날 나타난 민수는 꼴이 말이 아니었다. 온몸에 멍이 들었는 데도 민수는 여느 날과 달리 헛웃음을 흘리면서 기분 좋은 얼굴을 했다.

'야가 싸우고 오더니 정신을 강물에다 빠트리고 왔나?'

주인 여자는 아들이 정말로 정신을 강물에 빠트린 것처럼 걱정 을 했다. 그날 이후로 더 이상 '개구리 왕자' 노래는 들리지 않았 다. 이 일이 그때 민수의 상처와 연관되었는지는 정확히 알 수 없 었다. 민수가 입을 다물었고, 그녀가 아는 민수는 여전히 파리 한 마리 못 죽이는 여린 심성이었기 때문이다.

주인 여자의 예상과는 전혀 다르게 민수는 대학에 가고, 금비는 가지 않았다. 그가 공업대학에 입학할 때, 그녀는 동장의 추천서를 받아 취직을 했다. 민수는 자주 금비의 집에 놀러 오곤 했는데, 그 시간에 그녀는 근무 중이어서 은민이만 만나고 갔다. 이따금 그녀 와 마주쳐도 딱히 할 말이 없어서 짧은 안부나 교환할 뿐이었다.

어느 날, 금비는 함께 있어도 소 닭 보듯 맨송맨송 앉아만 있었 던 민수와는 전혀 다른 남자를 만났다. 그는 눈매처럼 말씨도 서글 서글했다. 더욱이 그는 금비가 생애 처음으로 사랑한다는 말을 들 을 수 있게 해 주었다. 이런 오빠가 있었으면 하였던 오랜 바람이 이루어졌고, 덤으로 연인도 생겼다.

오빠 겸 연인이 된 남자는 은민이도 배려했다. 결혼을 일찍 할 생각이 없다는 그녀의 말에, 그는 몸만 오라고 했다. 저축한 돈은 은민의 학비로 주겠다는 금비의 계획에 박수를 보냈다. 덕분에 남자는 주변의 여러 사람들에게 칭송을 받았다. 당시의 그녀는 그것이 진심이 아닌 남자의 가면 쓴 모습이라는 사실을 전혀 눈치채지 못했다.

금비가 남자를 사귀는 줄 알면서도 민수는 은민과 어울리면서 예전처럼 지냈다. 민수를 마지막으로 본 날은 그녀의 결혼식이었다. 신부 쪽 하객을 기대할 수 없는 상황이었기에 은민이 학교 친구들을 최대한 동원해 허술한 대로 구색을 갖추고자 했는데 의외로 신부 쪽 하객은 신랑 쪽 못잖게 참석했다. 그 이유를 사진을 찍으면서 알았다. 민수와 함께 온 사람이 아주 많다는 걸.

폐백을 치르고 식당으로 들어가다가 밖으로 나오던 민수와 마주쳤다. 낯선 슬픔이 드리워져 있어서 의아해했는데, 막상 눈을 마주치자 껄렁하게 어깨를 으쓱하고는 웃었다. 눈빛을 마주하는 그 순간 그녀는 어쩔 수 없이 죄의식에 사로잡혔다. 사랑하는 감정도 없으면서 그의 호의를 은근히 즐기기만 했다. 그런데도 민수는 그녀의 결혼식 하객을 채우고자 애썼다. 그녀는 민수를 똑바로 쳐다보지 못했다.

신혼여행을 다녀온 뒤 그가 과한 축의금을 내놓고 갔다는 사실을 알고는 남편 몰래 한참을 울었다. 이제부터라도 그에게 연락을 하지 않는 것이 도리어 예의라는 생각이 찾아든 날이기도 했다.

시간을 건너뛰어 제과점의 테이블에 마주 앉으니, 마치 고등학교 시절 떡볶이 가게에서 마주할 때처럼 편했다. 아니, 고맙기까지 하다. 그녀는 대화에 굶주린 상태였다.

"은민이한테 들었어. 아직 총각이라며?"

"응. 그냥."

"민수 너 같은 몸짱은 여자들이 좋아할 거야. 대기업 기술자라서 돈도 썩 많이 번다면서? 왜 말이 없니? 흐흐흐! 내가 너무 속물 같은 말만 한다. 아줌마표 말이 다 그런 거야."

그녀는 잠시 민수가 남자라는 사실을 잊은 채 모처럼 수다를 즐겼고, 영우의 눈에 졸음이 걸리자 밖으로 나왔다.

차를 몰고 온 민수가 집까지 태워 준다는 말을 물리쳤다. 비로소 그가 찾아온 목적이 궁금해졌다. 자동차 회사에 근무한다는 그는 다시 인천으로 돌아갈 터였다. 그 먼 길을 아무 이유도 없이 달려오지는 않았을 것이다.

"미안하다, 민수야. 수다 떠느라 용건도 못 물어봤다."

"안부나 묻고 싶었어."

"뭐라고?"

"안부도 모르냐? 간다."

금비는 안부를 묻고자 두어 시간을 운전해 온 그를 배웅한 뒤 신호등 앞에 섰다. 순간 흠칫 놀랐다. 검은 양복이 신호등 건너편에 서서 금비를 바라보고 있었다. 그녀는 꾸벅 고개를 숙였다. 그가 건성으로 인사를 받았다. 파란불이 채 들어오기 전에 검은 양복은 휙 돌아서더니 어둠 저편으로 성큼성큼 사라져 갔다.

다음 날, 서진이가 안방의 피아노를 가리켰다.

"아빠가 밤에 피아노를 쳤어요. 너무너무 아름답고 슬펐어요."

방음이 잘되는 집인 줄은 알지만 늦은 밤에 피아노라니! 그녀는 간밤에 신호등 저편으로 사라졌던 그의 모습을 떠올렸다. 웃기다. 왜 그에게 미안할까?

"선생님도 말이지, 아빠가 피아노를 치는 모습을 볼 수 있었으면 좋겠어."

그의 여자로선 당연히 꽝이니 팬이라도 되겠다는 마음으로 꺼낸 말이었다. 세영이 끼어들었다.

"내가 대신 검은 양복을 입고선 쳐 주면 안 될까?"

하여간 우수에 잠긴 분위기라면 단박에 깨트려 버리고 마는 세영이었다.

금비는 가정법원을 나오면서 걸음을 늦추고 '옛날 남편'이 걷는 방향을 살폈다. 그가 오른쪽으로 방향을 잡자, 그녀는 왼쪽 길을 향해 걸었다. 뜨거운 햇살 아래 무성하게 펼쳐진 가로수 이파리를 올려다보면서 교과서에서 읽었던 로버트 프로스트의 시 '가지 않은 길'을 생각했다.

그녀에게는 '가지 않은 길'은 없었다. 영우를 임신하면서 급하게 치른 결혼이었다. 남자에게 몸을 허락하면 무조건 결혼해야 한다고 믿었다. 더욱이 임신까지 했다면 더 말해 무엇 하랴. 선택의 여지가 없는 외길이었기에 가지 않고 남겨 둔 길은 없었다. 그러므로 앞으로는 스스로 길을 만들어 갈 터였다. 그녀는 곧 이런저런 감상을 모두 뒤로 물리고 현실적인 문제를 전면에 꺼낸 뒤 생각에 잠겼다.

'조금만, 조금만 더 기다려요.'

검은 양복의 말은 묵직한 여운으로 뇌리에 남아 있었다. 딱히 그 말이 아니더라도 그녀는 조금만 더 머물 터였다. 동네엔 아직 소문이 돌지 않았고, 무엇보다 방을 얻을 돈이 부족했다. 원장 선생님의 조언에 따라 어린이집은 가을까지 근무하기로 했다. 그래서 2급 승급에 필요한 경력을 마저 채우고자 했다.

세상에는 변수라는 것이 있어 종종 빈약한 우리네 설계를 비웃는다고 금비는 생각했다. 너무도 빨리 금비는 '옛날 남편'과의 관계의 고리에 다시 걸려들고 말았다.

여름 방학을 코앞에 둔 날이었다.

"신랑하고 싸웠어요?"

수업 중에 안 선생님이 나갔다 들어오더니 굳은 얼굴로 물었다. 그녀가 이혼 사실을 알아차린 것일까? 움찔하면서도 금비는 사실을 숨겼다.

"출장 중인 사람하고 싸우긴요."

얼버무렸지만 안 선생님의 얼굴은 펴지지 않았다. 정말 알고 있을까?

"황 선생님이 나가 봐야 할 것 같아."

안 선생님이 탁한 한숨을 몰아쉬고는 말했다.

"멀리서라도 손자 얼굴만 보고 가겠다고 아까부터 울면서 서 계셔. 무슨 일인지 몰라도 시어머니한테까지 매정할 건 없잖아요? 노인네가 썩 여리게만 보이시던데."

금비는 서진이와 붙어 있는 영우를 확인하고는 밖으로 나왔다. 과연 언젠가 한 번 그랬던 것처럼 시어머니는 가엾은 모습으로 눈물을 찍어 내고 있었다.

"아범이 절대 가면 안 된다고 해서 참고 참았다. 영우가 보고 싶은 걸 어떡하겠니?"

금비는 세상의 인연과 관계에 관해 짜증을 내면서 고개를 돌렸다.

"지금이라도 맘을 고치면 안 되겠니? 너희야 서로 다른 짝을 만난다니 아쉬울 게 없는지 몰라도 영우가 무슨 죄가 있겠니? 아범 맘은 내가 돌릴 테니, 돌아오거라. 다 용서하마."

도대체 누가, 누구를, 무엇을 용서한단 말인가! 그녀는 세상을 향해 치미는 짜증을 감당하기 버거워 나쁜 여자의 행짜를 빌렸다.

"용서라고요…… 왜 세상의 시어머니들은 아들 말만 신뢰할까요."

어머니라는 말은 꺼내기 싫다는 고집으로 그렇게 다른 용어를 빌렸다.

"열심히 산 죄밖에 없는 며느리 말에는 한 번이라도 귀를 열어둔 적 있나요. 귀를 닫으시니 고름집이 생기고 결국에 와서는 영영 아물지 못하는 생채기가 생기게 된 것 아니겠습니까. 늦었습니다. 기왕 이렇게 된 일, 새로 생긴 손녀에게 정을 주시라는 부탁밖에 못 드리겠습니다."

"이것아! 난 아범 만나는 여자도, 그년 딸년도 싫다. 아범은 그년하고 오래 못 가. 네가 먼저 딴 남잘 만나니까 아범도 홧김에 만났을 게야. 듣고 보니 너도 고약하다. 내가 어째서 우리 집 피 한 방울 안 섞인 그 꼬마 계집애한테 정을 줘야 한단 말이니. 버젓이 우리 핏줄이 저 안에 있는데 말이다."

"그만 듣고 싶습니다. 여전히 아들 말만 믿고 판단하시잖습니까!"

"너무 야박하게 굴지 마. 내가 너한테 야박했니. 돌이켜 봐라. 혼수 하나 없이 덜렁 몸만 왔어도 우리는 예뻐했잖니. 결혼 후에도 부부 돈으로 동생 생활비를 계속 댔다면서? 세상 어떤 남편이 품어 주겠냐. 그만하면 아범이 대범하잖니. 이번에도 널 필경 품어 줄……."

"그만! 그만 듣고 싶습니다!"

결혼한 뒤에야 금비는 신혼집이 융자를 가득 안고 마련되었다는 사실을 알았다. 빈손으로 온 입장이 미안해 배가 불러 와도 쉬지 않고 일을 해서 빚을 갚아 나갔다. 그 덕분에 은민의 학비며 생활비를 조금도 보태 주지 못했다. 아직도 그 점이 마음에 걸리는데, 이 자리에서 또 엉뚱한 소리를 듣는다.

"말씀 들어 보니 제 판단이 옳았다는 생각이 듭니다. 참 잘했다고 제 자신에게 박수를 쳐 주고 싶다고요! 죄송하다는 말씀은 안 드릴래요. 돌아가 주세요. 제발요."

"에, 에미야…… 아이고, 이것아! 정 그렇다면 영우만은 내가 키우마. 술병이 나뒹구는 집구석에서 애가 어찌 바르게 자라겠니!"

시어머니의 통곡 앞에서 금비는 몸을 돌렸다. 그러고는 어린이집의 반대 방향으로 걸어갔다. 어린이집 안의 가족은 물론이고 많은 동네 사람들이 지켜보고 있었음을 잘 알고 있었다. 그리고 알고 있는 것이 또 하나 있었다. 떠날 때가 되었던 것이다.

한참 후에야 어린이집으로 돌아간 그녀는 원장실로 향했다.

"연말까진 황 선생님하고 같이 가고 싶었는데, 너무 내 욕심만 차렸나 봐."

다행히 원장 선생님은 대책을 세워 뒀다고 했다.

"세상과 싸우느라 많이 힘들었지?"

친어머니처럼 다정한 위로와 연민 어린 눈길에 금비는 눈시울을 붉히며 고개를 끄덕였다. 그리고 그때 깨달았다. 금비는 일찍부터 결혼을 탐했던 것이 아니었다. 가족을, 가족을 어서 만들고 싶었던 욕심이 이른 결혼을 결정하게 만들었던 것이다.

"서진이네 집안일도 봐주고 있는데, 거긴 괜찮을까?"

"이번 주까지는 봐줄 거예요. 낮에는 이사할 집을 알아보고요."

"날짜가 문제가 아니라……."

원장 선생님의 얼굴 가득 근심이 깔려 있었다. 그저 남을 생각하는 마음이 아니었다.

"서진이는 원장 선생님께서 잘 보살펴 주시리라 믿고, 염치없지만 저는 제 앞가림을 우선할게요."

"나도 서진이가 남다르긴 한데, 황 선생님이 떠나신다면 서진이가 여길 계속 오기나 할는지."

"아이들은 금방 적응하잖아요."

원장 선생님은 쓸쓸하게 고개를 가로저었다.

"아니. 서진이 아빠 생각이 문제지."

깊은 여운을 남기는 원장 선생님의 말을 붙들고는 그녀는 귀를 쫑긋 세웠다. 원장 선생님은 회상에 잠기는 듯한 표정을 짓더니 이내 술술 입을 열었다.

"예전에 서진이가 잠깐 이 동네 살았잖아. 돌아가신 서진이 외할머니가 부동산 임대를 하셨어. 여기 아파트도 몇 채 가지고 계셨고. 그중 하나에 서진이네가 살았어. 내가 했던 놀이방도 서진이 외할머니 거였어. 외할머니가 돌아가시자 서진이는 강남의 외할머니 집으로 이사를 갔어. 아주 큰 집이라고 하더군. 그런 큰 집에 살다가 몇 해 만에 느닷없이 돌아왔어. 슬픈 일을 치른 끝에 환경을 바꾸고 싶다고 하기에는 허술한 이유지."

감상에 젖어 말을 이어 가던 원장 선생님이 불쑥 금비의 얼굴을 바라보았다.

"황금비 선생, 서진이 아빠가 나한테만 힌트를 주셨어."

"설마 저하고 관계가……."

"관계가 있다고도 할 수 있고, 없다고도 할 수 있어. 나도 궁금하거든. 그래서 말해 주는 거야."

"저는 이전에 서진이 아버님과 일면식도 없었습니다."

"그랬어? 이상하군."

그녀가 원장 선생님에게 궁금증을 품었던 것처럼, 원장 선생님 역시 윤서와 금비의 관계에 의혹을 품었나 보다.

"서진이 아빠는 황 선생님에게만 서진이를 맡기고 싶다고 부탁하셨어. 선생님이 계시기 때문에 데려왔다고 하셨거든."

"저는 전혀 이해를 못 하겠네요."

"더군다나 선생님이 그만둘 때까지만 맡기겠다는 말씀도 하셨지 뭐야."

원장 선생님은 이해심이 넉넉하고 인심이 후덕한 분이셨다. 그래서 금비의 우울한 얼굴과 미숙한 능력을 포용해 주었다고 생각했는데 다른 이유가 있을지도 모른다는 의혹이 치밀었다. 그러고 보니, 자격증을 따자마자 과감히 담임을 맡겼던 일도 새삼 내막이 의심스러웠다.

"혹시라도 내 마음이 순수하지 않았다고는 생각하지 마."

흠칫 놀라는 와중에 표정 관리가 서툴다던 윤서의 말이 생각났다.

"같은 여자로서 나는 딸 같은 황 선생의 인생을 사랑하고 응원하고 있어."

"알고 있어요, 원장 선생님. 저도 한 가지 여쭤보고 싶은 게 있어요."

비밀을 공유했다는 편안함에 금비는 거리끼지 않고 궁금증을 드러냈다.

"원장 선생님이 서진이나 아버님을 대하는 태도도 제 눈에는 특별했어요. 정말 아무 사이도 아니신 건가요?"

제발 윤서와 거래가 있었다는 대답은 아니기를 바라며 그녀는 원장 선생님의 입을 주시했다. 계속 이 직업을 안고 갈 터였다. 이곳에서 교사로서의 입지가 윤서의 개입 때문인지, 아니면 자신의 능력 덕분인지 알아야 했다.

"아무 사이라는 말이 좀 애매하네. 휴우! 이런 일이 있었지. 서진이 엄마가 병원에 있다는 말을 들었는데, 어느 날 아버님이 서진이를 안고 와서 하루만 봐 달라고 하셨어. 그 하루가 여러 번 반복되더군. 그때가 휴가 피크라 다른 어린이집은 방학이었어. 아내가 있는 먼 병원을 왔다 갔다 해야 하는 상황에서도 서진이를 나한테 맡길 만큼 주변에 아이를 믿고 맡길 데가 없다는 사정을 알았지. 아버님은 가족 이야기를 잘 안 하셨지만, 썩 좋은 환경이 아니라는 것쯤은 상상할 수 있는 일이잖아? 더욱이 당시에 서진이 엄마는 투병 중이었지. 아무튼 땀에 젖고, 때로는 눈물에 젖어 있는 서진이 아빠의 얼굴에는 운명과 전쟁 중이라고 새겨져 있었어. 난 그 처절한 얼굴을 결코 잊을 수가 없더라고."

원장 선생님의 목소리가 축축하게 젖어 갔다. 문득 서진이 큰아빠 부부가 생각났다. 윤서의 '운명과의 전쟁'과 무관하지 않을 듯싶었다. 윤서는 형 부부에게 서진이를 맡기지 않고 먼 거리를 달려와 원장 선생님에게 맡겼다. 더욱이 형이라는 남자는 윤서와 조금도 닮지 않았다. 그들은 필시 친형제는 아니리라.

원장 선생님의 말이 이어졌다.

"보육 시설장이라면 절대로 아이들을 편애해서는 안 된다는 것 정도는 알아. 그래도 자꾸만 서진이에게 먼저 눈이 가고 아빠한테 잘해 주고 싶더라고. 운명과 전쟁 중이었던 얼굴이 자꾸 어른거려서."

"그, 그랬었군요. 죄송해요."

"죄송 소리는 잘도 하더라, 황 선생은."

젖은 눈을 수습한 원장 선생님은 이내 밝은 얼굴로 금비를 마주했다.

"내일부터 안 나올 참이지?"

"그렇게 해도 된다고 해 주시면 감사하겠습니다."

"추천서를 써 줘야지? 내일 잠깐 들렀다 가. 일취월장하는 훌륭한 선생님에 대한 소견을 써야 하니 시간이 좀 걸리지 않겠어?"

다행히 웃으면서 인사를 건넬 수 있었다. 돌아서 나가는데, 원장 선생님이 그녀를 불러 세웠다.

"참! 오늘 황 선생님 수업은 내가 마무리해 줄게. 영우도 내가 봐 줄 테니 볼일 있음 혼자 편하게 다녀와. 바람이나 좀 쐬고 오든가."

혼자 거리로 나오자 참았던 눈물이 쏟아졌다. 금비는 눈물을 스
윽 훔치고 더는 울지 않고자 입을 앙다물었다. 스스로 삶을 개척하
기로 한 마당에 눈물도 사치였다. 다만 딱 한 번만, 누군가에게 기
대고 의지해서 엉엉 울고 싶다는 욕망에 사로잡혔다.

금비는 햇살을 쬐며 걸었다. 목적지는 본능에 맡겼다. 이런 날
기대어 울 수 있는 사람이 나에게도 있을까? 자문하면서 걷다가 지
하철을 탔고, 지하철에서 내려 또 걸었더니 눈앞에 윤서의 피아노
가게가 보였다.

언젠가 이곳을 지나가다가 운전을 하던 세영이 가르쳐 주어 알
았을 뿐이지 들어간 적은 없었다. 이야기를 나누자면 늦은 저녁에
만나는 불편함을 감수해야 했다. 차라리 아이들이 없는 그의 가게
에서 단둘이 만나 사표를 낸 사실을 알리는 것이 좋을 것 같았다.

5층 건물 중 1층 전체를 차지한 피아노 가게는 바깥에서 어림했
던 크기보다 훨씬 널찍했다.

"어서 오세요."

유니폼 차림의 20대 중후반의 여자가 금비를 반겼다. 서양 인형
같은 미모를 갖춘 그녀는 빨간 안경테를 고쳐 쓰더니 듬뿍 웃음을
흘리며 귀를 쫑긋 세웠다.

"여기 사장님을 찾습니다만……."

"아, 그러세요? 실례지만 어디서 오셨나요?"

"집이요. 저는 서진이 선생님이거든요. 아, 가사도우미라고 해야
겠네요."

미모의 그녀가 부디 자신을 경계하지 않기를 바라며 금비는 빠
르게 대답했다.

"서진이요?"

그녀는 서진이를 모르는 것 같았다.

"아, 네. 여기 사장님 성함이 김윤서 씨가 아닌가요?"

"맞아요. 따님이 있단 말은 들었어요. 이름이 서……."

"서진이, 김서진입니다."

금비가 검은 양복과 서진이의 이름을 또박또박 밝혀서인지 상대는 적이 경계심을 풀어냈다.

"실은 저희 오빠가 책임 직원이고 전 수습으로 같이 근무하는데, 오빠가 다쳐서 오늘은 저 혼자 근무 중이에요. 전 집안 사정은 잘 모르는데, 사장님 댁에 무슨 일이라도 생겼어요?"

휴대폰을 꺼내 들면서 그녀가 물었다.

"아, 아뇨. 그냥 들러 봤어요."

"이거 어쩌죠? 사장님은 어머님이 오셔서 나가셨어요."

"어머님이요? 여기 사, 사장님의……?"

"모르셨나 봐요? 사장님께선 요 며칠 어머님을 모시고 병원을 다니시던데."

무슨 소리인가. 윤서의 부모님은 일찍 돌아가셨다고 했다. 살아 계신다면 손녀인 서진이를 만나지 않을 이유가 없었다.

여자 직원이 통화를 시도하다가 곧 포기하며 혼잣말처럼 내 흘렸다.

"안 받으시네."

"그럼. 김윤서 사장님은 저녁에나 와야 뵐 수 있겠네요?"

금비는 다시금 그의 이름을 확인시켜 주면서 물었다.

"저녁에는 안 계세요."

이건 또 무슨 소리인가.

"저, 저녁에는 사장님이 가게를 보시는 게 아닌가요?"

"아닌데요. 오전에만 가끔 나오시고, 오후에는 오빠하고 제가 마감까지 근무하고 있어요."

"가게 끝날 때까지?"

"네. 문단속도 오빠하고 제가 해요."

윤서는 저녁에 혼자 가게를 지켜야 하므로 밤늦게나 귀가할 수 있다고 말했다. 밤마다 그는 어디에 있었던 것일까? 금비는 경우에 어긋나고 주제넘은 짓인 줄 알면서 호기심을 감추지 못했다.

"그럼 저녁에는 항상 안 계세요?"

"네. 건물 관리 문제로 간혹 들르실 뿐이에요."

"건물 관리도…… 하세요?"

"아! 관리인은 따로 있어요. 사장님이 여기 건물주이시잖아요. 그래서 임차 문제 같은 게 생길 때면 들르시죠."

이 큰 건물의 주인이라니! 윤서의 정체는 도대체가 가늠이 안 된다. 그러고 보니, 어린이집에서 신축을 희망하는 아파트 뒤편의 텃밭과 공터도 윤서의 땅이라는 소문이 돈 적이 있었다. 워낙 호기심을 던져 주는 윤서의 신비로움에 덧붙여진 양념 같은 것으로 흘려들었는데 어쩌면 사실일지도 모른다는 생각이 스쳤다. 정말이지 윤서는 알아 갈수록 혼돈스럽다.

그는 사람 자체가 미궁이었다. 정체를 알 수 없는 우울한 불편함에 젖어 들었다. 이따금 비슷한 처지라고 여기곤 했던, 그래서 원장 선생님에게 윤서가 '운명과의 전쟁'을 치렀다는 말을 듣는 순간 가졌던 동류감이 바람 앞의 호롱불처럼 꺼져 버렸다. 대학 강사를 중매한다던 서진이의 큰엄마라는 여자가 떠오르고, 눈앞의 인형 같은 여자를 바라보자니 금비는 기대어 울고 싶은 상대를 잘못 골랐다는 생각이 들었다.

여자 직원이 가게의 유선전화를 받았다.

"네, 사장님. 여기 서……."

그녀가 금비를 힐끗 보며 입을 벙긋거렸다. 금비는 서진이의 이름을 다시 알려 주었다. 지성미가 돋보이는 외모완 달리 기억력에는 영 소질이 없는 여자였다.

"서진이 선생님이라는 분이 와 계세요…… 네, 잠깐만요."

이대로 가는 게 좋겠다 싶어 금비가 가게 밖으로 나가려는 순간 그녀가 전화기를 건네줬다.

"사장님이세요."

질책을 받았는지 직원의 표정이 사뭇 차가워져 있었다. 도망가고 싶었다. 혼돈이 싫었다. 적어도 오늘 하루는 누군가에게 기대어 엉엉 울고 싶었던 것뿐인데, 왜 여기로 왔는지 모르겠다.

전화기를 받자마자 그가 다급히 말했다.

— 기다리십시오. 금방 가겠습니다.

"저, 죄송해요. 불쑥 찾아와서. 사실은 집에서 만나 이야기해도……."

— 기다리세요.

윤서는 일방적으로 전화를 끊었고, 금비는 소파에 앉았다. 내친걸음이라 여기며 금비는 다시금 호기심을 드러냈다.

"저, 사장님 어머님께선…… 언제부터 오셨어요?"

"며칠 전부터…… 기억이 안 나네요. 잘 모르겠어요."

직원의 태도가 바뀌었다. 사무적인 대꾸를 끝으로 그녀는 금비에게 차를 끓여 준 뒤 내실로 들어갔다. 찻잔을 비워 갈 즈음, 직원이 유니폼 대신 외출복으로 옷을 갈아입고 나타났다.

"그럼 기다리세요."

"네?"

여직원은 황당해하는 금비는 아랑곳하지 않은 채 또각또각 걸어나갔다.

"아, 아가씨!"

금비의 부름을 무시한 채 여직원은 재빨리 바깥 거리의 인파 사이로 섞여 버렸다. 이제 널찍한 가게에는 금비 혼자뿐이었다. 자리를 비울 수도 없었다. 옴짝달싹 못 할 처지가 되었다. 우왕좌왕 떠다니는 분별력을 간신히 정리하고 직원에게 들었던 말들을 새김질해 보았다. 윤서는 가게를 나가서 어디를 다니고 있었던 것일까. 어머니는 또 누구일까?

잠시간의 시간이 흐른 뒤 금비는 매장 어귀에 서서 바싹 긴장하고 있었다. 이 순간 그녀가 가장 걱정하는 일은 우스꽝스럽게도 손님이 들어왔을 때 맞이할 요령이었다. 다행히도 손님보다 윤서가 먼저 나타났다. 반팔 티셔츠에 헐렁한 트레이닝 바지 차림이 운동을 다녀온 사람 같았다. 무더운 날에도 여전히 짙은 검은색 티셔츠를 입은 그가 답답해 보였다. 자신의 캔버스에 그려진 그림을 감추고 지우기 위해 검은색을 선호하는 게 아닐까, 하는 상상이 그녀의 머릿속을 구른다.

"점심은 했습니까?"

윤서의 첫마디였다.

"네. 아버님은요?"

"나도 먹었습니다. 차 한잔 마시러 나갈까요?"

"가게를……."

"상관없습니다. 나가시죠."

"아닙니다. 금방 갈 거예요."

"그럼 앉으십시오."

"병원에 가셨다던데, 누가 아프세요?"

"아! 그거요? 주기적인 검진일 뿐입니다."

"누가……?"

"신경 안 써도 됩니다."

일부러 감추는 것일까? 그는 '어머니'를 언급하지 않았다.

"뭐…… 제가 관여 할 일이 아니겠지요."

자조 섞인 금비의 대꾸에 그가 시선을 정면으로 주었다. 마주 앉은 그녀는, 속내를 투명하게 들여다보는 것 같은 그의 시선이 불편해 본론을 꺼냈다.

"오늘 어린이집 사표 냈어요."

언질을 주었던 일인데도 그는 움찔하고는 굳은 몸을 했다.

"제가 선생님께 제의했던 일은 생각해 봤나요?"

"네. 호의는 감사했고요, 새로운 곳에 정착해 홀로서기를 배우고 싶어요."

"그렇군요."

"죄송하게 됐어요. 어려울 때 도와주셨는데……."

"제가 불편합니까?"

"꼭 그렇지만은…… 그냥 제 힘으로 길을 개척하고 싶어서요."

"제 앞에 마주 앉은 선생님의 지금 모습이 불편해 보여요. 다시 묻죠. 제가 불편합니까?"

"모, 모르겠어요."

홀로서기를 배워야 할 때였다. 그런데도 또 그에게 끌려가는 자신의 모습을 발견하고 금비는 덧붙였다.

"사실은…… 불편하긴 해요."

"그렇군요. 세상 남자들이 모두 불편한 건 아니겠죠?"

"그런 문제라면 제가 답변하지 않아도 될 것 같습니다만."

"저번에 제과점에서 만났던 남자는 어땠습니까?"

"아버님?"

"창유리로 다 보여서 알았습니다. 나는 선생님이 밝게 웃으며 이야기를 나누는 모습을 처음 보았습니다."

아파트 단지와 제과점을 가로지르는 도로는 왕복 2차선이었다. 신호등 건너편에 서 있어도 표정을 가늠할 수 있었을 것이다. 그는 오랫동안 그곳에 서 있었나 보다.

"고등학교 친구예요. 그래서 편하게 보였겠지요."

"그 남자는 어떤 사람입니까? 아니, 질문을 달리하죠. 그 남자와 만나면 기분이 좋고 마음이 편합니까? 그리고 앞으로도 편할 것 같습니까?"

"아버님께서 간여하실 입장이신지, 그것부터 대답해 주시겠어요?"

"내 딸은 앞으로도 선생님하고 밀접한 관계를 유지할 겁니다. 그래서 아빠의 입장에서 선생님의 미래를 알고 싶습니다."

"아버님! 저는 떠난다고 말씀드렸잖아요."

"선생님은 아직 떠나기를 결정하지 않았습니다."

"결정했어요."

"아뇨. 갈등 중이죠. 여전히 제 주변 일에 호기심을 드러내면서 제가 나중에 설명해 준다는 일들을 은근히 독촉하고 계시지 않나요?"

"주제넘는 호기심은 인정할게요. 떠난다는 사실은 확고합니다. 앞으로는 뵐 일도, 무슨 말을 들을 일도 없을 겁니다."

노골적으로 속내를 까발리는 그에 대한 반발로 금비는 단호하게 선언했다. 그의 얼굴에 고집스러운 기운이 퍼졌다.

"볼 일이 없다고요? 그래도 나는 선생님의 미래를 알아야겠습니다. 떠난다고 인간의 유대감이 사리지는 건 아니죠. 선생님은 서진이가 놀러 가는 것도 허락하지 않을 겁니까? 길에서 마주쳐도 모른 척할 겁니까? 또 영우와 서진이의 유대감은 어떻고요? 아이들의 유년기를 함께 보낸 친근감이 얼마나 소중하고 두터운 줄 모른단 겁니까?"

그는 차분하게 말했지만 금비에겐 그가 흥분해서 소리치는 것처럼 와닿았다.

"저도 서진이를 생각하면 마음이 아파요. 영우가 서진이 덕분에 많이 안정된 것도 알고 있으니 더 그렇습니다. 하지만 지속될 수 없는 관계라면 더 늦기 전에 유대감을 조율하는 것이 장기적인 정서에 도움이 됩니다."

"지속적일 수 없는 관계라고 하셨습니까?"

"네, 맞아요."

"제가 불편한 남자여서 그렇겠군요."

다른 세계를 산다는 불편함도요. 금비는 대답하지 않고 고개를 돌렸다. 그런데 그는 기어이 그녀가 속내를 꺼내도록 만들었다.

"제과점의 그 남자는 신뢰할 수 있는 사람입니까?"

"네, 투명하고 의혹도 없어서 편합니다."

윤서가 불편한 이유를 은연중에 밝히는 꼴이 되었다. 힐긋 보니 그는 지그시 눈을 감는다.

"다행입니다."

"네?"

"다행입니다, 선생님."

뭐가 다행이라고 하는지 모르겠다. 모호한 말을 내뱉고 혼자 마무리하는 그가 얄미운 한편 이내 서진이의 초롱초롱한 눈동자와 해맑은 웃음이 떠올라 문득 마음이 아려 왔다.

"서진이를 돌볼 사람은 알아보셨어요?"

"알아보긴 했습니다만, 일주일 정도 시간을 주실 수 있습니까?"

"네. 가능합니다."

금비는 이 틈을 놓치기 싫어서 걱정 반, 호기심 반으로 입을 열었다.

"때수건 일도 있고, 서진이는 친척 누군가가 가끔 들여다봐 줬음 좋겠어요."

"없습니다. 친척."

"네?"

"서진이 외할머니가 돌아가시면서 친척이 멸종됐다고 언젠가 말씀드리지 않았나요?"

"저…… 큰아빠라는 분도 자상해 보이시던데……."

"뭐라고요!"

그의 얼굴이 험악하게 일그러졌다.

"그 양반 이야기가 왜 나와요!"

"죄, 죄송해요."

그의 눈에 불꽃이 일렁였다. 함께 외출했다던 어머니라는 존재에 관한 호기심으로 시작한 말이 엉뚱하게 흘러가고 말았다. 서진이 큰아빠 이야기는 꺼내지도 말라는 경고를 들었건만.

"소리 질러 미안합니다."

들숨과 날숨이 수십 번 교차된 뒤에야 그의 표정과 목소리가 차분하게 돌아왔다.

"선생님."

"아, 네. 말씀하세요."

윤서의 눈빛을 마주하고 금비는 갸웃했다. 그의 까만 눈동자에는 어느덧 분노 대신에 연민의 정이 드러나 있었다.

"인간은 껍질을 보고 판단해서는 안 됩니다. 왜냐하면 연극을 잘하는 사람만 좋은 사람이 되니까요. 선생님이 호감을 가졌다는 형님, 아니, 그 남자는 좋은 사람이랄 수도 있죠. 맞습니다. 밖에서는 좋은 사람입니다. 허나 집안에서는 최악의 남잡니다. 남자의 부인은 그나마 낫지요. 바깥에서는 드센 사람이지만 집안에서는 유능한 살림꾼이니까요. 선생님은 살아가시면서 또 새로운 인간들과 관계를 맺게 되겠지요? 상대를 판단하기 전에 방금 제 말을 한 번쯤 기억하세요."

인생의 연장자라지만 불과 네 살 차이다. 그런데도 금비는 거부감을 갖지 못한 채 귀를 기울이고 있었다. 아주 먼 길을 떠나는, 혹은 떠나보내는 사람의 당부 같았던 탓이다.

"아무튼 그 부부와 서진이는 마주치게도 하고 싶지 않습니다. 아셨습니까?"

금비는 대답하지 못했다. 아무리 미워도 결국 얽히는 게 핏줄이라고 들었다. 그녀가 늘 부러워하는 그런 핏줄.

"대답을 안 하시군요. 떠날 사람이라는 무책임이 아니길 빕니다. 선생님은 서진이와 인연을 계속 이어 가야 하니까요."

"마치 무언가 설계를 해 놓으신 것처럼 말씀하시네요. 그 설계도에 제가 들어가 있고요."

"부인하지는 않겠습니다."

"어? 그 말씀은……."

"우선 분명히 해 놓을 게 있습니다. 서진이는 큰아빠라는 작자와 인연을 끊을 겁니다. 만약에, 만약에 말이죠. 선생님이 무엇인가 판단해야 할 위치라면 그 작자를 믿지 마시고, 서진이를 지켜 주셔야 합니다."

"아버님이 항상 함께하시잖아요."

"그래서 만약이라고 하잖아요."

"아, 알았어요. 사실 저도 서진이 큰아빠란 분을 신뢰하진 않으면서도 아버님과 형제란 말에 대접했어요."

금비의 말에 그가 흥미롭다는 표정을 지었다.

"어떤 점에서 신뢰를 못 했죠?"

"다른 걸 모두 떠나서 서진이가 반기지 않고 제 뒤로 숨었기 때문이에요."

"흠, 그렇군요."

무엇이 기쁜지 그가 드물게 웃음을 내보였다. 그러고는 기특하다는 양 바라보았다. 갑자기 멋쩍어진 금비는 지금의 대화를 새김질하다가 문득 생각나서 물었다.

"아까 제가 아버님의 설계도에 들어 있다고 하셨는데, 앞으로도 인연을 계속 연장한다는 말처럼 들리네요."

"부인하지 않는다고 말씀드렸죠. 공유한 시간이 저와 선생님 단둘의 시간만은 아니지 않습니까."

어쩐지 떠나 있더라도 윤서와 서진이와의 관계는 이어질 것 같았다. 세영과 함께 서진이가 놀러 온다면 그냥 돌려보낼 수도 없잖은가. 묘하게도 불편한 관계가 지속되는 일이 싫지 않았다. 그런데도 그에게 절교한다고 어리광을 부렸던 것이다.

"주제넘은 말씀 같지만, 서진이에게 어머니가 다시 생기면 든든한 울타리가 될 것 같은데요."

"재혼은 제 가족 설계도에 없습니다. 아, 아닙니다. 딱 한 번 설계도를 바꿀 생각을 했습니다. 단지…… 먼저 해결할 과제가 있었습니다. 과제가 끝나 가니 또 다른 과제가 생겨서 지금은 냉동시켜 버렸지요. 때가 무르익으면 해동을 할 겁니다."

또 모호한 이야기였다. 금비는 굳이 반감을 감추지 않았다.

"종종 신비로움 속으로 숨으시더군요. 그래서 불편한가 봅니다. 아둔한 저는."

"저는 선생님을 속인 적이 없습니다. 제 딴에는 진실했다고 믿는데요?"

"진실하게 상담하신 적은 없으십니다. 제 인생에 관해서는 시시콜콜 챙겨 주시면서 정작 아버님은 진실을 털어놓고 진정으로 저한테 서진이 문제를 상담하시진 않았어요."

"내 마음이 닫혀 있다는 말하고 싶은 건가요?"

"비슷합니다."

금비는 가게를 지키지 않았던 그의 거짓말과 어머니라는 존재, 그리고 큰아빠라는 사람을 직접 언급하지는 못했다. 그에게 고용된 여자일 뿐이라는 자괴감을 극복할 수 없었던 것이다. 우선은 피아노 대리점을 찾아온 일을 그가 비난하지 않았다는 사실에 감사해야만 했다.

"오늘 어린이집 원장 선생님이 저에 관해 말씀했겠군요."

"어떻게 아셨죠?"

"왜 놀라십니까? 오늘 사표를 냈으니 이런저런 이야기를 나눴을 거 아닙니까?"

"아, 그래요. 아버님 이야기를 조금 들었어요."

"그럼 서진이 큰아빠라는 작자 이야기도 듣지 않았습니까?"

"그건 안 들었는데요."

"원장 선생님이 그 이야긴 안 하셨군요."

그가 씁쓰레한 웃음을 내 흘렸다. 금비는 채근하지 않고 귀를 열고 기다렸다.

"그 양반은 사촌 형입니다. 언젠가 동네 놀이방이 방학이라 큰아빠라는 작자 집에 서진이를 맡겼는데 그날 병상의 아내가 드물게 제정신을 차리고 서진이를 찾았습니다. 난 한달음에 달려갔지요. 그런데 집에 뛰어 들어갔더니 문이 잠겨 있었어요. 아무리 벨을 눌러도 문이 안 열렸습니다. 문 안쪽으론 두 살배기 서진이의 우는 소리가 들렸지요. 제가 설명해도 서진이는 스스로 문을 열지 못하더군요. 알고 보니 큰아빠라는 작자는 아이를 혼자 놔두고 도박을 하러 갔던 겁니다. 밖에선 사람 좋다는 소리를 듣는 작자가 집안에서 했던 작탭니다. 차라리 속물이라고 소문난 형수가 장사를 안 나가고 집을 지켰으면 그런 일은 없었겠지요."

"어쩜, 어쩜!"

그의 목소리는 남의 이야기를 옮기는 양 담담했지만 그녀는 이내 눈이 흠뻑 젖어 버렸다. 바로 자신의 이야기였으며, 영우의 아픔이기도 했다.

"서진이는 바지에 똥을 쌌더군요. 달려온 형수라는 여자의 손을 뿌리치고 아이를 씻긴 뒤 병원으로 달려갔습니다. 아이는 계속 울었고, 떨고 있었고, 아내는 잠이 들었습니다. 아내는 잠에서 깨어난 뒤로 더 이상 말을 못 했습니다. 딸과 마지막으로 이야기를 나눌 기회를 영영 잃어버렸죠."

"돼, 됐어요. 그만, 그만하세요, 아버님."

무엇이 됐다는 것인지도 모른 채 금비는 그를 만류했다. 하염없이 흐르는 눈물을 그만 보이고 싶었는지도 모른다.

"만약 선생님이 똑같은 일을 겪었다면 영우를 그 사람에게 맡길 수 있겠습니까?"

금비는 고개를 가로저었다. 그는 냉담하게 말을 이었다.

"선생님은 핏줄보다 남을 더 신뢰하는 저를 이해하기 힘들었겠죠. 그런데 저는 선생님을 핏줄보다 더 믿습니다. 앞으로도 그럴 거고요. 하지만 선생님은 저를 불편해합니다. 주된 이유는 저를 불신하기 때문입니다."

"아닙니다, 그게 아닙니다."

윤서는 상대가 울고 있어도 멈추지 않았다. 은민의 말마따나 그는 자신이 원하는 결론에 도달할 때까지 멈추지 않으리라. 그러면서도 바보같이 울지도 못하고 냉정함을 유지하는 그가 가엾다. 울지 않으니 더욱 슬퍼 보이는 아이러니였다. 그녀는 백기를 들었다.

"제가 험한 일을 당하다 보니 의심이 많아졌어요. 하지만 아버님을 불신한 적은 없었어요."

"아니죠. 진실로 믿으셨다면 내가 굳이 사연을 말하지 않아도 큰아빠란 작자 일은 언급하지 말았어야 했습니다. 들어가지 말라는 방 열쇠를 애써 훔치지도 말았어야 했고요."

"그건 영우와도 연관된 문제였어요. 영우와 서진이의 관계를 돈독하게 맺어 줘도 되는지 확신이 안 섰어요. 그래서 의혹을 지우고 싶어서 그랬어요. 그랬다고 제가 잘했다는 건 아니지만."

"알겠습니다. 그런 방면으로 불편함은 나도 인정합니다. 그렇다면 현재는 나를 신뢰합니까?"

"사실은 오늘 왜 여기까지 찾아온 건지 제 자신도 몰랐어요. 막연히 기대어 엉엉 울 수 있는 사람을 찾아 헤맸어요. 가장 신뢰하는 사람을요. 그리고 정신을 차려 보니 어느새 여기 와 있는 제 자신을 발견했고요."

일어날 때가 되었다. 울지 않는 그가 가여웠지만 한편으론 그가 울지 않아서 다행이었다. 만약 그가 눈물을 보였다면 또 발목을 잡혔을 것 같았다. 필경에는 홀로서기를 포기하고 그에게 경제적으로 의지하면서 안주하려 들지도 모른다. 금비는 통통 부은 눈을 지그시 누른 뒤에 의자에서 일어났다. 그가 다급히 말했다.

"잠깐만요. 방금 가장 신뢰하는 사람을 찾아 헤매다 여기까지

왔다고 했나요?"

"그냥 기대어 엉엉 울 수 있는 사람이 그리웠을 뿐이에요."

"기댈 수 있는 사람……."

순간 그의 어깨가 으쓱거렸고, 입가로는 엷은 웃음이 스쳤다. 지극히 짧은 순간이었지만 금비는 놓치지 않았다.

"그대로 계세요."

그가 금비를 다시 앉게 하고는 출입문으로 뚜벅뚜벅 걸어갔다. 찰칵, 자물쇠를 걸더니 블라인드마저 내렸다. 가게를 닫기에는 너무 이른 시간이었다. 그를 신뢰하는 것은 맞나 보다. 문이 잠기고 바깥 시야도 완전히 차단된 공간 안에 그와 단둘이 있는데도 두렵지 않았다. 그가 그녀 앞으로 걸어오다가 검은색 그랜드 피아노 앞에 멈추어 섰다.

"누군가에게 기대어 엉엉 울고 싶었다고 했습니까?"

그가 피아노 앞에 앉았다. 그녀는 고개를 끄덕였다.

"피아노 연주 좋아한다죠?"

"네, 좋아해요."

"그럼 피아노 소리에 기대어…… 마음껏 우십시오."

그가 손가락을 비비대더니 양손을 건반 위로 올렸다. 이윽고 그의 손이 건반을 두드리자 그녀는 단박에 소리에 빠져들었다. 발랄한 선율인데도 눈물이 나왔다. 소리도, 사람도 아름다웠다. 아름다운 간지러움 때문에 그녀는 유익한 눈물을 오롯이 누렸다.

연달아 두 곡을 연주해 준 그가 금비를 빤히 바라보고 있었다. 금비는 뒤늦게 알아차리고 눈물을 훔치며 멋쩍게 웃었다.

"감사해요. 음악은 잘 모르는데도 너무 행복하게 들었어요."

"음악으로 흘린 눈물은 건강에 좋죠."

농담 같지만 워낙 그의 표정이 인색해 진담 같기도 했다. 그때 또 그의 까만 눈동자에서 슬픔이 보였다. 채 음악의 여운에서 벗어나지 못한 금비는 연민이 섞인 경외감으로 그를 바라보다가 한순간 움찔했다. 그는 무엇에 동요하는 것일까? 그가, 아니 그의 감정의 깃발이 갑자기 뜨겁게 펄럭인다는 느낌이 들었다. 무언가 터질 것 같은 불안감과 연민을 던져 주던 그가 돌연 건반으로 눈길을 돌렸다. 그러고는 한참 후에야 금비를 다시 바라보았다.

"한 곡 더 들을래요?"

"기꺼이요."

"이번엔 제가 만든 곡을 칠게요. 곡명은…… 사랑, 미안합니다. 임시로 붙인 곡명입니다."

설명 뒤에 묘한 한숨을 내 흘린 그가 건반을 두드렸다. 그는 앞선 두 곡보다 더욱 감정을 실어 연주했다. 때문인지 음표 하나하나가 금비의 지친 몸과 영혼 구석구석으로 스며들었다. 음표는 이내 애무가 되었다. 마치 사랑하는 사람이 진심을 다해 쓰다듬어 주는 것 같았다. 사랑받고 있다는 충만감에 금비는 함박웃음을 지으며 뜨거운 눈물을 흘렸다. 윤서 앞에만 서면 이상하게도 눈물을 많이 흘렸다. 하지만 지금의 눈물은 전혀 부끄럽지 않았다.

다음 날, 금비는 세영에게 서투른 건반 소리를 들려준 뒤에 '난 널 원해Je te veux'라는 곡명을 들을 수 있었다.

"에릭 사티라고, 이 음악가의 곡은 우리 서진이 아버님처럼 신비롭죠. 그런데 언니, 이 곡이 왜요?"

"으응! 어디서 들었는데 넘 좋아서. 처음부터 한 번 쳐 줄 테야?"

"검은 양복을 입고 치면 더 어울릴 텐데."

"어머, 오 선생, 무슨 소리를 하는 거야?"

"언니도 참, 놀라긴! 그냥 농담한 것 가지고. 이상한데?"

"놀리지 말고 연주나 해 주셔."

세영은 눈을 감고 고개를 흔들면서 피아노를 쳤다. 몰입되어 연주할 때의 세영은 늘 딴사람 같았다. 금비는 물론 서진이와 영우도 박수를 쳤다. 같은 작곡가의 것이라면서 세영은 한 곡을 더 연주했다.

"짐노페디Gymnopedies라고, 은민 오빠가 좋아하는 곡이에요. 3번까지 있는데 1번만 연주해 볼게요."

묘하게도 그 곡 역시 검은 양복이 연주해 줬던 곡이었다. 이해하지는 못해도 즐길 수는 있었던 곡이기도 했다. 금비는 내친김에 '사랑, 미안합니다'라는 곡을 물어보려다가 윤서의 창작이란 말이 떠올라 입을 다물었다. 문득 그 곡은 아무와도 공유하지 않고 싶지 않다는 욕심이 생겼다.

세영에게는 이사 계획을 밝히지 않았다. 처음에는 멀리 땅끝으로 가려고 했지만 앞으로 은민이와 함께 지낼 수도 있어서 결국 수도권을 알아보는 중이었다.

윤서는 서진이의 인생 설계도에 금비가 무관하지 않다고 암시를 던졌다. 그는 자신의 설계와 추진력에 자신감이 넉넉하리라. 하지만 이쪽에서 순순히 빨려 들어갈 것이라고 생각했다면 천만에, 라고 말해 주고 싶다. 그녀도 나름대로 만만찮은 설계도를 완성할 터였다.

금비는 세영에게 과일 접시를 내밀었다.

"오 선생은 언제부터 은민이가 좋았어?"

"어? 내가 좋아한다고 말했었나요?"

"아니면 말고, 후후후."

세영은 턱을 괴고는 생각을 어루더듬는 몸짓을 하더니 입을 열었다.

"너무 힘들고 혼자 있기 싫었던 때가 있었는데 그때 오빠가 제 옆에 있었어요. 아무 말 없이 끝까지 제 곁에 앉아 이야기를 들어 준 뒤 등을 토닥토닥 해 줬어요. 그때부터였던 것 같네요. 그냥 신뢰감이 가고 좋더라고요. 이상하죠, 언니?"

그러고 보니 윤서의 미덕과 닮았다. 조용히 곁에 머물며 이야기를 들어 주면서 신뢰하는 마음을 새록새록 자라게 해 준다는 점에서. 금비는 세영에게 함박웃음을 지으며 마음으로 대꾸했다.

'그래서 나도 그가 좋아지나 봐. 이상하지?'

아홉 시가 넘어서야 집에 들어오던 윤서가 오늘은 여덟 시에 왔다. 동행이 있었다. 나이는 얼추 예순쯤 됨직한 오동통한 여자였다.

"인사들 해요. 최 여사님이라고 부르면 될 겁니다."

윤서가 소개한 최 여사를 언젠가 한 번은 본 듯한 느낌이 들었다. 금방 생각이 났다. 지난 휴일에 놀이터에서 보았던 그분인 것 같았다. 떠나는 입장이면서도 금비의 호기심은 최 여사의 얼굴에서 윤서와 닮은 점을 찾고자 눈을 굴리고 있었다.

"안녕하세요, 오세영이라고 해요. 서진이한테 피아노하고 영어를 가르쳐요. 저 언니는 어린이집 선생님이시고요."

세영이 서글서글한 목소리로 최 여사를 반겼다.

"반갑네. 윤서가 칭찬을 많이 하더군."

최 여사가 스스럼없이 말을 놓는 것도 그랬지만, 무엇보다 그녀의 입에서 윤서의 이름이 자연스럽게 흘러나온 일 때문에 세영과 금비는 눈을 크게 뜨고 마주 보았다. 최 여사는 그런 금비와 세영을 따뜻한 눈매로 훑어보더니 곧 아이들에게 다가갔다.

"오라, 네가 영우구나."

세영이 누구지, 하는 눈빛을 보냈고, 금비는 가벼이 머리를 가로저었다. 고개를 돌리니 윤서가 바라보고 있었다.

"이야기는 내일부터 천천히 하시고, 선생님은 잠깐 저하고 나갔다 오시죠."

"지, 지금요?"

그는 이미 문을 열고 밖으로 나가고 있었다. 허겁지겁 신발을 신는데, 세영이 뒤에서 소리쳤다.

"언니, 앞치마는 벗고 가야죠!"

금비는 그의 차에 순순히 올라탔다. 그는 말없이 10여 분을 운전하다가 카페 주차장으로 들어섰다.

룸 테이블처럼 프라이버시가 보호되는 자리에 그와 마주 앉았다.

"선생님 떠나는 날, 못 볼 수도 있으니 오늘 정산을 하죠."

커피를 시키자마자 그는 주머니에서 카드를 한 장 꺼내 테이블에 놓았다.

일주일 말미를 달라고 부탁한 쪽은 그였다. 그런데 벌써 정산을 들먹이는 행짜가 야속했다. 전날 피아노를 쳐 주고, 속내를 드러내

주면서 생겨난 유대감을 그 스스로 애써 희석하려 든다는 생각을 털어 내지 못하겠다. 혹시 자신이 여자로서 과한 욕심을 낼까 봐 경계하는 것일까?

"남은 일주일 동안도 집에는 계속 늦게 오실 건가요?"

금비는 그가 가게를 비우고 돌아다닌다는 사실을 의식하면서 물었다.

"계약, 아니 약속이니까요."

"약속을 했다뇨? 무슨 말씀인지 설명 좀 해 주시겠어요?"

"처음에 제가 그랬잖습니까. 선생님 퇴근하실 때까진 제가 집에 갈 일이 없고, 마주칠 일도 없을 것이라고."

"그게 그리 중요했나요? 아니면 제가 불편했거나……."

"논리에 갇힌 거죠. 제 스스로."

또다시 모호한 말은 내뱉은 그가 일방적으로 화제를 돌렸다.

"이사할 집은 알아봤습니까?"

"네, 곧."

"알고 계실지도 모르지만, 제가 돈이 많습니다. 계산을 어떻게 해 드려야 할까, 고민 좀 했습니다. 제가 한때 도박을 좋아하는 사람들을 이용해 돈 좀 벌었습니다. 주식이니 작전이니 그런 말을 들어 보셨을 겁니다. 아무튼 쉽게 벌면 쉽게 쓴다는 말이 있잖아요. 자, 받으세요."

그가 비밀번호가 적힌 메모지와 현금카드를 건네주었다.

"잔고를 넉넉히 넣어 둘 테니, 맘에 드는 집을 계약하신 뒤 필요한 만큼 찾아 쓰십시오. 번거로우시면 카드를 가지고 이 동네 은행 지점장을 찾아가면 알아서 챙겨 주실 겁니다."

카드를 받아 든 금비는 가슴속의 방아질 소리가 새 나오기라도 할까 봐 조심하면서 머뭇거렸다. 요컨대 말로만 듣던 백지수표나 진배없다. 탐났다. 받고 싶었다. 하지만 윤서와의 사이를 이런 식으로 매듭짓기는 싫었다. 더욱이 홀로서기를 결심했던 설계도가 벌써부터 그에게 흡수되는 것 같다는 초라함이 밀려들었다.

"죄송하지만, 아버님. 제가 지금 무엇인가 시험당하는 건 아니겠죠?"

"저는 선생님을 존경한다고 언젠가 말씀드렸습니다. 그 존경심의 상금 정도이니 부담 갖지 말고 영우를 위해 맘에 드는 집을 구하십시오."

"바, 받을 수 없습니다."

금비는 욕심을 간신히 다스리며 카드를 돌려주었다. 그는 의외로 다시 권하지 않았다. 정말로 시험을 당한 걸까?

그는 차를 마시면서 그녀를 힐긋거리다가 눈이 마주치면 살며시 허공으로 시선을 돌리곤 했다. 계속해서 그녀의 눈치를 보던 그가 이번에는 하얀 편지 봉투를 건네주었다.

"수고비는 적정한 선에서 넣었습니다. 그리고 이건……."

그가 테이블 위의 노란 서류 봉투를 금비 앞으로 밀었다.

"제 선물입니다."

"뭐죠?"

"주식입니다."

"누구의……?"

"황금비 씨 명의로 된 주식입니다. 허락 없이 개인 정보를 도용한 점은 미안합니다."

가사도우미의 수고비를 주는 일인데도 굳이 신분증이며 등본을 요구하더니, 이런 목적 때문이었을까?

"액수는 얼마 안 됩니다. 그렇지만 1년이나 2년 정도 묻어 두면 몇 배가 될 겁니다."

"아버님은 종일 주식을 하러 다니셨던가요?"

그의 일과를 추론하는 중이었기에 때맞춰 튀어나온 질문이었다.

"저는 증권에 시간을 투자하진 않습니다. 한때 집중한 적이 있어서 흐름을 알 뿐이죠."

덤으로 가게를 비운 이유를 듣고 싶기도 했다. 그래서 말꼬리를 붙잡고 늘어졌다.

"아버님이 무엇이 아쉬우셔서……."

"선생님은 주식 하는 사람들에게 색안경을 끼고 있군요."

남편의 중독증 덕분에 피눈물을 흘리기 전까지는 그저 유용한 경제의 일부로만 알았다.

"자본주의는 최소 노력으로 최대 효과를 얻는 일을 으뜸으로 칩니다. 하지만 시장이 만든 상식이라는 것이 있지요. 상식 안에서 이루어지는 건전한 투자를 싸잡아 매도할 필요는 없습니다. 다만 비상식적으로 배팅하는 사람들을 시장에서는 투자자라고 하지 않고 로또를 사는 사람이라고 여깁니다. 그런 한탕주의자를 등쳐 먹는 일은 아주 쉽습니다. 비상식적인 수입을 제시하면 됩니다. 그들에겐 상식적인 거래는 씨알이 안 먹히죠. 나도 한때 그들에게 미끼를 던져 돈을 쓸어 담았습니다."

"의외로군요. 그런 일을 하셨다니."

"지금은 하지 않습니다."

"아버님과 맞지 않았을 것 같아요."

"그래요?"

그가 입술을 오므리며 가벼이 웃음을 지었다. 그러고는 불쑥 생뚱맞은 제의를 했다.

"오늘은 저랑 술 한잔하면서 모두 다 우리 집에서 자고 가는 건 어때요?"

어떤 의미일까? 불편한 그와 함께 있는 시간이 싫지는 않았지만 통속적인 관계로 발전하기는 싫었다. 서진이 엄마의 삶이 널려 있는 그의 집에서라면 더욱. 무엇보다 잡힐 듯 잡히지 않는 그와 자신 사이의 소중한 끈을 굳이 견고하게 하려는 모험보다는 적당한 상황을 유지하고 싶었다. 그리고 때가 좋지 않았다. 지금은 홀로서기에 힘을 모아야 했다. 훗날 힘이 모아진다면, 홀로 우뚝 선 자신감으로 그에게 이쪽에서 술을 한잔하자고 청하고 싶었다. 그때는 늦은 밤이어도 두렵지 않으리라.

"죄송해요. 집에 가서 잘게요."

"알겠습니다. 조금만 더 앉아 있는 건 괜찮겠죠?"

금비는 그의 눈동자를 빤히 바라보았다. 최근에야 눈동자에 새겨진 낯익은 슬픔의 형태를 가늠할 수 있었다. 바로 어린이집에서 마주했던 아이의 눈동자였다. 환경 탓에 유독 정에 굶주린 아이의. 어쩌면 그래서 그에겐 개켜진 빨래 하나와 반찬 한 가지가 특별했으리라. 노상 어른으로 올려다보던 그를 처음으로 아이를 보는 눈길로 바라보았다.

"언젠가 해 주셨던, 조금만 더 기다리라는 말씀이 문득 생각나네요."

그와 눈길이 섞이자 머쓱해진 금비가 나지막이 말했다. 그가 갑자기 당황했다.

"아, 그랬었죠. 마, 맞습니다. 변수가 생겨서 '조금만 더'가 보다 '의미 있는 더'로 바뀌었습니다."

역시 모호한 말이었다. 금비는 그만 피식 웃어 버렸다. 짐짓 긴장했던 그도 가벼이 웃음을 지었다.

"아버님은 종종 연막을 터트리는 것 같으세요. 무언가 알려 주신다고 해 놓고 연막을 터트려 도리어 숨으세요."

"불확실한 사실을 드러낼 수는 없으니까요."

"그런 모호한 이야기는 이제 소화불량입니다. 참! 원장 선생님에게 들었습니다만, 저를 지목해서 서진이를 맡기셨다지요?"

"맞습니다. 어린이집을 지나가다가 선생님을 보았습니다. 오줌을 지린 아이의 옷을 갈아입히고 계셨지요. 그때 선생님이 아이를 안고 있는 모습과 아이를 바라보는 눈빛이 제 마음에 들었습니다. 그래서 원장 선생님께 선생님이라면 서진이를 안심하고 맡길 수 있다고 말씀드렸지요."

"그게 다였나요?"

"그 이상 설명할 필요가 있을까요?"

"이상해요. 아뇨. 제가 이상한가 봐요."

궁금증에 대한 해답을 그의 입을 통해서 들었지만 속이 시원해지기는커녕 의혹만 더욱 커졌다.

"제 논리에 허점이 있나 보군요."

그가 진지하게 갸웃하자 금비는 다시금 피식 웃었다.

"논리라는 말씀 자주 하시네요. 어떤 분에게는 유희겠지만, 생활과 전쟁을 치르는 저 같은 사람에게는 사치일 것 같아요."

"전쟁 중이라도 하늘은 잊지 말고 한 번씩 쳐다보세요."

"왜 하필 하늘이죠?"

"내가 돈놀이 게임을 끝낸 것도 하늘 때문이었습니다. 어느 날, 하늘을 올려다보았더니, 서울 하늘에 구름도 달도 별도 떠 있더군요. 하늘 한 번 안 쳐다보고 살았다는 사실을 깨달았죠. 그때서야 내가 무슨 짓을 하고 있는지 알았고, 내 목적지가 전혀 생각지도 않았던 곳으로 변경될 수 있다는 위험을 깨달았습니다."

"돈보다 감성이라는 말씀인가요?"

"살 만한 자들의 여유라고 흉봐도 됩니다. 다만 나는 원하지 않는 군상들과 게임을 하다 보니, 나 또한 그들과 닮아 가고 있다는 사실을 깨달았기에 빠져나왔던 겁니다. 잠시 게임을 하러 들른 장소가 내 목적지가 될 뻔했다고나 할까요?"

억척스럽게 앞만 보고 살아갈 금비 자신의 인생 설계도를 그가 훔쳐보고 조언을 해 주는 것인지도 몰랐다.

"저, 아버님. 서진이가 내후년이면 초등학교를 갑니다. 여전히 하늘나라로 편지를 쓰고 있더군요. 어머니가 살아 계신 줄로 알아요. 우리 눈으로 못 볼 뿐이지 항상 함께 계신 줄 알거든요. 한두 살만 더 먹으면 친구들에게도 안 먹힐 텐데, 솔직히 걱정이 됩니다."

"서진이가 지금처럼 행복하면 됩니다."

"지금은 행복할지 몰라도 진실을 알면 충격이 커서 성격 형성에 부작용을 줄 수 있어요."

"과학을 이해시키고자 상상력을 죽이긴 싫습니다."

"그렇다고 어머님의 하늘나라에서의 최근 생활상까지 아버님이 굳이 알려 주실 필요가 있을까요?"

"제가 알려 준다고요?"

"편지를 마법함에 넣으면 고인이 답변하시잖아요. 헌데…… 그 답변 세팅을 아버님이…… 아닌가요?"

"헛, 서진이 녀석이 선생님을 가족으로 여기나 보군요. 가족만의 비밀을."

서운함보다는 대견한 자식을 말하는 부모의 얼굴이었다.

"저도 묻겠습니다. 선생님은 영우에게 아빠 이야기를 어떻게 해 줄 겁니까?"

"죽었다고 할 거예요. 마음에서 죽었으니 거짓은 아니라고 봐요."

"그래도 핏줄임은 부인할 수 없는 존재이니 언젠가 유용하게 사용하는 것도 좋지 않을까요?"

"죽었으니, 존재하지 않습니다. 저와 영우에게는."

옛날 남편의 이야기가 나오자 금비는 자신도 모르게 삶과 전투를 치르는 병사처럼 도전적인 말투가 되었다. 그가 걱정스러운 눈길로 쳐다보았다. 마지막 자리일지 모르는 마주함. 그곳에서 금비의 마지막 말은 간결했다.

"일어날 시간이 됐네요."

8. 진실과 거짓말

진실은 잔가지를 잘라 내면서 기둥 하나를 얻는 반면,
거짓은 쉼 없이 가지를 넓힌다.

✻✽✻

며칠 겪어 본 최 여사는 정이 많아 보이는 외모에 더해 속내도
따뜻하고 넉넉한 사람 같았다. 무엇보다 말수가 적으면서도 소탈하
고 담백하여 의뭉스러운 구석은 전혀 찾아볼 수 없었다. 곧 헤어질
입장인 영우가 너무 따르는 바람에 걱정할 정도였다.

금비는 고모님께 배웠던 것처럼 최 여사에게 음식 만드는 법을
알려 주었다. 전통 가정 음식만 접했던 분이라서 퓨전 웰빙 음식을
전수해 주는 데 애를 먹었고, 결국 세영이 메모장을 들고 거들었다.

"최 여사님, 시골밥상 전문가가 혀꼬부랑이 음식 배우려니 고역

이시죠? 우리 그냥 한 달만 시골밥상으로 먹음 안 될까요?"

"윤서가 이리 시키니 낸들 어쩌겠어. 그보다, 세영 선생. 시골밥상 전문가란 말 그만해. 이 나이에 그게 무슨 칭찬받을 솜씨라고 그래."

환갑을 넘긴 나이인데도 최 여사는 곧잘 수줍음을 탔다.

세영은 금비가 보육 교사 승급 과정 때문에 한 달 동안 이곳을 비우는 줄 알고 있었다. 그 거짓말을 순순히 믿는 세영에게 미안했지만 이별의 절차를 생략한 채 떠나고 싶어서 그렇게 밝혔다.

금비와 세영은 최 여사와 윤서의 외모가 전혀 닮지 않았다는 데에 의견을 같이했다. 그런데도 며칠 만에 서진이의 친할머니처럼 자연스럽게 대하게 되었다. 남겨진 서진이에 대한 미안함이 한결 덜어졌다.

영우와 여전히 붙어 지내는 서진이를 찾아 눈길을 돌렸다. 엄마 노릇을 하고 싶어 영우에게 동화를 읽어 주고 있는 줄 알았는데 서진이의 손에 들린 것은 책이 아니라 A4용지였다.

"서진아, 그게 뭐니?"

"영우한테 멋진 동화를 읽어 주려고 했거든요. 그런데 그림이 없으니까 재미없나 봐요. 선생님이 읽어 주세요."

"음. 이런 작은 글씨는 서진이가 읽기 어렵지 않니? 누가 쓴 거지?"

"아빠가 만든 동화예요."

"어머! 아빠가 동화를 쓰셨다고!"

"엥! 아버님이 동화를 쓰셨다고?"

세영이도 쪼르르 달려와 아이들과 함께 금비의 낭독에 귀를 기울였다.

❄✳❄

　소년은 밤마다 하늘의 달을 쳐다보며 달나라의 토끼와 방앗간을 상상했습니다. 할아버지의 말씀처럼, 은빛 달의 시린 껍질 위로 이따금 토끼의 그림자가 쏘다녔습니다. 시간이 익어 갈수록 달과 소년 사이엔 상상의 세계가 새록새록 돋아났습니다.

　학교에서 과학 수업을 받은 뒤에도 소년은 할아버지의 말씀을 의심하지 않고 토끼와 방앗간을 믿었습니다.

　오줌이 마려워 어둠에 잠긴 마당을 가로지르는 소년에게 달은 무섬증을 물리쳐 주는 벗이기도 했습니다.

　하루는 마을의 이장님 댁 텔레비전으로 마을 사람들이 모여들었습니다. 소년도 무리에 끼어들었습니다.

　지구에서 날아간 우주선이 달에 착륙했고, 지구인이 달에 첫발을 내딛고 있었습니다. 그런데 아무도 달나라의 토끼에 대해 말해 주지 않았습니다. 그 뒤로도 텔레비전이나 라디오에서 달과 우주선의 이야기가 나왔지만, 토끼에 관한 이야기는 없었습니다.

　그렇게 소년의 세계에서 토끼는 점점 멀어져 갔습니다.

　어른이 된 소년은 바삐 살게 되었고, 점점 달을 쳐다보지 않게 되었습니다.

　어느덧 가장이 된 그가 밤하늘을 쳐다보는 횟수는 한 달에 한 번도 되지 않았습니다. 그는 세상의 속도에 뒤처지지 않기 위해 참으로 열심히 살았습니다.

어느 날, 그는 지친 걸음으로 퇴근하고 있었습니다. 암만 보며 열심히 뛰었는데도 새로운 시대를 안고 나타난 후배에게 뒤진 자신을 발견한 날이었습니다.

무심코 올려다본 도시의 하늘엔 흰 구름이 떠 있었습니다. 도시의 밤하늘에 떠 있는 구름이 새삼 신기했습니다. 하늘엔 할머니의 버선코 모양을 닮은 달도 희미하게 떠 있었습니다. 그는 한참 동안 달을 쳐다보았습니다. 그의 얼굴엔 오래간만에 버선코 웃음이 걸렸습니다.

다음 날, 그는 증권과 경매 강의를 듣는 일을 취소하고 일찍 퇴근했습니다.

그는 딸과 함께 놀이터 벤치에 나란히 앉아 달을 쳐다보았습니다.

중학생 딸이 말했습니다.

"아빠 말씀대로 토끼가 있다고 쳐요. 근데 지구인이 달에 갔을 땐 왜 안 보였던 거죠?"

"그건 잠시 떠나 있었던 거야. 계수나무를 빗자루 삼아 흔적을 지운 뒤에 절구통을 타고 자리를 피한 토끼를 상상해 보렴. 달나라에 토끼가 사느냐 안 사느냐는 말이지, 우리들 맘이야. 우리가 믿으면 토끼는 살고, 안 믿으면 토끼는 떠나는 거지. 행복이란 놈도 아마 그럴걸?"

아빠의 대답에 다시금 의문을 던지려던 딸아이는 이내 입을 다

192

물고 조용히 웃었습니다. 달을 바라보는 아빠의 얼굴이, 늘 무언가에 쫓기는 듯했던 아빠의 얼굴이 전에 없이 평화로워 보였습니다.

❃✸❃

"우와! 아버님은 쇼팽의 겨울바람인 줄 알았는데, 얼음 속에 꽃을 가꾸고 계셨네. 냉동? 그래, 서진이 아버님은 냉동 시인이다!"

세영은 감탄을 연발하다가 스스로의 말에 취했다. '냉동 시인'이라는 말이 퍽이나 어울린다고 여기면서 금비는 다른 생각에 젖어 들었다. 서진이의 말에 따르면, 그가 꼭 영우에게 읽어 주라고 했단다. 어쩌면 그는 금비도 읽기를 바랐을 것이다.

문득 그가 메시지를 건네주고 싶은 대상, 그러니까 어른을 위한 동화 속의 딸이 금비 자신이라는 생각이 들었다. 나도 언젠가 영우에게 이런 말을 해 주지는 않을까? 아빠는 저 달에 살고 있다고, 항상 영우를 보고 있다고.

그렇다. 어른들의 상처를 아이들에게 물려줄 필요는 없다. 상상력이 과학보다, 진실보다 더 유익한 경우도 있잖은가.

마지막 근무 날, 최 여사는 금비를 꼭 끌어안았다.

"고마워. 정말 고마워."

무엇이 고맙다는 것일까.

금비를 품 안에 가둔 채 최 여사는 뜨거운 눈물까지 흘려서 당혹감을 안겨 주었다. 분명한 것은 그런 당혹감이, 사람의 체온이 싫지는 않았다는 점이다.

서울을 떠나기 전, 망설이다가 '냉동 시인'에게 전화를 걸어 고맙다는 말을 전했다. 서진이의 손에 쥐여 준 동화가 그가 보낸 편지였다면, 이쪽에서도 답장을 대신한 전화라도 주어야 할 것 같아서였다.

— 만약에 내가 선생님에게 편지를 보낸다면 어떡하실 겁니까?

전화기 저편의 그가 물었다. 금비는 망설이지 않고 대답했다.

"보내 주신다면 소중히 읽겠습니다."

❀✽❀

어느덧 아이는 윤서에게 마음의 문을 활짝 열었다. 바짝 다가와 천진한 눈동자로 올려다보는 모습에는 어떠한 경계심도 묻어 있지 않았다. 여느 때처럼 윤서는 어색하게 몸을 돌리려다가 생각을 바꾸었다. 금비와 함께 멀리 떠날 아이였다. 주변을 훑어보았다. 마침 보는 눈이 없었기에 윤서는 몸을 낮추며 팔을 벌렸다. 숫기 부족한 아이가 주춤거리며 다가와 윤서에게 안겼다.

포옹의 여진은 다음 날까지도 이어졌다. 공연히 팔을 벌려 알게 모르게 싹이 튼 아이에 대한 애정을 확인하고 말았다. 윤서는 아이의 엄마를 생각했다. 금비가 개켜 놓은 빨래를 오래도록 바라본 뒤에 냉장고를 열었다. 저녁을 먹을 생각도 아니면서 늦은 밤의 식탁 위에 음식을 꺼내 놓았다. 금비가 만들어 두고 간 두 가지 음식이 었다. 식탁에 앉은 윤서는 편지지를 꺼냈다. 마치 음식이 편지를 받을 대상인 양 그것을 힐긋거리며 편지지를 채워 갔다.

❊ ✸ ❊

개켜진 빨래가 말을 겁니다. 가물었던 영혼의 대지에 이름 모를 새싹이 하나 돋습니다. 뿌리를 내리니 대지는 생소한 간지러움으로 웃습니다.

식탁의 음식이 말을 겁니다. 누군가를 위한 수고가 보입니다. 몸에 들어가지 않았어도 벌써 간지럼을 태우는 그대의 수고입니다.

진실은 많은 것에서 출발해 가짜를 솎아 내고 하나를 얻는 반면, 거짓은 하나에서 출발해 그 하나를 감추기 위해 많은 거짓을 만들어야 합니다. 아마도 그대는 나의 말이 모호한 은유로 일관되어 있기에 답답함을 호소하고 싶을 겁니다. 더는 거짓말을 하지 않고자, 진실만을 말하려다 보니 나는 더욱 말이 많아졌고, 많아진 말만큼이나 뜻은 더욱 모호해졌을 겁니다. 이 모든 것은 내가 거짓에서 출발한 데에 원인이 있지요.

미안합니다. 당신에게 다가갔던 첫걸음은 불순했습니다.

그대는 혹시 중환자실을 드나드는 환자와 함께 오랜 시간을 보낸 적은 없으신지요. 병원에서 나는 무수한 죽음과 절망과 눈물을 보았습니다. 그래서 아내를 잃은 뒤 부쩍 겁이 많아졌습니다. 어쩌다 한 번 감기에 걸려도 그것을 죽음과 연관 지어 상념에 잠겼고, 어지간해서는 병원도 가지 않았습니다. 행여 모르고 있던 병을 알게 될까 하는 두려움 때문이었죠. 나는 공포의 진원지를 죽은 아내에게서 찾다가 한참 뒤에야 나의 딸에게서 발견할 수 있었습니다. 나는 기도 했지요. 딸아이가 어른이 되어서 시집을 갈 때까지만 아무 탈이 없이 살게 해 달라고.

어느 날, 나는 상념 속에 사로잡혀 내 영혼을 갉아먹는 자신을 발견했습니다. 죽음의 공포는 할 일 없이 시간을 보내면서 생겨난 과도한 일상의 여백 탓이라는 것을 깨달았습니다. 분주한 일상이 필요했지요. 장모님이 남긴 막대한 재산을 밑천으로 나는 세상과 게임을 시작했습니다. 그러다가 비상식적인 미끼에 너무도 쉽게 걸려드는 욕망의 군상들을 발견했지요. 그때 나는 한 사람을 떠올렸습니다. 내 부모가 맡긴 재산을 도박으로 탕진한 사람, 그리고 나의 어린 딸아이를 집에 가두고 도박을 하러 갔던 큰아빠라는 남자를 말이죠.

아이가 감금당했던 그날 이후 나는 형이라는 작자를 증오했습니다. 급기야 비슷한 부류의 인간도 경멸했습니다. 나는 게임의 틀을 빌려 합법적으로 그들과 싸우고 짓밟고 싶었습니다. 나는 그런 부류가 몰려 있는 주식 시장의 작전세력 생태를 공부하기 시작했고, 내 나름의 상식적인 욕망과 비상식적인 논리의 수리학을 정립했습니다. 그리하여 큰돈을 번 후 내 영혼을 보다 소중한 환경으로 옮겨 놓았습니다.

어느 날, 다시금 공포가 찾아왔습니다. 나와 딸아이는 섬에 달랑 떨어져 있다는 생각에 동지를 가까이 끌어들일 필요성을 깨달았습니다. 내가 없어도 딸을 보살펴 줄 마땅한 사람만 있다면 죽음의 공포를 잊고 편안히 살아갈 듯싶었지요.

❊❋❊

　윤서는 편지 쓰기를 멈추고 다시금 음식을 물끄러미 바라보았다. 어딘가 벌어진 틈 사이로 부드러운 바람이 불어오는 것 같았고, 몸인지 마음인지는 몰라도 다시금 간지러웠다.

　"키킥!"

　서진이의 웃음소리에 윤서는 화들짝 놀라 고개를 돌렸다. 딸아이를 재우고 안방에서 나왔기에 방심했다.

　"미안해요, 아빠. 참으려고 했는데, 아빠처럼 마구 간지러워 웃음이 나와요!"

　"아빠가 간지럼을 탔다고?"

　"네. 선생님이 만들어 주신 음식을 바라볼 때마다 간지러운 것처럼 웃었잖아요."

　윤서는 서진이의 말속에서 '바라볼 때마다' 라는 부분을 재빨리 짚어 냈다. 전에도 훔쳐보았다는 뜻이었다. 윤서는 편지지를 살며시 감추며 멋쩍게 웃었다.

　"으흠. 서진아, 혹시 자는 척하고는 아빨 훔쳐보았던 거니?"

　윤서가 어림짐작으로 묻자, 서진이는 선선히 고개를 끄덕였다.

　"오늘 말고 다른 날도?"

　역시 서진이는 이번에도 고개를 끄덕였다. 윤서가 넘겨짚은 일은 대체로 정확했기에 서진이는 시치미를 떼지 못하고 있었다.

　"자, 키가 한창 자랄 시간이다. 어서 코, 해라."

　서진이는 입술을 들썩이다가 곧 돌아섰다. 입을 열면 아마도 금비를 들먹일 터였다. 간지러운 웃음을 안겨 준, 개켜진 **빨래**와 음식을 남긴 이가 그녀였으니. 그렇다고 금비에 관한 이야기가 싫은 것은 아니었다. 아니 원하고 있었다. 원하는 자신을 통제하고자 서진이를 서둘러 돌려보냈다. 서진이가 다시 잠들기까지 안방에 함께 있어 주려고 하다가 포기했다. 인생은 어차피 혼자다. 일찌거니 혼자 자고 일어나는 습관을 심어 주어야 했다.

윤서는 발코니 바깥을 바라보면서 중얼거렸다.

"통제."

스스로를 통제하는 일에는 자부심이 남달랐다. 나아가 타인도 통제가 가능하다고 믿으며 살아왔다. 그런 굳건한 믿음이 요사이 자꾸 흔들렸다.

서진이가 잠이 든 것을 확인하고 조용히 집을 나왔다. 아파트를 가로지른 뒤 어린이집을 지나쳐 도로변에 멈추어 섰다. 바로 이 자리였다. 비 오는 날 밤, 충격적인 전율에 휘감기게 만들었던 금비를 발견한 곳이었다.

그날, 윤서는 오래간만에 어린이집 원장을 만났다. 돌아가는 길에 비가 내렸다. 승용차를 탄 지 얼마 안 되어 윤서는 급히 차를 멈추고 인도로 나왔다. 아이를 업은 여자가 묘하게 눈길을 끌었는데, 그녀가 도로가로 위태롭게 넘어지려는 순간 내달렸던 것이다.

지척으로 다가갔을 때 그녀는 이미 흙탕물 가득한 길바닥에 얼굴을 처박고 있었다. 짧은 순간이었지만 윤서는 분명히 보았다. 바닥에 닿기 전 절묘하게 몸을 돌려 업힌 아이를 보호하는 모습을. 윤서에게는 오싹 소름이 돋는 모습이었다. 세상에서 가장 안전한 곳이 엄마 품이라는 말을 실감하는 순간이기도 했다.

윤서는 길바닥에 나뒹구는 우산을 집어서 건네주면서 그녀의 얼굴을 볼 수 있었다. 수수한 외모와는 다르게 눈빛이 공격적이었다. 요컨대 세상과의 힘겨운 싸움을 치르는 사람에게서 흔히 볼 수 있는 눈빛이었다. 그녀는 윤서의 얼굴을 정면으로 보지 않은 채 우산을 받아 들고 허겁지겁 거리 저편으로 사라졌다. 윤서는 재빨리 자신이 관찰한 점을 분석했다. 넘어진 순간에도 뒤로 손을 뻗어 아이 머리에 빗물이 닿지 않게 했으며, 흙탕물로 범벅이 된 얼굴을 닦을 생각도 하지 않은 채 아이에게 우산을 먼저 씌웠다.

윤서는 며칠을 두고 그녀의 모습을 새김질했다.

왜 얼굴이 낯설지 않을까?

윤서는 여러 경우의 인연과 기억을 조합해 단서를 찾다가 이윽고 그녀가 구면임을 알아차렸다.

❄✳❄

금비가 이사를 하는 날에는 뜻밖에도 민수가 찾아왔다. 주차 공간을 비워 두라는 이삿짐센터의 언질 때문에 이른 아침에 일어나 골목을 내려다보니 민수가 서 있었다.

"이사한다며?"

"어떻게 알았어?"

"그냥 들었어."

아마 은민에게 들었으리라.

"사람 놀라게 하는 재주도 있네."

"그냥 심심해서."

고교 시절처럼 여전히 건들거리는 몸짓으로 시선을 허공에 둔 채 말을 내뱉는 민수를 바라보다가 금비는 풋, 웃음을 터뜨렸다.

"창피하게 가난한 살림 들통나겠네."

남루한 금비의 삶을 민수는 이미 가늠하고 있으리라. 은민과 민수는 워낙에 서로 비밀이 없었다.

"오늘도 차 몰고 온 거야?"

"귀중품은 내 차에 싣고 가려고."

"어쩌지? 귀중품 하나 없는 빈곤한 처지야."

"왜 없어? 너하고 영우."

"어라! 립서비스도 할 줄 아니?"

남루한 살림을 내보이는 것은 괜찮았지만 은민이가 없는 지금 민수를 집 안까지 들이기는 망설여졌다. 금비는 2층을 힐긋 올려다본 뒤 말했다.

"어쩌지? 아직 영우가 자는데. 좀 더 재워야 할까 봐."

"차에 있지, 뭐."

금비는 차마 그냥 돌아가라는 말은 못 하고 고개를 끄덕였다. 당분간 아무도 몰래 숨어 있고 싶었는데 결국 이사 갈 집을 민수에게 알려 주게 되었다.

금비는 서울을 벗어나 경기도의 남부 끝자락에 새 둥지를 마련했다. 은민이가 군 복무를 하는 곳과 가까웠고, 제대를 한 뒤 서울로 출근을 하게 되면 지하철을 탈 수도 있는 도심 속의 시골이었다. 별장촌과 작은 초등학교와 호수, 그리고 아파트 단지까지 끼고 있는 마을에서 그녀는 모처럼 삶의 쉼표를 누리면서 옹골찬 다음 음표들을 준비해 갔다.

소도시라고 해서 보육 교사 취업이 만만한 것은 아니었다. 가파른 고개 하나를 넘어가면 대기업의 협력 업체들이 몰려 있는 탓에 대단지 소형 아파트가 논과 밭 사이로 우뚝 서 있었고, 여느 마을보다 어린이의 인구가 많았다. 그래서 크고 작은 어린이집이 여럿이었는데, 젊은 부모들의 기대치는 서울보다 더하면 더했지 결코 설렁설렁하지는 않았다.

가장 작은 규모의 어린이집 면접에서 떨어지고 난 뒤, 버스를 타고 출근해야 하는 다른 마을의 면접을 준비할 때 이곳 마을의 다른 어린이집에서 교사를 모집한다는 이야기를 들었다. 자가용이 없고, 배차 간격이 긴 버스를 타는 일도 내키지 않았던 금비는 일단 문을 두드려 보자는 마음으로 면접을 보기 위해 찾아갔다. 이 마을에서 가장 큰 규모이며 '피아노 필수'라는 조건이 붙은 어린이집이었다.

그곳에서 금비는 이상한 체험을 하게 되었다.

"2급 승급이야 곧 습득할 테니 별 상관 없지만 경험이 너무 짧은 게 걸리네요."

서울에서 내려왔다는 중년의 원장 선생님은 아쉬운 듯 입맛을 다졌다.

"하필 상급반에 자리가 비어서…… 일단 저와 함께 수업을 한번 해 볼까요?"

이전 어린이집의 호의적인 추천서 덕분에 금비는 단박에 거절당하진 않았다.

하얗고 깨끗한 피부를 가진 다섯 살 아이들이 모인 방에 들어간 금비는 주눅 들지 않고자 심호흡을 했다. 가장 편하게 일했던 순간을 떠올리며 수업을 진행했고, 세영과 서진이와 어울렸던 날들을 떠올리며 영어 율동을 하고 피아노 반주를 했다. 원장 선생님은 아무런 말 없이 줄곧 지켜만 보고 있었는데 금비는 그녀의 표정을 애써 외면했다. 수업 도중에 못마땅한 표정이라도 발견하면 스스로 무너질 것 같다는 불안감 때문이었다.

"선생님, 이리 좀 오세요."

원장 선생님은 급한 발걸음으로 앞서갔다. 깡마르고 꼬장꼬장해 보이는 그녀 얼굴이 사뭇 상기되어 있었다.

원장실 안으로 들어가자마자 그녀는 갑자기 환하게 웃으면서 금비의 손을 잡았다.

"황……금비 선생님이라고 했죠? 어쩜 사람을 그리도 놀리는 거예요!"

"네, 죄송……."

"겸손도 좋지만 너무 심하셨어요! 내가 시설장만 15년 했어요. 못됐어요, 선생님! 왜 처음부터 보조 교사 타령을 해서 사람을 민망하게 만들어요. 황금비 선생님은…… 이제까지 봐 온 선생님들 중 평균 이상이세요."

"아! 그, 그럼 채용한다는 말씀이신지……."

"당연하죠. 딱 맞는 눈높이 교육에, 애정 어린 표정과 친근미 넘치는 영어 율동을 동시에 해 주는 선생님을 왜 내가 놓치겠어요. 아! 그리고 피아노도 그 정도면 그럭저럭 괜찮았어요."

금비는 할 말을 잃어버렸다. 받아들일 수 없었다. 자신이 대체 언제부터 율동을 잘하고 피아노를 잘 쳤단 말인가! 6개월 동안 세영과 서진이와 어울렸을 뿐이었다. 피아노는 윤서의 연주를 들은 뒤부터 썩 열심히 연습하긴 했어도 그 역시 체계적인 교육을 받은 적이 없었다.

"솔직히 말씀드려서 저는 정식으로 영어나 피아노를 배우지는 못했습니다. 피아노 학원을 조금 다니긴 했지만요."

과대 포장의 부담을 경계하며 금비가 말했다.

"어멋! 그러셨구나. 어쩐지 너무 자연스럽다 했죠. 그래서 우리한테 딱 좋잖아요. 여긴 영어나 피아노 학원도 아닌걸요. 자, 선생님. 대우는 섭섭하지 않게 해 드릴 테니, 당장 우리랑 같이해요."

금비는 여전히 자신의 능력이 의심스러워 선뜻 대답을 못 했다. 예전 어린이집에서 들었던 칭찬은 초기에 워낙 서툴렀던 탓에 받은 위안으로만 알고 있었다.

"선생님, 무슨 문제라도 있나요?"

"감사하고 얼떨떨해서 그래요. 혹시…… 만 3세 반은 정원이 다 찼나요? 아들을 여기에 보내고 싶은데요."

"보내요. 여기 선생님들 모두 다정하셔서 잘 보살펴 줄 거예요. 아들이 참 순해 보여서…… 어멋! 선생님, 우, 울고 계시네!"

"아, 아녜요. 감사해서요. 감사……."

불확실한 미래에 대한 공포 중 가장 으뜸은 생계에 관한 것이라고 금비는 생각했다. 이사를 온 지 보름 만에 어려운 과제 하나를 해결했다. 근로 계약서를 쓰는 순간까지 의아함을 지우지 못한 금비는 원장 선생님에게 우스꽝스러운 질문을 건네고 싶은 충동을 가까스로 다스렸다.

혹시 검은 양복을 입은 잘생긴 남자와 무슨 관계가 있으신지요?

원장 선생님은 첫인상과는 달리 소녀 같은 감성을 품고 있었다. 나중에 선생님들을 통해서 그녀의 별명이 '깍쟁이 숙녀'임을 알았다. 그녀는, 남편이 죽었다는 금비의 말에 토를 달지 않았다. 서류 전형을 통해 진실은 익히 알고 있었으리라. 덕분에 금비는 시골 마을에서 '이혼녀'라는 '주홍 글씨'를 얻지 않고, '미망인'에 대한 연민의 눈길을 받을 수 있었다.

'나에게 무슨 일이 생겼던 것일까?'

금비는 종종 자문했다. 선생님들은 물론이고 자모들에게도 인상이 좋다거나 예쁘다는 말을 가끔씩 듣게 되었다. 처녀 시절에 직장을 다니면서 몇 번 들었을 뿐인 그 말을 아줌마가 되어 듣자니 낯설기만 했다. 금비는 거울을 한참 바라보면서 고개를 갸웃했다. 새 출발을 하려고 파마를 했을 뿐, 딱히 관리를 받은 적은 없었다. 어디가 변했을까?

'언니 눈동자엔 별이 빛나는 밤이 있어요!'

젊은 선생의 말이 생각나 눈동자를 오랫동안 바라보았다. 과연 붉은 핏줄이 엉켜 있던 눈동자가 처녀 시절의 맑은 눈동자로 돌아가 있었다.

영우를 어린이집에 두고 잠시 외출을 할 때면 마주한 사람들에게 아가씨라는 소리를 종종 들었다. 금비는 계속해서 고개를 실긋거렸다. 원장 선생님과 조리 선생님의 배려로 어린이집에서 끼니를 모두 해결하는 중이었다. 그 덕에 아침에 간단한 식사만 챙기다 보니 손에 물을 별로 안 묻히고 산다. 그렇지만 그것도 젊어진 이유는 못 된다. 아마도 젊은 선생님들을 이끌어야 하는 초보 담임의 긴장감과 예의를 위한 외모 투자가 자신을 젊게 만들지 않았을까?

여하튼 처음에는 생소하던 예쁘고 젊다는 소리를 그녀는 점점 즐기게 되었다.

금비는 반찬을 사러 다니고 밥을 했던 시간들을 영우에게 책을 읽어 주는 시간으로 돌렸고, 시댁의 애경사를 챙기고 빚을 갚느라 일했던 시간들을 온전히 그녀 자신을 위해 투자했다. 특히 피아노 치는 시간을 가장 즐겼다. 그녀를 애무해 주는 것 같았던 윤서의 피아노 선율을 새김질하면서 비슷한 솜씨를 탐냈다.

재롱 잔치 연습을 지휘하고, 한편으로는 승급 시험을 준비하며 분주히 지내다 보니 어느덧 겨울이 진군해 있었다.

이사를 온 뒤 어려운 점이라면 영우가 서진이를 찾는 일이었다. 또 하나의 어려운 점은 서진이를 걱정하고 보고 싶어 하는 자신의 마음을 다스리는 일이었다. 공연히 다잡은 서진이의 마음을 흔들어 놓지나 않을까, 하는 두려움에 몇 번이나 전화기를 들었다가 놓곤 했다.

어느 날 불쑥 나타나 일방적으로 차에 타라고 말할 것 같았던 윤서는 첫눈이 내릴 때까지도 소식이 없었다. 서진이가 찾아오면 반길 테지만 마찬가지로 소식이 없었다. 세영에게는 따로 연락처를 알려 주지 않았지만 온다면 역시 반길 터였다. 다만 민수는 이쪽에서 자꾸 피하게 되었다. 그에게는 어떤 여지도 주지 않고자 나름 애를 썼다. 그것이 순박한 그의 영혼에 대한 예의라고 그녀는 믿었다.

크리스마스에는 서진이와 세영이, 그리고 최 여사의 선물까지 준비했지만 끝내 부치지 못했다.

달력을 바라보면서 멀지 않은 설날을 헤아리던 금비는 습관적인 긴장감에 빠져들었다가 이내 쓸쓸하게 웃었다. 이제는 명절을 앞두고, 아니 시댁행을 앞두고 긴장할 필요가 없었다. 지난 추석 연휴는 부족한 공부를 하면서 분주하고도 유익하게 보냈지만, 이번 명절은 쓸쓸할 것 같았다. 극복하려면 시간을 이롭게 사용할 지혜를 짜내야 할 터였다.

은민이가 휴가를 나왔다는 소식을 전했다. 세 번째 정기 휴가이니 제대가 멀지 않았음을 실감했다.

어린이집에서 퇴근하는데, 낯익은 승용차가 어린이집 앞에 서 있었다. 이따금 찾아와도 어린이집까지는 오지 않았던 민수가 은민을 태우고 왔다.

"우와! 우리 영우 넘 멋있어졌다!"

조수석에서 은민이 내리더니 영우를 안아 들었다.

"동생이야."

금비의 말에 젊은 선생님들이 수줍은 얼굴로 은민에게 고개를 숙였다. 민수는 운전석에서 나오지 않았다. 금비는 민수를 굳이 소개하지 않은 채 은민에게 눈을 떼지 못하는 선생님들 앞에서 으쓱 어깨를 펴고는 차에 탔다. 차 안은 따뜻했다. 추운 날에 누군가 데리러 왔다는 사실이 또 하나의 온기를 주었다.

민수는 은민과 함께 있으면 어릴 적처럼 자연스럽게 굴었다. 능청도 떨 줄 알았다.

"이뻐졌다. 네 누나."

"그렇지, 형? 나도 그 생각을 했거든! 아까 선생님들 중 누나가 가장 어려 보이더라!"

"어어! 왜들 이러셔. 아부들 안 하셔도 저녁은 책임질 테니 걱정 마."

자신도 어쩔 수 없는 여자인가 보다. 온전한 아부라고 해도 기분이 좋았다.

이사한 날을 빼고는 처음으로 집 안에 민수를 들였다. 은민을 위해 미리 준비한 음식도 있었거니와 남루한 공간을 감추기 위해 애써 외식을 하고 싶지는 않았다. 지금 금비의 능력으로 만든 이 공간이 결국은 금비 자신의 모습이었다. 주어진 환경에서 이만한 공간을 만든 스스로에게 관대하고 싶었다.

미리 냉장고에 재 둔 고기를 굽고 잡채를 삶으며 여러 가지 음식을 준비한 금비는 모처럼 큰 상을 가득 채웠다.

두 사람이 맞붙어야 겨우 누울 수 있는 작은 방에서 은민이와 민수는 무슨 할 이야기가 그리도 많은지, 새벽에 거실 겸 안방에서 눈을 뜬 금비는 여전히 두런거리는 소리를 들을 수 있었다.

아침에 민수가 돌아가려고 하자, 은민은 서울에 다녀온다면서 함께 차에 탔다.

다음 날도, 또 다음 날도 은민은 서울에 다녀왔다. 결국 세영의 소식은 금비가 먼저 물었다.

"어떻게 지내고 있을까?"

"졸업했으니 피아노 학원을 차렸겠지."

"남 이야기 하는 것 같네?"

"누나, 사실은 나도 보고 싶다. 서진이도 보고 싶고."

금비 역시 보고 싶었다. 서진이가 궁금해서 세영의 소식을 물었던 것이다.

"은민아, 혹시 세영이 만나면 말이다. 나 여기 있다고 말해 줘도 돼. 네가 안 만난다면 애써 말할 필요는 없고……."

"영우가 서진이를 보고 싶어 하던데……."

그렇게 말하면서도 은민은 서진이네 가족과 금비가 다시금 가까워지는 것을 경계하는 성싶었다.

계속해서 어딘가로 쏘다니던 은민이 휴가의 마지막 날 윤서에 관한 이야기를 꺼냈다.

"누나 말을 들어 보면 서진이와 우리가 어떻게든 엮일 것 같아. 안 그래도 그분이 궁금해서 여기저기 알 만한 선배님들을 찾아다녔어."

행정학을 공부하면서 경영학을 복수 전공 하고 한때는 학생회 일도 맡았던 은민은 발이 넓었다.

"굉장한 천재라는 점엔 다들 동감하더라고. 감성도 풍부하시고. 그런데 학생들에게는 신비로운 이미지로 꽤 인기가 있었던 반면에 교수님들하고는 문제가 많았다고 해. 나도 느꼈던 부분인데 여러 정황을 자신이 원하는 대로 끌고 가는 데도 천재라는 거야. 가령 자신이 원하는 학점이 있으면 교수님이 어떻게 나오든 결국에는 자신이 정한 딱 그 학점을 받게 되더라는 거지. 대단하지 않아? 모든 변수를 극복해 버리는 거야."

"대단한 게 아니라 무서운 거 아니니?"

"바로 그거야. 호의냐, 악의냐에 따라 매력일 수도 있고 무서울 수도 있다는 게 문제야."

"그래서 알아보러 다녔던 것이니? 누나가 걱정돼서?"

"처음에는 호의적으로 해석했어. 우연히 형사들이 감시했다는 이야기를 듣고 그분에 대해 알고 싶었어."

"형사들이 왜!"

"놀라지 마. 오래된 일인데 혐의가 없으니까 무사하셨을 거 아냐."

"혐의가 뭐였는데?"

"시간이 부족해 그것까진 알아내지 못했어. 시간이 남았다고 해도 알아낼 수 있었을지는 미지수지만."

"한때 주식이며 작전 같은 걸 참견한 모양인데, 경제사범 그런 거 아닐까?"

"그럴 수도 있겠지."

혐의가 없으니 무사했을 것이라는 말 때문에 진정이 되었지만 개운하지는 않았다. 석연찮은 기분 한 가닥을 애써 묻으면서 금비는 윤서와의 인연은 어떤 형태로든 이어질 것이라는 예감을 재확인했다.

해가 바뀌고, 2급 보육 교사 자격을 취득한 금비는 6세 반 담임을 맡았다. 4세 반인 영우를 끼고 수업을 할 순 없었지만 어차피 치러야 할 과정이라고 여겼다.

시끄러운 꼬맹이들과 어울리면서 영우는 조금씩 말수가 늘어 갔다. 하지만 이웃끼리, 또는 형제나 남매끼리 어울려 귀가하는 아이들을 바라보는 영우의 눈동자에는 소외감이 걸리곤 해서 안타까운 마음이 들었다. 무엇보다 가장 늦게까지 어린이집에 남아 있게 하는 일이 미안했다. 아이들이 먼저 빠져나갈 때마다 그들을 바라보는 영우의 눈을 차마 바라보지 못했다. 그 때문일까? 병원 한 번 안 다녔던 영우가 빈번히 잔병치레를 했다. 공기 좋은 곳에서 금비 자신은 살이 붙고 고운 혈색이 도는 참이었다.

봄이 왔다. 영우가 자라 주었고, 통장과 꿈이 자라는 중이어서 금비에게는 의미 있는 봄이었고, 봄다운 봄이었다. 그런데도 금비 는 갑자기 혼곤한 우울의 늪에 풍덩 빠지곤 했다. 누군가 그리웠 다. 실체가 잡히지는 않아 틈이 날 때마다 피아노를 치면서 그리움 을 애잔하게 즐기곤 했다.

그런 봄날에 어린이집 원장 선생님이 신입 원생이 왔다고 알려 주었다. 원장실로 들어간 금비는 잠깐 말을 잊어버렸다.

"서, 서진아!"

❀✖❀

미안한 사람에게(2)

내 진심을 담아 냉동시켰던 아카시아 향기는 당신이 이사를 갈 때까지 결국 해동하지 못했습니다. 신은 아직은 내게 두 번째 사랑 을 허락하지 않나 봅니다.

새집을 짓는 곳에 들를 때면 잠깐이나마 당신을 몰래 바라보고 왔습니다. 역시 당신은 가공하지 않는 아름다운 원석이었습니다. 아 름다워졌어요, 당신.

그리고 영우도 잘 자라고 있는 것 같더군요. 당신에겐 웃기게 들 릴지 모르겠지만, 당장이라도 달려가 아이를 안아 주고 싶은 마음을 참느라 힘들었답니다. 썩 귀여운 녀석입니다.

❊✽❊

윤서는 작년에 썼던 편지를 기억하며 지그시 생각에 잠겼다. 지금쯤 서진이는 금비와 재회하고 있으리라.

101호 현관문이 열리면서 원장 선생님이 허겁지겁 뛰어들었다.

"죄송해요, 아버님."

윤서는 여느 때처럼 담담하게 인사를 건네고 거실의 소파를 가리켰다. 짐은 이미 다 옮겼고, 남아 있는 가구들은 버릴 터였다.

"남은 짐들은 새로 오시는 원장 선생님께서 처분하신다기에 방치했습니다."

"잘하셨어요."

윤서는 원장 선생님이 어린이집을 신축할 땅의 임대 계약서와 아파트 양도 계약서를 쓰기 위해 이곳에 들렀다. 원장 선생님은 시종 들떠서 머리를 조아렸다.

"너무 고마우신 조건으로 땅을 임대해 주셔서 감사한데, 아파트까지 거의 거저 양도하시니 죄송하기까지 하네요."

"아파트는 예전부터 그냥 선물하고 싶다 했잖습니까."

"그래도 옛날에 서진이 몇 번 봐 준 걸 가지고."

"제겐 가장 고마운 일이죠."

말의 내용과 어울리지 않게 윤서가 사뭇 차갑게 내뱉은 탓인지 원장 선생님은 이내 서류로 눈을 붙였다. 운명과 전쟁을 치를 때 도움을 준 원장 선생님이었다. 그리고 서진이를 진심으로 기껍게 돌봐 주었다. 그런 사람에겐 아파트 두 채도 아깝지 않았다.

돈이 풍족해서 고마운 사람에게 도움을 줄 수 있다는 뿌듯함은 잠깐이었다. 춥다. 봄날의 따사로운 햇살이 발코니 창에 가득한데도 어딘가 추웠다. 몸인지 마음인지 종종 가늠이 안 됐다. 지금도 그렇게 모호하게 추웠다. 하지만 서진이의 마음은 지금쯤 따뜻하리라. '땅의 엄마'를 만나고 있을 테니까.

❀✱❀

윤서는 보이지 않았다. 서진이를 데리고 온 사람은 최 여사였다.

"새 학기라 서진이 자리가 없을까 봐 염려돼 이삿짐도 안 풀고 데려왔어."

"이사라면…… 이 동네로……?"

"응. 윤서가 공기 좋은 데서 살고 싶다고 해서 말야. 헌데 집을 지은 지 한참 됐을 건데 금비 선생은 누구 집인지도 모르고 있었나 봐?"

"혹시 정자 위에 새로 지은……?"

"응. 그게 윤서가 공사를 맡긴 데야. 그나저나 다시 금비 선생을 보니 너무 좋기만 하네."

최 여사는 금비의 손을 꼭 잡으며 따뜻한 눈길을 건네고 있었다.

"서진이 아버님은 잘 계세요?"

"으응. 그게…… 잘 있지. 그래, 잘 있어. 잠시 어디를 좀 다녀오느라 지금은 없고, 곧 보게 될 거야."

최 여사는 금비 자신만큼이나 표정 관리를 못하는 성실이었다. 무언가 감추고 있다는 것이 표정에서 드러났다. 여하튼 속을 알 수 없는 남자였다. 언제 이 동네에 땅을 구해 집을 지었단 말인가. 벽돌과 원목으로 지어지는 집을 바라보면서 누가 살 집이 저리 멋질까, 하는 부러움은 들었지만 단 한 번도 윤서가 주인이라고는 상상하지 못했다.

"서진이가 살이 좀 붙었네요. 여사님이 잘 먹이나 봐요."

"부어서 그래. 속은 부실해졌어. 영우랑 온 집 안을 휘젓고 다닐 적엔 밥도 잘 먹고 그러더니 금비 선생이 떠난 뒤로는 말도 줄고 먹는 입도 짧아졌다니까."

"세영이는 놀러 오나요?"

"아! 금비 선생이 간 뒤에 강남으로 이사했어. 그때 세영이 선생은 졸업 발표횐가 준비한담서 그만두었어."

최 여사는 여전히 금비의 손을 잡은 채였다. 기분이 묘해서 슬그머니 손을 빼냈다.

"황 선생님, 와서 진정 좀 시켜 주셔야겠어요."

동료 선생님의 부름에 안으로 들어가 보니, 서진이와 영우가 엉겨 붙어서 요란한 재회를 치르고 있었다. 통 말이 없는 영우가 얼마나 수다스러웠으면 선생님이 진정을 시켜 달라고 부탁할까? 금비는 그 악동의 행위가 예쁘기만 해서 한참 동안 흐뭇하게 지켜보았다.

여섯 살이 된 서진이는 절묘하게 이번에도 금비와 반이 맞아떨어졌다. 금비는 다시 예전처럼 두 아이가 어울리는 모습을 보고도 내버려 두었다. 삶의 자신감이 늘어서인지 몰라도 아이들이 다시 헤어질 수도 있는 미래는 나중에 생각하고 현재를 즐기게 하고 싶었다. 그렇게 금비는 윤서와의 관계를 불편해하면서도 인연의 끈을 거부하지 않고 있었다.

최 여사와 서진이의 극성스러운 청으로 금비는 윤서의 새집에 자주 들르게 되었다. 서너 명의 중년 여자들과 건강한 남자들이 며칠을 들락거린 끝에 집과 가구가 제자리를 찾았고, 산만했던 정원도 호젓하게 정리되었다.

금비는 널찍한 잔디와 정원을 산책하는 여유를 즐기며, 최 여사에게 미안한 마음이 들면 저녁 반찬을 만드는 일을 돕기도 했다. 최 여사는 예전에 집안일을 봐주었던 고모님과는 상반된 성격이었다. 길지 않은 시간 동안 친척처럼 허물없는 사이가 되었다. 금비를 부르는 호칭에서도 이따금 '선생'이 생략되었는데 도리어 듣기 좋았다.

야무진 원목에 윤기를 입힌 실내는 복층 구조로 이루어져 있어 영우와 서진이는 위아래를 쿵쾅거리고 뛰어다녔다. 겹겹이 안전장치가 설치된 목조 계단 옆으로는 경사가 완만한 미끄럼틀까지 만들어져 있었다. 아마도 이 모든 설계는 윤서가 직접 했으리라.

금비는 최 여사에게 그가 어디에 갔는지, 언제 돌아오는지에 대해 캐묻고 싶은 충동을 여러 번 다스렸다. 살아가면서 주의해야 할 점들을 애써 알려 주던 그의 모습이 한 가닥 불안감을 안겨 주곤 했지만 크고 튼튼한 집을 지어 놓은 사람이니 금방 돌아올 것 같았다.

집 구경을 하다 보니 2층의 방 하나가 잠겨 있다는 사실을 알게 되었다. 비밀의 방은 여전히 유효한가 보다. 예전에 보았던 큼직한 금고가 생각났지만 금비는 애써 기억을 털어 냈다.

새집의 널찍한 거실에는 그랜드 피아노가 갖춰져 있었다. 그가 연주해 주었던 에릭 사티의 '난 널 원해'를 어설프게나마 치면서 회상에 잠기곤 했다.

인생에서 가장 힘들었던 작년 한 해였지만, 그런 고난의 시간들 속에서 묘하게 꽃향기가 담긴 듯싶었다. 다시 여름이 다가오면 그와 함께 아카시아 냄새를 맡고 싶었다. 몇 년 후에 어린이집 원장이 되는 꿈이 이루어진다면, 그에게 술을 한잔 산다고 불러내고 싶었다. 그때가 되면 그를 어렵게 올려다보는 입장에서 벗어나 편하게 마주할 수 있을 것 같았다.

나른한 오후의 휴식을 즐기다가 낯선 남자의 전화를 받았다. 그가 하는 말을 잠자코 듣던 금비는 곧 이맛살을 모았다. 남자의 입에서 옛날 남편의 이름이 튀어나온 것이다.

— 선생님의 입장을 곤란하게 하고 싶지 않아서 여러 번 전화를 드린 겁니다. 제가 안으로 찾아갈까요? 시간을 내서 밖으로 나오시겠습니까?

금비는 시간을 만들어야 했다. 남자는 카드사의 직원이며 어린이집 앞 놀이터에 서서 전화를 걸고 있다고 했다.

단정한 양복 차림과는 달리 남자의 표정은 야수를 연상시키는 위압감을 느끼게 했다.

"뭔가 잘못 알고 오신 것 같은데요. 전 작년에 그 사람과 이혼한 입장이에요."

"알고 있습니다."

"알면서 왜 저를 찾아와 남편의 빚을 들먹이는 거죠?"

금비 자신도 놀랄 만큼 당당하게 맞섰다. 채권 추심이라면 미리 겁부터 먹고 죄인처럼 머리를 조아리던 과거의 모습은 가뭇없이 사라져 있었다.

"불법적인 추심이라면 당장 신고하겠어요. 직장 앞에 찾아와 겁을 줄 생각일랑 마시고 어서 돌아가세요."

"선생님, 제가 명색이 금융 회사 직원인데 법도 모르고 찾아왔을까요?"

남자가 능청스러운 웃음을 내 흘리자 아까까지만 해도 떳떳했던 마음이 금세 흔들리기 시작했다.

"하, 합법적이란 근거가 뭐예요?"

"이혼하시기 전, 남편의 카드빚을 대출로 전환할 때 사모님께서 보증을 서셨잖아요."

"보증이라뇨?"

"보증이란 놈은 이혼을 하건 어쨌건 간에 계속 따라다니는 의무랍니다."

"전 보증을 선 적이 없어요."

"인감 증명을 제출하시고 사인까지 해 주신 서류가 남았는데, 그렇게 오리발 내미시면 서운하죠."

"아녜요. 난 인감이며 보증 같은 거 한 적 맹세코 없어요!"

주변으로 소리가 새 나가면 곤란해지는 사람은 자신이라는 것을 알면서도 금비는 목소리를 높이고 말았다.

"이 아줌마가 참! 겉으론 안 그래 보였는데 그러네. 하긴 이리 큰돈이 되도록 연체되게 놔둔 배짱이 어디 가겠소."

남자는 이미 공손한 태도를 내던졌다. 그때 남자가 이곳을 찾아

오기에 앞서 옛날 남편을 만났을 것이라는 생각이 문득 스쳤다.

"그보다, 여긴 어떻게 알고 찾아왔죠?"

"남편이 알려 줘서 왔죠."

"네? 그 사람이 여길 안다고요! 저, 정말이에요?"

오싹한 한기가 뱀처럼 등을 훑고 지나갔다. 가슴이 쿵쾅거렸다.

"다른 생각 마시고, 언제부터 얼마씩 갚을 수 있는지나 빨리 결정해요. 이자는 오늘도 계속 새끼를 치니까."

"정말, 진짜로 난 사인한 적 없다고요!"

"어허! 그럼 법대로 할까요? 저기 안에 들어가서 원장한테 통보하고 월급을 압류하면 되나요?"

그의 느물거리는 행동거지는 차라리 감당이 될 것 같았다. 옛날 남편이 이미 이곳을 알고 있다는 사실이 지레 피곤했다. 그런데 아까부터 누군가 뒤에 서 있는 것 같았다. 과연 굵고 또렷한 목소리가 남자와 금비 사이로 끼어들었다. 얼굴은 부쩍 수척해 보였지만 목소리만은 그대로였다.

"사인한 적이 없다고 하잖소. 본인이 아니라고 하니 필적 감정과 인감을 재확인하는 절차가 필요하겠소."

"댁은 누구죠?"

"우선 그쪽 신분을 먼저 밝히시죠. 참! 황금비 선생님. 이 사람이 먼저 신분을 밝혔나요?"

금비는 처음으로 검은색이 아닌 회색 상의를 입고 있는 윤서를 쳐다보면서 고개를 저었다.

"신분증은 보여 줬나요?"

"아뇨."

"그럼 불법인데, 신고는 하셨습니까?"

"그쪽은 여기 선생님하고 무슨 관계시죠?"

카드사 직원은 방금 전과는 달리 약간은 정중한 자세로 돌아가 있었다.

"보아하니 그쪽은 추심 2부에 근무하는 것 같은데, 지점장 성이 지금도 정씨가 맞나요?"

"네. 마, 맞습니다만……."

"설령 내가 금융감독원 직원이라고 해도 여기서 신분을 밝힐 의무는 나에게 없고, 여기 선생님으로 말하자면 당신 같은 사람에게 모욕을 받아서는 절대로 안 되는 존귀한 분이시오. 알겠소? 사과하고 어서 물러가요."

윤서의 기세는 사뭇 차가웠다. 갸웃하던 직원은 결국 금비에게 정중한 사과를 남기고는 떠났다.

"퍽이나 절묘하게 나타나셨군요!"

금비는 농담 속에 의혹을 살짝 실어서 말했다.

"퍽이나 인사가 절묘합니다."

의외로 그가 농담으로 응수했다.

"왜 그리 마르셨어요?"

"걱정해 주는 겁니까?"

"저야 늘 받기만 했는데, 염려 정도야 못 해 드리겠어요?"

"걱정받는 사람이라…… 불편한 사람보다는 좋군요."

오래간만에 만난 그가 안기고 싶은 오빠처럼 여겨지는 것은 어쩔 수 없었다. 다행히 그도 예전처럼 경직된 몸짓은 보이지 않았다.

"안부에 앞서 무슨 일인지 물어도 되겠습니까?"

"……제가 지금 빨리 수업을 들어가야 하거든요."

"저녁에 집으로 오세요. 함께 식사를 합시다."

"아버님, 오늘은……."

그는 금비의 대답도 듣지 않은 채 몸을 돌려 성큼성큼 승용차로 걸어가고 있었다. 그러고 보니 왜 여기서 마주쳤는지 물어보지도 못했다.

남은 시간 동안 겨우 수업을 마쳤다. 옛날 남편이 동네 어디에선가 감시하고 있을 것 같고, 어느 날 불쑥 어린이집으로 들이닥쳐 영우를 데리고 갈 것 같은 불안감을 도무지 털어 낼 수 없었다. 보증을 섰다는 돈도 문제였다. 이제야 겨우 끼니 걱정에서 자유로워졌고, 이사 때문에 만들었던 마이너스 통장도 올해 초부터야 플러스로 배를 불리고 있었다.

악연과 인연에 관한 여러 경우를 생각하면서 윤서의 집으로 향했다. 영우는 지난달부터 이미 서진이와 함께 일찌거니 별장으로 보내고 있었다. 마지막까지 원에 남는다는 소외감을 조금이라도 덜어 주고 싶어 내린 결정이었는데, 과연 영우는 한결 밝아졌다. 하지만 이제 윤서가 합류했으니 별장을 찾아가는 것도 편하지 못하리라. 어디를 다녀왔을까? 그러고 보니 어딘가를 다녀오면 늘 해쓱한 얼굴이 되어 있었다.

금비는 봄이 한껏 무르익어 가는 별장의 정원을 가로질렀다. 저녁 식탁은 전과 달랐다. 시골스럽던 밥상이 예전의 웰빙 식단으로 바뀌어 있었다. 아마도 윤서가 최 여사와 함께 식사를 준비한 듯했다.

윤서는 하늘색 셔츠를 입고 있었다. 밝은색의 옷과 달리 그의 얼굴에는 우수가 가득했다. 수척해진 탓이리라.

저녁을 마친 뒤 금비는 2층으로 올라갔다. 힐긋 보기만 했었던 테라스로 그가 안내했다. 마주한 숲에서 나른한 봄 향기가 저녁 바람에 실려 왔다. 큰 숨을 내쉬다가 금비는 배시시 웃었다. 좀 이른 감이 있지만 분명 아카시아 단내였다.

말없이 앉아서 콧구멍만 벌름거리는데, 최 여사가 녹차를 두 잔 놓고 갔다.

"드세요, 아버님."

차를 권하면서 금비는 비로소 그의 얼굴을 똑바로 바라보았다. 그는 희미한 웃음을 흘리고는 시선을 돌렸다. 착각일까. 한순간 그가 소년처럼 볼을 붉혔다. 착각이 맞는 것 같다. 어쩌면 그는 비웃었으리라. 묘하게도 험한 꼴을 당할 때마다 그에게 들켰다. 금비는 전남편의 빚 문제만큼은 어떤 일이 있어도 스스로 해결하겠다는 다짐을 굳혔다.

그가 찬찬히 고개를 돌려 그녀를 바라보았다.

"봄에 서진이가 갑자기 나타나서 놀랐겠군요."

"네. 하지만 반가워서 놀란 것도 금방 까먹었어요."

금비는 솔직하게 대답했다.

"어떻게 선생님을 찾아냈는지는 묻지 않으시는군요. 제가 이 마을로 이사를 온 게 설마 우연이라고 여기는 건 아니겠죠?"

"글쎄요. 이상하게 우연에 익숙해져 버렸네요. 그래서 인위적이라고 해도 별로 안 놀랐나 봐요. 험한 꼴을 보이는 일은 여전히 익숙하지 않지만요."

"살아가면서 알게 모르게 우리는 우연과 조작이라는 것을 마주치게 되죠."

"아까 제가 부끄러운 꼴을 당했을 때 나타나신 것도 우연이었을까요?"

"조작이라고 하면 믿겠습니까?"

"사실을 알고 싶을 뿐이에요."

"결과가 좋으면 과정은 용납되지 않던가요? 어쨌거나 선생님은 난감한 상황을 벗어났잖습니까?"

한순간 그의 얼굴에서 천진한 기색이 느껴졌다. 그 생소한 모습에 금비는 어쩐지 들떠서 말씨에 어리광을 실었다.

"싫어요. 과정이 석연치 않다면."

"변명이야 얼마든지 만들 수 있습니다. 만약 조작이라면, 굳이 조작이라고 내가 밝힐 필요가 있을까요?"

"진실을 말하지 않는 사람은 신뢰할 수 없어서 그래요. 솔직히 무서워요. 언젠가 저한테 그러셨지요. 저한테는 항상 정직하셨다고요. 그래요, 정식하게 말씀해 보세요."

잇달아 어리광을 부리는 성싶어 그의 눈치를 보았다. 과연 그의 얼굴에는 '요것 봐라!' 하는 날카로운 표정이 걸려 있었다.

"우연이었습니다. 마을에 도착해서 서진이의 보호자 자격으로 인사를 하려고 어린이집을 찾아갔던 겁니다."

"고, 고마워요."

문득 관계의 질을 따져 보니 자신의 행동거지가 무례했다는 생각이 들었다. 다행히 그도 회포를 푸는 일이 재미있다는 양 제법 농담도 곁들였다.

"참! 아버님, 금융감독원 일도 하세요?"

"아뇨."

"그럼 아까 카드사 직원한텐 거짓말을……."

"거짓말 안 했습니다. 나는 다만 '설령 금융감독원 직원이라고 해도'라는 가정법을 썼을 뿐이죠."

"그, 그렇군요. 절묘하네요, 정말."

"평소에 나에 관해 의혹을 많이 가지셨나 보군요."

"호기심이라고 해 두죠."

"호기심이라…… 싫지 않은 말이군요. 오래간만에 만난 선생님의 첫마디가 뭐였는지 아십니까?"

"아, 그거요?"

"퍽이나 절묘한 등장이라고 하셨던가요?"

"기분이 상하셨어요?"

"아뇨. 잠재적인 의혹이 자신도 모르게 돌출되는 경우가 아니었을까요?"

"마치…… 심문하시는 것 같아요."

자신도 모르게 그의 모호한 말과 논리에 말려들어 가는 듯싶어 금비는 악의 없는 힐난을 던졌다.

"제가 조작에 능하다는 생각은 해 본 적 없나요?"

"글쎄요…… 저는 아버님이 저한테 정직하셨다는 말을 신뢰하려고 노력해요."

"아, 그렇습니까? 사실 저는 완전하게 솔직하지는 못했습니다. 조작이라는 범죄로부터 온전히 자유로운 처지는 아닙니다. 하지만 다 지난 일이고, 지금부턴 항상 진실하겠습니다."

"잠깐만요! 그럼 무언가 조작을 하신 적이……?"

금비는 눈을 동그랗게 뜨고 그를 응시했다. 그녀의 반응이 과했는지 그가 당황스러워했다. 선입견을 지우려고 애를 썼다. 남의 입을 통해 들은 정보를 자신이 겪은 정보보다 신뢰한 적은 없었다. 하지만 모든 일을 그가 원하는 결과로 이끈다는 은민의 말이 떠오르자 새삼스럽게 조작의 가능성을 가늠해 보았다.

"만약 조작을 하신 적이 있다면, 어떤 일을 조작하셨을까요?"

금비가 용기를 내서 묻자, 그는 생각을 더듬다가 입을 열었다.

"좋습니다. 거짓말을 안 하기로 약속했으니, 조작을 부인하지는 않겠습니다. 올 여름이 가기 전에 선생님을 모시고 저녁을 먹겠습니다. 그때 다 말씀드리죠. 단, 조건이 있습니다. 선생님 스스로 무엇이 조작인지 해답을 구해야 합니다. 오답이어도 상관없습니다. 선생님이 먼저 생각한 답을 꺼내시기만 하면 됩니다."

"꼭 필요한 숙제인가요?"

"물론입니다. 선생님은 앞으로 조작 따위에 휘둘리지 말아야 할 분이니까요."

윤서의 집을 나설 때, 영우가 안 하던 행동을 했다. 아쉬움을 담은 눈길을 서진이뿐 아니라 윤서에게도 날리고 있었다. 영우와 눈이 마주친 윤서는 이내 고개를 돌려 버렸지만, 금비는 딱히 설명할 수 없는 기쁨에 잠겼다.

❊✽❊

금비가 집으로 돌아간 뒤, 윤서는 오래도록 빈 찻잔을 바라보았다. 차를 마시고 난 뒤 금비가 씻어서 엎어 두고 간 찻잔이었다. 이상한 일이다. 개켜 둔 빨래, 요리해 둔 음식, 그리고 이제는 설거지의 흔적까지 윤서의 가슴에 묘한 파문을 던졌다.

문득 화가 났다. 자신의 가치관이 알게 모르게 변모하고 있다는 점을 재차 확인하고 말았다는 사실 때문이었다. 윤서는 술이 고팠지만 와인을 아주 조금만 채웠다. 잔을 들고 깊은 밤의 숲 속을 응시하다가 냉소를 내 흘렸다.

"흥! 말은 잘도 하면서 그깟 카드사 직원 하나 요리 못 하다니. 아직 멀었어요."

애써 비아냥거려 보아도 그녀의 웃는 얼굴이 지워지지 않았다. 노상 날이 선 감정을 드러내며 눈물이 흔했던 그녀가 모처럼 화사하게 웃었다. 그것이 왜 이리 기쁜지 모르겠다. 윤서는 다시금 고개를 실긋거렸다. 예쁜 얼굴도 아니고, 부드러운 성격도 아니었다. 그래서 낙점이 되었던 여자였다. 그런데 무엇이 그녀를 여자로 보이게 만들었을까? 더욱이 꼭 필요한 말이 아니면 입을 열지 않고 살아왔는데도 그녀와 모호한 언어유희를 나누는 일이 이리도 즐겁다니!

그때 결혼 전 금비의 청순한 모습이 눈앞에 어른거렸다. 개켜 둔 빨래를 오래도록 바라볼 때면 나타나는 모습이기도 했다.

비 오는 날 밤, 처음 본 사람답지 않게 마주친 모습이 낯익어 며칠 동안 추론한 끝에 찾아낸 그녀와의 인연은 모교로 이어졌다. 저주스러울 만큼 타고난 기억력 덕분이었다.

그날은 아내의 추모 음악제가 열려서 학교를 찾아갔다. 등나무 벤치에서 한 남학생이 도시락과 간식을 먹고 있었고, 맞은편에선 두어 살 연상으로 보이는 여자가 남학생이 음식을 먹는 모습을 지켜보고 있었다. 학생을 바라보는 눈길이 엄마의 그것처럼 포근하기만 해서 윤서는 발길을 멈추고 오래도록 바라보다가 여자는 학생의 누나일 것이라는 결론을 품고 지나쳤다. 그 여자가 바로 금비였다. 그런데 나중에 만난 그녀는 세월 탓도 있지만, 환경의 영향인지 사뭇 이질적인 모양새여서 단박에 알아보진 못했다. 훗날 다시 본 은민은 첫눈에 알아보았지만 말이다.

여하튼 우산을 건네주고 난 뒤 그녀를 다시 못 만날 줄 알았는데, 의외로 금방 재회했다. 원장 선생님을 만나러 어린이집을 다시 방문했을 때 그곳에 그녀가 머물고 있었다.

'여기 선생님입니까?'

'아, 보육 도우미입니다.'

윤서의 호기심에 원장 선생님은 적극적으로 대응했다.

원장 선생님은 조만간 큰 건물을 지어 어린이집을 이전할 터였고, 그 땅의 주인은 윤서였다. 오래전 힘든 일을 겪을 때 서진이를 며칠 동안 챙겨 주었던 은혜를 갚고 싶어 파격적인 조건으로 땅을 임대해 주기로 했다. 때문인지 원장 선생님은 윤서를 대신해 금비의 가족사며 현재 상황을 조용하고 소상히 알아봐 주었다.

'근데 원장 선생님, 황금비 선생 말입니다. 위기 대처 능력이나 생활력이 정말 강합니까?'

'전 그렇게 생각합니다, 아버님.'

원장 선생님은 윤서의 뜬금없는 질문에도 공손하고 신중한 답을 주었다. 윤서는 윤서대로 아이를 어르는 금비의 모습을 몇 번에 걸쳐 관찰했다. 그러고는 결정했다. 그녀라면 당장에 서진이를 맡길 수 있는 사람으로 적합하며 장기적으로는 프로젝트에도 도움이 될 것이라는 판단 끝에 101호로 이사를 갔다.

윤서는 와인 잔을 다 비운 뒤 2층으로 올라갔다. '비밀의 방'에 들어간 윤서는 사진 속의 아내를 바라보았다.

"미안하단 말은 안 할게. 나 여자 생각 안 했다. 서진이 보호자 생각한 거야."

윤서는 종이학이 든 유리 상자를 어루만졌다. 일전에 천 번째 종이학을 접은 뒤 마침내 검은 양복을 벗었다.

임종 전 아내는 어리광을 부렸다. 종이학 천 개를 접을 때까진 딴 여자 생각 말라고. 그리고 천 개를 접은 후엔 반드시 딴 여자를 생각해야 한다고. 윤서가 약속하자 아내는 아이처럼 기뻐했다. 그가 반드시 약속을 지키는 위인이라는 것을 누구보다 잘 알고 있는 아내였다.

"근데 어쩌지, 여보. 딴 여자는 절대로 생각하지 못할 것 같네. 다만 서진이 때문에, 서진이 때문에……."

윤서는 큼직한 아내의 사진을 찬찬히 떼어 냈다. 그러고는 아내의 다른 흔적들도 지워 가기 시작했다.

9. 신이 장수하는 비결

인간이 눈으로 볼 수 없어서 신은 장수를 누린다.

한때는 눈으로 보이는 것이 진실의 전부인 줄 알았다.

그래서 나의 진실은 줄줄이 요절했다.

공기와 사랑이 그러하듯이 진정 소중한 진실은 눈에 보이지 않았다.

❃✱❃

윤서가 돌아온 지 3일째 되는 날, 금비는 영우를 데리러 별장으로 향하다가 숲길을 걷고 있는 그를 만났다.

"아버님, 안녕하세요. 산책하시나 봐요."

"잘 만났네요. 괜찮다면 같이 좀 걸을까요?"

편한 봄옷 차림인 그에게서 향수 냄새가 났다. 금비는 그를 따라 정자를 끼고 돌아 그의 집을 멀리 돌아서 가게 되는 오솔길을 걸었다. 그가 잠시 앞서 걷자 금비는 코를 벌름거렸다. 마지막 햇빛을 삼키고 축 늘어진 들꽃 향과 시큼한 풀 냄새와 철쭉의 잔향을 솎아 내면서 그녀는 아카시아 단내를 찾아냈다.

노을빛의 세례를 받고 있는 그의 뒷모습이 퍽이나 쓸쓸해 보인다는 생각이 들 즈음, 그가 걸음을 늦추고 나란히 걸었다.

"뒷모습을 뵈니 확실히 야위셨어요. 그동안 힘든 시간을 보내셨나 봐요."

금비는 못 본 동안의 행적이 궁금하기도 하여 먼저 말을 꺼냈다. 그가 늦게 집에 합류한 이유를 최 여사는 명확히 말해 주지 않았다.

"선생님은 좋아졌더군요. 머리도 바뀌고, 눈빛도 밝아지고요."

"다 아버님 덕분입니다. 그러고 보니 아버님도 헤어스타일이 바뀌셨네요."

"역시 여자들의 눈썰미는 훌륭하군요."

그의 말에 순박한 낯섦이 담겨 있어 금비는 조용히 웃었다.

"하지만 세상은 눈에 보이는 게 모두 진실은 아니죠. 진정한 진실은 눈에 보이지 않는 법이니까요."

그가 또 모호한 말을 흘리자 금비는 입을 닫았다.

"기왕 선생님과 한마을에 살게 되었으니 전처럼 제 집에 들러 부업을 해 주십시오."

"지금은 최 여사님이 계시니 굳이……."

"어머님의 몫이 있고, 선생님의 몫이 따로 있다는 것은 선생님이 더 잘 아시잖습니까?"

"죄송한데요, 솔직히 저는 제 몫을, 아니, 제 역할을 제대로 파악 못 하겠어요."

"부담 갖지 마세요. 그저 서진이와 함께하는 시간이 많았으면 합니다. 서진이가 집에 들어갔을 적에 집 안에 가능하면 사람들이 많이 머물렀으면 좋겠어요. 믿는 사람들로요."

그가 믿는 사람 중에 그녀가 선택되었다는 바가 고마우면서도 한편으론 부담이 되는 것은 어쩔 수가 없었다.

'당신 같은 사람에게 모욕받아서는 안 되는 소중한 분이시오!'

카드사 직원 앞에서 낭패를 당했을 때, 그가 토해 냈던 말은 여운이 오래 남았다. 그렇다고 확대 해석 할 만큼 어리석지는 않았다. 그의 궁극적인 목적이 궁금했다. 언젠가 툭 던지듯이 밝힌, 조금만 더 기다리라는 말은 유효 기간이 언제까지일까?

"나는 인생의 중대한 게임을 치르고 있습니다. 서진이를 돌봐 줄 시간이 너무 없군요. 치과도 자주 데려가야 하고 예비 숙녀로서의 교육도 필요합니다. 부탁합니다, 선생님."

부탁이라는 말을 덧붙이면서 보인 특유의 슬픈 눈동자 때문에 이번에도 금비는 단박에 거절을 하지 못했다.

어느덧 해는 산마루 뒤편에서 호롱불로 가물거렸고, 다른 편 산마루에는 성급한 별이 돋아 있었다. 산마루에 시선을 붙이고 있는 동안 그가 그녀의 등으로 바투 다가와 서 있음을 그의 향수로, 서걱거리는 옷으로, 목덜미로 떨어지는 듯한 숨결로 느낄 수 있었다. 금비는 시간이 정지되기를 바랐다. 그가 이쪽 어깨에 손을 얹어 주기를 갈망하는 일이 미안한 욕심이라면, 차라리 시간이 잠시 정지되어 그의 숨결을 느끼는 이 순간을 오롯이 누리고 싶었다.

피아노 음표로 애무를 해 주던 날이 생각나자 살며시 고개를 돌려 그를 올려다보았다. 달처럼 그의 얼굴이 눈앞에 떠 있었다. 우그러진 달처럼 야윈 얼굴을 쓰다듬어 주고 싶어서 금비는 얼결에 양손을 들어 올렸다가 멈칫했다. 그의 눈동자에서 별 두 방울이 유성처럼 낙하하는 것 같아 움찔했다. 철옹성 같던 그가 눈물을 흘리고 있었던 것이다. '왜 그러세요!' 하고 소리칠 뻔했다. 하지만 대번에 그가 버럭 화를 내며 부정할 것이라는 생각에 황망히 말을 삼켰다. 아무것도 할 수 없다는 무력감에 가슴이 미어져 시선을 내리깔았다. 다시 그를 올려다보았다. 어느새 두툼해진 어스름 탓에 그의 표정을 가늠할 수 없었다.

윤서는 가슴을 쓸어내리며 스스로를 책망했다. 말도 안 되는 일이었다. 태어나 지금까지 할아버지를 빼고는 기대거나 안기고 싶은 충동을 느낀 사람이 없었다. 죽은 아내 역시 의지하기보다는 윤서가 안아 주고 기둥이 되어 주어야 할 사람이었다. 도대체 이 여자가 무엇이기에! 윤서는 탄식을 삼키며 스스로를 달랬다.

'정신 차려, 김윤서. 이 여잔 단지 도구일 뿐이야. 내 문제를 해결하지 못한 상황에선 설계도 수정은 곤란해!'

윤서는 허둥거리며 앞서 걸었다.

말이 없이 걷던 그가 집 대문에 이르자 손톱달처럼 희미한 웃음을 얼굴에 걸더니 입을 열었다.

"숙제는 잘돼 가나요?"

윤서가 툭 내던진 한마디에 금비는 따스한 냉동 시인이 아닌, 차가운 검은 양복과 대면하고 있다는 현실을 헤아렸다.

"아! 그거요? 아직요. 여름이 가기 전까지 찾아내면 된다고 하셔서……."

지금은 그저 아카시아 단내를 즐기고 싶어요. 금비는 입 안에 맴도는 말들을 삼켰다. 나중에 누리기에는 향이 너무 짧잖아요?

우연 중의 조작을 찾아내라?

오래간만에 만난 윤서는 그렇게 모호한 숙제만 내 준 채 다시금 자신만의 영역으로 숨어 버렸다. 금비에게 아무런 언질도 주지 않은 채 다시 집을 떠나 버린 것이다. 그를 은근히 기다리고, 또 재회하는 순간 반가움 이상의 감정을 키우려고 했던 금비는 뒤통수를 맞은 기분에 잠겼다. 조금 더 기다려 달라던 말의 의미도 풀릴 줄 알았다.

아카시아 꽃향기가 날아들었던 테라스를 힐긋거리면서 금비는 이마를 쳤다. 서진이를 챙겨 주는 선생이기에, 영우의 엄마이기에 친절했을 뿐이었다. 잠시 잊고 있었다. 그와 자신의 관계의 질을.

옛날 남편과의 악연 역시 여전히 진행 중이라는 현실을 깨닫고 금비는 꽃밭 속의 단꿈에서 깨어났다. 봄다운 봄을 누리며 혼곤한 꿈에 취해 있다가 창졸지간에 만난 소낙비로 암울한 현실을 깨닫는 기분이었다. 급기야 외모를 치장하고, 예뻐졌다는 주위의 덕담을 즐겼던 나날들이 부끄러웠다. 정말이지, 더는 끌려다니는 삶을 이어 가기 싫었다. 계속하여 원하는 길을 스스로 닦아 가고 싶었다.

금비는 조퇴를 한 뒤 영우를 최 여사에게 맡기고, 가까운 도심으로 나갔다. 법무사 사무실에 들른 금비는 일이 만만치 않음을 알았다. 보증과 사인을 한 적이 없다는 사실을 입증하려면 소송을 해야 한다는 것이다. 그녀는 답답한 마음에 카드사 직원에게 들었던 말을 사무원에게 하소연했다.

"법원에서 책임과 권리를 모두 확약받고 남남이 되었는데, 어째서 또 다른 의무를 법정으로 가져가야 하는 거죠?"

"채무를 탕감받을 목적으로 고의적인 이혼을 하는 경우가 많아서 그래요. 신문에도 그런 기사 많이 나오잖아요. 부인에게 재산을 빼돌리고 이혼하는 경우 말이죠. 그래서 보증이 필요했을 거예요."

"보증 안 했다니까요!"

"그러셨겠죠. 당당하시다면 소송을 하세요. 결혼 유지 기간에 명의 이전된 재산도 없었다면서요?"

"정말로요, 난 땡전 한 푼 없이 이혼했어요."

"그것도 서류상으로 입증을 하면 됩니다. 그럼 차근차근 시작해 볼까요?"

"잠깐만요, 생각을 좀……."

당장이라도 법무 대리인 계약을 맺으려는 사무원을 뒤로하고 금비는 밖으로 나왔다. 남편과 다시 부딪쳐야 한다는 생각에 연방 한숨이 나왔다. 묘책을 찾아 머리를 굴리다가 거칠게 도리질을 했다. 안타깝게도 또 윤서를 생각하고 있었다. 그에게 의지하는 것도 습관이 된 성싶다. 금비는 한탄했다.

'지긋지긋한 노예근성! 이래서야 어디 내 인생의 주인이 될 수

있겠는가.'

날마다 영우를 서진이의 귀가 차량에 함께 보내고 있었다. 퇴근 후 영우를 데리러 가기 위해 별장을 들락거리던 금비는 조금씩 그곳에 머물다가 나왔다. 결국 윤서의 뜻대로 행동하고 있는 자신을 발견했다.

금비는 서진이와 영우가 어울리는 모습을 차분히 지켜보면서 영우의 행복을 위해 지켜야 할 일이 무엇인지를 생각했다. 이따금 금비가 영우를 보살피는 게 아니라, 영우로 인하여 기둥을 얻어 굳건히 살고 있다는 생각이 들었다. 윤서의 부재가 그 당연한 진실을 새삼스럽게 확인시켜 주었다.

사랑스러운 아들의 존재감에 감사하는 마음이 들 때면, 훌륭한 선물을 내린 신에게 감사하다가도 어쩔 수 없이 아이를 존재하도록 기여한 아빠에게까지 생각이 미쳤다. 하지만 아들을 보고 싶어 하지 않았던 아비의 행동거지와 방에 가두어 두었던 일이 떠오르자 입술을 거칠게 깨물었다. 자식은 사랑의 이유이지 배설의 결과물이 아니었다.

인생의 가장 돈독했던 동반자가 과거의 관계로 변했다고 해서 공격하는 일은 자신의 선택이 잘못되었음을 재확인하는 어리석음으로 믿고 있었다. 하지만 이제는 공격해야겠다. 기왕 맞을 것이라면 가랑비보다 소낙비를 잠시 맞는 게 낫다.

그렇게 금비가 옛날 남편과의 공격적이고도 명확한 관계 정리를 구상하는 동안 저쪽에서는 전혀 생각하지 못했던 방향으로 그녀를 곤경에 빠트렸다. 한마디로 허를 찔렸다.

수업 도중 누군가 찾아왔다는 말에 밖으로 나갔더니 그가 서 있었다. 말쑥한 차림새에 제법 점잖은 자세의 그와 마주하면서 금비는 다짐과는 달리 의연하지 못했다.

"바쁘신가? 잠깐 이야기할 게 있어서……."

그가 자신을 금비에게 안내했던 젊은 여선생을 힐끔 보고는 부드럽게 말했다.

"자, 잠깐만 기다려요. 금방 나올게요."

미망인으로 소문이 나 있는 금비는 동료 여선생을 의식하며 애써 말씨를 가다듬었다.

앞치마를 벗고 외출 준비를 하는데, 젊은 여선생이 다가와 속을 들끓게 했다.

"잘생겼다, 정말. 매너도 좋아 보이고. 멋쟁이 신사는 대체 누굴까요?"

"으응. 그냥 아는 사람."

"피이, 내숭! 언니, 지금 엄청 들떠 있는 거 다 보여요, 보여!"

그래, 사람들은 다 좋은 남자라고 하고 좋은 신랑이라고 하지. 한때 나 역시 그래서 결혼했고.

영우와 마주치게 하고 싶지 않아서 그녀는 '옛날 남편'의 차에 순순히 올라타고는 읍내로 나갔다.

찻집에 마주 앉자, 그는 이내 정중한 몸짓을 내던지고는 비틀린 웃음을 내 흘렸다.

"재미 좋은가 봐. 화장도 하고 제법 차려입고."

그가 온몸을 훑어보자 그녀는 진저리를 치며 흠칫 떨었다. 삶이란 얼마나 허탈한가. 한때 몸을 섞었던 사이인데 이제는 눈길마저도 끔찍하다니!

"안 그래도 연락하려고 했어요. 카드사 직원한테 내 직장을 알려 줬다면서요?"

"무슨 소리야?"

"말 돌리지 말고 솔직히 대답해요."

"아! 널 찾아갔었어? 거머리가 따로 없군."

그의 뻔뻔한 태도에 금비는 욕지기가 치밀었지만 애써 감정을 다스리며 사무적으로 응수했다.

"어떻게 이 동네를 알았어요?"

"명색이 아버진데 내 아들이 사는 동네를 모르면 되나?"

"뻔뻔스럽네요! 언제 관심이라도 줬나요!"

"관심 있어서 찾아다녔고, 보고 싶어서 만나러 왔잖아. 지금!"

"여, 영우를 만나러 왔다고요?"

"그래. 오늘은 영우 보러 온 거야."

그가 영우 이야기를 꺼내자 애써 유지하던 사무적인 모습이 깨져 버렸다.

"말도 안 돼요! 당신이 무슨 자격으로!"

"아빠의 자격이지."

"양육권은 나한테 있다는 것은 알고 있죠?"

"나한테는 면접교섭권이 있지."

"뭐, 뭐라고요!"

"왜, 혼자 똑똑한 척은 다 하더니 몰라? 면접교섭권. 이번 주말에 영우 데리고 갈 테니 준비시켜."

"말도 안 되는 소리……."

금비는 가슴이 털컥 내려앉았다. 잊고 있었다. 면접교섭권. 양육권이 모든 권한을 우선하기에 안심했다. 영우를 데리고 숨어 버리면 상대편에서 손을 놓을 수밖에 없다는 인터넷의 정보를 너무 믿었나 보다. 차라리 독하게 마음을 먹고 진단서와 그의 행짜를 들이밀어 소송을 해서라도 친권 포기 각서를 받았어야 했다.

과연 핏줄과 부부는 달랐다. 타인과 타인이 만나 가장 돈독한 관계의 신비를 이루는 반면, 이렇듯 철저하게 다시 남남이 되고 적이 될 수도 있잖은가. 창졸간에 삶 자체가 덧없고 서글펐다. 하지만 그녀는 강해야 했다. 영우는 오로지 자신이 돌봐야 했다.

"정말로 그게 목적인가요?"

"영우를 보러 온 거?"

"네."

"엄마도 많이 찾으셔. 참! 요즘도 방에 빈 술병 뒹굴지 않나? 엄마는 네가 영우한테 술주정할까 봐 걱정하시더라. 너 술 취해 있으면 영우 빼앗아 오래. 엄마가 키운대."

"두 분이 죽이 잘 맞으시네요."

"말이 좀 꼬였다. 꼭 우리 엄말 비꼬는 것같이 들려. 하긴 신랑한테도 막말하고 덤비던 여잔데."

"환경이 나쁜 여자를 만들어요."

"옳은 소리야. 그래서 어른들이 근본을 따지는 거야."

금비는 들끓는 마음을 다스리면서 꼭 필요한 말을 찾아 생각을 어루더듬었다. 그가 영우를 보고 싶어 한다는 말은 신뢰하지 않았다. 목적이 무엇일까? 혹시 그의 어머니가 사주한 게 아닐까?

"그쪽 어머니는 다른 손녀가 생겼을 텐데요?"

"노인네들이야 계집보단 고추 달린 녀석을 더 아끼잖아?"

"영우를 데려가서 파스타 가게 사장님한테 안겨 줄 건가요?"

"그 사람은 마음이 넓으니 잘 챙겨 줄걸? 집안 교육도 잘 받았고 대학도 나왔거든. 네가 아무리 책을 많이 읽어 봤자 그 사람은 못 따라가. 근본이 다르니까. 안 그래?"

"다행이네요. 그런 여자도 못난 나처럼 이혼 경력이 있었다니 위안이 되네요."

"야! 말조심해. 감히 너 따위가 도매급으로 취급할 여자가 아니야!"

금비는 말싸움 대신에 그의 진짜 목적을 가늠해 보았다.

"진짜 목적을 말해요."

"진짜라……."

"그래요. 영우 이야기 말고 진짜 목적."

"뭐, 나도 굳이 좋은 동창인 여자하고 인연을 깨고 싶진 않아. 그 사람한테 딸이 있으니 정을 줄 자식이 없는 것도 아니고……."

그의 목소리가 부드럽게 변했다. 저 얼굴, 저 말씨에 무조건 의지했던 처녀 시절이 떠올랐다. 하지만 지금은 화를 내고 욕할 때의 그보다 더 경계하면서 그녀는 귀를 기울였다.

"내가 잠깐 친구들을 잘못 사귀고 다니면서 생긴 빚이 남았더라고. 그걸 그 사람한테 말을 하자니 익어 가는 밥에 재를 뿌리는 짓이잖아. 그럼 나도 결국 영우한테 집착할 것 같고……."

과연 금비의 추측이 맞았다. 함께 살 때는 미처 못 보았던 모습들이 남남이 된 뒤 타인의 눈으로 보니 잘 보였다. 그녀는 그의 말을 잘랐다.

"그 빚을 내가 청산해 주면 다신 안 찾아올 거란 말을 하고 싶은 거군요?"

"응? 뭐, 그게 좋겠지. 서로가 과거는 잊고 내일을 위해 사는 게 좋겠지."

"좋아요. 하지만 솔직히 지금 내 능력으로 감당은 안 돼요. 조금만 시간을 주세요. 사실 보증 문제로 소송을 준비 중이었어요. 아직 결정을 못 했지만요."

여유롭던 그의 얼굴이 소송이라는 말에 균열이 생겼다.

"다 같이 죽자는 말일랑 겁 안 난다. 정말 영우랑 다 끌어안고 한강물로 풍덩 빠져 버리고 싶은 때가 있었어."

그녀가 일어날 몸짓을 드러내자, 그가 짐짓 협박조로 말했다. 그녀는 그를 익히 알고 있어서 긴장하지 않았다. 죽을 용기라도 있었다면 그렇게 비굴하게 살지는 않았으리라.

"태워다 줄게."

"택시 탈래요."

금비는 의자에서 일어나 그에게 등을 보이고 걸어가다가 문득 억울한 생각이 들어서 휙 몸을 돌렸다.

"나 나이 먹을 만큼 먹은 어른이에요. 왜 꼬박꼬박 반말이죠? 우린 남남이에요. 앞으로 나한테 반말하지 말아요!"

어린이집 선생님들은 '멋쟁이 신사'를 만나고 온 금비에게 호기심을 드러냈다. 억지웃음으로 그들의 상상력을 내버려 둔 채 겨우 수업을 마쳤다.

기사 선생님의 태워다 주겠다는 호의를 뒤로하고 금비는 해거름 녘 들길을 걸었다. 옛날 남편에 관한 대응책이 좀처럼 떠오르지 않았다. 정자를 지나 아카시아 꽃향기가 숨어 있는 별장으로 향하는데, 민수가 전화를 걸어 왔다. 새삼 망설임 끝에 전화를 받았다.

― 바쁘면 다음에 할까?

"아냐. 일 끝나고 걷는 중이야."

통화를 할 기분은 아니었지만, 전화를 걸기 전까지 그가 망설였을 성싶어 그녀는 부드럽게 말하려고 애썼다. 왜 민수에게는 속내를 털어놓고 싶은 생각이 통 들지 않을까. 10년 이상의 세월 동안 줄곧 그랬다. 그런 그녀의 고집스럽고 데면데면한 행짜를 포용해 주는 민수가 고마운 한편 불편했다. 여하튼 민수를 받아 줄 수 없다는 마음은 확고했다. 아무래도 그를 위해서라도 어떤 여지를 남겨서는 안 될 것 같았다.

― 너 예전에 다니던 어린이집 이사 간 거야?

"들은 적 없는데. 왜?"

― 응. 건물 사진이 달라졌기에.

"후후, 별걸 다 신경 쓰는구나."

― 너랑 영우 사진 때문에 가끔 봤던 거야.

"사진? 그게 뭔 소리야?"

― 카카오 스토리 사진. 처음 보낼 땐 영우랑 네 사진이 있었잖아.

오래전 어린이집에서 민수에게 친구 신청을 했다고 한다. 금비는 처음 듣는 이야기였다.

— 어? 금비 네가 보냈던 거 아냐?

"내가?"

— 어? 아니야? 아, 은민이가 해 줬나 봐.

전화기 저편의 민수는 적이 당황하는 듯싶더니 곧 말머리를 돌렸다.

— 참, 토요일 날 영우 보러 가도 돼?

"응? 아, 안 돼. 그날 따로 갈 데가 있어."

— 알았다.

거짓말이 미안해 금비는 농담 섞인 덕담을 덧붙였다.

"황금 같은 주말에 공연히 못생긴 애기 엄마 챙기려 들지 말고 미팅이라도 해라. 너같이 잘생기고 능력 있는 남자라면 딱 1등급 남편감이다."

— 나중에 은민이 나오면 그때 보자.

여전히 민수는 농담에 맞장구를 쳐 줄 줄 몰랐다.

윤서의 집에 이르러 2층 테라스를 올려다보았다. 순간 기대어 올 수 있는 사람이 아무도 없다는 생각에 맥이 빠졌다.

안으로 들어서자 최 여사가 갸웃하더니 다가왔다.

"금비 선생, 어디 아픈가 보네?"

최 여사가 금비의 볼을 쓰다듬었다.

"무리했나 봐요. 좀 피곤하네요."

"누워 있어. 저녁 해 놓고 부를 테니."

"죄송해요. 매일 도움도 못 되고 신세만 지네요."

"쓸데없는 소릴 다 하네. 이쁜 영우 데리고 와 준 것만 해도 이 늙은인 호강이야."

주방 옆으로 붙은 방에 잠시 누웠다. 잘못 살아왔다는 자책이 끊이지 않아서 연방 얼굴을 찌푸렸다.

영우가 최 여사를 부르는 소리가 들렸다.

"하무니, 하무니."

"하무니가 아니라 할머니야. 할.머.니."

가르치려 드는 서진이의 목소리도 들렸다.

누운 채 통장의 잔고를 가늠해 보았다. 옛날 남편의 빚도 어림해 보았다. 소송 비용과 그 과정을 진행하면서 투자해야 할 심적 소모까지 어림 추측하자니 머리가 빠개질 것 같다. 윤서가 선물한 증권은 어린이집을 차릴 준비가 될 때까지는 건드리지 않기로 했다. 그의 의도를 존중해 주는 것이 호의에 대한 최소한의 예의였다.

최 여사가 애써 청했기에 무거운 몸을 가누고 식탁에 앉았다. 뚝배기에서 된장찌개가 보글보글 끓었다. 처음에는 함께 저녁을 준비했지만 솜씨에 밀렸다기보다는 차려진 밥상을 먹는 재미에 금비는 게으름을 누리고 있었다.

누군가 자신을 위해 차려 놓은 밥상이 이렇듯 고마운 줄은 전혀 모르고 살았다. 옛날 남편도 이런 고마운 마음을 가졌을까? 돌이켜 보니 늘 당연한 일로 여겼던 듯싶다. 맞벌이를 하고, 아니 거의 혼자 돈을 벌어도 여자라는 이유로 부엌은 당연히 그녀의 몫이었다.

아침에 일어나니 오슬오슬 추웠다. 모든 보육 교사가 그러하듯, 금비 역시 영우나 아이들에게 옮길 것 같아 감기를 늘 경계하면서 살아왔다. 콧물이나 가래는 없었지만 출근 전에 병원을 들렀다. 딱히 감기 기운은 없었고, 스트레스와 과로를 피하라는 조언을 받아

들고 병원을 나왔다. 그렇게 까닭 모를 병과 싸우며 힘겹게 하루를 버텼다.

수업을 마치고 긴장감을 해체하자 몸이 휘청거렸다. 허청허청 걸어가는데, 뜻밖에도 최 여사가 마중을 나와 있었다.

"어째 학원 차를 타지 않고선."

최 여사가 금비의 손을 잡았다. 손의 온기가 가슴을 단박에 데웠다.

"어쩐 일이세요?"

"금비 선생이 아파 보인다고 서진이가 걱정이 이만저만이 아냐."

"애들은 집에 있어요?"

"응. 이젠 제법 둘이서도 잘들 놀아. 업어 줄까?"

"네?"

"맥없어 보여. 나한테 업히라고."

"아, 아니에요! 젊은 제가 업어 드려야죠."

"내 몸뚱인 뚱뚱해서 못 업을걸?"

"이래 봬도 저 강단 있다고요."

"지금은 다 죽어 가는 얼굴인걸? 에구, 얼굴 축난 것 좀 봐, 쯔쯧!"

최 여사가 금비의 볼을 문지르면서 혀를 찼다. 그녀는 새삼스럽게 부끄럽고 눈시울이 달아올라 고개를 돌려 손길을 피했다.

저녁 식탁에는 바지락죽이 올라왔다.

"금비 선생 기운 내라고 쑨 거니까 남기지 말고 먹어야 해."

"고, 고맙습니다. 그리고요……."

그녀는 아까부터 입 안에 맴돌던 말을 얼굴을 붉히면서 꺼내 놓았다.

"저 부르실 때 그냥 금비라고 하세요."

"응? 그럴게. 그럼 금비도 여사니 뭐니 낯간지러운 말 그만두고 그냥 엄마라고 부르지 그래."

그날 금비와 영우는 윤서의 집에서 잤다. 식은땀과 젖은 몸을 닦아 내려고 일어났다가 문소리가 들려 다시 자리에 누워 자는 척했다. 최 여사가 발소리를 죽이고 다가와 금비의 이마에 맺힌 땀을 닦아 준 뒤 이불을 덮어 주고는 살며시 나갔다. 까닭 모를 눈물이 나왔다. 아마도 자신에게 친정이 존재한다면 바로 이런 집이 아닐까, 하는 생각에 젖어 들며 고단한 몸을 달빛이 새 들어오는 침대에 맡겼다.

❀✿❀

미안한 사랑에게(3)

언젠가 그대에게 누이의 아픈 상처에 관해 이야기했었습니다. 미안합니다. 내게 누이동생이 있었다는 말은 거짓입니다. 다만 누이 같은 아내는 있었지요. 내키지 않아도 나는 당신에게 아내의 슬픈 인생을 알려야겠습니다. 당신이 꼭 알아야 할 이유가 있으니까요.

30년 전에 부유한 어느 가정에서 아주 예쁜 공주님이 태어났습니다. 여섯 살이 되었을 때는 온 마을 사람들이 동화 속의 공주님이라고 찬사를 보냈습니다.

어느 날, 공주의 작은아빠가 한집에 들어와 살게 되었습니다. 결혼을 하러 집을 나갔기 때문에 작은아빠라고 불러야 한다는 잘생긴 남자였습니다. 그런데 작은아빠의 색시가 도망을 갔다고 했습니다. 그래서 다시 삼촌이라고 부르면서 한집에서 살았지요. 아빠의 배려로 그렇게 작은아빠는 삼촌 소리를 다시 듣게 되었던 거죠.

공주의 엄마와 오빠, 언니는 삼촌을 그리 좋아하지 않았습니다. 왜 안 좋아하냐고 공주가 묻자, 술을 많이 먹기 때문이라고 했습니다. 아빠는 불쌍하니까 자리를 잡을 때까지만 잘해 주라고 가족들을 달랬습니다.

삼촌은 밤이면 집을 비웠습니다. 새벽에 집에 들어온 삼촌은 공주가 유치원을 갈 때까지 잠을 자고 있었습니다. 그럼에도 공주는 가족들 중에서 누구보다 삼촌과 함께 있는 시간이 많았습니다. 아빠와 엄마가 모두 돈을 벌기 위해 나가고, 언니와 오빠는 학교에서 공부 중이어서 일하는 할머니만 남았던 그 집에 삼촌이 함께 있었으니까요.

더운 여름에 유치원을 다녀온 공주는 땀에 흠뻑 젖어 있었습니다. 집안일을 봐주는 이웃 할머니가 시골에 다녀오느라 쉬는 날이었습니다.

"오늘은 삼촌이 목욕시켜 줄까?"

공주는 고개를 끄덕였습니다. 삼촌은 욕조에 미지근한 물을 채워 놓고 정성스럽게 공주의 몸을 닦아 주었습니다. 창피하게도 삼촌은 엉덩이와 생식기를 오래오래 손으로 닦았습니다.

"여긴 똥 냄새가 나니까 깨끗이 씻어야 돼."

삼촌 말이 옳다고 여기면서도 공주는 이상하게도 무서웠습니다. 그 뒤로도 몇 번 더 삼촌이 목욕을 시켜 주었고, 공주는 조금씩 삼촌의 손길을 피했습니다. 그러자 삼촌도 창피하지 않도록 빨리 닦아 주었습니다.

그 뒤로도 계속 삼촌은 며칠씩 집을 비우곤 했습니다. 삼촌이 다시 집으로 돌아오면 그때마다 아빠는 앞으로 술을 먹지 않겠다고 가족들에게 약속하라며 으름장을 놓았습니다.

초등학교에 입학한 공주는 예쁜 침대와 책상이 있는 자신만의 방을 선물받았습니다. 잠은 여전히 아빠와 엄마 품에서 잤지만, 이따금 자신의 방에서 낮잠을 자곤 했습니다. 한 번은 술 냄새가 나고 가슴이 답답해서 잠에서 깨어났더니 삼촌이 공주의 몸 위에서 뽀뽀를 하고 있었습니다.

"아휴, 깜짝이야. 고약한 냄새 나. 저리 가요."

공주는 삼촌을 타박하고는 화장실로 들어갔습니다. 삼촌의 입술이 닿은 볼을 빨리 닦아 내지 않으면 고약한 냄새가 남을 것 같았습니다. 냄새도 그렇지만 숨이 막혀서 그런지 속이 울렁거렸습니다. 아빠와 엄마에게 삼촌이 괴롭힌다는 말을 해 주고 싶었습니다. 하지만 아빠와 엄마는 돈을 많이 벌고 또 버느라 바빠 공주의 이야기를 들어 줄 시간이 없었습니다.

부모님이 함께 집에 들어오지 않는 날도 있었습니다. 그런 날은 할머니가 와서 같이 잠을 잤는데, 하루는 삼촌이 있으니 할머니가 오지 않는다고 했습니다.

공주는 언니 방에서 같이 잠을 잤습니다. 분명히 언니 곁에서 잠이 들었는데, 눈을 뜨니 삼촌 방이었습니다. 몸이 아프고 숨이 막혔으며 고약한 냄새 때문에 깨어난 겁니다.

"으앙!"

공주는 울음소리를 냈습니다. 자신의 옷이 모두 벗겨져 있어서 창피했던 겁니다. 삼촌이 비틀거리면서 공주의 입을 막았습니다. 삼촌의 바지가 내려가 있었고 흉측한 것이 덜렁거리고 있었습니다. 남자 어린이들의 그것보다 괴상하게 크고 털도 듬뿍 달려 있어서 무서웠던 겁니다.

삼촌의 손이 입에서 떨어지자 공주는 마구 비명을 질러 댔습니다. 밖에서 누가 문을 두들겼습니다. 6학년인 오빠이거나 4학년 언니인 것 같았습니다. 삼촌은 문을 잠그고는 침대에 걸터앉더니 갑자기 토악질을 해 댔습니다. 공주의 몸으로 술 냄새가 담긴 오물이 튀었습니다. 오물이 더럽다는 생각은 안 들었습니다. 오로지 무섭고 몸이 아파서 공주는 여리지만 날카로운 비명을 연방 내질렀습니다.

마침내 목이 쉰 공주는 소리를 멈추었습니다. 삼촌은 방바닥에 머리를 박고는 잠이 들어 있었습니다. 공주는 힘겹게 기어가서 방문을 열었습니다.

"세상에!"

발가벗은 공주를 맞이한 사람은 아빠였습니다. 엄마는 보이지 않았고, 오빠와 언니가 파르르 떨면서 저만치 서 있었습니다. 아빠는 방 안의 삼촌을 노려보더니 곧 문을 닫았습니다. 공주를 안고 가는 아빠의 얼굴이 발갛게 달아올랐고 눈물이 반짝거렸습니다. 맞닿은 아빠 가슴의 심장 소리가 북소리 같았습니다.

공주에게 새 옷을 입혀 준 뒤 아빠는 어딘가로 전화를 걸었습니다. 그러고는 공주를 침대에 눕혔습니다.

"지금 나쁜 꿈을 꾸는 중이야. 잠을 자는 모양을 해 봐. 그럼 나쁜 꿈이 깨진단다."

공주는 아빠의 말대로 고통을 참으면서 눈을 감고 잠을 청했습니다.

아침에 일어난 공주는 엄마의 얼굴을 가장 먼저 보았습니다. 집이 아니라 병원에 누워 있었습니다. 나쁜 꿈을 꾼 거냐고 엄마가 물었습니다. 공주는 그렇다고, 쉰 목소리로 대답했습니다.

하지만 공주의 악몽은 끝난 것이 아니었습니다. 그때부터 시작이었지요. 경찰 아줌마가 녹음기를 들고 와서 이것저것을 물어보았고, 의사 선생님도 공주에게 이야기를 걸어왔습니다.

그날 이후 아빠도 삼촌도 보이지 않았습니다. 공주는 어른들을 무서워하기 시작했습니다. 특히 삼촌처럼 건강한 어른을 길에서 만나면 도망갈 길을 찾으며 엉엉 울어 버렸습니다. 아빠라면 안심인데, 어쩐 일인지 아빠의 출장은 한없이 길어만 갔습니다.

훗날 여고생이 된 공주는 국립도서관의 전자 신문을 통해서 아빠의 소식을 찾아낼 수 있었습니다. 10년 전 신문이었습니다. 아빠는 중상을 입고 입원했으며, 삼촌은 경상을 입은 채 구속되었다는 소식이 기록으로 남아 있었습니다.

신문은 한동안 아빠와 삼촌의 소식을 계속 실었는데, 소녀가 공주였던 시절의 이야기도 남아 있었습니다. 아주 이상하고 기분 나쁜 꿈으로 기억에 박혀 있던 장면들이 꿈이 아니라 현실에서 벌어진 일임을 확인하고 말았습니다.

아빠가 병원에서 끝내 숨졌다고 밝힌 신문은 집요하게 삼촌의 소식을 전했습니다. 재판에서 삼촌은 오해로 빚어진 일 끝에 벌어진 정당방위라고 주장하였고, 어느 여성 단체가 나서서 반론을 내놓았습니다. 정작 가족은 조용히 묻어 가길 원한 일인데도 도움을 준다는 단체는 벌집을 만들고 있었습니다.

아빠를 죽인 삼촌은 항소를 하면서 억울함을 호소한 끝에 7년 형을 선고받았습니다. 공주에 대한 죄는 증거가 부족하다는 이유로 무혐의 처리되었습니다. 그 말은 왜곡된 소식을 전하기에 충분한 조건을 갖추고 있었습니다. 어느 곳을 가도 따라다니는 주변의 수상한 쑥덕거림을 만들기에 충분했던 것이죠.

언론이 보증을 선 꼴이 된 가족의 비극은 참담한 대가를 치러야 했습니다. 소녀의 오빠와 언니는 이모가 살고 있는 미국으로 날아갔습니다. 엄마는 소녀를 꼭 끼고 보살폈지만 나날이 소녀의 감성은 황폐해졌습니다.

신경외과 의사의 의견을 따라 소녀는 예술중학교와 예술고등학교를 다녔습니다. 그리고 성인이 된 그녀는 음대에 진학했습니다.

엄마는 서울 변두리에 많은 땅을 가지고 있었고, 도심에는 빌딩을 소유하고 있었습니다. 그녀는 자신의 빌딩에 아르바이트생을 두고 있었는데 명문대를 다니면서 엄마의 빌딩을 관리해 주고 사무실 한 칸을 집처럼 사용하고 있는 남자였지요.

딸과 더불어 마음고생을 하면서 살아온 엄마는 건강이 나빴습니다. 그녀는 또 다른 의미로 아르바이트생 남학생에게 관심을 가졌습니다.

나는 뻔히 알면서도 빌딩 주인의 수작에 넘어가는 척하면서 음대

생인 그녀를 만났습니다. 그녀의 어머니가 굳이 애쓸 필요는 없었습니다. 눈부신 아름다움을 깊은 우수와 차가움으로 방어하며 도도한 섬처럼 지내고 있는 그녀는 처음부터 나를 매료시켰습니다.

집으로 찾아가면 빈 술병이 뒹구는 방에 누워 있는 그녀를 종종 볼 수 있었습니다. 그런 모습마저 내 연민의 정을 키웠습니다. 장이 안 좋아 자주 배탈이 나면서도 그녀는 인스턴트 음식을 즐겼습니다. 자극적인 맛을 좋아하는 게 아니라 먹는 일 자체에 흥미를 잃어 그저 에너지를 위해 해치운다는 행동거지였습니다.

그녀의 피아노 실력은 독특하다 못해 감정을 싣는 데에 있어서 독보적이었습니다. 피아노를 치는 순간만큼은 생기가 넘쳤으며 정체가 모호한 깊은 우울을 털어 냈습니다.

나는 그녀를 위한 곡을 만들기 위해 수학을 포기하고 음대의 작곡과에 지망했습니다. 어렸을 적부터 피아노를 쳐 왔고, 입시를 위해 집중해서 연습한 덕분에 어렵지 않게 그녀의 후배가 될 수 있었습니다.

그녀가 졸업하자마자 우리는 결혼식을 올렸습니다. 미국에 있다던 오빠와 언니가 참석하지 않은 일을 나는 이상하게 여기지 않았습니다. 그녀의 남은 가족들은 과거를 완벽하게 세탁한 채 살고 있다는 사실을 이미 알고 있었으니까요.

나는 쉼 없이 뇌까렸습니다. 도대체 그녀가 무슨 죄를 지었단 말인가. 정녕 참을 수 없는 부당함은 따로 있었습니다. 가련한 그녀는 스스로가 죄인이라는 최면에 걸려 있었습니다. 그녀는 내게 힘겹게 과거를 이야기했습니다. 역사책의 인물처럼 활자로 남은 이력이 수갑 같았다고 말했습니다. 털어놓아서 그나마 마음이 편하다는 신부를 밤새 안아 주었습니다.

유년 시절부터 나는 이리저리 맡겨지는 삶을 살아왔습니다. 할아버지가 돌아가신 뒤론 큰아버지 집에서 살았고, 큰아버지가 돌아가신 뒤로는 그 망할 사촌 형 부부와 함께 살다가 대학 입학과 함께 집을 나왔습니다.

나는 세상에 끌려다니지 않는 법을 익히고 싶었습니다. 급기야 내가 먼저 운명과 세상을 조정하겠다는 욕망에 사로잡혔습니다. 치밀한 설계도를 만들기 위한 공부가 필요했습니다. 수학을 전공한 것은 잘못된 공식이 아니라면 결국에는 정답에 이른다는 매력 때문이었습니다. 응용수학을 공부해서 밥벌이도 해결할 계획이었지요. 그런데 나는 순수수학에 매료되었고, 나중에는 논리에 스스로 갇히는 대가를 치르게 됩니다.

아내는 웃음이 많아졌습니다. 누군가를 웃게 할 수 있다는 사실에 나 역시 존재감을 확인받으면서 웃음이 늘었습니다. 아내의 웃음소리가 터질 때마다 장모님은 내 손을 잡아 주었습니다. 그렇다고 날마다 웃는 것은 아니었습니다. 아니, 얼굴을 붉히고 서로 버럭버럭 소리를 지르는 날이 더 많았지요.

나는 아내를 위한 건강하고 보편적인 삶의 길을 만들어 놓고 이끌어 가려고 했지만 그녀는 너무 쉽게 선을 벗어나 버렸습니다. 술을 끊지 못했고, 자신의 몸을 만지는 일에 민감했으며, 갑자기 여행을 간다고 훌쩍 떠났다가 돌아오곤 했습니다. 나는 종종 아내를 행복하게 해 주지 못하는 내 자신의 부족함을 저주했고, 그 저주를 이내 아내에게 지독한 상처를 남긴 작자에게 돌리기 시작했습니다.

부쩍 수척해진 얼굴로 병원을 들락거리던 장모님은 어느 날, 철의 여인의 가면을 벗어 내고는 가냘픈 노파가 되어 호소했습니다.

"걔가 튼실한 몸은 아닌 줄 아네. 그래도 빨리 애를 낳게나. 우리 딸, 여자로서 누릴 것 몽땅 다 누리게 한다는 건 욕심이겠지? 내가 살면 얼마나 살겠는가. 적어도 걔가 엄마가 되는 모습이라도 보고선 죽고 싶네."

"노력하겠습니다."

"아들이건 딸이건 낳기만 하면 몽땅 명의 이전을 시켜 놓겠네. 걔 언니나 오라비 몫은 벌써 넘겼어. 나머진 죄다 자네 거야."

돈이 있으면 기본적인 행복이 보장된다고 믿었던 나는 정말로 노력을 했고, 마침내 서진이를 얻을 수 있었습니다. 장모님이 사 놓았던 아파트에서 서진이를 키우면서 아내는 뒷산 어귀에 있는 장모님의 텃밭에 상추 씨를 뿌리고 여러 가지 채소를 심으며 서서히 안정을 찾아갔습니다.

아내가 온전한 새 가족에 집중하여 유년기를 망각할 수 있도록, 그리고 장모님이 세상을 떠났을 때의 충격을 줄여 보자는 의도에서 우리는 장모님과 따로 살았습니다. 그리고 장모님이 돌아가신 뒤에는 강남의 장모님 집으로 들어가 살았습니다.

어느 날, 아랫배가 아프다며 아내는 산부인과에 다녀왔습니다. 나는 여성들만의 특별한 병이 있으려니 하면서 운전만 해 주었습니다.

그 후로도 몇 번 더 다녔지만 차도가 없자 비로소 우리는 큰 병원에 갔고, 암 선고를 받았습니다.

아내는 긴 치료 과정에서 의지를 발휘했습니다. 서진이가 아내에게 생의 의지를 심어 주었던 것입니다. 하지만 완치의 기대감은 그리 오래가지 못했습니다.

2차 전이가 생겨서 다시 입원한 아내에게 나는 소원을 물었습니다.

"나에게 가장 받고 싶었던 것이 뭐야? 아니, 아니다. 앞으로 가장 받고 싶은 선물이 뭐야?"

"천 일 동안 매일 한 개씩 종이학을 접어 줘. 줄 때마다 사랑한다고 말해 주고."

"조, 종이학?"

"자기한텐 너무 어려운 일이지?"

"식은 죽 먹기야. 더 어려운 거 부탁해도 돼."

"그래? 음, 학을 접어 주는 천 일 동안은 말이지, 나 말고 다른 여자를 절대 생각하지 마. 부정을 타면 안 되잖아."

어느덧 우리는 비관적인 상황을 염두에 두면서 이야기를 나누고 있었지만 굳이 화제를 바꾸지는 않았습니다. 자연스럽게 유언을 주고받을 수 있는 소중한 기회이기도 했으니까요.

"알았어. 약속할게."

"또 있어. 천 일이 끝난 뒤엔 다른 여잘 꼭 만나."

"그건 싫은데."

"에이, 서진이 때문에 그래. 약속해."

"약속할게."

나는 힘없이 처져 있는 아내의 손을 들어 올려 손가락을 걸었습니다.

"도장도 찍어 줘야지."

그녀의 희미한 목소리에는 애써 공포를 밀어 내려는 의지가 담겨 있었습니다. 두 번째 들어가게 되는 수술실에서 무사히 나온다면 그녀는 한결 강해질 것 같았습니다. 하지만 그녀의 몸은 수술이 소용없을 정도로 망가져 있었습니다. 뇌까지 상하게 된 아내는 아주 서서히 세상과의 대화를 끊어 가고 있었습니다. 오직 귀만 살아서 듣고 있었지요.

모처럼 의식이 돌아온 아내는 서진이를 찾았습니다. 그러나 사촌 형의 집에 맡겨진 서진이를 데려왔을 때는 너무 늦었습니다. 아내는 끝내 딸아이와 이야기를 나누지 못한 채 세상과의 대화를 마감했습니다.

나는 서진이와 아내의 대화를 이어 주고 싶었습니다. 그동안 찍었던 동영상에 남아 있던 아내의 목소리를 편집해서 인공지능에 저장했습니다. 그리하여 서진이가 훗날에도 엄마와 짧은 대화라도 나눌 수 있도록 만들었습니다.

나는 세상의 누군가에게 복수를 하여 울분을 풀고 싶었습니다. 그래야 슬픔을 극복할 수 있을 것 같았습니다. 우선 아내의 삼촌의 행방을 추적했습니다.

마침내 그와 통화를 할 수 있었지요.

미안한 그대여.

처음엔 오로지 서진이 때문에 당신에게 접근했습니다. 착한 그대는 영문도 모른 채 누군가에게 삶의 일부를 조작당했습니다.

　나는 어떤 식으로든 죗값을 치를 겁니다.

　오늘도 미안한 사람에게 부치지 못할 편지를, 나의 진실을 기록합
니다.

❊ ✳ ❊

　옛날 남편의 채무 문제로 골머리를 앓은 끝에 금비는 결국 마이
너스 대출을 받고 말았다. 그나마 소득이 증빙되어 필요한 돈을 융
통할 수 있었다. 대신에 옛날 남편에게 각서를 요구했다. 면접교섭
권을 거부하는 위로금 형식으로 채무를 내가 갚아 주었다는 내용이
었다.

　"꼭 이런 걸 써야 하나……요?"

　금비는 카드사로 계좌 이체를 하기에 앞서 그의 애타는 모습을
은근히 즐겼다.

　"송금 취소하고 소송을 할까요? 나도 꼭 송금해야 되나 지금도
고민 중이거든요."

　"허, 참! 많이 똑똑해진 건지, 의심이 많아진 건지, 원!"

　"이 돈, 그냥 소송비로 쓸까요?"

　여차하면 윤서의 조언으로 받아 둔 진단서를 비장의 무기로 꺼
내 들 터였다. 그땐 서로 말을 섞지도 않았던 사이인데도 윤서는
입원 수속과 함께 병원에 금비의 진단서를 신청했었다.

　"아, 쓰잖아. 각서…… 쓰면 되잖아……요."

　그가 돈 앞에서 비굴하게 고개를 숙이자, 금비는 그와의 기억에

서도 더욱 자유로워질 것이라고 예감했다. 앞으로는 영우를 존재하게 한 아빠라는 이유로 막연한 죄의식을 갖지 않아도 될 터였다.

커다란 혹을 떼어 냈다는 홀가분함은 잠깐이었고, 다시금 빚을 지고 살아가는 현실과 허리띠를 졸라매야 하는 일상에서 지독한 삶의 모멸감을 느껴야 했다. 이 방법밖에 없었을까, 하는 자문을 반복하였고, 알면서도 모른 척하는 윤서가 일순 야속하기도 했다. 금비는 그에게 금전적인 도움보다는 묘안을 듣고 싶었을 뿐이었다.

어린이집 원장 선생님도 갑자기 바뀌는 바람에 힘겨운 여름을 지내는 동안 최 여사는 큰 버팀목이 되어 주었다. 금비는 최 여사를 엄마라고 부르기 시작했고, 어린이집에서 업무적으로 사용하던 '어머님'과는 다른 어감이어서 부를 때마다 든든한 동지를 확인하는 듯싶었다.

인생의 중요한 게임을 치르는 중이라는 윤서는 이따금 집에 들러 단기간 동안만 머물다가 떠나곤 했다. 하루라도 서진이와 함께하지 않으면 못 견뎌 했던 지난날의 모습과는 판이하여 금비는 종종 고개를 실긋거렸다.

밝은 옷을 입었던 윤서가 다시금 검은 양복을 입기 시작했다. 정확히 언제부터인지는 알 수 없었지만 하필이면 더운 여름의 길목에 검은 옷을 입고 있어 금비를 의아하게 만들었고, 동네 사람들의 관심도 이끌었다. 산보를 하는 그의 모습을 통학차를 타고 다니는 선생님들과 원생들이 종종 목격했다. 그에 관한 이상한 소문이 돈 것도 그즈음이었다.

"황 선생님, 백작님하고 먼 친척 된다고 했죠?"

이 마을 토박이 조리사 선생님은 검은 양복을 가리켜 '백작'이라는 칭호를 부여하며 줄곧 관심을 드러냈다. 그것이 선생님들 사이로 빠르게 진화해서 드라큘라 백작이 되는 중이었다.

"2층에 이상한 방이 있다는 소문이 도는 건 알고 있나요?"

"저는 처음 듣는데요."

그녀는 비밀의 방을 떠올리며 대답했다.

"어째 무시로 들락거리신 황 선생님만 모르고 계실까?"

"뭔데요?"

"철물점 아저씨가 그 집 베란다 방수 공사 하러 갔다가 무심코 창으로 방 안을 보았대요. 헌데 거기에 사람 머리 같은 게 보여 혼비백산했다지 뭐요."

"말도 안 돼요!"

"가만, 가만! 황 선생님, 끝까지 들어 봐요. 그래, 이상해서 다시 한번 안을 들여다보았더니, 금고 같은 게 보이고 그 위로 놓인 건 가발이었다지 뭐요."

"가발이 있다는 게 어디 이상한 일이에요?"

"헌데 그 아저씨 말로는 가발인지, 사람 머린지 헷갈린다고 이야기를 해 대니 소문이 과장된 거죠."

그녀는 윤서와 무관한 사이가 아닌 금비를 걱정해 주는 성싶었지만, 그보다는 소문의 실체를 확인하고 싶다는 호기심이 가득 드러나 있었다.

"그 방은 서진이 엄마를 기념하는 방이에요. 그래서 유품을 놓아 둔 것이고요. 가발도 서진이 어머님의 유품일 거예요."

왜곡된 상상력을 멈추게 하고 싶어서 그녀는 차분히 설명해 주었다. 하지만 마음속으로는 새로운 비밀의 방에 대한 호기심을 키우고 있었다. 터무니없이 커다란 그 금고 안에는 대체 무엇이 들어 있을까?

어린이집에서 선물받은 큼직한 수박을 들고 금비는 습관처럼 그의 저택으로 걸어갔다. 땀을 뻘뻘 흘리면서 차를 타지 않았던 일을 후회하고 있는데 간밤에 집에 돌아왔다던 윤서가 보였다. 남들 눈에는 느긋한 산보를 즐기는 모습이겠지만, 금비의 눈에는 복잡한 생각으로 에너지를 소비하는 모양새 같았다.

"들어 드릴까요?"

그가 수박을 받아 들려고 했다.

"퍽이나 절묘한 등장이군요."

농담만 건네고 수박은 건네지 않았다.

"무겁지 않아요?"

"아버님이 더 힘이 없어 보이는 거 아세요?"

"정말 그렇게 보입니까?"

과연 그는 자신에게 허점이 보이거나 약해 보이는 일은 참지 못했다. 어쨌거나 농담 앞에서 그가 눈을 크게 뜨니 금비는 당황했다.

"그냥 피곤해 보이세요. 얼굴도 변하신 것 같고."

다시 바라본 그의 얼굴은 연극배우의 그것처럼 화장을 한 상태였다.

"내가 에너지를 너무 소진하고 왔나 보군요."

"어디서요?"

금비는 정말로 궁금해서 물었는데, 그는 대답은 하지 않고 수박을 빼앗아 가려고 했다.

"괜찮아요. 제가 들게요."

그가 선선히 손을 거두고는 빈손으로 나란히 걸었다. 실랑이를 사양하고 단박에 무거운 짐을 여자에게 맡겨 버리는 그의 행동에 금비는 쓴웃음을 내 흘렸다. 타협의 묘를 모르는 남자 같으니. 그런데도 그는 도리어 그녀에게 악의 없는 힐난을 보냈다.

"고집은 여전하군요."

"제가 고집이 센 여자로 보였나 보죠?"

"책임감도 강하고요."

"아버님께 듣는 칭찬이 퍽이나 오래간만이네요."

그녀는 반가운 마음을 들키고 싶지 않았다. 스물아홉 살 엄마가 어리광이라니.

"최근에 내가 소원했던 게 사실입니다. 빚 문제는 해결했나요?"

"빨리도 물으시네요. 네, 제 힘으로 당당하게 해결했어요."

"그럴 줄 알았습니다. 장하십니다."

"네?"

"칭찬입니다. 아직도 내 말이 모호하게 들리나요?"

"그, 글쎄요."

"내가 대화에 서툴다는 점은 알고 있어요."

"그야 비슷한 부류와 하는 대화가 아니면 누구나……."

"난…… 선생님 말고는 긴 이야기를 나눴던 사람이 없었습니다."

금비는 한순간 몸이 굳어 버렸다. 그가 실토해 버린 놀라운 사실이 왜 이리 아프게 와닿는지 모르겠다.

해는 부쩍 길어졌고, 그는 무거운 수박을 든 금비를 외면한 채 지름길을 마다하고 오솔길로 우회했다. 마치 금비의 체력을 단련시키는 행동거지 같았다. 말없이 한참을 걷다가 그가 먼저 입을 열었다.

"어떻게 해결했나요? 그 빚."

금비는 면접교섭권과 맞바꾼 과정을 털어놓았다. 그리고 그가 선물한 주식은 건드리지 않았다는 말도 덧붙였다. 어찌 보면 부끄러운 이야기인데도 뿌듯하게 말했다.

"참! 그 주식 최근에야 시세를 알았어요. 많이도 올랐더군요."

"잘됐군요. 어차피 그 돈은 선생님 것이니……."

"네?"

금비가 동그랗게 눈을 뜨고 바라보자 그가 일순 움찔하더니 말머리를 돌렸다.

"그건 그렇고, 선생님이 지혜롭게 잘 대처했으니, 이번에는 내가 돕게 해 주십시오."

"다 끝난 일이 아닌가요?"

"폭탄 위로 흙을 덮었다고 폭탄이 없어지는 건 아니죠. 영수증과 각서를 준비해 놓으세요. 예전의 진단서도요. 변호사 친구를 소개해 드릴 테니, 그 친구에게 소송을 맡기세요."

"빚이 없어졌는데 소송은 굳이 안 해도 되잖아요?"

"협의이혼을 파기하고 소송이혼으로 가는 겁니다. 그러면 법적으로 면접교섭권을 박탈할 수 있죠."

"그, 그렇군요. 헌데 아버님은 어떻게 이혼 과정을 치른 저보다 더 잘 아세요?"

"그건…… 바로 황금비 선생님의 일이니까요."

"저, 저에 관한 일이어서요?"

"제 말이 모호한가요?"

"네, 그래요."

"선생님은 서진이와 가까이 있으니 선생님 주변을 정리하는 일이 곧 서진이를 위한 일이 아닐까요?"

"정말로 그게 전부인가요?"

금비는 시선을 들어 올려 그를 응시했다. 그의 표정이 복잡하게 얽혀 들더니 억지웃음을 만들었다. 그러고는 고개를 살짝 끄덕였다.

"그렇군요. 언젠가 아버님도 나에게 부탁을 하셨으면 좋겠어요. 늘 받기만 해서 죄송해서 그래요."

"내가 부탁을 할 때마다 선생님은 거절하지 않으셨습니다."

"가사도우미 취직 일이라면 그것도 제가 도움을 받은 셈이죠."

"선생님은 항상 주인이 돼 주었죠."

"제가 도우미 처지에 너무 오버했다는 반성도 했어요."

"더 오버해도 환영합니다. 산부인과 일도 그렇고 나는 선생님처럼 서진이의 야무진 보호자로서 모든 일을 판단하는 사람이 필요했던 겁니다."

금비는 어깨를 으쓱했다. 그를 살짝 의심했던 일이 아직도 미안했는데 좋은 쪽으로 해석했다니 다행이었다. 모든 상황들을 이렇듯 시원하게 설명해 주면 좋으련만.

"그리 자세히 설명해 주시니 칭찬으로 받아들이기에 편하네요.

좋게 봐 주셔서 감사해요. 아무튼 저도 무언가 보답은 하고 싶어요."

"정 그러시다면…… 여름이 가기 전에 내가 저녁 초대를 한다고 했죠?"

"숙제도 내셨지요."

"그날 꼭 초대에 응해 주십시오. 부탁은 그때 하겠습니다."

"숙제를 못 풀어도 참석할 수 있나요?"

"아직 답을 못 찾았습니까?"

"하나, 혹은 둘을 알아냈지만, 진실인지는 모르겠어요. 그게 참 묘하죠? 우연과 조작에 관해 생각을 이어 가다 보니까 우리 인생에서 어느 게 우연이고 조작인지 명확한 구분을 내릴 수 없더라고요. 조작도 우연의 연속일 수도 있고, 또 아무리 치밀한 조작도 우연 앞에서는 맥을 못 출 것 같고요. 어? 왜요? 왜 웃으시는 거죠?"

"처음 뵐 때와 달라진 선생님, 그리고 작년하곤 또 달라진 선생님이 자랑스러워서요."

"피이! 마치 서진이 언니쯤 되는 아이를 대하는 말씀 같잖아요."

그가 드물게 천진한 웃음을 내 흘리니 덩달아 기분이 좋아진 그녀가 어리광을 부렸다. 그가 허공을 향해 그녀의 이름을 불렀다.

"황금비 씨."

이름이 불렸을 뿐인데도 금비는 흠칫 놀랐다. 그와 눈이 마주쳤다. 중요한 말이 나올 것 같은 예감에 그녀의 긴장감은 급속히 팽창되었다. 그가 다시 허공으로 시선을 두며 입을 열자 그녀는 맥이

탁 풀렸다.

"이름은 황금비 씨 아버님이 지으셨나요?"

"네. 처음엔 황금은으로 지으려고 하셨대요. 아빠 당신의 이름이 고철을 닮아서 돈복이 없었다고 믿으셨나 봐요. 다행히도 '은' 자는 아껴 두었다가 은민이한테 붙여 주었죠."

"황금은…… 풋!"

그가 웃음을 터트렸다. 퍽이나 천진한 웃음이었지만 눈 한 번 깜짝할 순간에 휙 지나가고 만 모습이기도 했다. 확실히 그는 웃는 모습을 부끄러워해 왔다. 마치 웃음에 죄책감을 갖는 기이한 습관이라도 있는 것 같았다.

그가 말없이 앞서 걷기 시작했다. 그는 보이지 않는 벽을 극복하고 다가서려 하면 다가오지 말라는 듯 멀어졌다. 쉼 없이 어떤 암시를 주다가도 이쪽에서 다가서면 아니라고 시치미를 떼는 것 같아서 당혹스럽기도 했다. 그럼에도 그녀는 그녀 나름대로 끊어질 듯 이어지는 이 관계의 끈을 소중하게 지켜 나가는 중이었다. 그가 사별 후 오랫동안 혼자만의 시간을 가졌듯이, 금비도 혼자가 된 시간을 좀 더 가진 뒤에, 더불어 어린이집 원장 정도의 지위를 갖춘다면 여자가 남자에게 건넬 수 있는 말을 그에게 건넬 수 있을 것 같았다.

그날 밤, 그녀는 모처럼 거울 앞에서 오래도록 서 있었다. 은민이 했던 말이 생각났다.

'누난 예뻐졌다는 말뜻을 몰라? 갑자기 얼굴이 바뀄다는 게 아냐. 누나가 여성스러워졌다는 거야.'

여전히 예쁜 얼굴은 아니라는 생각이 들었지만 확실히 이사를 온 뒤로 여성스럽게 치장을 하고 제법 소곳이 행동을 하며 겉모습에 신경을 썼다. 책꽂이를 무심코 훑다가 헤밍웨이의 책 제목 하나가 눈에 들어왔다. 그녀는 그 제목을 변형해 뇌까렸다.

"우리는 누구를 위해 화장을 하는가."

어린이집 원장 선생님이 바뀐 지 한참이 지났어도 일은 줄지 않았다. 일이야 아무리 벅차도 견딜 수 있지만 사람이 힘든 것은 감내하기 어려웠다. 새로운 원장 선생님과는 코드가 맞지 않았다. 처음에는 몰랐는데 정규 대학을 나오지 않은 금비에 대한 선입견을 갈수록 노골적으로 드러냈다.

그중에서도 아이들의 부모님들에게 굳이 금비가 정규 대학을 나온 것처럼 속이는 작태가 가장 견디기 어려웠다. 아이들에게 진실하려고 애썼고, 늘 거짓말을 하지 말라고 가르치고 있는데, 정작 어른들이 정직하지 못한 행동거지를 남발하는 것을 소화할 수 없었다. 알게 모르게 무언의 압력을 주면서 원장 선생님은 자신의 지인으로 교사를 교체하고 싶어 했다. 금비는 봄부터 맡은 아이들을 연말까지 책임지고 싶어서 참고 버텼다.

가정 어린이집의 시설장이 되려면 2급 보육 교사 자격을 딴 뒤 2년 이상의 경력을 쌓아야 했다. 하여 그녀는 1, 2년 더 경력을 쌓고 돈을 모은 뒤에 아파트 1층으로 이사를 가서 주거와 직장을 동시에 해결할 목표를 세우고 있었다. 그런데 갑작스럽게 기회가 앞당겨졌다. 연초에 어린이집을 그만두고 뒷산 너머 아파트 단지에서 가정 어린이집을 운영하는 김 선생님이 은밀히 금비를 만나자고 했다.

"아주버님이 모시던 분이 국회의원에 당선되었지 뭐예요. 아주버님이 보좌관으로 임명되셔서 신랑이 아주버님 건물을 관리하면서 가게를 맡아서 하느라 서울에 가 사는데, 도무지 두 집 살림은 안 되겠어요. 일손이 딸려서 나도 거기 붙어야 할 것 같고……."

그녀는 금비에게 동업을 제의했다. 자주 집을 비우는 입장이니 단순히 선생님을 한 분 더 채용해서 해결할 문제가 아니라고 했다. 1년 정도 함께 일하다가 조건이 맞으면 금비에게 넘길 수도 있다고 했다. 요즘 가정 어린이집은 시설이 포화 상태라 허가를 받기가 어려웠다. 게다가 원래는 권리금을 주고 기존 시설을 인수해야 하는데, 금비가 지금 도와준다면 권리금을 양보하고 인수 우선권을 주겠다고 했다.

"없는 처지에 탐나기는 하네요. 제 욕심으로는 지금 맡은 아이들이 졸업할 때까지 책임지고 싶어요. 끝까지 못 한다면 적어도 한 달 말미를 가지고 마무리하고 싶어요."

"그 정도는 기다려 줄 수 있어요. 단지 내가 여기 돈을 빼서 서울에 집을 얻는 데 보태야 할 사정이라 급해서 그래요."

그녀는 가정 어린이집을 운영하는 아파트를 금비가 인수해서 자신에게 다시 세를 주는 형식으로 계약을 하자고 했다.

"돈도 문제지만, 융자를 안고 집주인이 된다는 게 좀 그러네요. 1년 후에 제가 운영하고 싶지 않으면 어떻게 하죠?"

"그땐 황 선생님이 권리금을 받고 다른 사람에게 세를 주면 되잖아요."

인생이란 참 재미있다. 죽어라 목표를 향해 완주했는데도 헛발질을 하는가 하면, 이렇듯 얼결에 목표를 불쑥 앞당길 수도 있었다.

금비는 윤서에게 받은 주식의 가치를 어림해 보았다. 얼마 전에 알아보니 줄잡아 칠천만 원은 되었다. 가정 어린이집이 있는 건물은 시골 아파트인지라 서울 변두리 아파트의 1/3 가격도 안 됐지만 그래도 1억 이상은 가져야 살 수 있었다. 이천만 원은 김 선생님에게 세를 주면서 보증금으로 받을 터이니, 이천만 원 정도가 부족했다. 그 정도면 융자를 해 볼 만했다. 조만간 그 집으로 이사를 가서 살면 지금 사는 집의 보증금을 빼서 융자를 갚을 수 있었다.

가까운 도심의 증권 회사를 찾아갔다. 어린이집을 차리는 데 보태라고 윤서가 준 주식이니 지금 현금으로 바꿔도 무난하다는 생각이 들었다. 증권사 직원의 안내를 받고 금비는 한참 동안 입을 다물지 못했다. 짧은 시기에 추가로 오른 액수가 상상을 초월했다. 겨우 1년 남짓한 시간 동안 두 배가 훨씬 넘게 가치가 올라 있었다. 사람들이 이런 맛에 주식에서 헤어나지 못하나 보다고 금비는 쓸쓸히 중얼거렸다.

그러고 보니 윤서의 혜안은 탁월한가 보다. 그가 선택하고 자신했던 종목이었다. 그러면서도 게임에 싫증이 났다고 다시는 쳐다보지 않는다고 했다. 그가 대단해 보였다. 돈이 넉넉하여 욕심이 없을 수도 있지만, 사람들은 익숙하고 자신 있는 분야에서 군림하기를 즐기고, 한번 얻은 자리를 기득권인 양 좀처럼 놓지 않으려 하잖은가.

증권사의 돈을 이체시키고 나오면서 금비는 묘한 기분에 사로잡혔다. 남편이 주식 시장에서 잃어버린 돈을 그녀가 되찾아 온다는 기분이 들었던 것이다.

금비는 소도시의 24평 아파트 1층 주인이 될 수 있는 '벼락부자' 가 되었다. 계약서를 쓰기 전에 고모님에게 여러 가지 조언을 구하고 확인을 받고자 전화를 걸었다. 뜻밖에 고모님은 직접 달려와 계약을 하는 자리에 동석해 주었다. 어쩌나 자신의 일처럼 챙겨주는지 지난날 이쪽에서 불편하다고 먼저 거리감을 두었던 점이 부끄러울 지경이었다.

윤서를 만나서 주식을 현금으로 바꾼 사실을 알리고 싶었다. 하지만 그는 좀처럼 모습을 보이지 않았다.

혹자는 희망이 밥이라 했다. 공감이 갔다. 근무하는 어린이집의 옹골진 마무리와 동업에 참가할 가정 어린이집 일로 몸이 파김치가 되었어도 콧노래를 불렀다. 한마디로 물에 밥만 말아 먹어도 배가 부르고 만족했다.

여름의 끝 무렵에 금비는 기다리던 연락을 받았다.

"태풍이 온다더니 정말로 바람이 심하네요. 비도 많이 와요."

안부를 물으면서 금비가 날씨 이야기를 하자, 전화기 저편의 그가 느긋하게 대꾸했다.

— 여름이 노망을 부리는 걸 보니 곧 가을이네요.

그는 곧 본론을 밝혔다.

— 초대하겠습니다. 내일 저녁 괜찮습니까?

그렇게 금비는 여름이 노망을 부리는 사나운 날씨 속에서 처음으로 그의 집 정문을 이용했다.

오랜 시간을 무언가 말하려다가 거두기를 반복하여 속을 태웠던 그가 이번에는 속 시원하게 속내를 꺼낼 줄 알았다. 금비에게는 과분한 고백을 한다고 해도 그녀는 기꺼이 수용할 터였다. 자신도 시설장이 된다는 사실에서 자신감을 얻었다는 점은 부인하지 못하겠다. 그리고 또 하나, 설령 통속적인 만남으로 전락될 그런 부탁을 해도 들어줄 각오를 다지며 속옷을 포함한 옷차림에 공을 들였다. 주식까지 처분한 마당에 어떤 식으로든 빚을 갚고 싶었다. 그리고 그가 과분한 고백을 하지 않는 이상 앞으로는 정말로 스스로 길을 닦고 싶었다.

그랬던 것인데,

단순히 영우를 자신의 호적에 올리라니!

10. 나를 향한 주변의 시선은 내 지난 행위에 관한 메아리다

빗물에 난타당하는 발코니 창을 바라보면서 금비는 긴 생각에서 깨어나 입을 열었다.

"결혼할 생각은 전혀 없다고 말씀하셨지요?"

"그렇습니다."

"그럼 다만 아들이 필요했던 건가요? 서진이와 붙어 있을 아들이?"

금비의 목소리는 떨림을 싣고 있었다. 슬픔인지 분노인지는 모르겠다. 윤서가 복잡한 표정을 담은 채 대답을 망설였다.

"왜 대답을 못 하시죠? 정말로 답답합니다! 아버님에게 있어서 나는 대체 누구입니까? 또 아버님은 대체 누구십니까? 내 소중한 기둥인, 내 아들을 진정 맡길 만한 분입니까?"

지난날을 새김질하면서 줄줄이 엮어 둔 의혹과 모호한 관계의 질에 반발하는 양 금비는 거침없이 목소리를 높였다.

"과하게 신세 진 건 압니다. 하지만 제가 이렇게 두 눈 똑바로 뜨고 짱짱하게 살아 있는데, 어떻게 아들을 남의 호적에 올린단 말입니까. 솔직히 황당합니다."

"진정하세요, 선생님."

"항상 안개 속에 숨어 계시면서 신뢰감만 요구하시니 정말 답답하다고요!"

금비의 목소리가 높아가자 그가 손짓으로 달랬다. 혼자만 차분한 그런 모습이 얄미웠다.

"황금비 선생님. 아들만…… 아들만 호적에 올린다면 안 되겠죠. 당연히 말이 안 되겠죠."

"그래요. 쉽게 설명 좀 해 주세요."

"선생님은 영우의 엄마이니 서류상으로 당연히 저의 부인이 되는 겁니다. 선생님은 여전히 법적으로 영우와 한 둥지에 있게 되죠."

"결혼은 안 하신다면서요!"

"맞습니다. 결혼은 안 합니다. 계속해서 지금 같은 관계를 유지하는 겁니다. 온전한 법적 보호를 위해 단지 혼인 신고만 하는 거죠."

"……!"

드물게 그가 정황을 설명했지만, 금비의 머릿속은 어느 때보다 혼란스러웠다. 과연 그는 나를 여자로 바라보지 않았던 것일까? '단지 혼인 신고만'이라는 그의 말이 뇌리에서 반복되고 있었다.

"혼인 신고…… 민감한 이야기를 참 쉽게도 하시네요."

"절대로 쉽게 하는 말이 아닙니다. 나는 서진이와 나를 위해서도 고민했지만, 선생님과 영우의 입장에 서서도 많은 고민을 하고 내린 결론입니다!"

금비는 거칠게 도리질을 했다.

"아무리 고심하셨다고 해도 제가 납득하지 못하면 소용이 없잖아요."

"저를 신뢰하지 않으세요?"

"신뢰라고요? 물론 아버님을 믿고 의지해요. 그 바탕이 신뢰감인 줄 저도 알고 있어요. 하지만 아버님이 결정한 모든 일이 옳다는 뜻은 아니에요."

"그래서 오늘 상의하는 거 아닙니까?"

"일방적인 통보 형식이었죠."

살아오면서 주변과 상대가 자신에게 주는 모든 행위는 결국 내 행위에 대한 메아리라는 결론을 얻었다. 그가 일방적으로 혼인 신고니 호적을 운운하는 일도 결국 금비 자신이 수동적인 삶의 모습을 보여서 생겨난 결과이리라. 하여 일방적으로 그의 이야기를 따르는 일로 일관했던 지난날과는 달리 금비는 동등한 입장에 서려고 애쓰면서 그의 말을 조목조목 따져 나갔다. 머릿속에서는 '단지 혼인 신고만'이라는 말이 묘한 반발심을 불러일으켰기에 금비는 피하지 않고 그의 시선을 마주했다.

"생각을 정리하는 법과 밖으로 드러내는 법을 많이 익히셨군요."

"아마도 논리적인 유희를 즐기시는 분 곁에 오래 있다 보니 오염됐나 봐요."

"왜 하필이면 오염입니까?"

"쉽고 명확한 말을 두고 머리를 쓰는 말을 배우는 게 피곤한 오염이 아니겠어요?"

그녀의 목소리는 어느덧 시니컬하게 변해 있었다. 그는 무엇이 좋은지 연방 히죽거렸다.

"비밀과 거짓을 고상하게 포장하는 사람들이 모호한 논리를 흘리기는 하죠."

"그럼 포장을 벗기고 말씀해 주세요. 왜 아버님과 혼인 신고를 해야 하는 거죠?"

"그건…… 영우와 서진이에게 완전한 가족의 틀을 공인해 주고 싶어섭니다. 과거의 가족 관계를 영구 삭제 하는 것이죠. 또 다른 한 가지는 만약에 제게 무슨 일이 생기면…… 선생님이 서진이의 법적인 보호자가 되게 하려고 그럽니다. 그 보상으로 제 재산은 법적으로 선생님이 온전히 물려받을 수 있죠."

제법 논리를 갖춘 말이었지만 여전히 황당했다. 은근히 기대했던 프러포즈였어도, 통속적인 관계의 전락인 옷을 벗으라는 말이었어도 이렇듯 황당하지는 않았으리라. 그런데 엄청난 그의 재산 이야기에 가슴이 순간적으로 쿵쾅거렸다. 속물근성이 먼저인지 그의 안위에 대한 걱정이 먼저였는지는 모르겠다. 유산을 들먹이기에는 그는 너무 젊었다.

"왜 그런 생각을 벌써…… 혹시 어디 아프세요?"

"만약에, 라고 했습니다."

"여전히 많은 걸 감추고 계시는 것 같아요."

문득 그가 경찰의 심문을 받았다는 은민이의 말이 떠올랐다. 그는 아주 위험한 일을 꾸며 왔고, 지금도 위험을 이어 간다는 의혹이 생겼다. 금비의 표정을 읽었는지 그가 부드럽게 설명했다.

"제가 최근에 인생의 중요한 게임을 치르는 중이라고 말씀드렸 었죠? 그 게임이 끝나면 다 말씀드리죠. 우선은 서진이의 든든한 후견인을 확인하고 싶습니다."

불길한 상상에도 불구하고 금비의 가슴으로 온기가 번졌다. 혼인 신고를 떠나서 그가 서진이의 후견인으로 자신을 지목했다는 사실 때문이었다. 그는 정말로 금비를 신뢰하고 있었던 것이다.

"그렇다면 아버님, 제가 무슨 일이 생겨서 영우를 돌보지 못하면 아버님이 보호자가 되어 주시나요?"

"선생님에겐 든든한 은민이가 있잖습니까?"

"그러니 만약에, 라고 여쭙잖아요."

"도, 돌봐야죠."

그의 대답에 자신감이 실리지 않아서 그녀는 조심스럽게 물었다.

"저, 아버님. 중요한 게임이라는 게 무슨 일인지 알려 주실 수 있는지요?"

"그건…… 저절로 알게 되겠죠. 가마에 들어간 도자기처럼, 때 가 되면 저절로 결과가 드러날 겁니다."

"여전히 모호하시군요."

금비의 볼멘소리를 외면한 채 그는 화제를 돌렸다.

"자, 이제 선생님이 대답하실 차롑니다. 내 제의를 받아들이시겠 습니까?"

"중요한 문제라서 시간을 좀……."

"가능하면 빠른 답변을 듣고 싶군요."

"거야 아버님이 하시기 나름이죠."

"무슨 의미죠?"

"아둔한 저를 납득시키려면 시원시원하게 다 털어놓으셔야 할 거에요. 저를 진짜 신뢰한다면 어두운 일이어도 괜찮아요. 다 포옹할 수 있다고 감히 말씀드릴 수 있어요."

"휴우……!"

그가 이마를 손가락으로 짚으며 한숨을 토했다.

"오늘은 제가 피곤해서 쉽고 명확히 설명을 못 드리겠습니다."

"또 도망가시는군요."

금비가 그를 똑바로 바라보았고, 그도 그녀를 응시했다. 얼굴을 붉히며 시선을 먼저 돌린 쪽은 그였다.

"으음…… 내가 선생님과 영우 문제로 고심을 했는데, 선생님의 반응을 아직 계산 못 한 탓에 대응책이 미흡…… 그러니까 어떻게 전달을 해야 할지 좀 시간이 필요합니다."

그가 더듬거렸다. 마치 견고한 성이 무너지는 것 같은 우스꽝스러운 모습이었다. 그런 모습에서 따뜻한 인간미를 발견하는 아이러니라니.

"그렇다면 아버님은 저의 반응을 계산하는 것처럼 모든 말을 계산을 거친 뒤 꺼내시나요?"

"딱히 그렇다고는 할 수 없지만……."

"오늘은 저의 반응이 예상을 빗나갔죠? 그래서 더듬거리시는 것 같아요."

그가 피식 웃었다.

"인정할 테니 그만하죠."

"알겠어요. 오늘은 그만하죠. 말씀하신 일은 생각을 좀 해 볼게요. 그리고 제가 아둔해서 아버님 또한 답답하실 것 같아요."

"아뇨. 즐겁습니다."

"저와 이야기하는 것 말인가요?"

"그렇습니다. 전에도 말씀드린 적이 있죠? 그 누구와도 긴 이야기를 나눈 적이 없었다고."

"후후, 정말로 아버님은 그러셨을 것 같아요. 감사해요."

"감사는 내 몫이겠죠. 자, 이제 숙제 이야기로 넘어갈까요?"

그가 재빨리 대화의 주도권을 되찾았다.

"제게 선생님의 인생과 인연을 왜곡시킨 죄가 보였다면 얼마든지 화내도 됩니다."

그녀는 두어 가지를 추측하고 있었다. 자신의 인생을 누군가 은밀히 조작했다는 사실은 징그러운 일이다. 하지만 묘하게도 그 조작으로 인하여 그의 내면에 담긴 따뜻한 인간미를 엿볼 수 있었다.

문득 그의 달라진 헤어스타일을 바라보면서 마을에 소문이 돌던 가발을 떠올렸다. 그의 머리카락이 진짜가 아닐 수도 있다는 생각이 들더니, 급기야 눈앞의 남자가 실존하지 않는 허상 같다는 착각마저 들었다.

❋✱❋

미안한 사랑에게(8)

나는 매사에 변수를 측량하며 계획적으로 살아왔습니다. 치밀한 계산에 구멍이 생기면 나는 걷잡을 수 없는 혼돈에 빠지고 상처받은 자존심으로 한동안 무기력하게 보내고 맙니다. 하지만 당신이 나의 은밀한 행위를 알아채는 순간에는 혼돈도 상처도 없었고, 도리어 잔잔한 행복을 누렸습니다. 현명한 당신이 말했죠.

'차민수를 찾아내 내게 보낸 건 아버님이셨어요. 민수한테 어린이집 카카오 스토리 이야기를 들었을 때는 기연미연했어요. 그런데 은민이는 어린이집을 알려 준 적이 없다고 하더군요. 물론 원장 선생님의 전화번호나 사진도요.'

'내가 간여했다는 확신으로는 부족한 증거 같군요.'

'물론이죠. 그런데요, 민수가 이사하는 날을 정확히 알고 찾아왔어요. 그 역시 은민이는 가르쳐 준 적이 없다고 하네요. 은민이 말고 이사하는 날을 아는 사람은 아버님밖에 없었어요. 그리고 무엇보다도, 원장 선생님을 움직일 수 있는 사람이 아버님 말고 또 누가 있을까요?'

'좋습니다. 죄를 시인합니다. 나는 선생님을 진심으로 보고 싶어 하고 아껴 주는 사람들을 파악하고 싶었습니다. 선생님 곁에 우군을 두고 싶어서 선생님을 아는 사람들을 수소문했습니다. 그건 그렇고, 민수란 남자는 지금도 금비 씨를 마음에 품고 있던데, 선생님도 같은 생각입니까?'

'아버님은…… 많은 것에 부족함이 없어 보이시지만, 솔직히 남녀 간의 감정은 잘 모르신다는 생각이 드네요.'

맞습니다. 당신의 말마따나 지금이 조선 시대도 아니고, 내가 당신의 짝을 선택할 부모도 아니죠. 더욱이 차민수를 계속 만나더라도 혼인 신고는 나와 하자는 변덕을 부린 처지죠.

어쨌거나 당신이 맞고, 내가 틀렸습니다. 왜냐하면 나는 당신을 그저 설계도의 도구로 여기고 출발했으니까요.

당신은 또 세영의 등장에 관한 배경도 영리하게 헤아리셨습니다.

'이 동네로 이사 와서 취업 면접을 보면서 깜짝 놀랐어요. 제가 언제 무능한 선생 딱지를 떼어 냈는지를 곰곰 생각해 봤어요. 나는 날마다 세영이와 율동을 함께 했고, 피아노를 효과적으로 배웠는데, 정작 서진이는 스스로 피아노를 쳤을 뿐 배운 것이 거의 없었어요. 영어 율동도 서진이가 아닌 보육 교사를 위한 프로그램 같았어요. 아버님이 저를 배려하셔서 세영이를 집으로 들이셨다는 결론을 얻었어요. 어때요? 제 말이 정답이 될까요?'

그렇습니다. 덤으로 세영이가 은민이와 인연을 연장하길 노렸지요. 아무튼 그런 사실을 알아차린 당신이 자랑스러워 내가 얼마나 기뻤는지 모를 겁니다. 하지만 기쁨에 이어 근심이 밀려들었습니다. 내가 가장 죄스럽게 생각하는 남편에 대한 일을 당신이 언급하지 않았기 때문이었죠. 결국 내가 먼저 꺼내고 말았습니다.

'내가 왜 주식을 선물했는지 생각해 본 적 있나요?'

'제 꿈을 앞당겨 주시고자 배려해 주신 거 아니에요? 정말 감사해요.'

'다른 방법도 있는데 왜 주식이었을까요?'

'저도 왜 주식인지 곰곰 생각해 봤어요. 아버님이 언젠가 말씀하셨죠. 욕심에 눈이 먼 사람들의 돈을 사냥하셨다고요. 사냥당한 어리석은 무리들 중 태반은 제 옛날 남편 같은 사람들이었겠죠? 그래서 확대 해석 하자면 남편도 아버님에게 사냥을 당했지 싶더라고요. 아버님은 은민이를 통해 제가 가난에 빠진 이유를 이미 들으신 걸로 알고 있거든요.'

'언제부터 알고 계셨나요?'

'기연미연했어요. 그런데 언젠가 산책을 하면서 아버님이 원래 제 돈이라고 말씀하시는 순간, 아! 하는 생각이 스쳤어요.'

나는 당신이 더 날카롭지 못했다는 사실에 차라리 안도의 한숨을 내쉬었습니다. 남편의 몰락을 앞당긴 이가 바로 나라는 것을, 또 보다 빠르게 이혼에 이르게 만든 사람도 바로 나라는 것을 차마 밝힐 수는 없었습니다.

이제 당신은 내가 세상에서 가장 신뢰하는 사람입니다. 언젠가 내가 현금 카드를 건네주었을 때 당신은 사양했습니다. 만약에 당신이 덥석 받아서 모조리 인출했다면 나는 이번 제안을 하지 못했을 겁니다. 미안합니다. 그것이 마지막 시험이었죠. 건강한 영혼의 당신을 시험해서 미안합니다.

당신은 몹시 어려운 처지에 있으면서도 스스로 일어나는 방법을 먼저 찾았습니다. 돈이란 쓰고자 하면 언제나 부족하죠. 당신은 꼭 필요한 돈만 취했습니다. 책임이나 무거운 대가를 두려워하지 않고 무조건 남의 돈이라고 덥석 챙기는 사람들을 나는 불신합니다.

미안한 나의 사랑이여.

나의 제안을 받고 당신은 당혹스러웠겠지요. 당신이 나를 거절할지 모른다는 떨림을 안고 사랑한다는 고백을 했어야 하는 자리였습니다. 하지만 지겨운 나의 숙제는 좀처럼 끝날 기미를 보이지 않더군요. 그래서 하늘이 원망스럽습니다.

당신을 알기 전, 아버지를 만나러 출국하는 길에 건강검진을 받았습니다. 그때 대장에 용종이 생겼다는 사실을 알게 되었습니다. 간단한 수술로 혹은 제거했고, 영양사 면허증을 가진 간호사 출신 고모님을 집으로 들인 후 딴에는 식생활의 변화로 예방 조치를 취했습니다. 서진이가 어른이 될 때까지 나는 건강해야 했으니까요. 한편으로는 만약이라는 가정 아래 서진이의 미래를 위한 안전장치를 본격적으로 가늠하기 시작했습니다. 그때 당신이 내 앞에 나타났던 겁니다.

❉✸❉

편지 쓰기를 마친 윤서는 쓴웃음을 지었다. 처음 편지를 쓸 때 가졌던 곤혹스럽고 낯간지러웠던 마음이 어느덧 진심 어린 애정으로 변모하고 있었다. 윤서는 아내를 떠올리며 변명조로 뇌까렸다.

"당신도 여자니까 이해하겠지? 우리 서진이를 돌봐 줄 여잔데, 당연히 사랑했다는 식으로 편지를 남겨 줘야 하지 않겠어? 사실 금비 씨가 여자로서 매력은 당신에 비해 한참 떨어지잖아! 그럴수록 격려가 필요하지 않겠어?"

그럼에도 불구하고 윤서는 생소하게 두근거리는 가슴을 아내에게 들킬 것만 같아 황망히 '비밀의 방'을 나왔다. 서진이가 다음 날 입고 갈 옷을 챙겨 두기 위해 안방에 들어가 서랍장을 열었다. 정갈하게 개켜진 옷을 바라보자니 진정되었던 가슴이 다시금 달떴다. 참으로 이상한 일이었다.

얼마 동안 그렇게 옷을 바라보고 있었을까. 서진이가 잠에서 깬 줄도 몰랐다. 어쩌면 불빛 때문에 일어나 진즉부터 자신을 지켜보았지 싶다.

서진이가 침울하게 입을 열었다.

"아빠, 고민이 있어서 잠이 안 와요."

"응?"

고민이라는 낱말을 입에 올리는 딸을 윤서는 흐뭇하게 마주 보았다. 하루라도 빨리 딸이 어른이 되기를 부쩍 소망하는 요즘이었기에 더욱 그랬다.

"그 고민 아빠가 해결해 볼까?"

"아, 어린이집 친구와 다투었거든요. 근데 제가 조금 더 잘못한 거 같아요."

"그럼 먼저 사과를 해야겠지?"

"남자가 먼저 사과해야 하잖아요?"

"호, 남자 친구?"

"아아, 아빠. 그냥 남자요. 친하게 지내려고 해도 미운 짓을 많이 해서 정이 안 가요. 그래서 그런지 자꾸 나도 모르게 걔한테 짜증을 내고 말더라고요."

서진이의 다양한 표정의 흐름을 골똘히 지켜보며 귀를 열고 있던 윤서는 곧 빙그레 웃었다.

"아빠한테 좋은 방법이 있긴 한데."

"뭔데요?"

"날마다 그 녀석한테 편지를 써."

"네? 그건 시, 싫은데요. 남자가 먼저 편지를 쓴다면 몰라도."

"편지는 보내지 않아도 돼. 가령 비밀 일기처럼 혼자만 알고 쓰는 거지."

서진이에게 집중되었던 윤서의 시선은 천장을 지나 창유리로 향했다. 그러고는 나지막이 자신의 경험을 에둘러 밝혔다.

"네가 좋다고, 네가 사랑스럽다고, 자꾸 편지를 쓰다 보면 어느 날 정말로 상대가 사랑스러워질 수도 있단다. 참 신기한 일이지."

11. 앎의 함정

사람을 모른다고 여길 적에는 계속 알고자 노력했다.

안다고 하는 순간 나는 장님이 되었다. 그는 사물이 아니라 오늘도 내일도 예측할 수 없는 방향으로 움직이는 나와 같은 인간이었으니까.

✻✳✻

혼인 신고를 하자는 말은 곧 청혼이련만 금비는 울울한 기분을 털어 낼 수 없었다. 이혼한 지 얼마나 되었다고 벌써 다른 남자를 마음에 품느냐는 관습적인 도덕은 더 이상 기운을 쓰지 못했다.

자신이 이렇듯 욕심이 많은 여자인 줄 몰랐다. 그가 막대한 재산을 걸고 자신을 서진이의 후견인으로 지목했다는 사실에 감사해야 했다. 그런데도 그의 영혼까지 원하고 있었다.

개켜 둔 빨래에 관한 반응과 누군가와 오랜 시간 이야기를 나눈 적이 없었다는 사실을 안 뒤로 종종 그를 안아 주고 싶었다. 그의 삶이 외로워 보였다. 어쭙잖은 모성애라고 치부했던 감정이 방향을 달리하고 있었다. 생겨날 때마다 황급히 묻어 두고, 또 묻어 두었던 과한 욕심들이 한꺼번에 밖으로 드러났다.

맙소사!

오래전부터 은연중에 그가 여자로 바라봐 주기를 원했고, 그가 보인 관심을 사랑으로 해석하기를 즐겼던 것이다.

사나웠던 비바람의 잔해가 떠다니는 새벽 창밖을 바라보다가 금비는 거울 앞에 섰다. 정말로 그의 눈에는 내가 여자로 보이지 않았던 것일까? 단지 서진이 때문에 그런 제의를 한 것일까?

거울 속의 못생긴 여자가 울려고 했다. 스물아홉 살이라는 연륜의 주름살도 도드라져 보였다. 그의 집 거실에 걸린 서진이 엄마의 고운 얼굴이 떠올라 불현듯 얼굴이 화끈거렸다.

바보 같으니! 계약일 뿐인데 뭘! 가사도우미 일을 계약했던 것처럼 후견인 계약을 맺었을 뿐인데 뭘!

그녀는 영화 속의 멋진 사나이처럼 씨익 웃었다. 지난밤부터 시작된 상념의 마라톤을 치르는 동안 술을 마시고 싶다는 유혹을 가까스로 감내하고 있었다. 제사나 요리를 만들 때 쓸 요량으로 남겨 둔 술병에 손이 가려고 할 때마다 잠자는 영우를 바라보면서 인내심을 발휘했다.

일을 위한 체력을 충전하고자 누웠다. 이번에는 좁혀진 생각들이 잠을 방해했다. 후견인이 되어 주는 계약만 결정하면 되었다. 이

세상에는 공짜는 없다. 얻는 만큼 책임과 대가가 따르기 마련이었다. 가정 어린이집의 원장 자리가 눈앞에 있었다. 여기까지 오는 과정은 힘겨웠지만 이제부터는 혼자서도 좀 더 수월하게 생활을 이어 갈 터였다. 영우도 혼자서 키울 자신이 있었다.

그녀는 새삼 영악해져서 그와의 계약으로 인한 득실을 가늠해 보았다. 하지만 이내 모든 계산을 지워 버리고 말았다. 서진이의 맑은 눈동자와 애써 의젓하게 행동하는 안쓰러운 모습이 떠올랐던 탓이었다. 처음에는 몰랐는데, 서진이야말로 엄마의 실체에 몹시 굶주려 있었다.

며칠 전에 다 같이 밥을 먹기 위해 식당에 갔다. 엄마들이 고기를 굽고 먹여 주는 모습들이 흔한 그런 널찍한 식당이었다. 서진이는 엄마와 아이가 다정히 고기를 먹고 있는 테이블을 오래도록 힐끔거리더니 식당을 나오자 다리가 아프다며 업어 달라고 했다. 그녀는 왜 서진이가 안 하던 어리광을 부리는지 이미 알고 있기에 선선히 등을 내밀었다. 같이 업히려는 영우를 최 여사에게 간신히 떼어 낸 뒤에야 서진이를 업었다.

'어이구! 우리 딸, 무겁기도 해라.'

금비 자신도 모르게 딸이라는 말을 내 흘렸는데, 등을 통해 온기를 나누고 있던 서진이가 그 말을 받았다.

'선생님이 엄마면 좋겠어요. 땅의 엄마요.'

'땅의 엄마?'

'하늘 엄마는 나를 날마다 보신다고 해도 나는 눈이 부셔서 하늘 엄마를 못 보잖아요. 땅에도 엄마가 있었음 좋겠어요.'

그녀는 대답해 줄 말이 궁해 가만히 걷기만 했다. 땅의 엄마에 관한 이야기는 그녀의 영역이 아니었다. 윤서는 서진이가 조숙하기를 원했고, 또 보살핌을 받기보다는 장녀처럼 자라기를 원했다. 그래서 더 영우를 원하는 듯싶었다.

그가 틀렸다는 확신이 없어서 대놓고 말을 못 하겠다. 다만 그와 생각이 달라 장녀의 몫에 담긴 위험성을 무시하지 못했다. 외로움이란 본디 밖으로 드러난 것보다 안으로 삭이는 일이 더 무겁고 위태로운 법이건만.

여하튼 그가 계획적으로 서진이와 그녀의 시간을 만들었다면 성공했다. 어느덧 서진이는 금비의 딸이고 영우의 누나가 되어 있었다.

그녀는 잠자리를 뒤척거리며 생각의 꼬리를 이어 갔다. 문득 그의 창백한 얼굴과 부쩍 야윈 몰골을 기억했다. 그는 어딘가 아픈 사람 같았다. 대체 무슨 게임을 한다는 것일까? 은민이 들먹인 경찰 이야기가 다시금 떠올랐다.

이른 아침에 집을 나와 그의 별장을 향해 걸었다. 늦더위가 거머리처럼 달라붙은 9월이었다. 어디선가 자꾸만 봄날에 맡았던 아카시아 냄새가 날아드는 것 같아서 금비는 빈번히 코를 벌름거리고는 다시 올 수 없는 그 시간을 아쉬워했다.

내년에 다시 아카시아 향이 돌아올 테지만 어쩐지 그와 함께 그 향기를 공유할 수 없을 것 같다는 불안감이 들었다. 그가 이번에 집을 떠나면 언제 또 돌아올지 알 수 없었기에 이대로 보내면 안된다는 막연한 직감을 떨어 낼 수 없었다.

금비는 '드라큘라 백작의 성' 어귀의 정자에 앉았다. 이어지는 걸음을 망설였다. 이른 아침에 찾아가서 무슨 말을 할 수 있을까?

두터운 흐린 하늘을 비집고 엷은 햇살이 내려앉았다. 금비는 출근하기 위해 어린이집 쪽으로 걸음을 돌리고자 했다. 그때 윤서의 자동차가 미끄러져 내려왔다. 금비는 충동적으로 차 앞으로 뛰어들었다.

"멈추세요!"

차가 미끄러지면서 멈췄고, 그가 차에서 내려 범퍼를 짚고 있는 금비에게 다가왔다.

"무슨 일이 있습니까?"

윤서는 그녀의 돌발적인 행태를 힐난하지 않고 걱정이 가득한 표정을 지었다.

"중대한 게임이란 게 뭐죠? 중요한 숙제를 또 내 주시고는 이대로 그냥 가시면 안 될 것 같아요."

"다녀와서 다 말하겠다고 말씀드렸잖습니까."

그는 특유의 책을 읽는 투의 조용한 목소리로 말했다. 하지만 그의 얼굴 표정은 평온하지 못했다. 당혹스러움보다는 깊은 우울을 잔뜩 돌출하고 있었다.

"아무튼…… 이대로 그냥 가시면 안 돼요. 어디가 아프신 거죠? 몸이 퍽이나 축나 보이는데, 아니라고 시침을 떼실 거예요?"

"아픈 사람이 멀쩡히 밥 잘 먹고 술 마시고 산보하고 운전하겠습니까? 걱정 말고 선생님은 내가 제안한 문제나 믿고 따라 주십시오. 필요하다면 저번에 그 변호사 친구가 조언을 해 줄 겁니다."

"것도 너무하셨어요. 그래도 명색이 청혼인데, 적어도, 적어도……."

금비는 차마 다음 말을 잇지 못했다.

"제 방법이 무례했나 보군요."

그녀는 더운 눈시울을 하고 고개를 끄덕거렸다.

"마음을 상하게 했다면 사과드리겠습니다. 그럼 내가 어떻게 했어야 할까요?"

"그건…… 아, 아니에요. 그보다 아버님, 정말 안 아프신 건가요?"

"대답해 주세요. 내가 어떻게 해야 선생님이 울지 않을 겁니까?"

"울지 않아요."

"지금 눈물을 흘리고 있잖습니까."

"새벽에 비가 왔어요. 빗물일 거예요."

"슬픔의 재채기겠죠. 자, 말씀해 보세요, 선생님. 부탁입니다."

"한 번만, 청혼 같은 건 아니었어도, 적어도 그 말씀을 하실 때 한 번만이라도…… 안아 주실 수는……."

삼켜야 한다고 다짐했고 연습했는데도 결국 입 밖으로 흘리고 말았다. 그녀는 고개를 숙여 눈물 같은 물기를 머금은 흙과 풀잎에 시선을 붙였다.

그가 다가오는 기척을 느끼면서 이건 아닌데, 하고 속으로 외쳤다. 하지만 그는 좀처럼 그녀를 안아 주지 않았다. 한 걸음 다가왔다가 다시 두 걸음 물러나 버렸던 것이다. 고개를 드니 그가 보고 있었다.

"황금비 씨, 내가 돌아오면, 꼭 그 말을 다시 내게 해 주십시오."

돌아선 그가 이내 고개를 돌렸다.

"언젠가 제가 황금비 씨를 두고 숙녀로서의 매력은 별로라고 했었죠?"

기억하고 있었기에 금비는 선선히 고개를 끄덕였다.

"적어도 저에겐, 저의 특수한 상황에선 가장 매력 있는 여잡니다. 보편적인 아름다움에서도……."

썩 안타까운 눈빛과 함께 그 말을 남기고는 차에 올랐다. 금비는 멀어지는 그의 차를 망연히 바라보았다. 서진이를 데리러 오는 노란 통학차가 올 때까지 그녀는 '슬픔의 재채기'를 멈추지 못했다.

모처럼 긴 연휴가 주어지는 추석을 가까이 두고 금비는 어린이집의 아이들과 헤어질 마음의 준비를 하면서 수업을 이끌었다. 다음 주부터는 후임과 함께 마지막 일주일 수업을 할 터였다. 한편으로는 다음 직장이 될 김 선생님의 가정 어린이집에 신경을 써야 할 형편인데도 믿는 구석이 있어서 영우를 돌보는 문제로 고민하지 않았다. 은민이가 제대를 한 것이다. 취업 준비로 분주하겠지만 언제든 부르면 달려와 줄 수 있는 핏줄이 가까이 있음에 금비는 오롯한 포만감을 누렸다.

아침에 윤서가 끝내 안아 주지 않았던 상처는 은민이 온다는 소식으로 일단은 봉합되었다. 경례를 붙이며 우렁찬 목소리로 제대를 보고하는 은민을 보면서 그녀는 자식을 바라보는 뿌듯함을 누렸다. 어느덧 의지할 수 있는 든든한 동생이지만, 여전히 그녀는 은민이의 보호자임을 자처했다.

저녁에 외식을 하고 돌아오면서 은민은 불쑥 금비를 업어 주겠다며 등을 디밀었다.

"징그럽다, 야. 영우나 업어 줘라."

"딱 하루만 나를 자랑스러운 아들로 여기고 한번 업혀라, 누나."

"딱 세 걸음만 업는 거다."

사람들의 시선과 영우의 칭얼거림을 잠시 접어 두고 금비는 은민의 등에 업혔다.

"누나, 고생했어. 이제 누나는 호강만 하면 돼. 영우는 가고 싶은 학교 어디든 보내. 대학 등록금까지 외삼촌이 다 책임질 거야."

"흥! 네가 장가를 안 가서 하는 말이지."

그녀는 은민의 등에서 내려 영우를 업고서는 참고 있던 궁금증을 꺼냈다.

"세영이는 면회 왔었니?"

"응. 서진이 아버님이랑 같이 오고, 또 혼자도 왔었어."

"서진이 아버님이?"

"어? 누난 몰랐던 거야?"

"아, 아냐. 그런 말을 들은 것 같기도 하고. 네가 편지에는 이야기를 안 해서……."

그는 왜 자신에게는 아무런 말도 안 해 주고 면회를 갔을까? 세영을 데리고 간 이유는 은민과 엮어 주고 싶어서였을까?

"세영이 보고 싶다. 한번 놀러 오라고 해라."

"……누나가 여기 있는 거 말해 줘도 된다고는 했지만 확실히 물어본 다음에 얘기하려고 나도 아직 가라는 말을 못 했어."

"지금은 보고 싶어. 그래도 내 스승인데."

"스승?"

"내가 쉽게 취직했다고 편지했잖니. 그게 다 세영이 덕분이었어.

서진이 아버님 덕이기도 하고. 암튼 참 좋은 아가씨야."

"응. 그렇긴 해. 나도 속 깊은 걸 나중에야 알았어."

금비는 은민의 표정을 살피면서 조용히 웃었다. 그들의 로맨스를 두고 개똥철학으로 고민했던 지난날이 생각난 탓이었다.

그날 밤, 그녀는 은민에게 윤서의 제의를 털어놓았다. 혼자 결정하자니 나중에 사실을 안 은민의 충격이 너무 클 것 같아서였다.

은민은 가타부타 말이 없었다. 하지만 그녀는 알고 있었다. 은민은 윤서에게 호감을 가지면서도 금비와 영우가 엮이는 일을 불안해하고 있었다. 한 번 얻은 상처가 재발하지 않기를 바라는 마음도 있겠지만, 무엇보다 민수와 가까워지기를 원한다는 것을 금비는 익히 알고 있었다.

서울에 간다고 아침 일찍 나갔던 은민이 퇴근 시간이 되어서야 충격적인 소식을 가지고 돌아왔다.

"서진이 아버님이 형사들에게 감시받은 적이 있다고 했었지?"

"응. 혐의가 풀렸다면서?"

"이유를 이제야 알았어. 경찰행정직 선배를 만났더니 잊지 않고 알아낸 사실을 알려 줬어."

"이제 와서 그게 중요하니?"

"살인 사건이야."

"뭐라고!"

윤서에 대한 혐의는 결국 풀렸지만, 조사받은 이유가 살인 사건인지라 은민은 꽤나 신경이 쓰인다고 했다.

"어떤 사람이 죽었는데?"

"서진이 엄마의 삼촌이야. 서진이 외가 친척 중 국내에 남은 유일한 인물이지."

"서진이 엄마네 삼촌?"

윤서가 언급하지 않아서 금비는 서진이 엄마의 가족사에 대해서 모르고 있었다.

"어떻게, 그 사람이 어떻게 죽었지?"

"비 오는 날 밤, 철길 건널목에서 차가 고장 나 즉사했어. 근데 마지막으로 통화를 한 사람이 바로 서진이 아빠였다는 거야. 죽은 사람은 서진이 아빠를 만나러 가는 길이었대."

"기차에 사고를 당했다면 교통사고잖니!"

"맞아. 단순하게 끝날 문젠데 어떤 신문이 죽은 사람의 과거를 대문짝만하게 기사로 내보낸 거야. 죽은 사람은 아동 성추행과 과잉방위로 7년 형을 선고받고 출옥한 지 몇 년 안 됐어. 도서관에 가서 옛날 신문을 보니까 죽은 사람의 당시 재판 이야기가 줄줄이 실려 있었는데 말이지, 아무래도 그 사람이 추행한 아동이 서진이 엄마 같아. 어린 딸을 추행한 동생에게 흉기를 들고 달려들다가 도리어 찔려 죽은 친아버지의 기사가 같이 실렸어."

"세상에! 저, 정말일까."

금비는 그가 살인 사건과 관계가 있다는 말보다 서진이 엄마에 대한 이야기에 더 큰 충격을 받았다. 문득 윤서가 중요한 게임을 들먹이던 일이 떠올랐다. 더불어 비밀의 방의 가발도 기분 나쁜 상상으로 다가왔다.

"사, 살인 사건은 언제 일어났지?"

"2년 반 정도 지났어."

그녀는 최근 일이 아니어서 일단은 안도했다.

"어쨌거나 조사를 당해서 혐의가 없는 걸로 판명 난 거잖니. 그리고 그분이 서진이를 두고 뻔히 탄로 날 일을 저지르실 분이니?"

"누나 말이 맞아. 서진이 아버님은 확실히 범인이 아니셔. 난 당시 신문을 유심히 봐서 그 사건을 알고 있었어."

"서진이 아버님이 신문에도 나왔어?"

"아니! 범인에 대한 기사."

"너도 누구 닮아 가니? 애타우지 말고 속 시원히 말해라."

"시신이 심하게 훼손되었고, 단순 음주 사고로 처리될 일이었어. 그런데 자동차 타이어를 누군가 고의로 훼손한 것 같다고 신문이 보도하자 뒤늦게 부검을 했어. 근데 죽은 사람한테서 약물이 검출된 거야. 그때서야 경찰이 다른 방향으로 수사에 나섰고, 그날 죽은 사람과 함께 룸살롱에서 술을 마신 사람이 범인으로 검거되었어."

은민은 말을 전하면서 무언가 다른 생각에 잠기는 표정을 지었다. 어쩐지 범인의 뒤에는 윤서가 있을 수도 있다는 생각을 품는 것 같았다.

"그 사람은 왜 그랬대?"

"초등학교 다니는 자기 딸을 성추행했대. 경찰에 신고를 했는데 증거가 없어서 무혐의로 처리되자 직접 응징을 했다고 당당히 밝혔어. 사건 당일에는 오해해서 미안하다고 죽은 남자에게 술을 샀대. 어린 아가씨들이 시중을 드는 곳이라고 하니 금방 넘어왔다나? 범인도 참 딱해. 그 몇 해 전에는 집 안에 강도가 들어와 부인되는 분이 욕을 봤다더라고."

"어쩜…… 죽은 사람보다 범인이 더 동정이 가네."

"그래서 논란이 되고 신문에 계속 오르내렸지."

당시 금비는 앞만 보고 달리느라 신문도 거의 안 보고 살았다. 그리고 보니 한 번쯤은 들어 본 적이 있는 사건인 것 같았다. 그런데 그 유명한 사건이 윤서와도 무관하지 않단다.

"선배 말을 들으니, 서진이 아버님이 범인에게 가장 비싼 변호사를 붙여 주었대. 그뿐이 아니라 범인이 수감된 후에는 가족 생활비를 지원하고, 또 다른 아동 성추행 피해자들의 재판 비용을 기꺼이 내놓았대. 덕분에 담당 경찰 사이에는 서진이 아버님이 공범이 아닌가, 의심을 하고 조사를 더 했었다고 그래."

"아무튼 혐의가 없으니 포기했겠지. 더욱이 범인은 서진이 엄마와 외할아버지의 원수를 대신 갚아 준 꼴이니 도움을 주고 싶지 않았을까? 은민이 네 생각은 어때?"

그녀는 윤서에 대한 은민의 조사가 너무 지나친 것 같다는 생각에 불안한 목소리로 물었다.

"난 서진이 아버님은 혐의가 없다고 봐. 다만 그분이 마음만 먹는다면 무슨 일이든 조작할 수 있을 것 같다는 생각은 못 버리겠어. 이상해. 좋은 분이고 누나한테는 은인 같은 분인데도 속내를 알 수 없으니 솔직히 너무 가까이하고 싶진 않아."

눈에 보이는 세상과 모범적인 생활을 선호하는 은민의 입장에서는 윤서의 모습을 이해하기 힘들 듯싶었다.

이야기를 나누며 걷다 보니 어느새 '백작의 성'에 도착했다.

은민은 서진이의 열렬한 환영을 받았다. 아이들은 아는 얼굴이 하나 더 늘었다고 여느 때보다 활기차게 뛰어다녔고, 그 모습을 바라보는 최 여사의 얼굴에는 흐뭇한 웃음이 떠나지 않았다.

금비는 슬그머니 자리를 비우고 2층으로 올라가 비밀의 방 앞에서 망설였다. 자신만의 방을 새로 얻은 서진이는 더 이상 이 방을 들락거리지 않았다. 하늘나라로 보내는 편지는 빨간 우체통이 아닌 엄마의 사진이 걸린 자신의 책상에 모아 두고 있었다. 그렇다면 이 방엔 무슨 비밀이 또 담겨 있을까? 호기심이 무시로 생겨났지만 그를 상처 입게 했던 지난날의 허물 탓에 애써 무시했다.

테라스로 걸어 나가 봄날에 재회한 그와 함께 맡았던 아카시아 냄새를 추억했다. 자꾸만 비밀의 방 쪽으로 눈이 갔다. 어린이집 조리사 선생님의 말이 생각났고, 배우처럼 화장을 하고 있던 그의 모습도 떠올라 그녀는 결국 유혹을 참지 못했다.

영우의 아버지가 될 사람이다!

그녀는 산마루에 누운 해를 힐긋 보고는 서둘렀다. 테라스 한쪽에 겹쳐 놓은 의자 하나를 창문 아래로 끌어왔다. 의자 위에 올라가 까치발을 하고 안쪽을 들여다보니 블라인드 사이로 방 안이 희미하게 보였다.

등으로 비치는 석양에 의지해 그녀는 시야가 익숙해질 때까지 창유리에 눈을 붙였다. 그렇잖아도 쿵쾅거리는 가슴은 방 안의 사진 하나로 인하여 터져 버릴 것 같았다. 금고와 가발, 그리고 사진 액자가 보였다. 그런데 사진 속의 여자는 서진이 어머니가 아니었다. 희미한 형체였지만 낯이 익었다. 거울 속에서 금비가 무시로 보는 바로 자신의 얼굴이었다.

그때 휴대폰이 울렸다. 윤서의 전화였다.

"야, 쫄딱 굶어 가며 관장까지 해 놓고 무슨 짓이야!"

"비켜."

"윤서야, 제발."

동진이 병실 옷장을 막아섰다. 어느덧 유일하게 곁에 남은 친구였다. 친구들이 윤서를 떠난 것은 아니었다. 애당초 혼자 있는 것을 좋아하며 살아왔지만 그나마 가까이 지냈던 동창들을 윤서가 떠나보냈다. 특히 음대 동창들은 완벽하게 인연을 끊어 버렸다.

'네가 뭔데 병문안도 못 가게 하냐. 돈에 팔려 간 데릴사위 주제에.'

한 녀석이 술자리에서 그렇게 이죽거린 일이 결정적이었다. 노상 계획을 짜서 원하는 삶만을 엮어 왔던 윤서는 그날 처음으로 이성을 잃고 녀석을 때려죽일 뻔했다.

윤서는 임자가 있는 몸인데도 태반이 여학생인 과에서 압도적인 인기를 누렸다. 그 점이 예전부터 녀석의 비위를 상하게 했는지는 몰라도 어쩐지 윤서보단 사랑스럽고 가련한 아내를 더 모욕하는 말로 와닿아 참지 못했다. 나중에는 아내와 친한 여자들과도 벽을 쌓았다. 그들의 병원 방문도 윤서가 철저히 차단했다. 아내는 병마로 망가진 몸을 절대로 남에게 보이고 싶지 않아 했고, 윤서 또한 그런 아내의 모습을 타인에게 보여 주고 싶지 않았다.

"윤서야, 친구의 부탁이다. 한 번만 더 생각해 봐라."

동진은 환자복을 벗어 던진 윤서를 붙들었다. 윤서는 거칠게 그를 밀치고 특실병동 안의 옷장을 열었다. 동진은 사시에 합격한 뒤로펌에서 근무하는 고등학교 동창이었다. 둘 다 피아노를 잘 쳤고, 시를 즐겨 썼지만 대학은 철저히 현실적인 학과를 선택했다. 윤서가 음대로 다시 입학하자, 동진은 여느 친구들과는 달리 자기 일인 양 기뻐하며 축하해 주었다.

지난날을 돌이켜 보자니 새삼 동진에게 미안했다. 윤서는 지금 필요에 의해 동진과 인연을 연장하고 곁에 두는 중이었다. 그런 뜻을 직접 밝혔는데도 동진은 윤서를 기꺼워했다. 비싼 놈이 내쫓지 않는 것만 해도 은혜라는 너스레와 함께.

"윤서야, 서진이를 생각한다면 이건 아니다."

윤서는 외출복으로 갈아입은 뒤 동진을 바라보지 않은 채 입을 열었다.

"서진이를 생각해서 더욱 수술실에 안 들어가는 거다. 1년 동안 아내는 의료 기기에 의존해 연명하며 살았어. 차라리 몇 달 동안 존엄한 인간의 모습으로 서진이와 함께했어야 했어."

"인마, 넌 그 정도로 심각한 건 아니잖아!"

"후후, 그래서 저주스러운 현대 의학을 한 번 더 믿어 보자고 작년에 대장 종양을 도려냈었지. 그런데 또 다른 곳에서 종양이 생겼다고 하니 어떻게 또 믿겠어."

"그래서 또 가평으로 가려고? 너 같은 천재가 어떻게 그놈의 대체 요법이란 걸 신봉하게 됐니? 사실 작년에 수술 후에 방사선 치료를 받았더라면 결과가 달랐을 수도 있었잖냐!"

"삶이란 게 태어날 땐 선택이 없지만, 마지막 순간은 우리가 선택할 수 있어. 난 어머니나 아내처럼 연명 치료로 마지막 삶을 낭비하고 싶진 않을 뿐이야."

"비겁하다. 넌 혼자 몸이 아니잖니. 혹시 너, 병시중 들 사람 없어서 걱정인 거냐? 그거라면 걱정 마. 내가 해 줄게. 그리고 너 돈 많잖아. 최고의 의료진에다 간병인도 같이 쓰면 되잖니."

윤서는 대답 대신 동진을 빤히 바라보았다. 그의 눈동자에는 진심 어린 우정이 촉촉하고 뜨겁게 담겨 있었다. 필요에 의해서만 그를 불렀다는 미안함이 다시금 밀려들었다. 윤서는 불쑥 동진을 안았다.

"고맙다, 친구야."

"고마우면 말 좀 들어라, 이 멍청아."

드물게 정을 드러내는 윤서의 모습 탓인지 동진의 목소리는 사뭇 뜨거웠다. 윤서는 곧 포옹을 풀어내고 구두를 신었다.

"너 이대로 나가서 결과가 안 좋으면 뒷수습도 안 해 주고 네놈 재산 다 가로챌 거다."

동진의 으름장에 윤서는 피식 웃었다. 사람을 믿지 않았다. 그래서 혼자 남겨질지 모를 서진이를 위한 설계도를 짜는 일에도 다른 사람을 개입시키지 않았다. 모두 윤서가 직접 나서서 처리해 왔다. 하지만 법적인 문제만은 동진에게 의지해야 했다. 앞으로도 그럴 것이다. 인간적인 신뢰감이라기보단 동진이 취할 행위를 예측하는 윤서 자신의 촉을 신뢰했다.

"야, 멍청아!"

윤서의 등에 대고 동진이 소리쳤다.

"네 녀석이 고맙다는 말에 껴안아 주기까지 하니 감격했다!"

새치름한 말투였다. 돌아서서 설뚱하니 바라보는 윤서에게 동진이 어색하게 웃었다.

"혼인 신고 답은 못 들었다지?"

윤서가 대답 대신 찡그리자, 동진이 덧붙였다.

"난 업무상 알 권리가 있다."

"응. 하지만 그녀는 서진이 후견인을 절대 포기하지 않을 거야."

"저 교만한 버릇은 여전하군. 한 가지 묻자. 너, 그분한테 프러포즈할 때 방금처럼 포옹은 해 줬니?"

"프러포즈가 아니라 혼인 계약 제의라고 했다."

"이 무식한 놈 봐라. 그게 여자한텐 프러포즈가 아니고 무엇이겠냐? 암튼 이성적인 호감은 드러내긴 했냐고?"

윤서는 물끄러미 바라만 보았다. 동진이 혀를 찼다.

"안 봐도 알겠다, 쯔쯧. 임마, 네가 통 안 하던 고맙다는 말도 하고 껴안아 주니까 감동해서 네놈 돈 가로채지는 못하겠다. 그분이 진정 원하는 게 뭔지 한번 생각해 봐."

처음부터 혼인 신고를 할 생각은 없었다. 서진이를 그녀의 호적에 올리게 하고 혼인은 차민수와 하게 만들 터였다. 하지만 어느 순간 욕심이 생겨 버렸다. 운이 좋아 건강을 온전히 회복한다면 그녀를 평생 곁에 두고 싶었다. 그녀로 인하여 개켜 둔 빨래와 정성스러운 반찬을 누리는 즐거움을 알게 되었다. 서진이를 아껴 주는 금비라면 아내도 이해해 줄 것 같았다. 그렇다고 그녀를 안아 줄 수는 없었다. 불쑥 이 세상을 떠날지도 모르는 처지에 그녀의 가슴에 복잡한 여운을 남기긴 싫었다.

"임마, 대답을 하고 가!"

윤서는 말없이 문을 열었다. 동진에게 설계도의 차민수까진 들먹이고 싶진 않았다.

여전히 더운 날씨인데도 자동차 유리로 스미는 햇살이 비처럼 차갑게 와 닿았다. 사이드미러를 통해 병원 앞에서 차 꽁무니를 지켜보고 있는 동진을 힐끗 보고는 윤서는 쓸쓸히 뇌까렸다.

"넌 욕심이란 놈의 속성을 잘 모를 거야. 하나를 탐하기 시작하면 둘을, 셋을 원하지. 인생의 완벽한 설계도를 위해선 경계해야 할 치명적인 요소야."

집과 반대 방향인 가평으로 차를 몰았다. 안아 달라며 눈물을 보였던 금비의 모습이 자꾸만 눈에 밟혔다.

작년에 그녀가 서울을 떠나 이사를 가겠다고 했을 때, 윤서는 병원의 정밀검진을 받은 뒤 답을 주려고 했다. 용종 제거 수술을 받은 이력이 있는 사람이면 의당 받는 검사였다. 안타깝게도 의사는 좋지 않은 소식을 안겨 주었다. 병원에서 시키는 대로 했고, 식단도 철저히 관리했는데도 종양이 생긴 것이다. 그렇잖아도 현대 의학을 불신하던 윤서는 절개 수술만 받은 뒤 가평의 깊은 산속에 통나무집과 농장을 꾸며 대체 요법에 들어가는 한편 금비가 사는 마을에 새집을 지을 구상을 했다.

불확실한 삶을 엮어 가는 중이니 서진이는 하루라도 빨리 믿을 수 있는 사람 곁에 있어야 했다. 그리고 점점 축나는 몸이 불안해 마침내 병원에 다시 와서 재검진을 받았다. 빌어먹을! 이번엔 다른 곳에 종양이 생겼다고 했다. 의사는 당장 수술을 권했고, 고심 끝에 이틀 전에 동진을 보증인으로 불러 입원했다.

하지만 두 번째 수술은 처음보다 예후가 좋지 않다는 사실이 발목을 잡았다. 어머니도, 아내도 두 번째 수술 후에는 다시 일어나지 못했다.

윤서는 마취를 한 뒤 다시 깨어나지 못할 것 같은 불안감을 끝내 극복하지 못했다. 윤서 자신의 의지와는 달리 깨어날지, 혹은 보호자 없이는 아무것도 할 수 없는 수동적인 환자로 남을지 모를 모험은 역시 무리였다. 문득 작년에 병원을 다닐 적에 피아노 대리점으로 찾아왔던 금비와의 대화가 떠올랐다.

'그때 몸이 정상이었다면 어땠을까?'

윤서는 자문해 보았다. 그렇다면 차민수를 단박에 설계도에서 치워 내고 금비를 안아 줄 수 있었을까? 아마도 그랬을 것 같다. 처음에는 아내에게 천 번째 종이학을 마저 접어 주고 싶어서 '조금만 더' 기다려 달라고 했다. 그땐 사무적인 후견인 제의만 할 생각이었다. 하지만 함께하는 시간 동안 가슴으로 그녀가 들어와 버렸다.

욕심이 무르익었을 때, 우선은 건강을 확인하려고 병원에 들렀다. 결국 그녀를 안아 줄 형편이 못 된다는 사실을 알아 버렸다. 그래서 그녀의 이사를 말리지도 못했다. 대신에 피아노 선율에 안아 주고 싶은 마음을 흠뻑 담아냈다. 기대어 울 수 있는 사람이라니! 그 얼마나 멋진 칭찬인가.

다시금 안아 달라던 이틀 전 금비의 모습이 떠올랐다. 에어컨을 켜지 않아 콧등으로 땀이 송골송골 맺히는데도 머리는 춥다는 정보를 보냈다. 오랜 세월을 함께했던 탓에 너무도 익숙한 그런 추위였다. 하지만 이번에는 가슴이 뜨겁게 뛰면서 그 추위와 다퉜다. 익숙한 추위를 한 번쯤 밀어 내고 싶다는 욕심이 동했다. 윤서는 이내 차를 돌렸다.

미안한 사랑에게(10)

나는 아내를 향해 종이학을 접었던 나날을 대신해 당신의 사진과 마주하고 편지를 씁니다. 장차 서진이 어머니가 될 여자에 대한 예의 정도로 받아 주십시오. 나는 당신을 사랑하지 않은 것이 아닙니다. 당신은 사랑받을 자격이 충분히 있는 여잡니다. 겉으로 쉬 드러나지 않을 뿐 세상 누구보다도 당신의 영혼은 강하고 아름답습니다. 당신의 행동 하나하나는 숨어 있는 사랑스러움을 깨닫게 만듭니다. 그래서 종종 당신을 안고 싶다는 충동에 빠졌고, 내가 기획한 차민수에게 질투를 느끼기도 했답니다.

참, 또 한 가지 있습니다. 당신에게 미안한 말일지 모르지만, 여느 여자를 잠시라도 떠올리면 아내와 서진이에게 가로막혀 급히 외면했는데 당신은 아니었습니다. 당신은 아내와 서진이 앞에서도 내가 거리끼지 않고 안아 줄 수 있는 세상의 유일한 여자랍니다. 난해한 변수를 극복한 여자죠. 그래서 방심하다가 서서히 당신을 내 가슴에 심어 버린 모양입니다.

❈✿❈

윤서는 병실에서 쓰다 만 편지를 읽다 말고 주머니에 갈무리했다. 이틀 전 금비가 안아 달라고 했던 정자 앞이었다. 어둠이 솔솔 뿌려지는 좁은 길로 금비가 걸어 내려왔다. 전화를 받고 급히 나온 탓인지 편한 차림새였다. 윤서는 차 안에서 기다렸다가 그녀가 승용차 앞에 이르자 밖으로 나와 마주 섰다.

"놀랐어요. 왜 집으로 오시지 않고."

금비의 웃는 모습이 어색하기 짝이 없었다. 그 웃음은 어떤 두려움을 반가움으로 치장하는 도구 같았다. 감정을 감출 줄 모르는 여자의 모습을 통해 윤서는 그녀의 머릿속을 떠다니는 수상한 불신을 느꼈다. 윤서는 살짝 머리를 가로저었다. 노상 이런 식으로 사는 삶이 이제는 피곤했다. 윤서는 담담히 입을 열었다.

"안아 달라던 부탁, 아직도 유효합니까?"

반색할 줄 알았던 그녀는 이맛살을 모았다. 그러더니 풋, 웃음을 터트렸다.

"설마, 그것 때문에 급히 오신 건……."

"맞습니다."

"그, 그러실 필욘 없을 것 같아요. 솔직히 혼인 신고는 당장 동의하지 못하겠어요. 조금 더 시간이 필요해요."

"어째서…… 내 방법이 틀렸다면 타협하겠습니다."

"시간이 필요해요."

흐릿한 보안등이 점점 짙어지는 어둠 속에서 밝게 빛났다. 그 불빛 아래 비친 금비의 표정을 윤서는 초조하게 바라보았다.

"그새 마음이 변했군요. 안아 주기만 하면 혼인 신고에 동의할 줄 알았는데."

"인간의 예민한 감정을 퍽이나 건조하게 척척 재단해서 말씀하시네요."

"모호한 이야긴 하지 맙시다."

"아버님이야말로 모호하게 얼버무리지 말고 제게 진실을 털어놓으세요. 대체 어딜 다녀오신 거죠? 말씀해 보세요. 혼인 신고 파트너에게 상담하고 도움을 청할 수도 있잖아요?"

"황금비 씨야말로 무슨 일이 있었던 거죠? 지금 나를 두려워하고 있진 않나요?"

"조금은요."

금비는 속으로 '아차' 했다. 얼결에 속내를 드러냈다는 당혹감보다는 그의 눈동자에 특유의 슬픔이 걸리게 만들었다는 자책이었다. 이젠 저 슬프고 까만 눈동자의 언어를 잘 안다. 세상에서 가장 고독한 남자의 눈빛이며, 그래서 어떤 부탁도 거절하지 못하게 만드는 마력을 가졌다. 그리고 늘 그랬듯이 지금도 그를 뜨겁게 안아주고 싶은 충동을 일으켰다.

금비는 자신도 모르게 팔을 벌렸다. 그가 단박에 끌어안았다. 거친 포옹이었다. 한참을 안겨 있다가 고개를 들어 올려다보니 그가 이마에 입술을 댔다. 금비는 그의 포옹에 진심이 담긴 것 같아 환하게 웃었다.

"병원에서 오는 길이죠?"

그는 대답 대신 살짝 고개를 비틀었다.

"병원 냄새가 나는 것 같아서요."

"병문안 다녀왔습니다."

여전히 슬픈 눈동자를 하고 담담히 대답한 그가 다시금 꼭 끌어안았다. 이번에는 금비가 팔에 힘을 주었다.

"실은 오래전부터 아버님을 안아 주고 싶었어요. 당돌하죠?"

대답이 없어서 올려다보니 그는 찡그리고 있었다. 이내 그는 포옹을 풀고 돌아섰다. 그의 한숨 소리가 왜 이리 매정하게 들리는지 모르겠다. 서서히 다시 돌아선 그가 금비의 양어깨로 손을 얹었다.

"날 신뢰합니까?"

금비는 잠깐 망설이다가 고개를 주억거렸다.

"네, 신뢰해요."

"고맙습니다. 난 선생님을…… 존경합니다. 갔다 올게요."

"집에 안 가고 어딜요?"

그가 돌아서서 승용차 도어를 잡았다.

"자, 잠깐만요! 저랑 같아 가면 안 되나요? 혼인 신고 파트너인데 무슨 일인지 몰라도 같이 해결해요, 네?"

금비는 그의 수척해진 얼굴을 떠나서 은민에게 들은 이야기가 떠올라 매달렸다.

"조금만 더 기다리면 다 설명할게요."

"또 조금만 더네요? 대체 무슨 일이냐고요! 난 아버님이 설령 감옥에 들어간다고 해도 기다릴 수 있다고요!"

의혹을 밖으로 쏟아 낸 금비에게 윤서는 더욱 얼굴을 찡그렸다. 그는 이내 매몰차게 금비를 뿌리치고 차 안으로 들어갔다.

"신뢰하는 사이라면 일방적이면 안 되잖아요! 같이 가요!"

윤서는 급히 차를 출발시켰다. 관장을 하느라 종일 굶어서일까. 갑자기 구역질과 함께 창자가 끊어질 듯한 고통이 이어져 더는 참을 수 없었다. 타인은 물론이거니와 가족에게도 아픈 모습을 보이고 싶지 않다는 습관은 어쩔 수 없나 보다.

"제길, 이딴 고장 난 몸을 가지고 그녀와 하룻밤을 보낼 생각까지 했다니, 우엑!"

그녀에게 멀어지고서야 참았던 구토를 한껏 터트렸다. 일찍 통증이 찾아든 게 차라리 잘됐다고 여기며 윤서는 이를 악물고 차를 몰았다.

12. 조작과 배려 사이

나는 그를 만나고 홀로서기를 이어 가는 동안 체득한 진실을 기록했다. 그 기록들을 들여다보다가 나는 '조작'이라는 낱말을 구원시켜 주고 싶었다. 하여 나는 '조작'을 지우고 '배려'라고 적었다.

❀✿❀

'안아 달라는 말씀, 아직도 유효합니까?'

너무 충격적이어서 차라리 우스꽝스러웠던 행동거지가 그만의 정직한 표현으로 다가온 것은 며칠이 지난 뒤였다. 당시 금비는 살인 사건으로 조사를 받았다는 그의 과거를 머릿속에 담고 있었다.

그가 영우의 아빠로 공인된다는 사실보다는 두 번째 혼인 신고를 하는 자신의 안위를 더 생각했다는 자책을 털어 낼 수 없었다.

무엇보다 금비가 먼저 안아 주고 싶었다는 말은 하지 말았어야 했다. 그는 모성애의 발로로 해석했으리라. 과연 자존심 강한 그는 찡그리더니 불쑥 떠나 버렸다. 그런 그가 밉기는커녕 시종 걱정이 되어 미치겠다.

어디로 간 것일까?

행적을 안다면 쫓아가서 함께하고 싶다는 갈망이 머릿속을 점점 채워 가더니 급기야 모든 일이 손에 잡히지 않았다. 자존심이나 인간의 존엄성이란 게 생존의 공포 앞에서는 하찮은 뒷일이란 사실을 체득한 마당이었다.

그는 생존의 공포에 떨고 있는 금비를 구원해 주었다. 그리고 어느덧 공포에서 벗어나 여유를 누리고 있는 금비는 존엄한 인생을 꿈꾸며 그를 경계하고 있었던 것이다. 방관해서는 아니 되었다. 그가 어려웠던 금비에게 손을 내밀었듯이, 이제는 이쪽에서 그의 손을 잡아 주어야 한다. 우선 그의 중대한 게임이 무엇인지 알아야 했다. 그에게 필요한 존재가 되려면 당장 움직여야 한다는 조급증을 안고 금비는 윤서의 집으로 향했다.

저택의 작은 문을 통해 들어갔다. 마당의 디딤돌을 밟으며 정원을 가로지르다가 귀를 쫑긋 세웠다. 피아노 소리가 새 나왔다.

에릭 사티의 '난 널 원해'였다.

서진이의 솜씨가 아님을 단박에 알 수 있었다. 윤서가 온 것일까? 이쪽의 부탁을 수용해서 명절까지 함께 보내려는 것일까? 삶의 조작에 관한 의혹은 일단 내던지고 당장 그의 음표를 누리고 싶었다. 한달음에 안으로 들어갔다.

뚝, 소리가 끊기고 피아노를 치는 사람과 금비의 눈길이 마주쳤다.

"어머! 언니!"

"세, 세영이?"

"너무했어요, 언니!"

세영이 달려와 금비의 손을 잡았다. 금비는 세영의 얼굴을 유심히 살폈다.

"너무 예뻐져서 몰라볼 뻔했다."

학교를 졸업하고 사회인이 된 세영은 눈부신 성숙미를 한껏 내풍겨 조금은 낯설었지만 그보단 반가운 마음이 더 커 와락 껴안았다.

"반갑다, 나의 스승님."

"언니도 참! 스승님은 또 뭐예요!"

"오 선생님, 아니 세영이는 내 스승이 맞아. 속이 깊은 인생에서도."

비밀의 방을 두고, '타인들이 날마다 들락거리는 집이니 가족만의 공간이 더 절실하지 않겠어요?' 했던 말이며 건성으로 내던졌다고 생각했던 말들이 훗날 새김질해 보니 모두 뿌리 깊은 마음들이었다. 그녀가 워낙 유쾌하게 덜렁거리는 모습만을 내보여 금비는 미처 그녀의 행동거지에 신뢰감을 품지 못했던 것이다.

자존심을 건드리지 않으면서 은근히 도움을 주던 가르침은 또 어떠한가! 세영만큼만 속내가 깊고 현명했다면 윤서에게 좀 더 신뢰감을 얻고 그의 속내를 더 알 수 있지 않았나 싶은 아쉬움이 들었다.

손을 마주 잡고 한참을 마주 본 채 서 있다가 시선을 돌리니, 서진이가 팔짱을 끼고 멀뚱멀뚱 두 사람을 올려다보고 있었다. 그리고 기특하다는 양 고개를 주억대서 금비는 풋, 웃음을 내 흘렸다.

"할머니는 어디 가셨니?"

"할머닌 아파서 누우셨어요. 이마가 뜨거워요."

갑자기 서진이가 울상이 되어 말했다.

"감기가 심하신가 보다. 세영아, 은민이한테 전화해서 오라고 해 주렴."

"어어? 언니가 전화를 하지 왜 내가 해요?"

"영우! 영우가 세영이를 얼마나 보고 싶어 하는데! 은민이한테 영우를 데려오란 말을 하라고, 응!"

새삼스럽게 얼굴을 붉히는 세영을 뒤로하고 금비는 방으로 들어 갔다. 최 여사는 두툼한 솜이불을 덮은 채 땀을 뻘뻘 흘리고 있었다.

"아니, 엄마. 열이 나면 몸을 식힐 생각을 하셔야지 엄동설한도 아니고 왜 이런 걸 덮고 그러세요?"

"땀을 내야지…… 독이 빠져나가지."

탁하게 잠긴 최 여사의 맥없는 목소리에 금비는 연민보다는 짜 증이 났다. 왜 옛날 엄마들은 당당하게 도움을 청하지 않고 죄스럽 게 숨어서 상처를 치유해 왔을까? 그래서 친엄마도 치료 시기를 놓 쳐 버리고 말았잖은가.

금비는 최 여사가 덮고 있던 솜이불을 걷어 냈다. 여름 이불을 꺼 낸 뒤 대야에 물을 떠 와 수건을 적셔 최 여사의 땀을 닦아 주었다.

"자, 이쁘게 닦아 내고 나랑 병원에 가요. 주사 한 방이면 나을 걸 왜 사서 고생하시고 그래요."

"그나저나 도움이 돼야 할 몸인데 걸림돌이 되어 어쩌냐."

"자꾸 그런 말씀 하시면 저 화낼 거예요. 저야말로 고용된 입장 인데 엄마를 잘 모셔야죠. 엄마라고 부를 사람이 집안에 계신 것만 해도 제겐 얼마나 큰 복인데요."

"아니다. 그게 아니다."

"네?"

절박한 기운을 담고 있는 최 여사의 목소리가 수상해 금비는 고개를 갸웃한 채 눈을 크게 떴다.

"모두 다 아니야, 아니라고!"

최 여사가 눈물을 쏟아 냈다. 안간힘을 다해 막고 있던 어떤 둑이 터지는 모습이 바로 이런 것이리라.

"금비가 보살펴야 할 사람은 내가 아니야. 나, 난 사실은…… 윤서 친척이 아니란다. 윤서가 작년에 수술할 적에 간병인이었다. 자식들한테 버림받고 갈 곳도 없는 늙은이라 간병인 사무실에서 놀다가 일이 생기면 그걸로 근근이 살아가는 신세였단다. 서진이 아버지가, 그래, 마음 착한 윤서가 고맙게도 나를 어머니로 모시겠다고 한 거다."

어쩐지 이상하다고 했다. 어머니뻘 되는 친척이라고 하는데도 최 여사가 윤서를 대하는 태도는 사뭇 사무적이기 짝이 없었다.

"윤서가 조건을 달더라. 윤서의 엄마보다는 먼저 다른 사람의 엄마가 되어 달라고 했어."

"다른 사람이요?"

"금비 네가 부모가 없다고, 네가 너무 외롭다고. 그래서 윤서의 엄마보다는 금비의 엄마가 되어 주라고 했지 뭐냐. 네 덕에 내가 지금 이리 호강하고 있는 거야."

"세상에……!"

"오해하지 말아라. 난 윤서 부탁이 아니어도 네가 좋았다. 너 같은 딸이 있었음 참 좋겠다고 내 쪽에서 더더욱 욕심 많았다. 네가 이사를 가서 얼마나 서운했다고. 내 친손자 같은 영우는 또 얼마나 곱냐.”

이사를 하던 날 고맙다는 뜻 모를 말을 되풀이하면서 금비를 따뜻하게 안아 주었던 최 여사가 떠올랐다. 이제는 금비가 안아 줄 차례인데도 손만 잡고 있었다.

아픈 사람 앞에서는 눈물을 흘리지 말아야 한다고 믿었다. 그래서 억지로 참고 있자니 콧물이 흐른다.

“왜, 감추다가 이제야…….”

금비는 문득 이마를 쳤다.

“가만! 그때 서진이 아버님이 수술을 했다 하셨죠! 그럼 그때 아픈 사람은 엄마가 아니라 바로……!”

“그래. 피아노 대리점 할 적에 윤서 병원을 내가 데리고 다녔어. 윤서가 감춰 달라고 몇 번이나 부탁을 했어. 독한 양반이라 서진이도 병원에 한 번 못 오게 했어. 한번 신뢰를 잃은 사람이라면 가차 없이 잘라 내고 마는 독한 양반이야. 그래서 입에 자물통을 채웠지. 헌데 더는, 참으로 더는 못 담아 두겠다.”

최 여사는 오열을 터트렸다. 안 그래도 아픈 몸인데 그 병에 부채질을 하는 성싶었다.

금비는 눈물을 훔치고 시계를 보았다. 토요일이라 병원에 가려면 서둘러야 했다.

“우선 병원에 가요.”

“아니라고!”

“뭐가 아녜요, 엄마.”

"정말로 아닌데."

무슨 말을 하려다가 최 여사는 삼켰다. 금비는 문을 열고 세영을 불렀다. 마침 은민과 영우가 집에 들어오고 있었다.

반강제로 최 여사를 모시고 마을 병원을 들렀다가 약국에서 약을 받아 나왔다.

은민이 운전하는 차에 타자마자 최 여사가 울먹였다.

"아무래도 기분이 안 좋아. 윤서가 새벽에 다녀갔어. 2층에서 편지 같은 걸 오래오래 쓰더니만 안 하던 행동을 하더라. 목에 떡이 걸린 것처럼 불길한 맘이 통 안 내려가는구나. 어쩌면 좋냐."

"저한테 말씀하세요. 저도 사실 불안하거든요. 아프다면서요? 부탁이에요."

"나도 너라면 뾰족한 수가 있을 것 같아 이런 말 하는 게야."

"안 하던 행동이란 건 뭐죠?"

"그것이……."

최 여사는 손가방을 열더니 망설이다가 검은색의 견고해 보이는 플라스틱 상자를 꺼냈다.

"행여 한 달 동안 아무런 기별 없이 집에 안 들르면 금비 너한테 이걸 주라고 하더라."

최 여사가 또 한 번의 망설임 끝에 금비의 손에 상자를 쥐여 주었다.

"2층 방 열쇠가 들어 있다는데, 상자는 망치로 깨면 된대."

"서진이 아버님은 지금 어디 계시죠?"

"나는 몰라. 모르니까 이리도 애가 타지. 참, 금비는 윤서 친구 중에 아는 사람 있어?"

"아무도 몰라요."

"변호사란 친구를 병원에서 봤는데."

"명함 같은 거 받아 놓은 거 없어요? 아니면 이름이라도."

"없어. 병원에 있을 적엔 그 양반이 들락거리긴 했는데 나완 말을 안 섞더라고. 하도 뒤숭숭해서 간병하면서 알던 병원 사람한테 연락해 봤어. 병실에 들렀다가 갑자기 사라져 버렸다지 뭐니. 빨리 수술을 해야 할 것 같은데도 병원엔 다시 안 간 것 같으니 참으로 속이 타. 금비가 어떻게 좀 알아봐라, 응!"

금비는 별장에 도착하자마자 상자를 깨트렸다. 안에는 열쇠가 있었고, 금고의 비밀번호가 적힌 카드도 담겨 있었다. 한달음에 2층으로 내달렸다.

방 안에는 금비의 사진이 걸려 있었고 서진이 어머니의 유품은 대부분 치워져 있었다. 익숙한 사물은 낡은 책상과 묵직한 금고뿐이었다. 금고 위에는 가발이 두 개 놓여 있었는데 하나는 언젠가 그가 머리에 썼던 모양새였다.

더워서 흘리는 땀인지 식은땀인지 모를 땀을 훔치고는 금고를 열었다. 금고 어디에선가 카메라 플래시가 터진 양 섬광이 몇 번새 나온 뒤 30여 초가 지나서야 안쪽 이중문이 열렸다. 예상보다 견고해 보이는 금고 안으론 증권이며 등기권리증 등의 서류가 골드바와 함께 아래 칸에 수북하니 쌓여 있었고, 위 칸에는 십여 통의 편지 봉투가 가지런히 놓여 있었다.

봉투 하나를 손에 쥔 금비는 더운 신음을 내 흘렸다. 받는 사람의 자리에는 금비의 이름이 선명히 적혀 있었다. 그녀는 즉시 편지를 개봉했다.

❋✱❋

미안한 사랑에게(11)

어쩌면 보험 같은 편지지만, 만약 당신이 이 편지를 읽는다면 내 설계도가 헛되지 않겠지요.

당신도 익히 눈치채고 있겠지만, 나는 당신의 인생을 적잖게 조작했습니다. 오로지 서진이의 후견인이 되기에 유리한 조건으로 만들고자 공을 들인 거죠. 당신이 아무리 훌륭한 어머니일지라도 남편이 개망나니면 서진이를 당신 품에 안겨 줄 수 없었습니다. 하여 난 당신에게서 남편을 떼어 내는 데 일조했습니다.

다행히 당신 동생 은민이는 내 기준을 충족시켰습니다. 하지만 은민의 장래 아내도 서진이의 정서에 지대한 영향을 끼칠 수 있을 것 같아 기왕이면 세영이를 짝으로 맺어 주고 싶었습니다.

마지막으로 최 여사를 당신 곁에 보냄으로써 내가 구상한 가족은 완성되었습니다. 당신의 삶을 기만한 점에 관해선 정중히 사과드립니다.

오늘 나의 감정은 지난번 편지를 쓸 때처럼 뜨겁지는 않지만 편지는 모두 남기고자 합니다. 결국은 내가 당신에게 진실했다는 증거를 남기고 싶고, 또 당신이 결코 매력이 없는 여자가 아님을 밝히고자 합니다. 특히 내가 당신을 한갓 도구로 여기진 않았음을 헤아려 주기 바랍니다. 원한다면 주변의 눈치를 보지 말고 당당하게 새출발을 하여 행복을 찾으십시오. 당신의 행복이 서진이의 행복이라고 나는 믿습니다.

당신이 이 편지를 읽을 즈음 나는 집으로 돌아가기를 포기하고 아내를 향해 존엄한 발걸음을 내딛고 있을 겁니다. 변호사 친구의 명함을 남깁니다. 전화를 걸면 모든 수속을 알려 줄 것이고, 당신은 은민이를 동행해 꼼꼼히 과정을 확인하십시오.

남겨진 당신은 서진이의 어머니입니다. 그래서 서진이 엄마의 흔적은 내 몫으로 가져갑니다.

최 여사는 당신만큼이나 깊은 외로움의 늪을 거쳤습니다. 서진이의 할머니이며 당신의 어머니로 남기를 바랍니다. 또 조작이라고 화를 내신다면, 이번 일만은 '배려'로 수용해 주기를 부탁합니다, 선생님.

고모님은 더 겪어 보시면 알겠지만 심지가 올곧은 분입니다. 살갑게 표현을 못해서 그렇지 고모님은 생활력이 강한 당신에게 호감을 가지고 있습니다. 계속 만나면서 그분이 서진이의 친고모처럼 남기를 바랍니다.

마지막으로 차민수만 당신 곁에 머문다면 내 설계도가 완성될 것 같군요. 하지만 당신 말이 맞았습니다. 남녀 간의 감정을 나는 계산할 줄 모릅니다. 누군가 사랑하는 마음을 품는데도 상대가 공유하지 못하면 소용없습니다. 소태처럼 쓰디쓴 소외자의 잔향만이 남을 뿐이죠.

나는 때때로 당신을 통해 잃어버린 어머니의 품을 발견했습니다.

나는 때때로 당신을 통해 유년 시절에 잃어버린 나의 가족을 복구하고 싶다는 욕심에 사로잡혔습니다.

뜻을 이루었습니다. 이만하면 행복합니다.

고맙습니다, 당신.

내가 뜻을 이루었듯이, 이젠 당신의 뜻을 이루기 바랍니다.

❊✽❊

왜 그 생각을 못 했을까? 가족. 어느덧 정말로 금비는 새로운 가족 속에 살고 있었다. 하지만 새김질할 겨를은 없었다. 어쩐지 유서 같은 내용이어서 금비는 황급히 다른 편지들을 건성으로 훑어본 뒤 변호사 명함을 집어 들었다. 지체하지 않고 전화를 걸었다. 다행히 금방 남자가 전화를 받았다.

"오동진 변호사님이시죠?"

— 그렇습니다만.

"전 황금비라고 합니다. 김윤서 씨의……."

다급한 와중에 신분을 어떻게 밝혀야 하는지 몰라 잠시 말을 끊었다.

— 말씀하세요, 황금비 씨. 윤서한테 이야길 많이 들었습니다.

그는 목소리는 금비 못잖게 다급한 떨림을 달고 있었다.

"김윤서 씨를 빨리 찾아야 해서 그래요. 어디 계신지 알려 주세요."

— 벌써…… 안 좋은 일이 있었나요?

"아프시잖아요! 그러니 빨리 찾아내 치료를 받게 해야 해요!"

— 다 아셨네요. 저도 빨리 찾아야 한다는 점에 동의합니다. 근데 짐작 가는 곳이 있긴 한데, 가평이라는 것밖에 모릅니다. 그놈

이, 그놈이 말입니다. 친구인 나한테도 알려 주지 않았지 뭡니까! 참, 혹시 서진이 고모님이라고 아시죠? 간호사 선생님…….

"아, 알아요. 제게 연락처가 있어요."

— 당장 고모님한테 연락해 물어보세요. 대체 요법을 한다지만, 간호사 고모님께서 종종 들러 도움을 주는 것 같았어요.

"알았어요. 고맙습니다."

— 잠깐, 황금비 씨! 고모님을 만나면 저한테도 연락 주세요.

세영이 몰고 왔던 승용차를 은민이 운전했다. 최 여사가 아픈 탓에 세영은 집에 남았다. 전화기 저편의 고모는 안다고도 하지 않고 모른다고 단언하지도 않았다. 아직까지는 금비를 신뢰하지 못하는 것 같았다. 하지만 금비는 고모가 윤서의 행방을 알고 있다는 직감을 굳히며 만나자고 했다.

서울의 대학 병원 근처에서 만나자는 답변을 어렵게 얻어 낸 뒤에 금비는 차에 몸을 실었다. 문득 고모를 만나 그의 행적을 알아낸 다음의 과제가 벌써 걱정된다. 그를 설득할 수 있을까?

"누나, 서진이 아버님한테 안 좋은 일이 생긴 거야?"

은민이 궁금증을 참지 못했다.

"답답하다, 누나. 왜 계속 울기만 하는 거야? 서진이 아버님 때문이야?"

"그래! 곁에 있으면 한 대 때려 주고 싶다."

금비는 눈물을 닦아 냈다. 감상에 빠지는 일이 지금은 엄청난 사치일 뿐이다. 문득 더 빨리 윤서의 상황을 알아챘을 수도 있었다는 자책이 들었다.

"우리가 살인 사건이니, 형사 때문에 고민했잖니. 그것이 날 장님으로 만들었나 봐."

이제라도 분명한 진실을 가늠하고자 금비는 핸드백을 열었다. 아까 읽었던 편지보다 앞서 쓴 편지가 손에 잡혔다.

❀✿❀

미안한 사랑에게(7)

죽음을 미리 겁내는 못난이라고 해도 좋습니다. 삶의 설계도가 아무리 정교해도 운명의 펀치 한 방이면 소용없다는 것을 알아 버렸으니 어쩌겠습니까.

나는 장모님이 물려주신 엄청난 부동산을 전혀 팔지 않고 더 늘렸습니다. 부동산과 금융재산은 당신이 상상하는 것보다 많을 겁니다.

나의 육체는 자꾸만 불길한 신호를 보냅니다. 다행히 서진이의 미래에 대한 설계도는 얼추 완성이 되었습니다. 하지만 도박을 즐기는 큰아빠라는 작자에게 재산이 넘어갈 수도 있다는 위험을 온전히 제거하지 못했습니다. 엄밀히 따지면 그 돈은 나의 것이 아닙니다. 아내와 장모님의 손녀인 서진이의 몫입니다.

나는 서진이를 위한 보험을 든다는 생각으로 아버지를 찾아낼 생각을 잠시 품었습니다. 하지만 서진이에게 정체성의 혼란만 안겨 줄 것 같아 포기했습니다.

나의 유산 상속의 1순위는 서진이지만, 2, 3순위인 부모와 형제가 없으니 4순위인 사촌 형이 법적 상속자 자격으로 유언장에 맞서 어린 서진이에게 소송을 남발할 가능성이 높습니다. 만약을 위해 나는 대책을 세우고자 합니다. 이 순간 내가 믿고 승계해 줄 사람은 당신밖에 없습니다. 그래서 나는 여름이 노망을 부리는 궂은 날씨에도 불구하고 시간을 낭비하고 싶지 않아 예정대로 당신을 초대할 겁니다.

어느덧 떨림을 품어 버린 청혼을 감춘 채 내 인생 최고의 계약서를 써야 할 시간의 문이 열리고…….

❈✶❈

금비는 여전히 불통인 윤서의 휴대폰에 답장을 썼다.

[윤서 씨가 나를 한갓 도구로 여겼다 해도 원망하지 않을 겁니다. 적어도 나를 필요로 했으니까요. 저 또한 윤서 씨에게 오래도록 필요한 사람으로 남고 싶습니다. 손을 뻗으면 안을 수 있는 실체로 남지 않으면 두고두고 미워만 할 겁니다.]

대학 병원 근처에서 전화를 걸었더니, 고모는 근처 공원에서 만나자고 했다. 금비는 은민을 차 안에 있게 하고 벤치를 두리번거렸다.

"아버님은 저기 병원 안에 있나요?"

고모를 보자마자 금비는 병원 건물을 가리키며 물었다.

"일단 앉아요."

고모가 눈살을 찌푸리며 차갑게 내뱉었다. 냉랭하고도 침착한 그녀의 몸짓이 답답했지만 금비는 따랐다.

"호들갑을 떨 만큼 촉박한 일이란 게 대체 뭐죠?"

"빨리 병원에 데려가야 해요!"

"아, 글쎄. 무슨 소릴 듣고 이러는 거예요!"

"수술을…… 사실은 유서 같은 당부를 남긴 글을 읽었어요."

금비는 윤서의 마지막 자존심과 같은 편지를 밝히지 않고 문제를 풀어내고자 시도했다.

"아버님이 수술을 했다는 이야기를 들었어요. 재발했는데 수술 대신 대체 요법을 한다면서요! 고모님은 어떻게 보세요? 수술을 하는 게 더 확실한 치료법이 아닐까요?"

고모님은 선뜻 대답하지 않았다. 안경테를 추켜올리고는 특유의 날카로운 눈길을 던지더니 무겁게 입을 열었다.

"그렇잖아도 선생님 전화 받고 병원에 들렀다 왔어요. 사장님이 수술 직전에 사라졌다는 소식은 들었습니다."

"맞아요. 빨리 찾아서 수술을 받으시게 해야 해요."

"이거야 원! 사장님이 남의 말을 듣고 움직일 사람이라고 생각해요?"

"노력해야죠. 설득해야죠. 안 그래요? 고모님은…… 어디 계신지 알고 계신 거죠!"

마음이 윤서를 향해 뜀박질하는 금비를, 고모님은 야속하게도 깊은 눈길로 바라보기만 했다. 금비의 눈빛 채근을 몇 차례 받고서야 고모님은 입을 열었다.

"사장님과 나는 신뢰감으로 맺어진 사이예요. 아동상담소 일을 할 때부터 얻은 신뢰죠. 사장님은 나를 신뢰하고 거처를 알려 주셨어요. 대체 요법이라곤 하나 의료인에게 주사액이나 현대 의학의 도움을 받아야 하고, 나는 간호사니요. 자, 황 선생님께 질문할게요."

"말씀하세요. 어서."

"내가 사장님과 신뢰를 깨야 할 만큼 선생님과 나는 신뢰하는 사인가요?"

"우선 아버님의 안위가 중요하잖아요!"

"대답해 보세요, 선생님. 사장님은 신뢰감을 깨는 사람을 냉정하게 인연에서 잘라 내 버리십니다. 나는 사장님을 잃고 싶지 않아요."

"살리는 게 우선이잖아요. 제발, 제발! 설득은 제가 해 볼게요!"

"허허! 살린다고요? 비슷한 증상이었던 사모님을 살리지 못했던 병원을 사장님이 신뢰할까요? 사장님은 지금 살리려고 대체 요법을 끌어안고 있는 거예요. 죽자고 가신 게 아니라고요!"

"고모님도 수술을 하는 게 더 확실한 치료법이라는 것을 인정하시잖아요. 맞죠? 그러니 설득을 해야죠."

"같은 말을 하게 만드네요. 설득당하실 분이니까 어디."

고모님은 금비에게 가소롭다는 표정을 지었다. 당신이라고 왜 설득하지 않았을까. 그 어려운 일을 금비가 어떻게 하겠냐는 투가 여실히 드러나 있었다. 순간 금비는 한 가지를 깨달았다.

"고모님은 저를 신뢰하지 않으시죠?"

"그래요. 선생님이 사장님을 대하는 태도가 이것저것 거슬렸어요. 왜 냉정하기 짝이 없는 사장님이 선생님에게만 한없이 인내심을 발휘하는지도 의문이었고요. 선생님을 신뢰하지 못한 나로

선 사장님을 이해 못 했던 거예요. 내 눈에 비친 선생님은 사장님을 자주 피곤하게 했어요. 번거로운 일을 달고 다니면서 주제를 모르고 설쳤다고요. 이제 알겠어요? 난 선생님을 신뢰하지 않아요!"

"제발…… 고모님은 저번에 어린이집 계약서 쓸 때도 먼 길을 와 주셨잖아요."

"그건 사장님하고 연관된 문제가 아니라, 같은 여자로서 공감하기에 돕고 싶었을 뿐이에요."

"딱 한 번만 믿어 주세요. 고모님도 빠를수록 좋다는 것을 아시잖아요. 당장 설득을 해야 해요."

"또 같은 말을 하네요."

"제게 맡겨 주세요. 제발!"

금비는 벤치에서 일어나 고모님 앞에 무릎을 꿇었다.

"염치없지만 제게도 신뢰감 나눠 주세요. 설득은 제가 할 테니, 제발 알려만 주세요, 네?"

포르르 비둘기들이 날았고, 후드득 가을볕이 떨어졌으며, 송알송알 맺힌 금비의 땀과 눈물이 뚝뚝 떨어졌다. 그리고 그녀의 애원이 고모의 신발을 적셔 갈 즈음 신발 주인의 탁한 한숨이 떨어졌다.

"자신 있다는 말, 믿어도 되겠어요?"

"네?"

"설득한다면서?"

"그럼요. 자신…… 있어요!"

"휴우! 어디 해 봅시다. 기왕 나섰으면 꼭 설득을 시켜야 해요."

그때 30대 초반의 약간 통통한 남자가 헐레벌떡 달려왔다. 윤서의 친구라는 오동진 변호사였다.

강원도와 경계를 이룬 가평의 명지산 어느 지점이라고 했다. 고모님은 서울에서 멀지 않다고 했지만 금비에게는 너무 멀었다. 뒷자리에 동진과 나란히 앉은 금비는 연방 초조감을 감추지 못했다. 조수석에 앉아 힐끔힐끔 돌아보던 고모님이 금비와 눈이 마주치자 입을 열었다.

"사장님은 아직 젊으셔. 열 명 중 서너 명 성공 어쩌고들 하는데, 젊은 사람들은 예후가 썩 좋아. 심장이며 장 기능도 썩 튼튼해서 수술하는 데 무리도 없을 거야."

"두 번째 수술이어도 그럴까요?"

"우선은 위급하게 실려 온 경우와 기력이 넉넉할 때 수술한 경우는 확실히 다르지."

금비는 고모님이 반말을 하는 줄도 미처 헤아리지 못한 채 뜨거운 눈길로 고개를 주억거렸다.

"그리고 우리나라 병원이 다 그렇지만, 그 병원도 시술 능력은 세계적으로 손색이 없어. 병원 일 할 적에 위암이나 대장암 수술을 받으러 일부러 건너오는 재미교포도 꽤 봤거든. 아, 참! 내가 말 안 했던가? 나, 위암 수술 했었어. 거의 반을 잘라 냈는데도 10년 동안 말짱히 잘 살고 있어."

"아! 그러신데도 계속 일을 하셨던 거예요?"

"멀쩡하니까 어린이집을 차리고 일을 벌이는 거 아니겠어? 조기에 발견하고 체력이 넉넉할 때 수술한 게 좋은 결과를 준 거지. 수술 후엔 교대 근무가 부담돼서 병원을 떠났어. 그 후에 아동상담소에 일하다가 거길 후원해 주신 사장님을 만난 거고."

고모는 오늘 잇달아 속내를 드러냈다. 금비는 문득 할 말이 궁했다.

"퍽이나 좋은 분이세요. 아버님도, 고모님도……."

"흥! 설득이나 잘하라고!"

고모는 차장으로 눈길을 돌렸다. 동진이 금비의 한 손을 불쑥 낚아채 그러쥐었다.

"제발 그 별종을 설득해 줘요. 황금비 씨라면 가능할 것도 같거든요."

변호사의 언변과 친구라는 조건으로도 설득 못 하는 윤서를 금비보고 설득하란다.

"진짜 제 말을 듣긴 할까요?"

"그놈, 이제까지 지독하게 계획적으로 살아왔어요. 근데 황금비 씨와 관련해선 타협도 할 줄 알고 흔들릴 줄도 알더라고요."

동진의 눈빛이 너무 간절해서 금비는 고개를 끄덕이고는 잡힌 손을 살며시 빼냈다. 잠시 창으로 눈길을 붙였던 동진이 문득 뜨거움을 왈칵 쏟아 냈다.

"그 자식, 겉보기완 달리 평생 외롭게 자랐어요! 이제라도 행복해야 해요. 그놈, 자라면서 눈칫밥에다 식당 밥이 태반이었어요. 결혼해서도 가사도우미 밥상만 받아 봤고, 돈이 많아도 지 놈을 위해 써 본 적도 없어요. 만약 이대로 간다면 지 마누라한테도 구박받을 겁니다. 얼마나 무책임합니까! 진짜 미친놈이죠? 살 길을 팽개치고 죽음을 설계하다니, 젠장!"

동진의 뜨거움은 곧 차에 탄 모두에게 전염되었다. 금비는 재빨리 눈물을 훔치고는 이를 악물었다.

"변호사님, 우선 저 혼자만 급히 읽을 게 있어요. 양해해 주세요."

금비는 이내 동진의 눈을 피해 윤서의 편지를 꺼내 읽었다.

❄✳❄

미안한 사랑에게

고모님은 나이와 병력이 있었던 탓에 후견인 후보로 삼기를 주저했습니다. 그저 신뢰하는 우군으로 마음에 담아 두고 나는 중대한 게임 하나를 준비했습니다.

아동성폭력상담소 일을 도우면서 종종 인간의 탈을 쓴 추악한 악마들을 목격했습니다. 법정에 선 악마들은 상처 입은 어린 영혼들에게 속죄하기에 앞서 원고 편 가족들의 민감한 상처를 이용해 항소를 남발하였습니다. 정의의 이름으로 법정과 언론은 피해자 가족의 치부를 영구 기록했고, 때문에 피해자 가족들은 도리어 죄인처럼 조심스럽게 숨을 죽여야만 했지요.

서진이 때문에 애써 감내하고 있던 나의 증오심은 뒤늦게 밖으로 튀어나오고 말았습니다.

용종 제거 수술을 받은 후 조직검사 결과를 기다리면서 나는 만약에 심각한 병을 얻는다면 죽기 전에 꼭 처리하고 싶은 일을 계획했습니다.

아내의 삼촌을 다시 찾아낸 나는 오랫동안 행적을 추적하고 치밀한 계획을 세우기 시작했습니다. 그가 타고 다니는 자동차와 유사한 것을 구해 그의 행적을 따라 수십 번 운전을 해 보았습니다. 타이어의 공기압과 발생 동력, 흡수 동력, 가속도와 제동 거리, 그리고 궤도 이탈 따위를 계산하고 실험을 해 보면서 인내심으로 그를 지켜보았습니다. 그의 운전 습관을 살피면서 미끼를 던질 준비를 하였지요. 허황된 설계 같지만 나는 이런 일들을 가능하게 만드는 재주와 인내심을 가지고 있답니다.

원래 차가 드문 국도였고, 비 오는 밤이라 더욱 위험한 가파른 길로 그를 유인하기에 좋은 날이 찾아왔습니다. 마침 그가 술을 마시고 있다는 소식을 들은 겁니다.

나는 산속의 모텔 하나를 넘겨줄 의사가 있다며 현지로 오라고 그를 불렀습니다. 어쨌거나 장모님의 엄연한 친척이니 미국으로 떠나기 전에 급히 재산 분배를 마치고 싶다는 미끼를 그가 덥석 물었습니다.

미리 훼손해 놓았던 타이어의 한계점을 계산하고는 시간이 없다며 그를 채근했습니다. 술을 마신 상황에서도 그는 조급한 욕심에 속도를 올렸습니다. 그런데 무언가 잘못되었습니다. 그의 차는 산길로 접어들기 직전 철길의 과속 방지턱 앞에서 펑크가 났습니다. 나중에야 안 사실이지만 그의 몸은 정상이 아니었습니다. 술 속의 독극물 때문에 정신이 몽롱해진 상태에서도 그는 큰돈을 놓치기 싫어서 질주를 멈추지 않았던 겁니다.

나는 그가 평생을 불구자로 살기를 바랐습니다. 하지만 그는 열차에 치어 즉사했습니다. 나를 만나기 직전 또 다른 피해자에 의해 독약을 삼킨 겁니다.

여하튼 나의 계획은 우연한 개입으로 결실을 얻은 꼴이 되었지만, 나는 전혀 반갑지 않았습니다. 상처 난 자존심과 허탈한 마음을 달래고자 얼굴도 몰랐던 범인을 변호하기 시작했습니다. 아마도 서진이가 없었더라면 나도 공범이라고 법정에서 소리쳤을 겁니다.

어쨌거나 아내를 위해 내가 치러야 할 일은 그렇게 우습게 해결되었습니다.

❋✽❋

우월한 남성미를 품고 있다는 굵직한 풍광들을 헤집고 자동차는 힘겹게 산길을 올랐다. 군부대의 산길을 운전해 왔던 은민이 아니었다면 차에서 내려 뛰어야 할 그런 험한 길을 달린 끝에 마침내 목적지에 이르렀다.

통나무로 만든 두 채의 집 가운데 고모님은 높은 쪽을 가리켰다.

서편 산마루로 기우는 해를 힐긋 보고는 걸음을 내딛는데, 낮은 터의 통나무집에서 괴이한 생김새의 노인이 불쑥 튀어나왔다. 등이 굽어 있고 얼굴도 기형적으로 뒤틀린 60대 전후의 노인이었다. 그의 경계하는 몸짓이 고모님을 발견하고는 공손하게 변했다.

"의사 선생이 늦은 시간에 어쩐 일이셔?"

"중요한 손님을 모셔 왔어요."

"사장님한테 기별을 못 받았는디?"

"저를 믿고 보내 주세요. 좋은 일이에요."

"좋은 일이라구?"

"네. 좋은 일로 좋은 사람이 만나러 왔어요."

"크흠! 의사 선생이 그리 말씀한다면야."

나머지 사람들은 입구에 남기로 했기에 금비 혼자 윤서가 머물고 있다는 통나무집으로 올라갔다.

송진 냄새가 두터운 어귀에 이르러 심호흡을 했다. 노크를 하지 않고 살며시 문을 열었다. 숲 속에 자리한 집인데도 문을 여니 더욱 진한 나무 냄새가 훅 날아들었다. 확 트인 거실 한가운데 알몸으로 등을 보인 채 지는 해를 향해 가부좌를 틀고 앉아 있는 그의 모습을 발견했다. 바람과 마지막 햇살을 받아들이는 그런 진지한 의식 같은 시간을 그녀는 망설이지 않고 깨 버렸다.

"아, 아버님!"

그가 알몸으로 앉아 있는 줄 알면서도 그녀는 다가섰다. 홱 고개를 돌린 그가 입을 벌리고 넋 나간 표정을 지었다. 물기를 털어 내는 양 머리를 거칠게 흔들고 다시금 금비를 바라보았다. 옷을 입을 때는 탄탄하게 보이던 가슴이었는데 앙상하게 드러난 그의 갈비뼈를 발견하자 왈칵 서러웠다. 그녀 자신이 밉고 그가 미웠다.

"지금 뭐 하시는 거죠?"

"풍욕……을 하고 있습니다만."

뒤늦게 그는 얼굴을 붉히고 옷을 찾았다. 엉기적엉기적 움직여 담요를 뒤집어썼다. 역광을 통해 잠깐 드러난 그의 전체적인 몸매에 아직은 튼실해 보이는 근육도 엿보여 금비는 작은 안도의 숨을 내쉬었다.

"선생님이 어째서 여기 나타난 거죠?"

당혹감을 갈무리한 얼굴에 차가운 분노가 드리워졌다. 금비는 성큼성큼 그에게 다가갔다. 그가 알몸을 겨우 감춘 담요를 움켜쥐며 이맛살을 모았다. 그녀는 쓰러지듯이 그를 안았다.

"미안한 건 나예요. 사랑이 미안한 건 나라고요!"

여기 오는 동안 얼마나 많은 말을 준비했던가. 어느덧 윤서의 대화 방식을 닮아 가서 그의 대답을 예측하여 또 얼마나 많은 언어들을 비축했던가. 모두 소용이 없었다. 마음이 가는 대로 내버려 두었더니 그를 와락 껴안고 있었다.

"어째서…… 선생님이 여기 오게 됐냐고 묻고 있잖습니까!"

그는 짐짓 차가운 위엄을 드러내고자 했으나 목소리에는 떨림을 싣고 있었다. 숨결마저 닿는 코앞의 그는 피부가 퍽이나 상하고 머리카락은 푸석푸석했다.

"득도하실 생각이라면 오판이시라고 말해 주고 싶어요. 그 말을 해 주려고 왔어요."

"모호한 말은 그만하고요. 자, 선생님…… 우선 옷을 입고, 세수를 해야겠습니다."

금비는 그를 놓아주지 않고 더욱 힘주어 안았다.

"아버님을 닮아서 모호한 말을 하나 봐요. 청혼을 해 놓고 득도하러 온 거예요? 비겁해요! 서진이가 훗날 아버님의 이런 모습을 알면 뭐라고 하겠어요, 네!"

"난 지금 치료를 하려고 여기 있는 겁니다."

"차선책이죠. 최선책이 있는데 왜 미리 차선을 택하세요? 저를 보세요. 왜 똑바로 바라보고 말씀을 못 하죠?"

"자, 잠깐만……."

금비의 품 안에서 거리를 두려는 그의 얼굴이 더욱 붉게 물들었다. 불현듯 그가 목소리를 높였다.

"난 여기가 최선책입니다! 내 일은 항상 스스로 계획하고 선택해 왔습니다! 놓으십시오!"

"싫어요! 청혼을 하셨으면 귀찮은 혹일랑 수술해서 떼어 내고 면사포를 선물해야죠. 이건 아니잖아요! 어릴 적 엄마는 때를 놓쳐 치료도 못 하고 누워만 있었어요. 병이 있어도 치료를 못 하는 사람이 얼마나 많다고요! 다시는 소중한 사람을 그냥 보내지 않을 거예요!"

금비는 팔에 힘을 주면서 그를 밀어붙였다.

"겁쟁이예요! 단지 수술이 무섭다고 유서나 쓰고."

"유서…… 금고를 열었습니까?"

금비가 고개를 끄덕이자 그가 거칠게 밀쳤다.

"망할, 신뢰를 깨 버렸군!"

얼음장처럼 차가운 말이었다. 금비는 마주 선 채 물러나지 않았다.

"최 여사님은 잘못 없어요. 아버님의 독선을 일깨워 준 고마운 분이세요!"

"독선?"

"혼자 판단하고, 혼자 잘났다고 여기고, 다른 사람 생각은 전혀 배려하지 못한 바보 같은 행동이 독선이 아니고 뭐겠어요!"

"감히 내게 훈계하는 겁니까?"

"공평성을 일깨워 주는 거예요. 아버님은 내게 이래라저래라 시키기만 했고, 무조건 따를 거라 자신했어요. 이젠 나도 당당히 요구할 거예요. 내가 아버님 말을 들었던 것처럼, 아버님도 내 말을 들어줘요."

그는 이맛살을 찡그린 채 말없이 바라보기만 했다. 그의 침묵이 길어지자 금비가 말했다.

"병원에 같이 가요. 그러면 당장 혼인 신고에 동의할게요."

"망할, 제법 협상까지 할 줄 아시는군."

윤서가 비아냥거렸다. 하지만 혼인 신고라는 미끼를 내민 탓인지 표정이 밝아 보였다.

"혼인 신고라…… 신뢰를 깬 사람과 혼인 신고라…… 내가 거절한다면? 아니 혼인 신고 파트너 자체를 철회한다면?"

"상관없어요."

"뭐라고요!"

"서진이는 끝까지 책임질 겁니다. 왜냐하면 이런 독선적인 겁쟁이 아빠보단 제가 더 나을 것 같거든요. 그리고 아버님 재산도 탐나지 않아요. 영악하게 들릴지 모르겠지만, 이젠 저도 살 만해요. 자그마치 어린이집 원장이잖아요."

"망할, 협상에 이어 협박까지 익히셨군."

"뿌듯해하셨으면 좋겠어요."

금비의 대꾸가 당돌했는지 그가 피식 웃었다.

"좋습니다. 내가 병원에 간다면 수술하기 전에 혼인 신고를 해 줄 수 있나요?"

"물론이죠!"

"좋아요. 생각해 보죠. 오늘은 이만 돌아가요."

"싫어요!"

"또 뭐가 문제죠?"

"지금 같이 가요."

그의 얼굴이 복잡하게 일그러졌다. 순간 또 보였다. 특유의 마력을 품고 있는 슬픈 눈빛이.

차 안에서 동진이 말해 줬던 윤서의 지난 삶이 떠올랐다. 금비는 다시금 그를 껴안았다. 그가 당황하며 밀어 내려 했다. 환자 같지 않은 그의 완력에 금비는 아줌마의 힘으로 버텼다. 얼결에 그는 금비에게 밀착되었다. 벌겋게 달아오른 얼굴이 부끄러움인지 노기인지 가늠이 안 되었다.

그가 그녀를 노려보면서 입을 열려고 했다. 그의 입에서 튀어나오는 차가운 말이 더는 싫었다. 그의 입을 막는 방도는 한 가지밖에 없었다. 혼인 파트너의 힘으로 금비는 그의 입술을 자신의 입술로 막아 버렸다. 반항의 몸짓은 잠깐이었다. 이내 그는 그녀보다 더 큰 힘으로 금비의 허리를 안았다. 그는 건강한 게 확실했다. 단박에 아줌마의 힘을 압도해 버렸다.

맞바람이 불어 고개를 돌리니 열린 문으로 노인이 누런 이를 드러내면서 웃고 있었다. 화들짝 놀라서 맞붙어 서 있던 그와 그녀는 떨어졌다. 순간 그에게 걸린 담요가 스르르 내려가면서 알몸이 드러났다.

"어머!"

시선을 돌린 금비와는 달리 노인은 태연했다.

"큭큭! 산삼이라도 드신 건가? 맨날 보는 벌거숭 몸뚱인디, 오늘 사장님 몸에 없던 게 달린 것 같소."

"으흠! 영감님은 모른 척하는 법도 좀 배워야겠습니다."

윤서가 금비의 뒤에서 대꾸하며 옷 입는 기척을 냈다.

"큭큭! 나 땜에 댕긴 불을 못 끄시게 되남? 그나저나 저녁 잡술

땐디 어쩔 거요? 꼬장꼬장 시간 따지는 양반이시라 눈치코치 안 따지고 올라왔소만."

설렁설렁 옷을 걸치면서 그가 금비 옆으로 섰다.

"저녁은 서울 가서 먹으렵니다."

"큭큭! 괜시리 더덕 캔다고 설치고 다녔그만. 배암이나 한 보따리 잡아 놓을걸."

"영감님!"

"아니오. 배암은 없어도 되겠소. 아까 척 보니, 배암 안 잡쉬도 이쁜 처자 한숨 쉴 일일랑 없겠그만, 큭큭!"

금비는 노인에게 눈을 한 번 흘긴 뒤 동진에게 고모님을 모시고 먼저 가라는 문자를 보냈다. 어쩐지 윤서는 지금 그들과 동행하기를 쑥스러워할 것 같아서였다.

곧 답장이 왔다.

[그게 낫겠군요. 금비 씨, 고마워요. 끝까지 잘 부탁해요.]

이어서 추가 문자가 왔다.

[고모님도 금비 씨한테 고맙다고 전하래요.]

돌아가는 길에는 은민이 윤서의 차를 몰았다. 금비와 나란히 앉은 채 지그시 눈을 감고 있던 윤서가 식은땀을 흘리며 고통을 참는 것 같았다. 금비는 손수건을 꺼내 조심스럽게 땀을 찍어 냈다.

"멀미 나와요?"

"관심의 현기증 정도니 내버려 둬요."

금비는 그에게 바짝 붙으며 속삭였다.

"우리, 앞으로 모호한 말은 하지 않기로 해요."

그가 번쩍 눈을 떴다.

"방금 내 말이 모호했나요?"

"으음, 아뇨. 방금은 냉동 시인다운 표현이었어요."

"다행이군요."

그가 작은 한숨을 토하고는 다시금 눈을 감았다. 아내와 서진이를 제외하곤 가장 많은 말을 주고받았던 사람이 금비라고 했다. 혼자만의 세계에 흠뻑 빠져 살았던 이 남자에게 시시콜콜한 일상을 오래도록 건네주고 싶다는 엉뚱한 심술을 욕심내 보았다.

"혼인 신고를 할 적에……."

그가 눈을 감은 채 나지막이 말했다.

"선물을 하고 싶은데, 원하는 게 있나요?"

"거야 아버님이 용감하게 수술을 결심하셨단 자체가 제겐 가장 좋은 선물이에요."

"그것 말고, 남자가 여자한테 주는 통속적인 선물을 말해 봐요."

"훗! 통속적이요? 뭐, 좋아요. 사실 예전부터 바라던 게 있어요. 근데 그 선물은 건강하게 퇴원한 뒤에 받을래요."

"뭔데요?"

"그게…… 피아노 연주요. 아버님 창작곡인 '사랑, 미안합니다'를 꼭 다시 듣고 싶어요."

"그 곡이 정말 좋았나요?"

"으음, 실은 꼭 저를 애무해 주는 것 같았어요."

"다행히 성공했군요."

금비가 갸웃하며 그를 보았다. 그는 눈을 감은 채 더 입을 열지 않았지만 그의 엷은 웃음을 발견한 금비는 한참을 지켜보다가 조용히 웃었다. 그는 식은땀 흘리는 것을 멈추고 평화로운 얼굴로 잠들어 있었다.

혼인 신고를 마치고 구청을 나온 금비는 백화점에 들렀다. 예쁜 옷을 사 입고 오라는 윤서의 주문이 아니더라도 꾸미고 싶었다. 오늘 밤은 특실 병동에서 그와 단둘이 머물 터였다. 특혜를 받은 건지, 아니면 이미 검진을 받고 수술을 준비했던 병원이어서 그런지 의외로 수술 날짜가 빨리 잡혔다.

밤이면 기어이 금비를 집으로 내쫓던 윤서가 오늘은 양보했다. 코앞으로 다가온 수술 때문은 아니었다. 부부로 공인받은 첫 번째 날이라는 금비의 고집이 통한 것이다. 금비는 내친김에 속옷 매장도 찾았다. 겉옷보다 훨씬 오랜 고민 끝에 화이트 망사레이스를 골랐다. 검은색 일색이던 윤서의 정서와 반대편을 선택하고 싶다는 욕심이 용기를 내게 만들었다.

윤서의 집으로 들어서자 최 여사와 은민, 그리고 세영이 아이들과 어울리고 있었다. 문득 윤서의 능력에 오싹 소름이 돋았다. 정말로 그는 금비에게 성공적으로 새 가족을 만들어 주었다. 하지만 곧 고개를 가로저었다. 그는 틀렸다. 정작 본인을 위한 설계에는 빵점이었다.

욕실에 들어가 정성스럽게 온몸을 씻었다. 그가 어디까지 욕심을 드러낼지 가늠하기 어려웠지만 상관없었다. 적어도 금비는 밤새 그를 안아 줄 터였다.

우선은 옷을 갈아입은 뒤 서진이를 꼭 안아 주었다.

"서진아, 엄마 다녀올게. 영우랑 잘 놀고 있어."

엄마라는 말이 스스럼없이 나왔다.

"어, 엄마. 그런데 교육 연수라는 것이 꼭 자면서 해야 하나요?"

"응. 서진이랑 함께 가고 싶지만……."

하마터면 함께 가자고 말할 뻔했다. 또 그래야 한다고 믿었다. 사실 윤서야말로 서진이가 눈에 밟히리라. 하지만 그는 절대로 서진이에게 환자복을 입은 아빠의 모습은 보여 주지 않겠다고 고집했다. 다 된 밥에 재를 뿌려 그의 변덕을 자극할까 싶어 금비는 따를 수밖에 없었다.

'그래, 윤서 씬 젊고 건강하니 반드시 이겨 내고 퇴원할 거야.'

겨우 마음을 다잡고 서진이를 놓아주었다.

늦은 오후에 병원에 들어선 금비는 간호사를 통해 미리 부탁한 것을 받아 들고 쇼핑백에 넣었다. 간호사의 얼굴에 담긴 묘한 웃음의 의미를 미처 파악하지 못한 채 윤서의 병실로 들어섰다. 순간 금비는 깜짝 놀랐다.

"어서 와요."

윤서는 환자복이 아닌 갈색 슈트를 입은 모습으로 다가와 살짝 다리를 구부린 뒤 손을 잡았다가 놓았다. 금비도 정장 스커트의 양쪽 옷깃을 잡은 채 고개와 무릎을 굽혀 맞장구를 쳤다. 금비를 놀라게 한 것은 윤서의 모습만은 아니었다. 아무리 널찍한 특실이라고는 하나 엄연히 병원 안이었다. 금비는 소파 옆에 놓인 피아노를 가리켰다.

"저거 진짜예요?"

윤서는 보일 듯 말 듯 웃음을 지으며 고개를 끄덕였다.

"대단한 분이군요. 어떻게 피아노까지 공수할 수 있죠?"

"10분만 연주하고 기증한다고 제의해도 안 먹히던데, 혼인하는 날이라고 하니 병원에서 봐주더군요."

"서, 설마. 내가 선물로 듣고 싶다고 해서……."

"통속적인 선물이야 금고에 쌓인 금을 녹여서 금비 씨 갖고 싶은 걸 만들면 되지만, 비통속적인 선물은 피아노 외엔 떠오르지 않더군요."

"감동이에요."

"그 정도야 뭘."

그가 뒷짐을 진 채 어깨를 으쓱했다.

"그러고 보니 금고에 골드바가 잔뜩 있더군요."

"원래 집 안에 재물을 쌓아 두는 취미는 아니지만, 황금비 씨가 혼인 신고에 동의해 주면 원하는 것을 만들라고 갖다 놓았습니다."

"호호, 그렇다고 그리 엄청 갖다 놓았어요?"

"으흠, 황금 우산이나 황금 핸드백을 원하면 금이 많이 필요할 것 같아서."

"세상에! 누가 황금으로 만든 핸드백에 우산을 들고 다녀요?"

"황금비 씬 어울려요."

"제게요?"

"이름값은 해야죠."

금비는 잠시 갸웃하다가 풋, 웃음을 터트렸다.

"아버님은 정말 예측 불가한 분이세요."

그는 시종 뒷짐을 진 채 엷은 웃음을 흘리고 있었다. 애써 의젓하게 보이려 든다는 생각이 들어 안쓰럽다가 퍽이나 멋진 신사라는 감상으로 이어졌다.

"오늘 멋지세요, 신사님."

"당신도 멋집니다, 숙녀님. 앉으세요."

협탁에는 장미와 안개꽃이 담긴 화병이 놓여 있었다. 이 또한 아침에는 없던 것이었다.

금비가 소파에 앉자 그는 피아노 의자에 앉았다.

"무리하진 마세요."

금비가 조심스럽게 청했다. 그는 토라진 투로 응수했다.

"난 기운이 필요하면 항상 그때에 맞춰 컨디션을 최상으로 끌어올리는 재주가 있답니다."

허풍은 아닌 성싶었다. 그는 투병 중에 집에 들를 때는 전혀 환자 같지 않게 굴었다. 문득 수박을 들어 주지 않고 성큼성큼 앞서 걸었던 날이 떠올랐다. 아마도 그날은 컨디션이 무너져 있었으리라.

그가 양손을 수평이 되게 들어 올렸다. 금비는 기대감으로 침을 꼴깍 삼켰다. 첫 번째 곡은 '에릭 사티'의 곡이었다. 두 번째 곡도 처음에 들려준 짐노페디 1번이었다.

그는 이따금 금비와 눈을 맞추고 희미한 웃음을 건넸다. 아니, 이제는 안다. 그 정도의 웃음은 그에게는 함박웃음과 진배없었다. 너무도 감미로운 선율에 취해 있던 금비는 뜨거운 웃음으로 응수했다.

이윽고 그가 '사랑, 미안합니다'를 연주했다. 그날처럼 음표가 몸과 마음 구석구석을 위로하고 애무해 주었다. 금비는 지그시 눈을 감고 음표의 간지러움을 오롯이 누렸다. 곡이 끝나 갈 무렵, 그의 목소리가 들렸다.

"눈을 뜨지 말고 그대로 있어요."

시키는 대로 했더니, 잠깐의 침묵에 이어 '사랑, 미안합니다'의 첫 소절이 다시 들렸다. 문득 공기의 흐름이 변하더니 뜨거운 숨결이 지척에 와 닿았다. 그의 입술을 받아들이며 눈을 떴다. 여전히 피아노 소리가 흐르고 있었다.

긴 입맞춤에서 벗어나 갸웃하며 피아노를 바라보는 금비에게 윤서가 피식 웃었다.

"디지털 피아노잖아요. 방금 연주를 녹음했다가 재생하는 중입니다."

"윤서 씨가 마법을 부렸다고 해도 난 믿었을 거예요."

"아직도 날 신뢰하나요?"

"평생 신뢰할 거예요. 왜냐하면 법적으로 난 당신 아내니까요."

"아내…… 그렇군요."

"나도 비통속적인 선물을 주고 싶어요. 대신 웃지 말아야 해요."

녹음된 소리가 끝나자 금비가 몸을 일으켜 피아노 의자에 앉았다.

"언젠가 윤서 씨에게 쳐 주고 싶어서 나름 연습을 했어요. 비슷하게 못 치더라도 성의로 품어 줘요. 곡명은…… 예전부터 누군가를 안아 주고 싶어도 참아야 했던 제 심정과 같아요."

금비는 무수한 연습으로 얻어 낸 '사랑, 미안합니다'의 건반을 짚어 갔다. 치다가 확신이 부족했던 음표 부분에서 그를 보니, 적이 입을 벌린 채 바라보고 있었다. 다시금 건반에 집중하는데 그가 와서 옆으로 앉았다. 두 사람은 이내 함께 건반을 눌렀다.

"비슷했어요?"

연주를 마친 뒤 피아노 의자에 나란히 앉은 채 금비가 물었다.

"악보를 남긴 적이 없는데."

"그날 듣고선 너무 감명받아서 잊어버릴까 봐 열심히 채보해 놓고 엄청 연습했어요."

"절대음감의 능력자를 내가 몰라봤군요."

"관심의 현기증, 아니 관심의 힘이라고 여겨 줘요. 내가 얼마나 윤서 씨를 생각했다고요. 그래서 윤서 씨의 모든 것을 사랑하게 되었죠. 난 윤서 씨가 꼬부랑 할아버지가 되더라도 세상에서 가장 멋진 남자로 대접해 줄 거예요. 윤서 씨의 그 어떤 모습이라도 말예요."

설령 수술실에서 식물인간으로 나온다고 해도 평생 사랑하는 마음으로 곁에 있고 싶다는 말은 차마 꺼내지 못했다. 그는 수술실에 들어가는 일을 두고 개구리가 되어 실험실에 진입하는 기분이라고 했다. 그런 그가 두 번째 수술에 동의해 준 마당이니 말 한마디가 조심스러웠다. 하지만 아까부터 꼭 해 주고 싶은 말이 있었다.

"서진이가 보고 싶다면 내일 잠깐 데려올 수 있어요."

"관둡시다."

그의 목소리가 사뭇 차가워졌다. 금비는 곧 꼬리를 내렸다.

"하긴. 아빠여서 강한 윤서 씬 꼭 이겨 낼 테니 수술 끝나고 데려오면 되겠어요."

그를 응원하는 사람들이, 그를 사랑하고 필요로 하는 사람들이 넉넉하다고 자꾸 알려 주고 싶었다. 하지만 능력이 아쉽다. 어떻게 하면 그에게 삶의 의지를 더 보태 줄 수 있을까. 우선은 윤서를 잠시나마 쉬게 해 주고 싶었다.

"윤서 씨. 우리, 법적인 부부가 맞죠?"

그가 가볍게 고개를 끄덕이자, 금비는 살짝 붉어진 얼굴로 말을 이었다.

"우리, 편하게 누워요. 옷부터 벗고."

"옷을……."

그는 금비보다 더 얼굴이 붉어졌다.

"아! 그니까 겉옷, 겉옷만 벗고 편하게 누워 쉬자고요."

그는 내키지 않는지 얼굴을 찡그렸다.

"환자복을 싫어하시는 줄은 알아요. 또 저를 위한 배려로 정장을 입으신 것도 고맙게 생각해요. 하지만 우린 혼인 신고를 한 사이예요. 부부는 어떤 모습도 공유할 줄 알아야 해요."

"부부라는 말을 남발하는 것 같군요."

마치 금비가 오버한다고 힐난하는 것 같았다. 금비는 어리광 부리듯 응수했다.

"적어도 오늘 하루만은 봐주세요. 윤서 씨의 말마따나 혼인 신고를 한 날이잖아요. 저 먼저 옷 갈아입을 테니, 잠깐 돌아서 줘요."

뜻 모를 한숨 소리를 등으로 들으며 금비는 겉옷을 모두 벗은 뒤 간호사에게 받은 옷을 입었다. 탁, 소리가 들려 슬쩍 돌아보니 윤서가 겉옷을 거칠게 벗어 던지고 있었다.

'골난 아이 같아.'

금비는 배시시 웃으며 그가 환자복으로 갈아입을 때까지 기다렸다.

"어!"

금비를 바라본 그가 눈을 동그랗게 떴다.

"황금비 씨도 어디 아픕니까?"

"아뇨. 혼인 신고 한 날이잖아요. 커플 티는 못 입어도 커플 환자복 정돈 체험하고 싶어서요."

그와 같은 무늬의 환자복을 입은 금비는 두 사람의 겉옷을 옷장에 걸어 둔 뒤 침상에 걸터앉았다. 멀거니 바라보며 서 있는 그에게 금비는 수줍게 웃으며 턱으로 침상을 가리켰다. 그가 보호자 침상을 힐끔거리자, 금비는 이맛살을 찌푸리며 도리질했다.

이윽고 그가 찬찬히 다가왔다. 그는 담요를 들추고 침대에 누웠다. 금비도 슬그머니 곁에 누웠다. 그렇게 두 사람은 바짝 붙은 채 천장만 멀뚱멀뚱 쳐다보았다. 가을은 여전히 더웠고, 에어컨은 윤서가 싫어했다. 팔로 와 닿는 그의 체온을 느끼며 금비는 어색한 분위를 상쇄할 요량으로 냉동 시인의 언어를 입에 올렸다.

"더위가 질기네요. 가을이 노망났나 봐요."

"노망. 늙어서 망령이 듦. 가을은 시작된 지 얼마 안 된 어린 녀석이니 논리적으로 안 맞는 비유군요."

"에휴, 못 말리는 우리 서방님."

"서방님……."

그가 나지막이 중얼거리더니 희미하게 웃었다.

"서방님, 부인이 금고를 연 죄는 이제 탕감해 주는 거죠?"

"조건이 있어요."

"치사해요."

"어제도 당부했지만, 연명 치료는 절대 안 됩니다. 서진이에게 초라한 내 모습을 보여서도 절대 안 되고요."

"약속해요. 근데 딱 한 번만 더 생각해 봐요. 저도 엄마의 마지막을 병원에서 지켜봤어요. 남은 자의 몫이라는 게 있더라고요. 가망성이 극히 희박해도 할 수 있는 것을 다 해 보질 않으면 남은 자는 아쉬움과 죄의식에 잠겨요. 그리고 저 같은 경우는 엄마가 누워만 있어도 좋으니 평생 그 자리에 남았으면 좋겠다고 소망하게 되더라고요."

그렇게 금비는 에둘러 바람을 드러냈다. 빤히 속내를 파악했다는 양 그가 비웃었다.

"후후, 내가 타협에 관대하지 못한 이유가 뭔지 압니까?"

금비는 고개를 돌려 그를 바라보았다. 그는 여전히 천장에 눈길을 둔 채 냉소를 흘렸다.

"하나를 양보하면 둘을, 셋을 요구하는 작태가 싫어서 그랬어요."

금비는 곧 설득하고 싶은 욕심을 버렸다. 그는 비관적인 결과를 염두에 두고 모든 일을 철저히 준비했다. 그렇다면 금비는 낙관적인 결과를 염두에 두고 다음 일을 준비하는 것도 나쁘지 않을 것 같았다.

"아까 내가 친 곡 말예요. 소리가 너무 작았어요. 집에 있는 피아노로 치면 더 멋지게 연주할 수 있을 것 같아요."

그의 입에 번진 희미한 웃음을 발견하고 금비는 말을 이었다.

"참, 신혼여행을 가면 서진이와 영우를 데려가야 하나 고민이네요."

신혼여행.

윤서는 살짝 이맛살을 모았다. 금비 역시 하나에 이어 둘을, 셋을 원하는 부류 같았다. 아니다. 윤서는 곧 짜증을 지워 냈다. 신혼여행. 듣고 보니 탐났다. 자신이라고 왜 낙관적인 결과를 원하지 않겠는가. 하지만 운명은 노상 느닷없이 심술을 부렸다. 하여 본인의 의지와 관계없이 삶이 휘둘리고 만다.

대책을 분명히 세워 두지 않으면 운명에게 희롱당한다. 그래서 비관적인 결과가 나올 경우를 대비해 금비에게 편지를 남겼다. 어디까지나 비관적인 결과만 대비했기에 편지를 쓴 사람이 삶의 의욕이 부족하다고 오해할 수도 있을 것 같았다. 금비가 잇달아 에둘러 밝히는 속내가 너무 빤히 보여 윤서는 짜증을 내긴 했지만 한편으론 그녀를 이해할 수 있었다. 문득 이런 복잡한 머리가 저주스럽다고 느끼는 순간 동진의 말이 떠올랐다.

'너 같은 별종과 날마다 붙어살 수 있는 여자가 나타난다면, 난 무조건 그녀를 세상 최고로 존경할 거다!'

그런 자신에게 금비는 예전부터 품었던 마음이라며 '사랑, 미안합니다'를 건반에 담아 건넸다.

미안하긴!

미안한 쪽은 여전히 윤서였다. 그녀는 아픈 엄마가 의식이 없는 환자여도 좋으니 계속 남아 있기를 소망했단다. 그 마음을 헤아릴 수 있었다. 윤서 역시 아내를 그런 마음으로 지켜보았으니. 하지만 윤서 본인이 그런 모습으로 남기는 싫었다. 아내의 초라한 육신을 타인에게 보이기 싫어했던 것처럼, 자신의 모습은 더더욱 보이고 싶지 않았다.

잠시 망각했던 공포가 밀려들었다. 개구리처럼 발가벗겨진 채 수술실에 들어가 마취당하는 모습이 그려졌고, 메스로 난도질당하는 자신의 육신이 어른거렸다.

윤서는 아까부터 온기를 전하고 있는 그녀의 손을 자신도 모르게 꼭 쥐었다. 그녀가 고개를 돌렸다. 숨결이 와 닿는 코앞의 여자가 수줍게 웃었다. 못 보았던 청순한 모습이었다. 곱게 차려입고 병실로 들어섰을 때부터 그런 느낌을 받았다. 그렇다. 학교의 등나무 아래서 은민을 사랑으로 바라보고 있던 청순한 모습을 그녀는 되찾았다. 그때보다 적이 완숙한 아름다움으로.

이 여자에게 더는 상처를 보태 줘서는 아니 되었다. 건강을 되찾아 결혼 생활을 한다면 딱 한 가지가 자신이 없었다. 다름 아닌 아내를 가슴에서 온전히 비워 내지 못할 것 같았다. 미리 고백을 하려고 하다가 꿀꺽 삼켰다. 살아 보지도 않고 미리 선언하는 것 자체가 예의가 아닌 것 같았다. 여하튼 일단은 수술실에서 살아남는 것이 과제였다.

"땀을 흘리네요."

그녀가 옷소매로 이마를 닦아 주었다. 공포의 배설물이겠죠, 하는 말을 삼키고 윤서는 머리를 들어 그녀에게 입을 맞췄다. 기다렸다는 양 그녀가 적극적으로 맞이했다. 침이 섞이고 혀가 섞이면서 수술에 대한 공포는 가뭇없이 사라졌다. 더 욕심이 난 윤서는 그녀의 환자복 단추 사이로 손을 밀어 넣었다. 그녀가 스스로 단추를 풀다가 속삭였다.

"누구 들어오진 않겠죠?"

"당분간은."

윤서는 그녀의 순백색 브래지어 속을 더듬었다. 이따금 탐이 났고, 그래서 스스로를 꾸짖었던 그 보드라운 가슴을 움켜쥐었다. 연신 양쪽 가슴을 오가며 어루만지는 윤서가 불편했는지 그녀가 스스로 브래지어를 풀어냈다. 드러난 양쪽 가슴에 뺨을 대 보고 킁킁 냄새를 음미하다가 봉오리를 입에 넣었다.

"아아."

그녀가 한숨 같은 신음을 토했다. 멈칫하는 윤서를 그녀가 가슴에 밀착시켰다. 윤서는 더욱 게걸스럽게 양쪽 가슴을 탐했다. 자신도 모르는 사이에 한 손이 그녀의 바지춤을 찌르고 있었다. 얼마만일까? 아내가 입원하기 전에 마지막으로 체험했던 까칠하고 촉촉한 느낌이 손끝을 타고 심장을 두드렸다.

나름 힘을 비축한 탓인지 아랫도리가 성이 나 있었다. 하지만 거기까지 갈 생각은 없었다. 윤서는 그녀의 은밀한 곳에서 손을 떼고는 바지를 벗겼다. 순백색 속옷 사이로 거뭇거뭇 여성이 드러나자 아랫도리가 더욱 성을 냈다. 윤서는 스스로를 힐책한 뒤 그녀의 머리부터 시작해 발끝까지 정성스럽게 혀를 놀렸다.

"아아, 유, 윤서 씨."

금비가 눈을 뜨더니 몸 위의 윤서를 안아서 눕혔다.

"가만 계세요. 이젠 내가 해 주고 싶어요."

그녀는 윤서 곁에 앉아 옷을 벗었다. 이내 두 사람은 각각 팬티만 입은 채 밀착했다. 윤서가 그랬던 것처럼 그녀는 이마부터 입을 맞추기 시작했다. 입술을 통해 끈끈한 침을 섞은 뒤 목을 애무하자 윤서는 이성을 잃어버릴 것 같았다. 이어서 가슴으로 그녀의 뜨거운 숨결과 혀가 닿자 부르르 몸을 떨었다. 남자의 가슴도 이토록

민감한 줄은 처음 알았다.

수술 자국이 그어진 배를 지나 그녀의 숨결이 아랫도리로 향했다. 아내를 포함해 그 누구도 입으로 가져간 적이 없었던 그것은 눈치 없게도 꼿꼿이 세워져 있었다. 속옷을 벗겨 내려는 그녀의 손을 윤서가 제지했다. 그녀는 잠깐 고민하는 것 같았다.

"하긴 단백질을 아껴야겠죠?"

애써 농담으로 포장하는 듯한 그녀에게 얼결에 약속을 건넸다.

"신혼여행 가서…… 그때 제대로 합시다."

윤서의 대답에 금비가 단숨에 윤서와 얼굴을 마주했다. 눈앞에 떠 있는 아름다운 여자가 달뜬 신음을 갈무리한 뒤 생긋 웃었다.

"신혼여행…… 생각만 해도 들떠요. 기대할 거예요."

윤서는 대답 대신 웃어 주었다.

"근데 제가 환자한테 기운을 너무 빼앗은 것 같아요."

"아뇨. 엔도르핀은 면역력에 탁월합니다."

"좋긴 했어요?"

"엔도르핀이 다량 생산된 느낌이니 썩 좋았나 봅니다."

"좋았나 봅니다? 주어의 의견치곤 뭔가 말에 어폐가 있네요?"

"나쁜 습관은 빨리 익힌다더니, 나한테 안 좋은 언어 습관을 익혔군요."

"안 좋긴요! 난 윤서 씨의 모든 것이 다 좋아요."

팔을 짚고 내려다본 자세라 그녀의 가슴이 한껏 풍만해 보였다. 다시 불끈거리는 그것을 다스릴 요량으로 다른 생각을 했다. 역시 비관적인 결과를 무시할 수 없는 마당이라 차마 그녀를 온전히 갖지는 못하겠다. 하지만 욕심을 놓고 싶진 않았다. 그저 잠시 미룰

뿐. 그녀를 온전히 가지려면 살아야 했다. 끝까지 치료에 최선을 다해야 했다. 일단 목표를 정하면 그 과정의 완벽한 실천에는 자신 있었다. 더욱이 오늘 금비는 두 번째 혼인 신고를 마쳤다. 이혼녀에 이어 벼락과부로 만들 수는 없었다.

"어, 뜬금없는 이 비장한 표정은 뭐죠?"

그녀가 생글생글 웃으며 윤서의 볼을 건드렸다. 이젠 그녀의 웃음만 보아도 몸이 뜨겁다.

문득 생각나는 게 있었다. 윤서는 그녀를 끌어당기고 귓불에 대고 속삭였다.

"금비 씬 끝까지 가고 싶어요?"

갸웃하며 생각에 잠겼던 그녀가 풋, 웃었다. 언제 들어도 싱그러운 봄바람 같은 웃음이었다.

"이 열기는 냉동시켰다가 신혼여행 가서 해동할래요."

"못된 학습 능력 같으니, 쯔쯧."

혀를 차면서 윤서는 웃었다. 여느 때보다 큰 웃음이었다.

몸뚱이는 물론이거니와 병실 안 공기도 후끈했다. 그런데 그 가득한 열기가 싫지 않았다. 새삼 가슴으로 들어찬 삶의 열기와 닮았기에.

늦은 밤에 의사와 간호사가 다녀간 뒤 두 사람은 다시금 옷을 벗고 누워 서로를 쓰다듬었다. 그러다가 윤서는 금비의 품에 안겨 까무룩 잠이 들었다. 블라인드로 새 들어오는 도심의 불빛에 흐릿하게 드러난 윤서의 얼굴은 평화로워 보였다. 금비의 젖가슴을 움켜쥔 채 웅크린 그의 모습은 마치 엄마 품의 아이 같았다. 그런 낯선 모습이 작은 웃음을 주는 한편 콧등을 시리게 했다.

어제 다녀간 동진의 말이 떠올랐다.

'녀석은 죽어라 누군가에게 필요한 존재만 탐냈어요. 이젠 녀석도 다른 사람을 필요로 하는 욕심을 가졌으면 좋겠네요.'

동진은 지나치게 금비에게 친절했다. 평생 존경할 거라는 뜬금없는 말과 함께 평생 무료 법률 서비스를 한다는 너스레도 풀어놓았다.

여하튼 동진이 건네준 말 덕분에 윤서의 지난날 행동들을 보다 쉽게 이해할 수 있었다. 금비는 윤서의 볼에 살짝 입술을 댔다.

'참 잘생긴 우리 서방님, 이젠 내가 당신한테 꼭 필요한 존재가 될 거예요. 그리고 고마워요. 나를 필요한 존재로 만들어 주어서.'

금비는 이내 낙관적인 결과를 위한 과정을 가늠하기 시작했다. 이렇듯 알몸까지 공유한 마당이니 그의 병시중을 하기가 한결 편할 것 같았다. 그의 옷을 갈아입히고, 씻기고, 또 미음을 떠먹이는 금비에게 그는 이제 덜 쑥스러워할 터였다. 아무리 핏줄이 최고라고 해도 간병 파트너로는 부부 이상 편한 이가 없으리라.

그가 뒤척이더니 금비를 품에 안았다. 이내 금비도 까무룩 잠이 들었다.

13. 여자 나이 서른넷

— 삶의 감사함을 넓혀 보자면, 낙태와 유산과 불임의 함정을 벗어나 태어난 것 자체가 선택받은 감사함이지만, 많은 분들이 그런 것처럼, 저 역시 서른넷의 세월 중 제 의지대로 살 수 있었던 삶은 20년도 안 됩니다. 앞으로 남은 생은 모두 제 의지대로 살 수 있는 완전한 성인이죠. 이 나이를 감사하고, 현재 존재하고 있는 자체에 감사합니다.

텔레비전 화면에 담긴 금비의 얼굴 아래로 자막이 떴다.

황금비(34)
• 세간에 화제가 된 식물원과 산림욕장을 갖춘 '아카시아 유치원' 공동 설립
• 한 부모 가정 쉼터 '백작의 성' 설립

• '풀잎 아동상담소' 부소장

아카시아 유치원의 진선미 원장은 텔레비전을 주시하고 있었다.
화면 속의 금비는 몸짓 하나 표정 하나에 생기가 가득했다. 때문에
그녀의 말은 시청자에게 몰입감과 신뢰감을 줄 수 있을 것 같았다.

그런데 금비가 본디 저리 예뻤던가?

딱히 조명이나 화장 탓만은 아닌 성싶어 진선미 원장은 새삼 골
이 깊어진 자신의 주름살을 꼬집어 보았다.

텔레비전 속의 아나운서가 화면에 잡히면서 금비에게 질문을 건
냈다.

― 선생님께선 한 부모 가정 쉼터를 운영하시면서 재혼하는 분들에
게 혼수를 대신 해 주신다고 들었습니다. 좀 특별한 배려 같아서 배
경을 궁금해하는 분들이 많은데, 이 자리에서 연유를 밝혀 주시겠어
요?

― 아! 그건 다른 이유 없습니다. 혼수, 그것 능력 된다면 꼭 해
가야 합니다.

― 어려운 사정을 피차 아는 상황에서도 꼭 해 가야 할까요?

― 네. 해 오지 말란 말을 액면 그대로 믿지 말자는 거죠. 나중
에 말 나오면 타임머신을 타지 않는 한 대책이 없잖아요.

금비가 웃었고, 방청객들도 웃었다. 진선미 원장은 쓴웃음을 지
었다. 세영 부부에게 들어서 금비의 상처를 얼추 헤아리고 있었다.
저렇듯 웃으며 말하지만 생채기는 어쩔 수 없나 보다. 앞서 주장

한, 결혼의 족쇄에 관한 오달지고 객관적인 논리와는 달리 사뭇 주관적인 의견이니 말이다. 금비의 과거 시댁 사람들이 이 프로를 보고 있다면 어떤 표정을 지을까?

방청객 반응이 좋아서인지 아나운서가 화제를 이어 갔다.

— 아니, 선생님. 혼수 마련 못 하는 신부는 어쩌라고요?

— 신랑한테 가불해야죠.

— 가불이라고요? 가불하면 어떻게 갚나요?

— 애 낳아 주는 일이 어디 좀 비싼 일입니까. 가사 일은 또 어떻고요. 이런 부부를 봤어요. 여자 쪽이 효심이 지극한데 혼수 때문에 결혼을 미루자, 남자가 시가 몰래 돈을 보냈어요. 자기한테 오는 차비라면서요.

— 좋은 모습이긴 한데, 나중에 시가에서 알면 더 큰 소란이 생기지 않을까요?

— 그들 부부는 퍽이나 잘 살고 있어요. 시가도 며느리가 마음에 드니 알면서도 모른 척했겠지요. 어쩌면 지금도 그들 부부만 아는 비밀일 수도 있고요. 어쨌든 사랑스러운 애도 낳았으니 가불한 거 갚고도 남았고, 시가에 대한 미안함은 공소시효가 지났지 싶어요.

— 알겠습니다. 다른 질문으로 넘어가겠습니다. 요즘 네티즌 사이에 시인이자 피아니스트인 냉동 시인이 화젭니다. 도무지 정체를 알 수는 그 냉동 시인이 황금비 씨와 연관됐다는 의견이 있던데, 이 자리에서 솔직히 밝혀 주시겠어요?

— 다른 인터뷰에서도 밝혔듯이, 저는 열렬한 팬입니다. 그분의 시와

음악을 사랑하는 사람으로서 그분의 익명성을 존중해 드리고 싶습니다.

금비는 부정도 긍정도 하지 않은 채 더 대답하지 않았다. 그런 모호한 처신에서 윤서의 모습이 언뜻 보이는 것 같아 진선미 여사는 실소를 머금었다.

방송의 마지막 순서로 금비는 냉동 시인의 '사랑, 미안합니다'를 연주했다. 몸짓 하나하나에 튼실한 삶의 리듬이 묻어 있었다. 처음에는 건방지고 허술해 보였던 여자였다. 저렇듯 오달진 여자로 성장할 줄은 그때는 몰랐다.

진선미 여사는 5년 전의 공원에서 만난 금비의 모습을 떠올렸다. 윤서를 향한 마음에 진정성이 담긴 성싶어 그때 손을 잡아 주기를 참 잘했다는 생각이 든다. 사장님, 아니 윤서도 5년 남짓 건강을 온전히 관리하고 있으니, 진선미 여사 자신이 그랬던 것처럼 환자라는 생각을 털어 내도 될 듯싶었다. 어차피 한때 건강했던 우리 모두는 예비 환자가 아니었던가.

문이 열리면서 원감 선생님이 들어왔다.

"어! 텔레비전에 형님 나올 시간 아녜요?"

"끝났네요, 원감 선생님."

"아이, 참. 피아노 스승이 나라고 광고도 해 준댔는데. 녹화는 해 뒀겠죠?"

"물론이죠. 그러니 어서 수업 준비나 하세요, 원감 선생님."

"아, 참. 고모님은 왜 유치원만 오면 이상한 말씀을 하시고 그래요. 원감 선생이 뭐예요. 집에서처럼 그냥 세영이라고 부르세요."

"원감 선생님! 여기는 교육 현장입니다. 아이들 생애 최초의 집

단 교육 공간입니다. 사랑으로 돌보는 한편 질서와 위엄을 보이는 데에 솔선수범하세요. 공과 사를 구별하시라고요."

"에구, 못 말려. 알겠사옵니다, 원장 할머니."

진선미 여사의 근엄한 태도에 세영은 입술을 비죽 내밀더니 과장되게 허리를 굽혔다. 선생님들은 세영을 가리켜 해피 바이러스라고 떠받들어 주지만 진선미 여사는 교무실을 시끄럽게 만드는 그녀가 종종 못마땅했다.

"쯔쯧, 어째서 애를 둘이나 낳고도 머리는 나이를 안 먹는지. 철 좀 드시구려, 쌍둥이 엄마."

"부러우면 지는 거예요."

"뭐라고요?"

"아, 아녜요. 설명하자면 세대 차이를 안겨 드릴 거예요. 그보다 회계 결산 날인데, 어쩌죠?"

"어쩌긴요. 우리 가족 중에 공인 회계사가 있잖아요. 황 회계사한테 넘기면 될 걸 왜 고민해요?"

"고모님! 아니, 원장 선생님. 형님네 부동산이며 사업체는 그렇다 쳐도 유치원 회계 결산서 일로 회계사를 찾아야 해요?"

"무슨 소리를 하세요. 우리 대식구 가훈을 까먹었나요? 가훈이 뭐죠?"

"서로 나누는 가족……."

"알았으면 원감 선생님은 어서 수업 준비나 하세요."

입술을 비죽 내밀고 세영이 나가자, 진선미 여사는 작은딸에게 전화를 걸었다. 딸만 둘 키우다가 아들 욕심이 나서 셋째를 갖고 싶었지만 직장인의 어려움을 극복 못 해 딸 둘로 만족했다. 여하튼 작은딸이 이번에 시집을 간다.

"얘야, 너 든든한 혼수 하나 생겼다. 가평에 있는 통나무집 다시 가고 싶니?"

— 좋긴 한데 무서운 할아버지 때문에 좀 그렇던데?

"첨이야 무서워 보이지, 알고 보면 원초적으로 순수한 분이야."

— 원초적으로 순수한 아저씨? 하! 그 말 멋지네요.

"아무렴. 신비로운 시인이 붙인 별명인데. 어때 또 가고 싶진 않아?"

— 뭐, 가도 된다면. 좋은 곳이긴 해요.

"거기 주인이 네 결혼 선물로 평생이용권 준대. 것도 혼수로 꺼내."

— 우리 자긴 혼수 같은 거 신경 안 써요. 내가 보물이라는데 뭘.

"그래도 혼수는 할 만큼 다 해라. 아까 텔레비전 안 봤니? 능력만 있다면야 해 오지 말라고 해도 꼭 해 가야 되는 게 혼수니 어쩌겠니."

통화를 마친 진선미 여사는 다시금 쓴웃음을 지었다. 늙으면 타협에 먼저 손이 가나 보다. 대외적으로 혼수가 없는 결혼 문화를 주장하면서도 내 자식에게는 혼수를 챙겨 주고 싶은 이 모순은 또 무엇인가.

❊�֍❊

일찌거니 수업 준비를 마친 세영은 가구점이나 카페를 떠올리게 하는 산뜻한 교무실 안에서 차 한 잔의 여유를 누렸다. 인터넷을 열었더니 벌써부터 금비의 방송 출연이 화제가 되고 있었다. 금비의 존재보다는 정체를 알 수 없는 '냉동 시인'에 대한 정보 때문이었다. 친분이 있다는 소문을 몰고 다니는 금비의 입을 통해 냉동 시인의 정체가 밝혀질 것이라는 팬들의 기대는 실망으로 변했다.

세영은 뿌듯하게 웃으며 책상을 건반 삼아 '사랑, 미안합니다'의 음표를 두드렸다. 이곳 선생님들도 모두 악보를 가지고 있을 정도로 유명한 곡인데도 작곡가인 '냉동 시인'을 아는 사람은 극소수에 불과했다. 그 극소수에 세영 자신도 포함된다는 사실이 자못 즐거웠다. 더욱이 '냉동 시인'이란 언어는 자신의 입에서 처음 나왔다. 동화를 읽은 뒤 소감을 말한 것을 금비가 듣고는 훗날 윤서에게 애칭으로 썼다. 그래서 '원작자'의 권리로 남편도 모르는 비밀을 금비 부부와 공유할 수 있었다.

선배이면서 아주버님인 윤서는 여전히 신비롭고 고마운 존재였다. 은민과의 감미로운 결혼 생활을 누리다가 이따금 윤서에게 고마운 마음을 품곤 했다.

'아주버님이 없었다면 오빠랑 내가 결혼할 수 있었을까?'

'세영 후배, 은민이 면회 같이 갈래요?'

고집스럽게 경어를 쓰는 윤서의 갑작스러운 제의 덕분에 은민의 속내를 알 수 있게 되었다.

'오빠가 오지 말라고 했는데요.'

군부대 면회에 동행하면서 걱정하는 세영에게 윤서는 드물게도 자상하게 설명해 주었다.

'으름장을 놓았어도 속으론 기다릴 겁니다. 왜냐하면 은민이에겐 세영 후배가 가장 예쁘고 보고 싶은 사람이니까요.'

'치이, 퍽이나요.'

'목표를 이룰 때까진 표현을 못 할 뿐이죠. 목표를 이루지 못하면 포기해야 할 여자니까요.'

'난 오빠가 어떤 상황이어도 괜찮은데요.'

'은민이는 아니죠. 그 사람 성격이 본인이 기울어진 상황을 스스로 용납 못 해요.'

'그럼 고시에 합격을 해야……'

'좋아하는 여자 부모님 앞에서 꿀리지 않는 직업 정도는 갖고 싶겠죠?'

그럴 수도 있을 것 같았다. 집안 차이를 들먹이며 일찌거니 거리를 두던 은민이었으니. 여하튼 과묵하고 신중한 대선배가 해 주는 말이었고, 또 은민과 술자리를 가진 적이 있는 그였다. 그래서 세영은 선선히 받아들일 수 있었다.

은민은 반가워하기는커녕 멀리서 면회 온 세영을 타박했다. 하지만 윤서가 건네준 정보를 염두에 둔 탓인지 은근히 반기는 기색을 어렵지 않게 찾아낼 수 있었다.

돌아가는 길에 윤서가 혼잣말처럼 흘렸다.

'은민이 체질엔 행시보단 회계사 같은 자유업이 더 나을 것 같은데……'

면회를 간 후부터 은민은 세영의 편지에 답장을 보내기 시작했다. 시집가려고 대학 나온 건 아니니까 결혼은 천천히 생각하고 일단은 막 시작한 피아노 학원 일에 집중하겠다는 세영의 말이 어쩐지 은민을 편하게 해 준 것 같았다.

훗날 회계사 시험에 합격한 은민은 그날로 세영에게 달려와 프러포즈를 했다.

'너 노처녀 안 만들려고 죽어라 공부해 한 번에 붙었다.'

'흥! 남한테 빼앗길까 봐 조바심 난 게 아니고?'

그날, 꼬맹이 수강생들 앞에서 프러포즈를 하고는 답례로 세영의 피아노 연주를 듣던 은민이 문득 윤서를 들먹였다.

'우리 인연을 이어 주신 분이야. 그분 아파트에서 우리 둘이 재회했잖아.'

그렇게 알게 모르게 윤서는 두 사람의 은인이 되었고, 덕분에 오래도록 세영 부부에게 극진한 대접을 받고 있었다.

지난날을 새김질하던 세영은 냉동 시인의 '사랑, 미안합니다'의 멜로디를 흥얼거리며 쌍둥이 아빠에게 전화를 걸었다.

❀✱❀

선배에게 이끌려 로컬 법인의 회계사로 근무하는 은민은 아내의 전화를 받은 뒤 헛웃음을 날렸다. 서로 나누는 가족. 좋은 가훈이다. 그런데 인터넷으로도 얻을 수 있는 재무 회계 프로그램을 마다하고 자신에게 떠맡긴 사립 유치원 회계 결산서라니. 시청에서 원장 선생님들을 초빙해 회계 교육도 시켜주건만!

한참을 찌푸리다가 고모님의 부쩍 깊어진 주름살이 떠오르자 은민은 체념의 한숨을 토했다.

"그래, 서로 돕고 사는 게 가족이지. 돕고 살 가족이 많다는 것도 얼마나 큰 복인가."

작은 짜증을 털어 낸 뒤 휴게실의 원두커피를 한 잔 내려 오롯한 여유를 누렸다. 이곳의 수석 파트너인 선배가 어깨를 툭 치며 그만의 애정을 드러내고 지나갔다. 매형의 사업체 회계 일감을 가져다 준 인연이 있었다고 해도 선배는 지나칠 만큼 은민과 매형의 행적에 관심이 많았다. 법규가 신설되어 지방 자치 단체도 회계 법인의 신세를 져야 한다지만, 사람 보는 눈이 탁월한 수재이며 야심이 큰 선배가 이곳 중소 도시에 자리를 잡은 진정한 이유를 아직도 모르겠다.

은민은 서울의 빅펌에 어렵게 입사해 수습 기간을 보낸 뒤 정식 회계사 등록을 마쳤다. 그때 선배가 은민을 유혹했다. 누나가 살고 있는 도시에서 로컬 법인을 차린다고 하니 흔들렸고, 그 제의를 어떻게 알았는지 신혼의 아내가 부채질을 했다. 결국 주변의 상식을 깨고는 빅펌에서 로컬로 자리를 옮겼다.

서울의 거대 조직을 떠나 지방의 작은 조직으로 양보한 보상은 충분히 받았다. 가족을 가까이 해서 좋았고, 선배의 파격적인 대우가 그것이었다. 다만 선배의 진정한 속내를 몰라 간간이 찾아드는 의혹은 어쩔 수 없었다. 단서는 술자리에서 스치듯 흘렸던 한마디 뿐이었다

'대통령 최측근과 장관 후보와 한배를 탈 수 있는 기횐데 까짓 도박해 볼 만하잖아?'

과거의 매형만큼이나 괴짜인 선배를 생각하자니 어쩐지 이번 일에도 매형이 은밀히 개입된 게 아닌가, 하는 의혹이 돋았다. 은민의 과 선배인 그는 매형의 학교 선배이기도 했다. 누가 더 괴짜일까?

그러고 보니 행시나 방송 경영을 저울질하다가 회계사 시험으로

진로를 바꾼 일도 아내와 함께 매형의 영향을 은근히 받았다. 빈번히 이야기를 나누다 보니, 전문직 자격증으로 자유를 누리는 공인회계사를 선택하지 않으면 행복한 사람이 되지 못한다는 논리가 알게 모르게 뿌리를 내려 버렸던 것이다. 때맞춰 은민이 종종 만났던 잘나가는 회계사 선배의 영향도 받았는데, 그 선배는 매형에게 일감을 선물받기도 했다.

"그때 나는 의도된 최면에 넘어간 것일까? 아냐. 내가 선택한 거야!"

은민은 자신의 인생이 매형의 손안에서 놀아났다는 가능성을 황망히 털어 냈다. 사실이라면 얼마나 끔직한 일인가. 여하튼 함께하는 시간이 늘어나도 여전히 매형의 속내를 가늠할 수 없었다.

은민은 사무실로 들어가기 전에 매형에게 안부 전화를 넣고자 휴대폰을 꺼냈다. 빠른 속도로 전국적인 유명세를 타고 있는 이곳 도시의 시장. 그 시장의 보좌관으로 일한다는 매형이었다. 하지만 이상하게도 정책 보좌관실에 전화를 걸면 아무도 매형의 존재를 몰랐다. 이제는 익숙해질 법도 하건만 여전히 매형은 현실에 존재하지 않는 사람 같았다.

아내는 제법 유명세를 탄 '냉동 시인'이 매형일 것이라는 상상은 안 되냐고 물어보았다. 설마, 라고 넘겨 버렸는데 새삼 다시 생각해 보았다. 존재하면서도 그 존재가 너무 신비로워 실체를 의심하게 만든다는 점에서 닮았기에.

매형의 휴대폰 번호를 검색한 뒤 통화 버튼을 눌렀다. 통화를 마치면 집으로 전화를 걸어 쌍둥이의 옹알거리는 소리를 즐길 터였다.

❀ ✱ ❀

금비의 하루 일정은 여느 때보다 빠듯했다. 생방송 출연을 마치고 출연진들과 뒷이야기를 나눈 뒤, 한 부모 가정 쉼터인 '백작의 성' 증축 현장을 둘러보러 갔다. 사회복지과 과장님이 오기로 했던 예정과는 달리 시장님이 몸소 방문하여 당혹감으로 진땀을 흘리며 안내를 했다.

시장님 곁에 있어야 할 남편은 보이지 않았다. 아침 방송을 보고 감동을 받았다는 시장님의 덕담을 들으면서 금비는 자신이 무언가 번거로운 일에 빠져들고 있다는 예감에 사로잡혔다.

수행원을 데리고 시장님이 떠난 뒤에야 남편이 도착했다.

"황 여사님, 타시죠. 집으로 모시겠습니다."

남들이 들으면 책을 읽는 듯한 말투였지만 금비는 그가 제법 유머를 익히고 있다고 여겨져 배시시 웃었다.

음식을 가리고 조금만 먹어야 하는 탓에 그는 여전히 마른 체구였다. 그리고 처음 만날 때처럼 검은 양복을 입고 있었다. 하지만 목에 두른 스카프가 썩 조화를 이룬 덕에 그는 밝고 심플한 멋을 뿜어냈다.

금비는 차에 오르자마자 뾰로통한 표정을 지었다.

"시장님이 다녀가셨어요. 당신 작품이죠?"

"작품이요? 흐흠! 난 단지 당신이 아침에 텔레비전에 나온다는 말만 해 줬을 뿐입니다."

"그게 그거죠, 뭐."

"좋지 않았습니까?"

"좋긴요! 뭔가 번거로워질 것 같아 불안하단 말예요."

"장차 장관이 될 분이 번거로운 일을 두려워해서야 되겠습니까?"

"장관이라고요? 당신도 참. 가만! 서, 설마 그때……!"

언젠가 텔레비전의 사회복지 정책에 관한 토론을 보다가 금비가 못마땅하여 쓴소리를 한 적이 있었다. 그러자 그가 대꾸했다.

'마음에 안 들면 당신이 장관이 돼서 고쳐 봐요.'

'어디 누가 장관 시켜 주나요?'

'시켜 주면 할 겁니까?'

'못 할 것도 없죠.'

'시키면 한다고 약속할 수 있습니까?'

'그러지요, 호호!'

'좋습니다. 나도 약속하죠. 당신이 능력만 갖춘다면 미래의 장관입니다.'

농담인 줄 알았다. 그런데 새삼 진담 같기도 했다. 그는 바로 치밀한 설계사 검은 양복이니까.

윤서는 자신의 몸 상태를 놀랍도록 예민하게 파악해 내며 계획적이고 착실하게 항암 치료를 받았다. 빡빡 밀어 낸 머리도 금비 앞에선 스스럼없이 내보였다. 체력을 회복한 그는 결혼식을 올리자고 고집했다. 그동안 약물 부작용으로 '제대로 합시다' 라는 약속을 못 지켰다며 신혼여행에 앞서 당연히 결혼식을 먼저 올려야 된다고 했다.

신혼여행지에서 그는 정말로 '제대로 합시다' 를 실천했다. 그와 금비는 각각 냉동시켰던 열정을 뜨겁게 해동시켰다.

금비는 벌려 놓은 일이 많아 신혼 초부터 분주했다. 반면에 그는 건강을 되찾고도 딱히 할 일이 없었다. 어느 날, 그는 사회복지 일을 해 보고 싶다고 했다. 금비는 몸에 무리가 가지 않는다면 무슨 일이든 마음대로 하라고 말했다. 하지만 원만한 결혼 생활에도 불구하고 그의 눈에는 생기가 부족했다. 건강과는 다른 문제였다.

만나는 친구도 동진이 유일했다. 동진은 여전히 금비를 볼 때마다 넙죽 허리를 숙이며 존경한다고 너스레를 떨었다. 윤서같이 피곤한 천재와 아직도 한 지붕에 같이 산다는 자체만으로도 충분히 존경받을 자격이 있다며.

그러던 어느 날부터 윤서의 눈빛에 생기가 넘쳤다. 새로운 일을 찾았다고 했다.

'정치요? 아니, 당신이 어떻게 정치 같은 걸 다 해요!'

금비는 도무지 어울리지 않는 그의 직업 앞에 웃음을 터트렸다. 그가 반론했다.

'정치가는 모호한 말을 그럴듯하게 내 흘릴 줄 알면 성공할 수 있지요. 언제든 말을 재해석하고 바꿀 수 있으니까요.'

'신빙성이 없는 정보네요.'

'매스컴으로만 학습한 게 아닙니다. 내 아버지한테 너무 일찍 배운 사실입니다.'

그의 아버지는 정치에 몸담았지만 사별한 뒤 새로운 사랑을 선택하면서 정치를 버렸다고 알려졌다. 딱히 맞는 말은 아니었다. 국내에서의 기득권을 포기했던 그는 현재 미국에서 가장 규모가 큰 한인 단체의 회장이었다. 피는 못 속인다는 말을 금비는 거부하고 싶었다. 윤서는 정말이지 정치와 맞지 않았다.

'당신이 연설을 하고 무대에 선다고요? 에이, 피아노 무대도 드러내기 싫어하면서.'

'난 무대에 서지 않습니다. 굳이 얼굴을 내밀지 않아도 할 수 있는 게 정치니까.'

금비의 예상을 깨고 그는 성공적으로 정치권에 진입했다. 그는 전직 구청장을 따라다녔고, 그 구청장이 시장에 당선되자 보이지 않는 보좌관이 된 것이다. 시장의 인기는 갈수록 치솟았고, 맘만 먹으면 다음 도지사 선거에 당선될 거라는 소문이 돌았다.

여하튼 정치가 적성에 맞는 성싶고 그의 몸짓이 물 만난 물고기처럼 생기가 넘치니 금비에게는 말릴 이유가 없었다. 덕분에 그의 아동상담소 일은 금비가 대신했다.

'시장이 무슨 장관 자리를 주겠는가. 그리고 내가 정치한다고 안 나서면 그만이지.'

금비는 장관을 들먹이는 그의 농담을 바보같이 심각하게 받아들였다고 자책하고는 그에게 함박웃음을 지어 보였다. 운전 중이던 그가 힐긋 보더니 얼굴을 붉혔다. 결혼 생활을 한 지 4년이 넘었는데도 그는 수줍음을 버리지 못하고 있었다.

문득 생각난 듯이 그가 입을 열었다.

"방송에서 말했던 잘 살고 있다는 부부, 차민수 부부가 맞습니까?"

"아! 네, 그래요. 민수가 결혼을 빨리 안 해서 애가 탔죠?"

"글쎄요. 내가 소개해 준 사람이잖습니까."

"피이! 이젠 거짓말도 할 줄 아네요."

"거짓말 아닙니다. 나는 단지 소개해 준 사람이라고만 대답을 한 거죠."

"그게 그거죠."

"잠깐! 서진이 엄마, '그게 그거지' 라는 말, 남발하지 맙시다. 남발하면 전문적인 전달을 단순화시키는 부작용이 있어요."

"모호한 말보단 좋은걸요."

"으흠, 관둡시다."

그는 한사코 존댓말을 썼다. 그리고 청혼 전과는 달리 대화에서 종종 밀렸다.

민수의 이야기가 나오자 지난날의 우연과 조작이 떠올랐다. 적어도 몇 가지는 화를 내고 따져야 했다. 그런데 때가 안 좋았다. 환자를 벗어난 뒤에 말하려고 했는데 어느덧 망각해 버렸다. 지금도 그랬다. 금비는 따질 일이 전혀 생각나지 않았다.

"내일부터 줄줄이 나들이가 잡혀 있으니 오늘은 우리만의 시간을 가져 봅시다."

그가 저수지가 있는 산길로 우회했다. 과연 달력의 메모가 빽빽할 만큼 애경사가 잡혀 있었다. 은민 부부, 아니 세영의 친정 덕분이었다. 대가족이 모여 사는 집인 줄은 알고 있었지만, 세영의 부모님들 또한 만만찮은 친척을 두고 있었다.

"너무 챙기려고 들지 말아요. 그쪽에서도 부담을 가질 겁니다."

"아녜요. 좋아요. 나들이 옷 입고 왁자하게 어울리는 게 얼마나 좋은데요. 당신도 좋아하던걸요? 사실 그런 대가족이 유용할 때도 있었잖아요."

"맞습니다. 나중에 당신이 선출직에 진출하면 표밭으로 유용할 겁니다."

"어휴, 그런 이야기가 아니잖아요. 저번에 민수가 결혼할 적 이야기예요."

민수가 결혼을 할 적에 신부 쪽은 홀어머니 밑에서 자라 하객이 적을 수밖에 없었다. 그 점을 걱정한 민수는 금비의 가족이 신부 쪽 자리에 앉기를 권했다.

과연 식장의 신부 쪽 자리는 썰렁했다. 그때 관광버스 한 대가 도착했다. 버스 안에 있는 사람들은 모두 세영의 친지와 가족이었다. 그날 금비는 민수에게 가졌던 오래된 빚을 조금이나 갚은 기분이 들어 세영의 손을 잡고 진심으로 고마워했다.

여하튼 남들은 잦은 애경사에 머리가 아프다고 불퉁거렸지만 금비와 그는 기꺼이 섞이며 즐겼다. 적어도 아직까지는.

학교에 다녀온 영우와 서진이는 바둑을 두거나 게임을 즐기고 있을 터였다. 은민이네 쌍둥이 얼굴도 빨리 보고 싶었다. 가사도우미가 있어도 따로 음식을 만들어 주는 최 여사, 아니 엄마의 음식도 먹고 싶었다. 하지만 기회가 닿으면 기어이 단둘이 있는 시간을 갖고자 욕심을 부리는 그였기에 금비는 채근하지 않았다.

저수지 근처에서 그가 차를 세웠다. 두 사람은 나란히 앉아 노을을 쳐다보았다. 이렇듯 그는 한적한 곳에서 단둘이 노을을 감상하는 일을 특히 좋아했다.

오래전에 그는 이런 말을 해 주었다.

'결혼 전엔 혼자 노을을 바라볼 때가 가장 우울하더군요. 그러다가 언젠가 당신과 함께 노을을 바라보고 싶다고 소망하게 되었지요.'

그러고는 덧붙였다.

'지금은 노을을 바라볼 때가 가장 평온하고 행복합니다. 내 곁에 당신이 있으니까요.'

오늘도 그는 여느 때처럼 금비의 어깨에 팔을 두르고는 노을을 향해 천진한 웃음을 내 흘렸다. 그 사랑스러운 얼굴에 금비가 입술을 붙이자 그의 볼은 이내 노을처럼 붉어졌다. 모든 면에 치밀하기 짝이 없던 그가 가장 인간적으로 보이는 순간이기도 했다.

금비가 만든 음식 한 그릇, 한 모금의 입김에도 수줍게 얼굴을 붉히는 그의 천진성은 늙어 죽을 때까지 소멸되지 않을 것 같았다. 그러므로 금비 역시 늙어 죽을 때까지 그에게 필요한 존재로 남을 수 있을 것 같다는 생각을 하면서 마지막으로 가물거리는 노을을 배웅했다.

— The end

사랑,
미안합니다

1판 1쇄 찍음 2017년 9월 20일
1판 1쇄 펴냄 2017년 9월 27일

지은이 | 솔 겸
펴낸이 | 정 필
펴낸곳 | **(주)뿔미디어**

편집장 | 박경희
기획 · 편집 | 박경희, 심은지
표지 디자인 | 김수지

출판등록 | 2002년 9월 11일 (제1081-1-132호)
주소 | 경기도 부천시 원미구 소향로 17, 303(두성프라자)
전화 | 032)651-6513 / 팩스 032)651-6094
E-mail | scarlets2012@hanmail.net
블로그 | http://blog.naver.com/dahyangs
비북스 | http://b-books.co.kr

값 9,000원

ISBN 979-11-315-8191-9 03810